Jotan Gort de Alexandria

A Teogonia de Gaia

LIVRO 1

A espada da morte

KOTTER EDITORIAL

Coordenação Editorial: Sálvio Nienkötter
Editor-Executivo: Daniel Osiecki
Editor-adjunto: Claudecir de Oliveira Rocha
Capa e design editorial: Carlos Garcia Fernandes
Produção: Cristiane Nienkötter
Revisão e preparação de originais: O Autor

Dados Internacionais de Catalogação na Publicação (CIP)
Angelica Ilacqua CRB-8/7057

Alexandria, Jotan Gort de
Teogonia de Gaia : a espada da morte / Jotan Gort de Alexandria.
— Curitiba : Kotter Editorial, 2023.
432 p.

ISBN 978-65-5361-208-2

1. Romance brasileiro I. Título

CDD B869.

23-2271

Kotter Editorial Ltda.
Rua das Cerejeiras, 194
CEP: 82700-510 - Curitiba - PR
Tel. + 55(41) 3585-5161
www.kotter.com.br | contato@kotter.com.br

Feito o depósito legal
1ª Edição
2023

Jotan Gort de Alexandria

A Teogonia de Gaia

LIVRO 1

A espada da morte

A todos os
que nos deixaram
pela pandemia de Covid-19,
não nos esqueceremos!

Agradeço aos que me ensinaram a trilhar o bom caminho, tantos bons professores na forma de amigos, familiares e outros que nem sequer conheci pessoalmente, mas que através de suas leituras foram imprescindíveis para meus passos. Serão representados por três deles:

- Júlio Renato Lancellotti, o homem que se fez Padre para ensinar a amar os mais difíceis de serem amados;

- Juliana Cesana, que me trouxe o amor da confiança, comprometimento e união, necessários para que o caminhar não seja às cegas.

- Arthur, filho que me fez entender que amor incondicional é real

O bom caminho é aquele que se traça por amor!

"Minha perspectiva é o fracasso, porque se eu não fracassar é porque eu aderi a este sistema!"

Padre Júlio Lancellotti

Sumário

Prólogo 13

Parte 1 – Alianças

Capítulo I – Gaia 17
Capítulo II – Sobre deuses e teares 23
Capítulo III – 15 anos 27
Capítulo IV – Encontro divino 35
Capítulo V – Amizades, treinamentos e ano letivo 43
Capítulo VI – A benção de Afrodite 63

Parte 2 – Genesis

Capítulo VII – Família Soelloh 103
Capitúlo VIII – Das festas, viagens e desafios 137
Capítulo IX – Os insulares de Francisco 167
Capítulo X – A segunda noite 229
Capítulo XI – Já estamos sabendo! 265
Capítulo XII – O erro de Loki 293
Capítulo XIII – O retorno e as metas 313
Capítulo XIV – Os 17º Jogos Unificadores da Germânia de 3987 373

Parte 3 – Perdas

Capítulo XV – O lobo Fenrir 415
Epílogo 429

Prólogo

Uma casa quase abandonada, cheirando a mofo e solidão, é abordada por uma figura antiga, velho como o tempo, alto como poucos homens poderiam ser... Forte? Aparentemente já foi; corcunda como aqueles que carregam o peso da culpa!

Ele bate na porta que pouco se aguenta, e dela sai uma figura peculiar.

Uma senhora única, vestida com o mesmo véu que deveria ter presenciado o surgimento da mortalidade, cega e retorcida, mas com uma prótese, apenas uma! Ela encaixa-se em uma das órbitas oculares, e estranhamente este instrumento a permitia ver. Ao atender a porta ela fala:

— Epimeteu, que destino lhe trouxe aqui?

Se à primeira vista a figura à porta lhe causaria repulsa, ao ouvir sua voz tudo se dissolvia. Ela entoava sabedoria, ternura e retidão ao mesmo tempo. Este som acalentava os sábios e os destemidos. Apenas os apressados e ignorantes a temiam. Era acima de tudo algo que impunha respeito!

— Ora Sra. Láquesis, a sorte eu presumo – disse o ancião – a sorte que só pode advir dos deuses para que haja este encontro.

De pronto, a resposta lembrou tempos de júbilo, daqueles que teimam em ser esquecidos:

— Afrodite e Baldur eu suponho.

Os dois adentraram a casa, porém um acompanhante sorrateiro também escutará a conversa...

Parte I

Alianças

Capítulo I

Gaia

Acordei meio estranho hoje. Acredito que a palestra de histofísica de ontem me deixou pensativo demais, e não sei o porquê de ter ficado apreensivo:

— *"Singularidades são possibilidades históricas que podem desencadear, por sua importância nas decisões da humanidade, versões diferentes caso haja probabilidades de diferentes resultados das ações originárias. As consequências de uma decisão planetária podem não significar uma consequência na forma de vida atual, mas no contexto das singularidades, novas reorganizações de realidades. Desta forma as singularidades permitem a teoria básica da histofísica que é o estudo e a possibilidade da existência de realidades alternativas iniciadas pela decisão ou interferência humana na teia dos destinos".*

Além de achar intrigante esta informação, o que me pegou foi a pergunta direcionada pelo palestrante ao final:

— *"Pensem em três eventos que consideram particularmente interessante e, quais suas consequências caso fossem realizadas de forma aleatória. Como seria a existência neste planeta? O que aconteceria com Gaia?"*

Como demorei a dormir pensei em quais eventos me eram caros. Assim a 1ª Singularidade que me veio à cabeça foi sobre a destruição do Império Romano por Spartacus. Não sei porque não pensei em nada anterior, apenas no século XXI dEG, nem sei se a própria "Epopeia de Gilgamesh" que iniciou nossa referência de calendário histórico deveria ser a primeira singularidade. Mas ele é apenas um antigo poema épico mesopotâmico, apesar de ser considerado o alicerce da escrita, não saberia medir as consequências se ele não fosse revelado para dar início ao ano zero.

A destruição de Roma entre 1927 e 1929 dEG, quando os escravos liderados por Spartacus decretaram o fim da condição servil escravocrata no mundo. A vida melhorou muito e por muito tempo, a proibição da escravatura foi feita por duas formas: uma foi pela influência dos ideais de liberdade. Mas a segunda foi a que deu mais resultado, o medo gerado aos feitores, povoados e impérios de terem o mesmo fim de Roma.

A proibição da escravidão permitiu que o Continente Bantu se reorganizar em relação as diversas tribos, povos e religião e tornar-se uma das nossas quatro pátrias continentais. Como a maioria de nós, o continente também é politeísta, porém com deuses nativos e originários da natureza, gostaria de estudá-los mais, mas as Leis de Restrições a Contatos Culturais não permitem. Só sei que os deuses deles devem ser bem poderosos, pois conseguiram se isolar e se defender de todas as tentativas de invasão das Novas Eras.

Não sei se estou sofrendo da influência demasiada dos Insulares, mas a 2ª Singularidade que pensei foi Jesus ter sido perdoado por Pilatos, último general que sobrou da imigração romana, um século depois da destruição da capital por Spartacus. A Região Média era a Fortaleza Helenística, onde as legiões romanas se concentraram para se tornar impugnável e assim foram por décadas. Quando li o livro proibido de Marx, o "Jesuísmo: monoteísmo e igualdade", fiquei absorto com a teoria de que a crucificação de Jesus, e não de Barrabás, poderia ter um maior efeito para sua mensagem, ampliado pelo martírio. Afinal, segundo o evangelho de Marx "os humanos, em situação normal, resgatam sua humanidade, seu elo com o outro. A mensagem de Jesus era de igualdade, pois todos somos irmãos, dividir o pão, porque o que é de um é de todos, e da fraternidade, onde todos se consagram como irmãos. E a reflexão ainda vai além, o Olimpo, Asgard ou como Jesus chamava, Reino dos Céus, era feito para os homens e não somente aos deuses. Sua conquista era pela Bondade e Amor, não pelo acúmulo ou triunfos. Hoje fico pensando como Afrodite se encaixavam nesta história... pena que temos acesso a pouca leitura fora da religião grega. Em nossas escolas aprendemos que, se houvessem pregadores desta religião, eles iriam a contrário do que Marx expôs e disseminariam preconceito, guerra santa, ódio aos diferentes, tudo em nome da repressão e do acúmulo de riquezas. Não sei se esta realidade poderia acontecer mesmo, mas foi isto que aconteceu conosco, ficando claro quando reflito sobre minha última singularidade.

Penso que depois dos acontecimentos que formaram nossa sociedade, após a vitória de Spartacus aparentemente foi um período de muita luz e de muito progresso humano, mas infelizmente regredimos. Dizem nossos professores que foi esta humanização que deixou os deuses irados, sendo necessário a ordem de Zeus e a Guerra de Atenas ou até mesmo Aries para que seja conquistada a perfeita harmonia para os dias de agora. Não sei se posso concordar, ao menos não me atreveria a isto em público, mas quando penso que Marx foi justiçado por trazer elementos do Jesuísmo, me deixa um pouco inquieto.

As vezes penso que somente a ideia de que somos todos iguais e amados por um deus, mesmo que seja único, seria melhor para nossa sociedade. Somos divididos em quatro classes já ao nascer, os brancos caucasianos, pois são considerados descendentes diretos dos deuses, obviamente que aqui são considerados os Olimpianos, na Normandia dizem ser os Asgardianos. O resultado disto é que eles ganham mais, tem cargos de lideranças, podem ser políticos e participam das Grandes Assembleias, eles formam a Casse A. A Classe B foi criada pela força e o medo de Bantu que determinou que todo humano puro, não adepto a mestiçagem, comporia a Classe B. Esta tem pouca diferença da Classe A, principalmente se residir em Banto ou nas Insulas pelo menos é o que nos ensinam. Mas desconfio que nestes Blocos temos pouca informação se realmente existem classes, poucos de nossos cidadãos tem permissão para visitar estes lugares e, os da Classe B que vieram de lá para trabalhar no tempo de estímulo a imigração, foram alertados para não revelarem para os nascidos na América, culturas estrangeiras, sob pena de extradição.

A Classe C, a qual eu pertenço é formada por mestiços, e ainda dividido em três subclasses, a C-I, que são mestiços de duas classes distintas A ou B a C-II formada por um casal de C e A ou B, e a C-III, que eu faço parte, que advém da união dos dois progenitores da Classe C, para esta classe, sobra os trabalhos servis, evitam nos chamar de escravos por questões da moral pós-Spatacus, assim nos chamam de proletários.

A única possibilidade de ascensão que temos é a seleção para a Academia ou o Liceu. Estas entidades que formam profissionais liberais, permitem a entrada direta de Classes A e B de nosso Bloco. Atualmente reservam algumas vagas a estudantes da Classe A ou B estrangeiros, principalmente da Normandia que ficam com metade delas, porém precisam obedecer às Leis de Restrição Cultural, para a C-I são 25% reservadas, a C-II com 20% e a C-III (5%). Também há a possibilidade remota de ter dinheiro para pagar a Peripatética que não é subsidiada pelo governo.

Temos ainda, infelizmente, a Classe D composta por humanos que não aderem ao seu sexo natural, mulheres que querem se igualar aos homens, os que insultam a política e/ou os deuses, marginais e mendigos, ou seja, os desafortunados pelos deuses. Na realidade, eu prefiro desamparado pelos homens e deuses. Sempre que pensei na Classe D, calculava qual era a distância ente ser C-III e D? Sempre recebia um tapa ou repressão familiar, diziam que "se escutarem você falando isto, verá na pele e carne o que é ser um D". Ainda assim vejo mais próximo de nós a Classe D do que a inatingível Classe A.

Às vezes, por exemplo, um C consegue se formar em Medicina, não pense que é fácil pois a reprova é de quase 100%, basta ver a Classe dos que são Filósofos Magistrados que ensinam nestas instituições. Somente em Banto talvez existam Classes B ocupando estes cargos, aqui somente há originários da A. Devido a isto, quando um C consegue se formar sai em todos os nossos veículos de comunicação, uma ilusão de fato, pois ele ainda não pode se candidatar a cargos elevados, parece que isto é retratado apenas como um anestésico social, daqueles que levam a crença de que o sistema funciona. Se não conseguirmos, a culpa é apenas nossa, afinal justifica-se, pois, "a chama divina se enfraquece em não puros". Mas olhe, eles diziam "em anos ímpares um C consegue se formar, não é mesmo?" Diriam os locutores Classe A com seu cinismo usual, nunca completam com a frase corretamente: "um entre dezenas de milhões de mestiços"!

Somente acredito que um C pode progredir desta forma, pois minha irmã mais velha conseguiu se formar como cuidadora e meu irmão estuda phobologia. Nunca vi ninguém fora de minha família conseguir tal feito, principalmente por duas vezes, cabe a mim manter este ritual, por isso optei pelas Artes da Gimnásia.

Bem, deixando de lado devaneios familiares, a minha 3ª Singularidade, somente poderia ser a 1ª Grande Reunificação. Depois que Napoleão conseguiu destruir Portugal, a custo de perder a guerra que havia iniciado. Quando teve êxito na decisão de enviar sua frota naval para emboscar e destruir a família real portuguesa e os foragidos do cerco europeu, ele não contava que seriam rechaçados pelos Insulares. Pois eles não permitem violência nos mares e oceanos, como marinheiros mais hábeis que existem, dizimaram a frota marinha francesa em 3.807 dEG. Isto diminuiu o tamanho da força de Guerra de Napoleão, que acabaram derrotados em 3.810 dEG. O enfraquecimento da França e a destruição de parte da Europa permitiu a ascensão dos germanos em 3.850 dEG que iniciaram a 1ª Unificação, chamado também de 1ª Grande Guerra. Em menos de 10 anos a vitória germânica determinou a criação da Normandia enquanto continente único que substitui a Europa. Neste período, auxiliados pelos Insulares, os europeus perdedores, principalmente os Ingleses se refugiaram nas colônias americanas e em 3.865 dEG declararam a América enquanto 4ª Unidade Mundial. O mundo era dividido em Normandia, Banto, Insulares, América e as divisões Asiática que estavam em disputa entre si.

Bem, se os Insulares, se uniram em torno das arcas gigantescas que saíram da Região Média há exatos 100 anos após a morte de Jesus, em 2184 dEG, unindo as várias religiões monoteístas que existiam, formando comunidades nas pequenas ilhas e na Nova Jerusalém, o mesmo não aconteceu com os asiáticos. Os Normandos patrocinaram guerras, traições e tratados que, em 3.888 dEG declara a Ásia como anexo da Normandia. Apenas o antigo Nippon não é adicionado, pois em 3.886 dEG ele se unificou aos Insulares.

O mais interessante é que a adesão aos blocos continentais não eram apenas uma questão geográfica, mas também teológica. Os

Bantos tinham religiões próprias e pouco conhecidas, os Insulares eram Monoteístas de origem diversificada, os Normandos eram cultuadores dos deuses Nórdicos e a América, os deuses filósofos, revelados na antiga Grécia.

Pouco se sabe e é raro as informações entre os blocos, há ameaças constantes de novas Reunificações e por isso, o segredo é importante. Mas na América há o discurso de vida boa e prosperidade para quem luta por isto, o continente é dividido em 3 partes. A América Alta, ao norte, é a que tem maiores riquezas e possui 70% da classe A e 50% da classe B, ambas devem somar 40% da população total, os outros 60% são da classe C, afinal eles precisam de servos. A América Média, apresenta 90% do efetivo militar do continente, as Classe C são a grande maioria dos efetivos, a Classe B representa os oficiais subalternos e intermediários e a Classe A acumula-se nos postos de Oficiais Superiores e Generais.

Na América Baixa, onde resido, vivem a maioria de Classe C e a totalidade da Classe D, expulsas e sem possibilidade de residir em outras partes. Há poucos da Classe A e B, sendo formados por estrangeiros, alguns por vontade própria ou por casamento entre classes, por quem não teve sorte nos negócios ou os governantes, diretores e dirigentes. Atualmente algumas empresas gostam desta área pois sobram proletários assim a reserva de mercado é maior, diminuindo o gasto com os trabalhadores.

Eu vivo aqui, acabo de completar 15 anos e estou indo para uma Escola Preparatória das Classes A e B, e eu sou um dos três alunos Classe C com bolsa este ano. Minha amiga Rosa, Classe D, teve melhor nota do que eu, mas foi recusada e acabei ficando com sua vaga... não posso dizer que me sinto confortável com isso. Ah! Meu nome é Rodrigo Soelloh, mas me chamam de Soel.

Capítulo II

Sobre deuses e teares

— Epimeteu, sente-se meu caro! Aceita uma xícara de chá? – disse a Sra. Moira Láquesis.

— Agradeço senhora, desde que não leia minha sorte na borra...

A resposta provocou risos e descontraiu a conversa que posteriormente se tornaria muto séria. Aos poucos Epimeteu começou seus relatos para a avaliação da senhora que, apreensiva, tentava perceber nos sinais se o destino estaria acontecendo nesta casa.

Epimeteu assim começou o relato:

— Estava procurando os paradeiros das benções dirigidas para a humanidade e acredito que encontraram o Afilhado finalmente. Observei todos os sinais, seguindo o que os humanos denominam de Singularidades, ou para nós, o exício divino. Neste ano ocorreram dois: o primeiro foi a falha na ida do homem para lua, que eles chamavam de Missão Selene, seguido pela Proclamação de Reforço das Leis de Classes, chamada de "Ordem Cósmica da

Sociedade" em alusão a Zeus e ocorrido em Woodstock, no festival que celebrava a chancela dos deuses para a Classe A da América. Neste evento, apesar de reconhecer a Classe B como pura, foi inserido que, ao sair de *Banto*, estariam se afastando de seus deuses naturais e por isto, enfraqueciam na essência, assim como os nativos e asiáticos teriam mesma avaliação pois seus deuses seriam subjugados pelos Olimpianos. A legislação foi oriunda de teorias advindas dos escritores considerados intelectuais de base do supremacismo da Classe A.

— Acho engraçado ver as palavras *"intelectual"* e *"supremacismo"* juntas! Jamais os deuses se preocuparam com isto, mas apenas com adoração. – Interrompeu com desdém a Srª Moira.

— Às vezes penso que Prometeu, meu irmão, ao dar a astúcia aos homens os transformou em deuses caóticos... Seria a humanidade a personificação ou mesmo a forma encarnada de Caos?

Um suspiro entre os dois... um pesar, e Epimeteu continuou:

— Após estes sinais, procurei o nascimento improvável. Encontrei um casal de certa idade com dois filhos, e 12 anos entre o mais novo e o recém-nascido, o afilhado.

— São bons indícios, mas como tem tanta certeza? – Interrompeu a senhora.

— O bebê encontrou-se com a morte, onisciência. – Epimeteu continuou – Nasceu no reino da morte! A achei por um minuto que tinha errado, mas meu nariz me alertou. Senti o cheiro dela, o inegável cheiro do amor adentrou ao recinto. Em pouco tempo a brisa da bondade encheu meus olhos de lágrimas, tive certeza de que as bençãos estavam ali.

Ele parou um pouco para beber um gole de chá e assim esconder a única lágrima que escorria do olho esquerdo. Aproveitando a pausa a Sra. Moira resmungou:

— Eu e minhas irmãs éramos oniscientes, hoje sou apenas uma palpiteira.

— Que tem a visão da sorte irmã. – Afirmou o ancião gigantesco e continuou – As bençãos se encontraram no corpinho sem vida e brilharam, se aceitaram e resgataram aquele minúsculo mortal do reino profundo, o bebê estava vivo e sorridente. O mais interessante é que os humanos acreditaram que foram suas técnicas que salvaram o Afilhado, e não Baldur e Afrodite, seus padrinhos. Não tem como errar, é ele!

— Por mais que queira acreditar, depois do *"Erro de Loki"*, o mais astuto dos deuses, penso que necessitamos ter cautela. Epimeteu, os destinos não mais se encontram para tecer a teia da realidade, não podemos errar com o tecido tão frágil de nossos dias, eu mesma tenho dificuldade para tratar com incertezas.

— Minha cara Moira – defendeu-se –, desde que meu irmão foi condenado por Zeus ao sofrimento eterno, eu procurei cuidar da minha ansiedade e burrice. A culpa me persegue e, jamais pensaria em poder errar de novo...

Fez-se um silêncio penoso, quebrado pela sabedoria da anciã:

— Agora tenho certeza meu amigo, o voto da sorte é a confiança, e a minha você já tem. Dê mais detalhes do afilhado, por favor.

Ele discorreu sobre as características dos pais o local onde residem, entre outas coisas finalizando:

— O afilhado não demonstrou nenhuma característica além de um mero mortal!

— A divindade deverá ser construída e conquistada meu amigo, ele nasceu da morte e deverá conquistá-la! Você sabe qual é sua função neste momento, não?

— Sei sim – respondeu prontamente – vou observá-lo e protegê-lo até que ele me supere.

— Então nossa conversa já se estendeu mais do que deveria, está em tempo de retomar...

Dito isso, a Senhora se levantou e acompanhou Epimeteu em direção a saída. Se despediram e quando ele se distanciou, da porta ela ainda bradou:

— Tenha fé no afilhado, pois eu tenho, meu amigo!

Ao fechar da porta, por detrás de uma antiquíssima roca – uma tão especial como empoeirada, e capaz de tecer a vida – levantou-se uma figura antiga e bela. Ao olhar para a Sra. Moira, fez uma reverência de respeito, sendo imediatamente respondida com a seguinte ordem:

— Você ouviu. Avise os seus!

A figura novamente desapareceu nas sombras...

Capítulo III

15 anos

No ano de 3.896 dEG houve a primeira, e talvez única, aproximação que os Blocos tiveram através da iniciativa do Professor Emérito de Artes da Gimnásia Charles Pierre, que conseguiu convencer o mestre de *glíma* George Demeny, o filósofo banto S. Senghor, e o pedagogo insular Kano Sensei a debaterem uma atividade pacífica que reunisse seus blocos. A inciativa culminou na apresentação de uma proposta de Jogos Unificadores. Eles ocorreriam em cada ciclo de quatro anos, pela tradição Olímpica, com banquetes vikings reunindo participantes no início e no final dos eventos, com danças e musicalidade *Kumina* de Bantu e com a tradição dos banhos purificadores dos jogadores antes de cada disputa, conforme a tradição Insular. Assim, todas as culturas eram agraciadas e respeitadas.

Após 25 anos de tentativas, em 3939 foram iniciados os primeiros Jogos Unificadores com as regras de paz e respeito durante os seis dias de disputa. Cada jogador poderia dedicar seus feitos às divindades do seu bloco de forma respeitosa e sem retaliações. Cada bloco introduziu 5 provas:

América: Pugilato, pancrácio, Pentatlo, corrida com armas e Recitais de Poesia.

Normandia: Glíma, Arremesso do machado, levantamento de peso livre, Combate Persa e Canto Épico.

Bantu: Laamb, Montu, N'Golo, Gutera Urizinga, Shisima.

Insulares: Basebol, Basquetebol, Vôlei, Surf, Chatrangue.

Como era preciso ter pontos em esportes e cultura para adentrar ao ensino superior eu praticava combate persa, que apesar de ter nascido na antiga Ásia, era muito popular pela sua forma de competição. Lutavam 6 ou 12 jogadores por equipes numerados de 1 (o melhor, até 6 ou 12 o mais fraco, em jogos internos são equipes de 6 e Interblocos são de 12). As equipes disputavam um a um, sempre iniciando pelo melhor da equipe com mando de disputa (por sorteio na primeira partida ou por maior número de jogadores em disputa, com número idêntico há novo sorteio).

Os jogadores que perdem são eliminados e segue a chave. As esquipes com superioridade numérica podem descansar seus jogadores, as disputas acontecem até chegar a um único vencedor, somente um ganha. Se as disputas chegam à eliminação de todos e o time que sobrou não teve todos os participantes eliminados, o campeão é o de menor número no uniforme. Neste caso o treinador recebe grande prestígio também, pois a vitória vai além do talento individual.

Gosto do combate persa porque ele não tem golpes traumáticos, de chutes e socos, e o uniforme é feito para agarrar. O objetivo é derrubar, prender ou forçar a desistência do adversário. Os pontos são simples: derrubar 1 ponto, derrubar e cair por cima do adversário imobilizando 2 pontos, se mantiver a imobilização por 10 segundos mais um ponto. Se nestes 10 segundos um dos dois conseguir uma finalização por desistência, ganha o round, se não houver desistência ao final de 2 minutos, quem fizer mais pontos ganha, o empate é permitido, mas é acumulado para o próximo round, ou seja, quem ganhar o próximo fica com as duas vitórias, se no round final persistir o empate, o tempo não parará até alguém pontuar. Nas três primeiras rodadas, as lutas são melhores de 3, a partir da 4ª rodada, são melhores de 5 e depois da 6ª rodada, inicia-se melhores de 7. Por isso é muito importante o descanso.

A vestimenta é um tecido reforçado para não rasgar, com abertura central para pegada e com tiras de tecido interno para evitar que a roupa se desarrume durante o combate, as cores seguem a que representa cada bloco. Os Insulares vestem azul claro, cor dos mares limpos; os Banto vestem preto e dourado, lembrando a pantera negra e a juba do leão; os Normandos, usam branco e prateado, e representa... a Classe A, oras! A América veste branco, preto, amarelo e vermelho, representando a união das etnias puras... aquelas que não devem se misturar... enfim, é isso.

Opa, esqueci dos brasões de qualificação das lutas em geral. Cada uniforme tem um brasão de qualificação, nossa equipe nacional usa um em formato de raio, referente a Zeus, os normandos uma lança em referência a Odin, os bantos usam uma espada, acredito ser da divindade de Ogum, e os insulares um sol, representando Aton, o primeiro deus monoteísta.

Para chegar a equipe nacional tem que ser qualificado no campeonato nacional e disputar uma das 12 vagas. Quem participa desta disputa usam o emblema do tridente em referência a Posseidon, se forem de divisões litorâneas, ou lira, lembrando Apolo, nas divisões internas. Abaixo são os classificados estaduais que usam asas de Hermes, os das seccionais usam a flauta de Pã e os das cidades usam um emblema em branco. Abaixo disto, como eu, não possuem emblemas. Isto nem sempre é por falta de habilidade, mas somente podemos competir depois dos 15 anos e conquistar os brasões.

******

Mas vamos falar do treino. O Gmnásio possuía turmas de 14 a 21 anos apenas, e é considerado preparatório para equipes intermediárias. O treinador era um Classe A que caiu em descrédito por problemas na América Alta. Alguns creditam que teria burlado as regras, mas pouco se tinha certeza.

A equipe que treinava possuía uma certa rivalidade entre os lutadores, possivelmente estimulada por ele. Tinha algumas pessoas que me chamavam atenção, como o Gama. Era um Classe B cujos pais vieram para trabalhar no consulado Banto, e acabou ficando órfão de pai. Eles vivem bem, mas sua mãe resolveu não voltar, estão em América Baixa por opção, pois segundo sua mãe, "lembra mais o seu povo". Ele é muito forte e o mais cordial do grupo.

O Classe A da turma é Mark, filho de um empresário mediano que veio tentar a sorte no Sul e se deu bem. É dono de boa parte da cidade. Chacal é o lutador mais temido da equipe, e o mais pesado e mais bruto. Está há pouco de conseguir o primeiro brasão e é um babaca, gosta de se mostrar e aterrorizar os outros! O treinador tem fé que ele será sua redenção. Isto ainda vai dar merda...

Treinamos e fomos aos chuveiros. Hoje foi um dia especial, consegui fluir muitos movimentos que estavam travados, principalmente a finta para puxada do pé... até que enfim ela saiu! De repente entra o Chacal com seus três comparsas:

— Quinze anos do mocinho, não é? Sabe o que significa? Iniciação Ateniense ou Espartana?

Iniciação ateniense é uma referência aos métodos de aliciamento de jovens discípulos que existia na Grécia Antiga, atividade proibida nos dias de hoje, mas sabemos que alguns ainda fazem com Classes C, considerado "caridade", no caso era a dica de um trote com carinho. A iniciação espartana é pontual e violenta, na realidade, em referência aos treinamentos de campo espartano, também é proibido, refere-se em introduzir algo no orifício de quem completa 15 anos, é a versão violenta do trote.

Não respondi, de imediato Chacal novamente falou:

— Vai decidir ou vai se fazer de besta?

E avançou para cima de mim, seguido dos outros três. Consegui me defender de um deles, e outros dois me seguraram. Chacal veio de frente com um cabo de madeira na mão. Gama interveio e disse:

— Pare com isto, está maluco?

Chacal respondeu que maluco era um Classe B tentando desautorizar um A. Chacal era Classe A, mas sua mãe apaixonou-se por um C e acabou tendo um filho dele. Desde então eles acabaram na América Baixa. Acredito que a raiva dele vem daí, pois ele não suporta sua mãe estar mais feliz agora.

— Chega de conversa! Se quiser ser o próximo B, eu resolvo fácil. Me tragam o CIII que ele está ansioso – ordenou o Chacal com olhar afiado.

Depois disso não sei muito o que aconteceu, mas derrubei os dois com um pouco de facilidade e parti para cima do Chacal, quando me dei por mim, já estava na sala do treinador.

******

— Agrediu quatro colegas de equipe e fez o capitão torcer o joelho... sabe-se lá se voltará a treinar! Seu caso é de milícia, "seu merdinha"! – esbravejou o treinador.

— Eu agredi os quatro? Está louco, eu fui o agredido. – Respondi.

— Veremos em quem a milícia vai acreditar, seu CIII.

Nessa hora entrou na sala o Gama que, antes de ser expulso da sala, disse que iria me apoiar e que seria melhor para a equipe punir os realmente culpados. De pronto o treinador respondeu:

— Um B se somou agora? Eu deveria ter medo? – disse o treinador com ar de deboche.

— Talvez se um A testemunhasse que viu e ouviu o senhor instigando o Chacal a atacar outro jogador, pode melhorar muito a sua reputação treinador. Melhor pensar mesmo em chamar a milícia. – Argumentou Mark, vindo não sei de onde.

O treinador pensou, e como resultado não iria apresentar queixas. Entretanto, fui expulso da equipe... estou ferrado!

*****

Ao chegar em casa, um tanto cabisbaixo, ao abrir a porta veio o grito de:

— S-U-R-P-R-E-S-A! – Com tudo que aconteceu esqueci que era meu aniversário!

A casa não estava lotada, tinha alguns vizinhos e amigos e até meus irmãos vieram por exigência de meus pais, afinal eram 15 anos que estava completando! Meus melhores, e únicos amigos, estavam presentes. A Rosa, feliz em me ver apesar do meu constrangimento, Dandara e Abdias também vieram, estávamos os quatro juntos.

Meu pai não gostava muito de Rosa, pensava muita besteira, mas sempre que Dandara estava junto ele ficava mais calmo, ainda mais porque ela era Classe B e assim acho que compensava a amizade com um D. Abdias era um CII de família progressista, e tinha passado comigo na prova para a escola preparatória. Ele foi o terceiro, e subiu para segundo lugar depois que Rosa foi excluída.

A festa foi muito boa, em pouco tempo havia abrandado a tristeza pela expulsão, assunto que resolvi abordar amanhã. Principalmente porque neste momento, um lampejo de memória, – ou uma visão, nem saberia precisar o que foi-, invadiu meus pensamentos:

"Vikings – eram considerados homens quem ultrapassasse 15 invernos, era necessário provar que poderia montar um cavalo e beber como os adultos. Precisavam mostrar que eram autossuficientes e que não precisavam mais de suas famílias."

Como não havia cavalos por perto, resolvi beber... uma péssima escolha para quem guardava um segredo! Minha mãe me viu pegando uma taça de vinho e me recriminou, mas, foi interrompida por minha irmã Elza:

— Deixa mãe é aniversário dele, um pouco não faz mal.

Pela primeira vez a proteção de minha irmã não foi muito sensata, e aos poucos, a bebida entrava e a verdade saía... Assim, quando meu pai preparou o brinde de aniversário dizendo:

— Parabéns ao meu filho, o terceiro a nascer e o terceiro colocado para vaga da escola preparatória, o terceiro filho a ir para o Liceu.

De forma solene eu respondi:

— Desculpe-me, mas eu fui o quarto, regras injustas me colocaram em terceiro! – disse, olhando as vezes para Rosa que tentava se esconder.

Furioso meu pai tentava se conter mais acabou dizendo de forma ríspida.

— Tanto faz como foi, o que importa é o Liceu.

Novamente soltei o que sentia:

— Talvez seja mais difícil que parece... fui expulso da equipe e do gmnásio de Combate Persa.

Copos caíram, minha irmã veio do meu lado e me retirou rapidinho da sala, meu irmão Otelo foi tentar acalmar a situação, terminando o brinde e indo falar com o pai. Minha mãe, esboçava a tristeza limpando o vinho que caiu da taça minha e do pai. A festa tinha acabado...

Já em meu quarto, Elza me perguntava que história era essa de ser o quarto e da expulsão. Contei com calma e, como sempre ela ponderou:

— Triste nossa sociedade ser assim... os deuses pouco ligam para nós e ainda agimos como se ligassem. – Blasfemou e continuou – Você arrebentou o babaca?

— Acho que sim, não lembro direito, mas disseram que teria que ficar um tempo de recuperação, acho que 3 meses. Mas desde que acordei hoje tudo está muito estranho.

— É a magia dos 15 anos! Vou ajudar Otelo a acalmar as coisas. Trate de dormir, você bebeu além da conta!

Escutei uns 15 minutos de palavras em alto tom e acabei dormindo, não importava o pesadelo que tivesse durante a noite, pois sabia que ao acordar seria pior.

*****

O barulho que vinha da cozinha indicava que estava na hora de levantar e ser insultado, como sempre acontecia quando fazia qualquer coisa que achavam errado. Queria estar no Tártaro agora... pensando bem, talvez já esteja.

Otelo estava na mesa do café ao lado do pai, mãe já arrumando a louça e nenhum sinal de Elza. Perguntei por ela:

— Onde você acha que ela está, moleque? – respondeu meu pai antes dos outros – Foi embora por sua causa.

— Mi...

Tocou a campainha e meu pai foi atender:

— O Soel está? Ah! Me desculpe senhor Soelloh, meu nome é Sra. Thrud, procuro pelo seu filho.

Capítulo IV

Encontro divino

A figura parada na porta poderia ser a musa da Classe A! Era tão loira que parecia que a luz saía dela, e não era por ela refletida! Não aparentava ter pouca idade, mas a beleza era descomunal, para uma Classe A é claro. Ela perguntou se poderia entrar e depois foi convidada a se sentar, e esperando o queixo de meu pai voltar a posição normal, para quebrar o clima de espanto começou a dizer:

— Vim fazer uma proposta para o Soel, é assim que chamam ele, não? Represento um grupo que quer investir em Gmnásios neste local, e precisamos de lutadores para iniciar uma equipe. Acreditamos no potencial do seu filho. Ah! Ele está aí! Por favor participe da conversa. – disse me chamando da cozinha. Em resposta, fui até a sala e sentei--me no chão, principalmente para ficar longe de meu pai.

— Mas por que o meu filho? – respondeu ele desconfiado – Ele acabou de ser expulso de uma equipe!

— Quero seu filho porque ele é obviamente talentoso, venceu quatro agressores sozinho, e de quebra tirou o melhor da equipe de combate por meses. – respondeu a loira de pronto, e continuou – E em relação a ter sido expulso, é exatamente por isto que o queremos: um garoto assim, que não se rende por injustiças e não se curva a regras idiotas de treinadores decadentes, merece nossa confiança e respeito. O senhor deve estar orgulhoso de seu filho Sr. Soelloh.

Observou o semblante de meu pai, claramente confuso, e continuou com a fala:

— Esta conquista em um combate injusto, no dia de seu aniversário de 15 anos somente pode significar que o garoto combateu o desafio dos deuses, e provou seu valor em combate indicando que está pronto para ser um adulto. Um legítimo descendente de espartanos e vikings.

Meu pai coçou a cabeça, e percebi que ele nunca havia pensado por este lado. Na realidade, eu também não. Não sei se era a beleza da – vixe esqueci o nome dela! -, que convenceu ele, mas verifiquei que sua raiva tinha se dissipado e que eu estava livre, aparentemente, da encrenca que me acometia. A próxima pergunta dele provava que eu estava certo:

— E qual é a proposta para o Soel, Srª Thrud? E tem mais, o garoto foi expulso do combate persa! Como reverteremos isto?

A resposta mais que decorada veio a seguir:

— Alimentação, material de jogos, gastos com processo de treinamento, gastos com torneios e, com educação e escola, tudo por nossa conta. A contrapartida é quatro horas de treino por dia e obviamente a participação nos torneios. Ah, sobre a expulsão – riu com o canto da boca, que a deixou mais linda ainda – é por minha conta!

Meu pai arregalou os olhos, pois os gastos que teria comigo nos próximos três anos eram grandes, geraria um sacrifício e agora estaríamos livres deles. Então, balançou a cabeça, como se estivesse acordando neste momento e disse:

— Tudo bem, estamos de acordo filho? – como acenei com a cabeça afirmativamente, ele continuou – Estamos de acordo! Quando começamos? E só temos um uniforme de combate persa, mas dá para começar imediatamente. Quem será o treinador?

— Ótimo, começamos amanhã as 16 horas. Eis o cartão com o endereço, é perto daqui. – disse a loira estendendo o braço – a treinadora sou eu, e esqueça o uniforme, vamos treinar Glíma.

Ao dizer isto se levantou para despedir-se e saiu antes que a confusão, minha e de meu pai, se dissipasse. Quando nos refizemos, perguntei ao meu pai:

— Glíma? Eu não sei lutar isto!

— Agora é tarde, vamos esperar que ela seja tão boa treinadora com é bela.

Minha mãe deixou cair uma panela e entreolhou meu pai, de forma que ele ficou cabisbaixo e envergonhado. Bem, o dia está muito bom, e acho que ontem também não foi de todo mal, afinal!

*****

Ao sair Kara Thrud estava com sua pressa habitual, quando foi abordada abruptamente por uma figura anciã de monumental tamanho. O jardineiro da praça da frente de onde morávamos.

— O que faz aqui Kara? – disse de forma ríspida.

— Epimeteu, que surpresa, sabia que cuidava do garoto, achei que estaria em seu aniversário ontem. – Respondeu prontamente.

— Você não me respondeu, não queira me fazer de tolo... por que está aqui? – Com tom mais alto o gigante abordou de modo mais agressivo, tornando-se ainda maior.

A resposta de Kara foi igualmente calma e sem intimidação, o que seria estranho em relação aos corpos que se confrontavam.

— Meu querido, ele fez 15 anos... está na hora de treiná-lo. Sei que você o tem protegido de perto, e mesmo assim permitiu que eu entrasse em contato com ele. Se o Afilhado não aprender a se cuidar sozinho não irá sobreviver! Somos poderosos, mas os grandes ainda estão envolvidos com suas disputas. O garoto deve estar preparado.

— O Afilhado! Como você sabe? – respondeu com ar de espanto.

— Epimeteu, meu amigo, a Moira nos alertou no mesmo dia que conversou com ela. Ela é a mais sábia de nós. Sabe que os menores precisam ser unidos em torno do Afilhado, que é a esperança de Yggdrasil, os nove mundos. Precisamos treiná-lo meu caro!

— Mas você...

— Eu não! Nós... – respondeu rapidamente e continuou – Epimeteu, você viu o garoto nascer e crescer, sei que se afeiçoou a ele. Então, por que não se aproximou mais? Por que não estava treinando-o para adquirir a sabedoria da deusa Artêmis, que você bem conhece?

— Eu não estava preparado – falou novamente com o pesar das palavras.

— Epimeteu, nós seremos os primeiros a treinar o Soel, e nós três temos o agouro da morte em nossas costas, então não podemos ser vacilantes. E você sabe que não será nenhum fardo! O garoto é um doce... apenas confuso, assim como você.

Ao falar isto, Kara deu um beijo na boca de Epimeteu. Um beijo que não refletia amor, mas ternura, respeito e carinho... um carinho que levou séculos para ser construído. E antes de ir embora finalizou:

— Conto com você!

Epimeteu ficou vendo a loira se afastar, e por algum tempo se sentiu mais jovem. O beijo fez o serviço de trazê-lo novamente à luta, não apenas como espectador. Nesse momento sentiu um toque nas costas, e surpreso se virou.

— Olá – disse Soel de forma gentil direcionado a Epimeteu – Você a conhece?

Epimeteu surpreso pela ironia do destino, confirmou com a cabeça e falou:

— Você é o garoto que mora aí a frente, não? Eu e Kara... desculpe, a Sra. Thrud somos velhos amigos. Ela estava em sua casa... Conversaram?

Eu não entendi muito bem, pois o senhor com quem eu conversava parecia uns 100 anos mais velho que a minha nova técnica, mas não costumo julgar as pessoas e sou agradecido por ele me fazer lembrar o nome dela. Então respondi:

— Meu nome é Soel, mas na realidade ela conversou com meu pai. Acredito que irá me treinar ou ensinar Glíma.

— Ah, não teria melhor técnico em Gaia, meu caro Soel! Me chamo Epimeteu. – falou o ancião com uma grande reverência.

— Nossa, que nome apropriado! – respondi de supetão e me envergonhei – Desculpe-me, eu queria dizer que o senhor lembra muito as Histórias de Prometeu e Epimeteu, os Titãs de nossa religião. Me perdoe, por favor.

— Não tem o que perdoar. Fiquei honrado por saber que conhece a origem de meu nome.

— Você namorou a Sra. Thrud? É que vi que se beijaram, não estava espionando, mas...

Epimeteu interrompeu com um riso de satisfação, que muito tempo não se permitia.

— A Sra. Thrud não nasceu aqui, como você percebeu, eu também vim de longe. As vezes os beijos, como você viu, são mais de carinho e confiança do que outra coisa para nós. Mas ela é muito querida, como um parente próximo.

— E muito bela também. – Respondi prontamente.

— Odin sabe escolher bem!

— Odin?

Epimeteu percebeu o erro e rapidamente se corrigiu...

— A agência de modelos que a contratou... não percebeu que ela não anda: desfila?

— Ah! Sim. – Respondi decepcionado – Senhor Epimeteu, posso fazer mais uma pergunta?

— Diga garoto.

— O senhor conhece outras culturas, não? Pode me ensinar um pouco?

— Você sabe que existem leis que proíbem isto, não é? – respondeu o ancião.

— Está bem, me desc... – Antes de eu terminar, Epimeteu respondeu:

— Mas posso contar as histórias de como minha família e de meus amigos escolhiam os nomes dos bebês.

— Seria ótimo! – Respondi com um sorriso – Nos vemos!

O velho abanou a cabeça como um até breve. Fui embora, mas antes disse-lhe:

— Sempre víamos você cuidando do jardim, meus amigos e eu, mas achamos que era bravo e assustador, por isso não nos aproximamos. Erramos muito, mas estou feliz em te conhecer finalmente.

— Às vezes um beijo muda tudo, meu pequeno Soel.

*****

Fui embora conversar com os meus amigos, sem esquecer que precisava me preparar, para o treino de amanhã e para as aulas começariam em três dias.

Encontrei Rosa, Abdias e Dandara juntos. Rosa era loira, e deveria ser Classe A, mas como ela mesma se definia *"nasceu em um corpo que não era dela",* e por isso, ao assumir sua real identidade, se tornou pária. Foi considerada D por denuncia de seus próprios pais e, dessa forma, veio parar aqui sem nada.

Foi minha irmã Elza que a acolheu. Era seu primeiro trabalho como cuidadora, e os profissionais mais experientes deixaram o que definiam com "bomba", em suas mãos. Por seu intermédio que conseguiu que os pais de Abdias dessem emprego a Rosa em seu armazém. Ela pega pesado, pois trabalha na manutenção de equipamentos defeituosos por possuir um talento para isso. Seus patrões também a deram morada e abrigo. Assim, a pequena casa de fundos, um quarto-banheiro localizado no quintal da casa principal se tornou seu lar. Ela é apenas um ano mais velha que nós e já passou por muita coisa. Além de minha irmã minha, família não lhe deu nada, mas eu dei minha amizade, único bem que tenho a dispor no momento.

Dandara é a mais bela garota feita pelos deuses – se bem que a Sra. Thrud também é demais... Ela me deixa de pernas bambas as vezes, mas não quero estragar a vida dos filhos que ela poderá ter um dia... é melhor nem pensar nisso, e deixar ela encontrar um outro classe B, o que com sua beleza certamente será fácil.

Bem, cheguei cumprimentando todos:

— E aí pessoal? Me desculpem pelo vexame de ontem lá em casa... vocês ficaram bem? Rosa foi a primeira a responder:

— Meu herói de armadura reluzente, você foi um cavalheiro em me defender! Muito burro novamente, mas digno das cortes do Pendragon. Não precisa fazer mais isso, meu querido! Você ainda tem uma boa chance de se libertar de ser somente um proletário sem futuro.

— Mas você não! -respondi de imediato – Você tem mais direito que eu em se dar bem, é melhor que eu sou.

Acabei tomando um tapa na cara da Rosa, que quase vi estrelas! As vezes ela se esquece que tem a força de um homem... Doeu! Por fim ela me disse brava:

— Nunca mais diga isto! São provas, não a vida... Não somos melhores nem piores, somos iguais! Se você diz isto, qual a diferença entre você e a sociedade que nos qualifica por letras e números? Soel, estou aqui pelo crime de querer ser eu, apenas isto! E essa decisão que tomei me fez tão feliz...

aqui tenho amigos queridos e acolhimento. Nunca tive isto quando vivia nos palácios da Classe A! Ao dizer o que falou há pouco você desmerece minha história, minha luta por ser eu. Se subir de classe fosse importante para mim, eu nunca teria descido... Por favor, entenda isto de uma vez!

— Eu entendo que você é incrível e o Soel sabe disto – interrompeu Abdias – é que amigo protege, não é mesmo?

— Eu penso que estamos sempre juntos e queríamos estar na escola também. Eu entendo Soel pois nem precisei de prova, entrei direto por ser B. – finalizou Dandara.

— Se você me bater de novo, terá que casar comigo... – respondi, como um afirmativo de ter entendido.

— Tonto! Como já disse, sou uma donzela que não acredita em príncipes, mas aceito um abraço de um amigo defensor. – Rosa respondeu rindo.

Por fim contei toda a história do dia até aquele momento, de forma bem detalhada. Sobre as duas figuras que entraram em minha vida naquele dia... Rosa foi a primeira a indagar:

— Foi só você fazer 15 anos que a vida deu um giro de bailarina russa... de antes da unificação é claro!

Dandara começou dizendo: "Mas que legal, pensamos que nada ia se resolver até a volta as aulas..." porém terminou interrompido pelo lamento de Abdias:

— O velho gigante beijou a modelo? Até o velho gigante beija alguém... – disse entristecido.

— Se o problema é beijo, também sou uma modelo loira... – foi a forma que Rosa interrompeu o dramalhão.

Todos riram e continuei na brincadeira:

— Pensei na mesma coisa... -ri de forma um pouco envergonhada, e completei – Mas sabe o que é mais interessante? O Sr. Epimeteu terminou nossa conversa dizendo que um beijo muda tudo!

Olhei de relance para Dandara que retribuiu, e de repente o mundo parou... mas foi interrompido pelo barulho das risadas de Abdias pelas tentativas de Rosa beijá-lo... Todos caímos na gargalhada.

Foi um dia especial! Nos despedimos e voltei para casa. Meu pai estava tranquilo, Otelo se preparava para voltar ao Liceu e minha mãe ao telefone com Elza fofocando sobre o dia. Tudo acabou bem.

*****

Acordei pensando no treino de hoje à tarde, quando o telefone tocou. Era a Sra. Thrud que conversou um pouco com meu pai. Ele comunicou, aliviado, que ela gostaria que fossemos ao seu gmnásio para acertar os termos do acordo, e queria contar com a minha participação nos primeiros testes. Tomei um bom café da manhã, me troquei e levei o material esportivo comigo.

Capítulo V

Amizades, treinamentos e ano letivo

Sra. Thrud estava a nossa espera no Gmnásio com Epimeteu a tira colo. Ao avistá-lo lá meu pai achou estranho, mas resolveu não perguntar o porquê da presença do jardineiro. Cumprimentei meu recém amigo, que respondeu com um gesto afável, e percebi que o efeito desse gesto foi de deixar meu pai mais encucado ainda. Enfim disse olá à minha treinadora, e ela pediu para seu parceiro que me mostrasse o local e me encaminhasse para o vestiário a fim de me preparar para as atividades.

O Gmnásio era bem menor do que o meu antigo, mas muito mais belo, limpo e com os melhores equipamentos que já havia visto! Pude reconhecer que alguns aparelhos simulavam atividades específicas de combate persa, como um com roldanas que permitia o giro que possibilitava treinar puxadas em círculos, mas havia muitos que nunca tinha visto até então. Havia dois vestiários. Por um momento achei estranho um vestiário feminino em um local de treinamento de lutas... Ainda bem que percebi a merda que pensei, pois esqueci que a Sra. Thrud era a treinadora. Tenho que dar o braço a torcer quando a Rosa diz que somos todos machistas, mesmo querendo não ser, este erro não posso contar a ela nunca!

Depois que Epimeteu me apresentou tudo, perguntou:

— E aí, gostou?

— Ah! Sr. Epimeteu, desculpe-me, eu acho que Morpheus me fez devanear, fiquei maravilhado com tudo isto. Mas por que o Senhor está aqui?

— Por dois motivos – respondeu ele – o primeiro é para pedir para que pare de me chamar de Senhor, estou velho demais para ser lembrado disto o tempo todo. E o seguinte é para avaliar você em seu primeiro dia a pedido de Kara... digo, da Sra. Thrud.

Me bateu um certo frio na barriga, será que terei que lutar contra o S... opa! Epimeteu? Ele é muito grande, mas é velho, um velho forte como um urso! Será que vou passar vergonha em meu primeiro dia?

Me troquei, voltei a sala em que meu pai conversava com a Sra. Thrud, ao chegar ele se despediu, desejou bom treino e saiu dizendo que o acordo era muito bom, tudo que foi dito estava no papel. Ao sair, a treinadora começou a falar:

— Olá Soel, bem-vindo! O que acha que faremos agora?

— Treinamos? – respondi um pouco confuso.

— Não! Esperamos a nossa equipe que chagará... agora.

Ao dizer isso abriu a porta, e como mágica entraram nesta ordem, Gama, Mark e Abdias! Um deles era um grande amigo, mas agora vejo que são três parceiros, e por pura surpresa, entraram também Rosa e Dandara.

— Então, a primeira equipe de glíma desta cidade está presente. Acredito que já se conheçam, por favor, confraternizem-se. – Ressaltou a treinadora.

Conversamos um pouco e descobri que, depois da minha expulsão, Mark e Gama ficaram muito aborrecidos e, depois de receberem uma visita da Sra. Thrud, resolveram "mudar de ares". Meus outros três amigos foram também convencidos pela treinadora. Abdias, obviamente, se derrete frente a beleza dela, mas e as garotas? Elas vieram assistir ou treinar? Lembrei do meu preconceito anterior e resolvi esperar para perguntar. Assim a treinadora começou a falar:

— Que bom que vocês vieram! Estamos aqui para começar uma história, uma Saga de 6 jovens que será, além de bela, vitoriosa. Nossa equipe é formada por mim, Sra. Kara Thrud e o Sr Epimeteu na parte técnica. Os nossos atletas são vocês seis, Soel, Gama e Mark, que treinaram combate persa e, devido a isto, serão muito cobrados; Abdias, um fiel amigo que, saberão futuramente que isto será tudo o que precisam; Dandara, a primeira mulher na América a treinar glima.

Fiquei por um momento preocupado com a Rosa, ao que a Sra. Thrud completou:

— E Rosa, a única atleta com experiência da equipe. Rosa foi campeão do torneio Germânico de Glíma no ano que completaria 15 anos. Único não nórdico a vencer um torneio importante de glíma em um dos estados natais da modalidade.

Eu não sabia disso! Acho que ninguém sabia..., mas a treinadora continuou.

— O que faremos agora?

Respondi novamente com o mesmo erro da primeira pergunta:

— Treinamos? E novamente estava enganado...

— Não Soel, não se abusa do corpo em um treino, sem primeiro testá-lo, todo treinador precisa conhecer seu jogador, por isto, estão aqui nesta manhã, para uma bateria de testes físicos.

E foi aí que se iniciou a minha história com a glíma. Foram duas horas de testes! Um pouco pesado, mas nem tanto... acho que foi porque variaram os tipos de testes. Primero foram os de agilidade, velocidade, força e finalizando o de resistência. Ao acabar fomos dispensados para o treino da tarde. Abdias resmungou baixinho:

— Treino à tarde? Depois de tudo isto?

Rapidamente foi respondido pela treinadora:

— Assim terá a chance de me ver de novo...

Abdias ruboresceu, todos riram e fomos para casa comer e descansar um pouco. Mark e Gama tomaram caminho oposto então nos despedimos. Nos quatro estávamos em silêncio, até que resolvi falar.

— Gostaram da treinadora?

— Ela é mesmo linda, não? – respondeu Abdias, que foi interrompido por Dandara:

— Ora, vamos parar com este papo besta! Rosa você quer dizer alguma coisa? Sabíamos pouco do seu passado, sei que te incomoda e não queremos te machucar. Mas veio este fato do seu passado... se apresentou no momento e a gente e... não é curiosidade, entende? É que não sabemos o que fazer! Pode nos ajudar?

— Bem amiga, você foi melhor que os dois sabujos. Não gosto de falar da minha história porque não quero que sintam pena de mim, como o Sr. Justiça acaba sempre fazendo. – disse me encarando. -Mas acho que vocês têm o direito de saber...

Ela foi contando de forma sóbria, sem derramar uma lágrima, era uma rocha. Seus pais eram funcionários da embaixada Americana na Germânia, um dos estados mais antigos da Normandia, onde Rosa viveu desde os 10 anos. Estudou nos colégios especiais, com controle cultural para não haver contaminação ilegal de cultura, mas foi permitido que treinasse glíma. Foi no treino que percebeu que não se sentia à vontade no vestiário do treino, ficava incomodada em ficar nua na presença de outros garotos, não conseguia ficar natural e, por isto treinava além do tempo previsto para dar tempo dos outros se banharem. Pouco tempo depois, sentiu algo diferente por um dos jogadores, uma certa atração que pensava que não deveria estar ali. Durante os cinco anos que passou no bloco, começou a perceber e tentar estudar o que estava ocorrendo, sendo que no início da puberdade as sensações se tornaram piores.

Não adiantou se focar no treino, a tortura era a mesma. E na adolescência, começou a ver informações clandestinas sobre gêneros não binários. Acabou escolhendo que iria seguir este caminho, de ser quem queria, ou pensava que deveria ser. Planejou o plano perfeito, pelo menos para uma jovem e muito imatura e, também, desesperada.

Tudo começaria com a vitória no torneio de glíma, o primeiro não normando a vencer na Germânia, agradar os deuses e, como diziam os Normandos vencer um torneio importante como aquele é porque os deuses iriam sentar-se no seu lado na comemoração. Depois da vitória, se sentiu empoderado e resolveu assumir sua essência, a que nasceu para ser.

Em sua cabeça estava tudo certo... contaria aos pais, que felizes pelo seu grande feito a auxiliariam na reposição de sexo. Sabia que o estado da Tailândia, apesar da fiscalização, ainda era possível conseguir uma clínica. Como os pais tinham altos cargos na embaixada, seria fácil acertar um documento retificando o seu sexo de forma limpa, tranquila e todos seriam felizes. Tudo muito simples, mas o plano esbarrou em uma única falha: seus pais ao invés de apoiarem, a denunciaram. Ficou presa na Germânia sobre gritos de desgosto. Foi renegada por sua família até o dia que foi deportada para América Baixa, e seus pais nem foram se despedir.

Dandara estava começando a soluçar, vi uma lagrima escorrer no olho de Abdias... mas lembrei do início da explanação, *"Não gosto de falar da minha história porque não quero que sintam pena de mim..."*, então resolvi agir:

— Pois então mandaram a capitã da equipe de glima de Palmares, forte e poderosa, elegante como uma onça. Salve nossa amada capitã!

Todos gritaram salve! Rosa acenou com a cabeça, e entendi que estava me dizendo: "aprendeu herói!". Fomos então comer e descansar um pouco.

*****

— O que achou Epimeteu? disse Kara ao amigo em relação as avaliações que os jovens fizeram durante a manhã.

— O mais ágil e rápido foi a mortal que chamam de Rosa, Gama foi de longe o mais forte, somando os resultados acredito que, a Rosa foi melhor, Mark, Gama e o Afilhado estão no mesmo nível, assim como Abdias e Dandara estão empatados em um nível abaixo dos outros. Ou seja, o Afilhado não teve nenhum benefício por enquanto, mas precisamos monitorar.

Kara respondeu:

— Por enquanto está ótimo, temos pouco mais de dois anos para treiná-los para os Jogos. O Afilhado precisa tornar-se herói neste evento, e assim sair da condição humana que se encontra. Mas para isto as lutas precisam ser justas, ele não pode manifestar nenhuma condição que o dê vantagem.

— Os amigos o tornam mais humano Kara, vamos mudar a ideia original e preparar a equipe como um todo. – respondeu provocando sua reflexão.

— Torna-lo mais humano até ser herói? Não tem sentido nenhum, mas talvez seja o melhor que temos até agora. Treinar a garota para ganhar de jogadores homens e o babão vai ser quase impossível..., mas desde quando nosso trabalho foi fácil? Ok meu velho amigo, vamos nos divertir.

*****

No treino da tarde, entramos no espaço reservado as técnicas específicas de glíma, a Sra. Thrud começou a instrução:

— Glíma não mudou, sei que conhece bem a modalidade e sabe o nível de conhecimento dos seus amigos por isso Rosa, poderia tomar a palavra?

Nessa hora efetivou-se o que havíamos previsto, Rosa recebeu a incumbência de ser nossa capitã. Então, acenou com a cabeça e começou:

— Vocês conhecem o combate persa, existem semelhanças com glíma, que pode ser simplesmente traduzida como luta em nossa linguagem. Na persa há vários rounds e a resistência importa muito. Na glíma o importante é a decisão, são sempre três rodadas que compõe os três tipos tradicionais da modalidade amigável. Existe também a não amigável, mas é melhor que nem queiram saber.

Rosa nos explicou sobre a origem e as regras da glíma, dizendo que Bragi Boddason e Kveldúlfr Bjálfason, retrataram a luta em seus poemas e as enumerou em: primeiro a Lausatök que compõe a primeira prova e que consideraria, como opção pessoal, chamar de glima de agilidade, para facilitar o entendimento de vocês em relação à pronúncia. As técnicas assemelham-se ao combate persa, ou seja, técnicas para derrubar, mas sem a utilização do tecido da roupa para pegada no pano. O vencedor é considerado aquele que ficar de pé enquanto o oponente está deitado no chão, se ambos caírem juntos, deverão ser usadas estratégias para manter o outro por baixo enquanto se levanta. Apenas uma vez e decide-se o primeiro ponto.

A segunda forma, que constitui o segundo ponto é o Brokartök, que é a forma de glima mais técnica. Usam-se um cinto especial na cintura e nas coxas de cada perna, que são conectados. Dessa forma é feito uma pegada no cinto da cintura e outra no cinto de uma das coxas. Devem girar e para derrubar o oponente usam golpes que provoquem desequilíbrio e tropeço, não podendo usar a força para levantar ou puxar o adversário para baixo. Assim tem-se o segundo ponto. Dois pontos vencem a partida, mas se houver empate é decidido pela terceira forma, Hryggspenna, a forma de força, onde os adversários se agarram entre o ombro e o tórax, e é derrotado quem tocar primeiro o chão com qualquer parte do corpo que não sejam os pés.

— Obrigada Rosa, bela explicação. Espero que tenham compreendido. – Assumiu Sra. Thrud. Acredito que estão preparados para treinar os movimentos básicos e reconhecer os materiais e regras. Mas antes gostaria de passar as nossas três regras básicas: 1ª) Encontre o seu motivo pessoal para desenvolver-se nos treinamentos, mesmo que esta questão esteja fora de você, desde que seja justa. 2ª) Ao participar de nossa equipe ninguém, a não ser todos, ganham; e ninguém, a não ser todos, perdem. Se há um elo fraco, ele persiste porque os outros elos não ajudaram no reforço. 3ª Lutar glíma é ser honrado, desejar o combate justo enquanto única condição para que a vitória seja real. Um lutador de glíma precisa ser suficiente honesto em relação ao combate. Conta-se na tradição, que se um combatente fosse forçado a lutar com um oponente que quebrou o braço, ele quebraria o próprio membro para que o equilíbrio seja refeito. Dessas regras, podemos tomar as lições que deveremos seguir. Vamos começar então! – finalizou a treinadora.

Durante o treino foram apresentados as marcações, as primeiras movimentações e o início de aconselhamentos e estratégias. A primeira recomendação que a Sra. Thrud nos passou foi o respeito para com todos. Todos avançariam juntos, e se alguém estivesse em dúvida e quisesse desistir, esses deveriam sair agora! Todos se entreolharam, e após um instante de silêncio ela começou a nos instruir:

— Vocês são diferentes, específicos em relação à sua individualidade. Os testes da manhã permitiram conhecê-los melhor e montar nosso plano de atuação. Primeiro, Rosa é a mais preparada e, devido a isso será a nossa capitã nesse momento. Sei que estou confirmando o que já sabiam. Mark, Soel e Gama são lutadores, precisam se adaptar para glima, mas são equivalentes em suas capacidades. Abdias você não treinava, mas é inteligente e curioso, não deixe sua chama apagar, precisamos que se dedique para se fortalecer, aprender e tornar-se competitivo, paciência será seu legado. E finalmente Dandara, seu desafio é o maior. Não há diferenças entre homens e mulheres nos desafios e jogos, por isso as mulheres acabam ficando de fora desta modalidade. Por essa razão os dois primeiros modelos de glíma serão seu foco... investiremos no treinamento de agilidade e técnica, pois não podemos perder tempo e direcionamento nos preocupando com compensar sua força. Você tem que ter isto na sua mente, ser melhor no que pode ser.

Por fim ela ponderou:

— Todos precisamos conhecer nossos limites, nossas qualidades e falhas. O primeiro passo é conhecer a ti mesmo e depois vem a preocupação com os adversários.

Ao término do treino, fomos nos preparar para voltar para casa, e nos vestiários conversamos sobre nossas impressões. Percebemos que além de xingamentos e rivalidades, pouco poderia ser lembrado de nossos antigos treinos, pela primeira vez nos revelavam estratégias, individualizações e principalmente valores. Todos estávamos impressionados e satisfeitos.

Antes de sair, Epimeteu trouxe nossos primeiros uniformes. Éramos a primeira equipe de glíma de nossa cidade, a Equipe de Glima de Palmares. Ao pegar o uniforme, Gama percebeu o brasão em branco, e bradou que fomos promovidos. Afinal ser a única equipe valia a pena.

*****

Fomos em direção a nossas casas. Como sempre o caminho de Mark e Gama era para lados distinto do quarteto. Enquanto falávamos sobre o treino, Abdias reclamou um pouco de ser considerado a terceira potência:

— A capitã, os brucutus e eu e Dandara, só faltava essa...

De imediato Rosa respondeu:

— Você retruca porque está apaixonado pela técnica, pare de tremer as pernas que economiza energia para o treino.

A conversa deles foi ficando longe porque caminhava ao lado de Dandara e refletia o quanto este dia ficou interessante, como as coisas se encaixaram, de repente escutei:

— Gaia para Soel... Soel está vivo? – Dandara tentando chamar minha atenção, quando percebeu que acordei ela continuou. – O que achou de hoje?

— Legal, fiquei surpreso e feliz de estarmos juntos – respondi.

— Você acha que realmente darei conta? Que não irei decepcionar todos? Eu tive um pouco insegura durante o dia, não sei se sou a mulher para quebrar barreiras?

Estas palavras soaram um pouco mais pesadas para mim do que uma insegurança de treino. Eu me policio para ficar distante de Dandara para evitar os problemas de classe que nos atormentariam, principalmente no caso dela. Mas o diacho do coração sempre nutre esperança e, a insegurança em quebrar barreiras pode ter mais de um sentido. Mesmo assim respondi:

— Como você não quebra barreiras? Dandara olhe com quem você anda... quem de uma classe pura sairia com gente como nós? Somente você...

Dandara olhou nos meus olhos e respondeu:

— Mas eu amo vocês – meu coração parou – são parte de minha família – voltou a bater de novo... então respondi:

— Então confie na treinadora, ela foi muito sincera na forma que colocou nossos valores. Fique com a gente, éramos uma turma e agora uma equipe.

Rosa e Abdias chegaram em suas casas. Para me aporrinhar, perguntaram se eu era confiável para acompanhar Dandara até em casa...como de costume nessas brincadeiras entre amigos, xinguei os dois e a levei para casa. A caminhada era curta, mas o silencio a deixava descomunal. Ao chegarmos no seu portão, nos despedimos e finalmente ela disse:

— Você tem razão, será bom estar com vocês, ainda mais se prometer me acompanhar sempre que der. Será bom ter você só para mim – me deu um beijo na bochecha e entrou.

Por um minuto não era mais noite e estava tudo iluminado, flutuando nos devaneios que um singelo toque da pessoa certa pode proporcionar. Gostar de Dandara era uma realidade que, às vezes, me dava vontade de esquecer o que o futuro iria nos reservar...

— Mas este tal de futuro, quem sabe dele? – Respondeu uma voz forte em minhas costas – não te falei que as vezes um beijo muda tudo?

— Epimeteu, o que faz aqui? – Respondi.

— Quero te levar a um lugar, mostrar algumas coisas interessantes, vem comigo?

Era tarde, mas se não demorasse muito, poderia ser. Diria que fui buscar os uniformes. Fomos ao Zoológico da cidade e, por Epimeteu ter as chaves, entramos e andamos um pouco. Ele começou a conversa:

— Sente os outros seres vivos deste local? Sente a tristeza e a solidão? – Ele foi falando... Você já veio aqui, não é mesmo? Com qual deles você se conectou? Qual te chamou a atenção?

— Não sei – respondi – não prestei atenção, apenas os observei.

Paramos na frente da jaula dos leões e o ancião disse que nem em seus piores pesadelos os deuses sonharam que os humanos iriam ser tão desrespeitosos com os outros mortais, como são. *"Os humanos os chamam de animais, para os deuses, todos são mortais, do homem à formiga, mortais nada mais que isto"*. Ao dizer isto, aproximou a mão da jaula e a colocou dentro, na hora que o leão mais corpulento vinha vindo.

Fiquei apavorado, mas o leão lambeu a mão de Epimeteu e se acarinhou nela, ele disse:

— Tenha medo dos deuses e dos homens meu garoto, os animais, se quer chamá-los assim, são o que são. Sem surpresas, nenhuma traição, nenhum comportamento mesquinho ou desonesto. Eles são puros, mas os humanos os tratam como feras, insensíveis, seres que podem ser separados de seu lar e de seus companheiros. Isto, meu amigo, é a primeira aula sobre teogonia. Deuses criam, homens separam...

Só pensei uma coisa para falar neste momento:

— Posso pôr a mão nele também?

— Lógico que não, ficou maluco. Vai perder o braço. Está na hora de irmos – respondeu rispidamente.

Fomos em direção a minha casa, no caminho perguntei a Epimeteu:

— Por que você pois a mão na jaula e acariciou o leão e me chamou de louco depois?

— Simples – começou a responder – eu fiz várias perguntas, a sua resposta foi a mais desinteressada possível. Por isto, se você não tem conexão com a natureza, com a deusa Gaia, como pode querer se sintonizar com elas? Você precisa melhorar a sua preocupação com tudo e tentar escutar os sopros do amor, da bondade que reside em você. Chegamos, boa noite!

— Epimeteu? – ele acenou com a cabeça – Coma sabia o que estava pensando e sentindo quando nos encontramos?

— Sabendo! – respondeu, rindo e caindo na noite.

*****

Quando haviam chegado em casa, Rosa se despediu de Abdias e entrou pelo caminho lateral que leva a casa dos fundos. Abdias entrou contente e já foi contando sobre o dia que tivera. Estava muito excitado ainda, pois era considerado um autêntico *nerd*, jamais se interessara por desafios corporais. Até que ela chegou, a Sra. Thrud com toda sua beleza, parou em sua frente, ofereceu para treiná-lo e disse:

— Não se esconda mais Abdias, não será visto assim. Desafie-se, tente se lançar ao menos uma vez em uma estupidez tão grande que até os deuses verão.

Pode não ter muito sentido o que ela disse, mas saindo de sua boca, bastava para ele. Estava na hora de Abdias vencer seu maior inimigo: sua insegurança. Tinha que tentar testar se os deuses usavam óculos, pelo menos na versão bem-humorada que iria contar posteriormente para o seu grupo.

*****

Rosa chegou ao fim do corredor, saiu correndo pegando impulso e pulou o muro. Alcançou a rua e saiu correndo feito louca! Chegou a um prédio simples, tocou a campainha do apartamento 32 e foi recebida na porta por um abraçou apertado de uma figura em trajes de dormir, por fim subiram de elevador...

*****

Dandara estava pensativa demais para ter forme, acabou jantando forçada por seus pais, ficou pouco tempo acordada, mas logo sentiu sono e se retirou. Antes beijou os pais e perguntou se eles ficaram preocupados com o convite que recebeu de treinar uma luta com homens. Seu pai respondeu:

— Dandara minha querida, você sabe que seu nome foi escolhido de uma princesa guerreira ancestral de nossa terra natal, Bantu. Demos a você este nome pois sabíamos que neste local você teria que ser inspirada pela sua xará. Estava escrito nos búzios que seria como ela, só não imaginávamos que seria de forma literal. A pessoa que nos contactou, independentemente de sua classe, nos lembrou o brilho de Obá querida. Não se desconfia de alguém assim.

— Pai, por que saímos de nossa terra e viemos parar aqui?

— Por minha causa filha – respondeu a mãe – você sabe...

— Escolástica, está na hora? – interrompeu o pai.

— Ojé meu amado – respondeu – a hora certa é feita quando ela chega, e a pergunta chegou.

Ele acenou afirmativamente com a cabeça e ela continuou.

— Então Dandara, você é esperta e não deve se meter com a Legislação desta terra, por isto tenha responsabilidade! – após o aceno revelando que ela entendeu, sua mãe continuou – Eu era uma Ialorixá, uma sacerdotisa de minha terra natal. Seu pai era um babalorixá de uma terra distante, mas tivemos o mesmo sonho no mesmo dia e fomos procurar sua origem. No meio do caminho nos encontramos, e no final você nasceu. Este foi o primeiro sonho que compartilhamos e a felicidade nos foi plena. Mas o equilíbrio nos alcançou, revelando nosso segundo sonho compartilhado. Você deveria estar aqui nesta terra. A alegria de nosso encontro e o seu nascimento nos impediu de desobedecer a ordem das coisas vivas, e dessa forma, cumprimos o que nos foi revelado, mesmo tendo que sair de nossa amada Bantu.

— Mas eu tenho que estar aqui por quê? – perguntou Dandara.

— Isto você deverá descobrir! – Respondeu sua mãe.

Dandara se retirou para, talvez, dormir. Mas inesperadamente recebeu um abraço de seu pai que disse:

— Estaremos aqui para te proteger querida. Sempre estaremos.

*****

Ao entrar em casa, meus pais já tinham jantado. Perguntaram onde eu estive, e eu disse apenas a verdade, que treinei e levei Dandara para casa, mas não disse que estive com Prometeu... a vigilância do meu pai as vezes, ou melhor, sempre me incomoda! Dessa forma não menti, mas dei a ele a justificativa que sabia que o acalmaria e fui comer alguma coisa pois estava faminto. Minha mãe se adiantou para preparar alguma coisa, mas eu insisti que poderia me virar sozinho para que ela não se preocupasse. Nessa hora meu pai lembrou de me falar:

— Chegaram vários itens de alimentação, material esportivo, vestimenta e calçados. Também veio o material escolar, alguns livros a mais e a anuidade da escola preparatória quitada e sem desconto. Não entendi, mas foram eles que pagaram, paciência.

— Ah! Também esqueci, o Sr. Epimeteu entregou os uniformes para a equipe! -respondi.

Minha mãe ficou empolgada em ver os uniformes, mas como sempre meu pai só se interessava pelo resultado prático, ou que ele considerava prático: "ganhar algo ou entrar no liceu". De resto, se interessar pelos treinos, torneios e qualquer outra coisa eram apenas bobagens. E como de costume, ele apresentou seus argumentos repetitivos de novo.

— Epimeteu é o velho jardineiro da frente? – perguntou meu pai com sua rabugem costumeira – Coisa boa não é! Tem jeito de ser um classe A, mas mora aqui e tem este emprego de merda? Deve ser outro classe D que você conhece e fica de atrás agora. Não quero te ver conversando mais com ele!

— Bem vai ser difícil, pois como sabe e viu, ele é um dos meus treinadores, só se quer que eu desista, é isso? – respondi perto de perder a paciência.

— Por mim você deveria estar na sua equipe anterior, mas este mundo é injusto mesmo. Você apronta o que fez e é recompensado... os deuses não devem estar mais no comando mesmo... – continuou com o insulto habitual.

— Deve ser isso mesmo! Como um classe CIII pode ter sorte, não é mesmo? Fique tentando achar a resposta, eu vou dormir! -respondi aborrecido com o ataque gratuito.

Minha mãe ainda resmungou que eu iria dormir com fome, e eu nem respondi. Entrei no meu quarto tão chateado que já havia me esquecido de que os materiais da equipe tinham chegado! Lá estavam roupas novas, alguns suplementos alimentares, alguns deles eu acabei abrindo para tapear a fome. Olhei o material escolar e vi os livros e dentre eles, três que me chamaram a atenção: "Teogonia revisada para o Milênio de Aquino", "Asgard de Hegel" e "Crepúsculo dos deuses de Nietzsche".

Bem a Teogonia original que conheço e é oficialmente aceita é a clássica de Hesíodo, as interpretações não são bem aceitas. Principalmente a de Aquino, considerado um traidor oriundo do Jesuísmo. Porém este é o livro menos preocupante, os outros dois aparentemente descumprem nossas leis de Restrição Cultural! Vou ter que tomar cuidado para ler e guardá-los em um local bem secreto. Queria ler um pouco mas estou muito cansado, vou guardá-los para que não fiquem a vista e amanhã os escondo melhor. Sei que se começar a leitura não irei parar até o amanhecer. Preciso treinar, a equipe gastou uma nota preta comigo e semana que vem as aulas começam, duplicará o meu, ou melhor, o esforço de toda a equipe. Mas porque eles pagaram a escola? Eu tinha bolsa integral!

*****

Rosa acordou com o barulho vindo da cozinha. Ainda estava com vontade de dormir, mas o dia estava chamando. Não podia chegar atrasada no trabalho para não causar suspeitas de que havia passado a noite fora. Foi até a cozinha e a viu de costas preparando alguma coisa... deu-lhe um abraçou forte, como se não houvesse passado a noite juntas.

— Ah! Levantou-se? Depois de ontem achei que acordaria somente à tarde – disse Elza com seu sorriso habitual.

— Obrigada querida, sempre cuidando de mim..., mas preciso ir trabalhar para poder ir aos treinos sem problemas. – disse Rosa.

— Eu sei! Melhorou?

A pergunta de Elza fez Rosa se lembrar do dia anterior, e como teve que engolir todas as emoções que sentiu, desde a conversa com a Sra. Thrud, que não sei como, a convenceu que deveria voltar a treinar e lutar glíma. Sei que não foi pelas promessas que fez, -e não foram poucas— nem foi pela possibilidade de revanche. Mas talvez tenha sido porque seus amigos precisariam dela! Soel precisava, o novo irmão que Elza havia proporcionado, o herói perdido. Acho que a Sra. Thrud a fisgou por aí.

Mas reviver tudo, os planos, a trajetória da glória ao sofrimento, toda a emoção que queria esquecer... Elas retornam em apenas um dia, e ela não pode soltar um grito, uma lágrima sequer. Por isso veio ao apartamento de Elza, sua amada protetora, que lhe deu colo, amparou e refez suas forças.

— Estou melhor sim, as horas de choro foram suficientes para não pirar mais durante este mês!

— Você está querendo dizer este dia, não? – disse Elza, rindo.

— Não, estou bem mesmo querida. Sei que tem que cuidar de outros casos... preciso do seu colo, mas tenho que dividir com os outros que não possuem o privilégio de ter morado com você. Estou bem mesmo. – disse Rosa confiante como sempre.

— Você sabe que é especial para mim Rosa, protejo você como fazia com o Soel em casa, mas agora sei que tem me substituído. Estou ausente, mas conto com você nas ruas. Por favor proteja ele em meu lugar.

— Somos uma família Elza, laços de amor e bondade são eternos.

Elza acenou afirmativamente com a cabeça. Tomaram um bom café, recheado de risos e fofocas e por fim, Rosa se despediu com um beijo demorado e foi trabalhar. Elza foi conferir sua agenda e verificou que iria iniciar os atendimentos dos seus pacientes em menos de meia hora, precisaria se apressar!

*****

O dia começou tranquilo, mas os suplementos que comi ao invés da janta me deixaram com uma pequena indisposição estomacal. Ela rendeu umas três idas ao banheiro, mais isto foi o suficiente para a melhora do quadro. Tomei o meu café costumeiro: café com leite, pão, manteiga e banana. Fiquei com medo de abrir outro suplemento que foi enviado, principalmente quando li a carta anexada que dizia em destaque: Favor aguardar as recomendações do especialista em alimentos que passará pelo gmnásio no Terceiro-dia pela manhã. Nem tinha percebido que era hoje.

Me despedi de minha mãe e corri para não me atrasar muito, e mesmo assim cheguei por último, exceto por Rosa que estava trabalhando.

— Até que enfim chegou – comentou a Sra. Thrud— Se Epimeteu não tivesse dito que ajudou ele depois do treino, estaria enrolado Sr. Soel.

Ao ouvir isto fiquei atordoado, mas não com a bronca, nem mesmo com a surpresa da defesa, e sim porque a porta da sala onde estavam sendo as consultas se abriu, e dela saiu Dandara. Ela estava de biquini, e estrategicamente posicionada onde estava a luz do sol da manhã que entrava no ambiente. A luz fazia sua pele reluzir, tornando-a mais linda do que poderia se lembrar. Era uma pele preta e dourada ao mesmo tempo e, ao me olhar sorrindo me fez sonhar... até escutar Abdias dizer:

— É essa cara que faço quando vejo a Sra. Thrud? Não é à toa que me recriminam.

Gama e Mark riram, e Dandara fez de conta que não ouviu e veio me cumprimentar. Eu juro que abraçar ela e continuar conversando naturalmente, sem beijá-la ou declarar minhas vontades, foi mais difícil que um dos trabalhos de Hércules, ou pensando bem, os doze juntos. Fiquei realmente aliviado por ter sido chamado para a consulta.

Entrei na sala e me deparei com uma bela mulher, devendo ser da Classe A, que nem a Sra. Thrud, deveria ser mais velha do que aparentava, mas a beleza era de se destacar. Ela tinha pele branca e cabelos castanhos compridos, que escondia as orelhas, rosto rosado e boca bem vermelha. Na hora pensei na Dandara, e em como apesar de estar conhecendo pessoas tão belas, nenhuma se comparava a ela!

— Então, como é mesmo seu nome?... disse que o meu era Dra. Skuld, médica curandeira, e você?

— Desculpe-me, me chamo Rodrigo Soelloh, mas me chamam de Soel.

— Ótimo, tire a roupa e fique de calção – ela disse.

De calção? Eu nem tinha visto que era para vir hoje e quem me dera ler que deveria vir de roupa de banho? Tive de responder:

— Eu não estou com roupa de banho posso pegar a bermuda de treino?

— Não precisa, fique de roupa de baixo ou se preciso nu... e caso fique "emocionado", pense no Sr. Epimeteu te dando uma bronca que acalmará. – disse-me.

Acabei ficando de cueca e descobri que ela iria fazer uma pequena avaliação cardiorrespiratória e depois, verificação de gordura corporal através de dobras cutâneas. Cada vez que ela me tocava pensava no leão comendo o braço do Sr. Epimeteu, nas broncas de meu pai e, quando acabou, percebi que o meu segundo trabalho de Hercules havia terminado!

Coloquei minhas roupas e saí, e no final da sessão tivemos uma palestra da Dra Skuld sobre alimentação e descanso. Recebemos recomendações sobre peso ideal para cada um de nós e uma lista sobre o uso dos suplementos que recebemos. A maioria deles estava relacionado a complementação alimentar que supria falhas da alimentação em América de Baixo.

Ao final das atividades, Rosa chegou correndo e foi direcionada direto para a sala improvisada e por fim nossa treinadora falou:

— Prestem atenção nas comunicações enviadas por carta, muitos de vocês não leram as notificações juntos com os itens enviados. Esta é a última semana que antecede as aulas, precisamos de vocês todos os dias aqui nas manhãs. A dra. Skuld é a novidade da equipe, mas não aparecerá sempre. Estão dispensados.

Estávamos indo embora quando ainda escutamos ela falar:

— Sr. Abdias não precisa ficar constrangido, é comum em sua idade.

Rimos e novamente escutamos:

— Tirando nossa querida Dandara, tive relato de que todos os senhores tiveram o mesmo problema de juventude, precisam saber lidar melhor com isto e não debochar de um problema natural da idade. Preparem-se para que este desafio seja benéfico para o treinamento e não o contrário. A natureza preparou vocês para disputar a atenção de quem se afeiçoa por isto, aprendam a usar esta força natural para seu benefício e não o contrário. Até a tarde.

Ao sairmos aproveitei para conversar um pouco com Gama e Mark, pois Dandara e Abdias estavam rindo um do outro:

— Olá, depois destes dias eu me toquei que esqueci de agradecer a vocês. Primeiro por terem me defendido em nossa antiga equipe, e agora por estarem conosco. Não sei se perceberam, mas apesar de treinarmos juntos na mesma equipe durante anos, foram nestes poucos dias que nos aproximamos como esperado em um time.

Eles acenaram com a cabeça e Gama começou a responder:

— Não ligue meu caro, eu fiz o que deveria fazer, o que era certo.

— Mas te ferrou, da mesma forma que eu, vocês perderam o lugar de treino. – Repliquei.

— Soel, eu sou filho de pais que nasceram em Bantu, vieram trabalhar no consulado. Meu pai morreu quando eu era muito pequeno, me lembro pouco dele, minha mãe não quis voltar por isto. Em minha infância o que lembro de meu pai é ter me ensinado a ser honesto e lutar pelo correto. Ao te defender estava mantendo vivo o que tem dele em mim, entende? Ele ainda vive em mim se eu o honrar em meus atos, e se me afastar de seus valores, ele também se afastará. É isto que me foi ensinado.

Não sei se a resposta de Gama poderia ser enquadrada com incitação contra a hegemonia cultural, mas gostei do que escutei. Achei de deveria responder, mas Mark foi mais rápido:

— Pois é meu amigo, sempre invejo a sua relação com seu pai! Quer saber Soel? O meu motivo foi exatamente o contrário: foi para me redimir, redimir o que meu pai representa. Nós vivíamos na América Alta até eu completar os 10 anos. Vivíamos com pouco luxo, mas bem. O problema é que, naquele local era quase um crime não desperdiçar ouro, aí meu pai teve a genial ideia: vendeu tudo o que tinha, e viemos para a América Baixa com muito dinheiro se comparado aos moradores locais. Desta forma minha família montou negócios imobiliários extremamente lucrativos. Vivendo de comprar terra barata e explorar as classes baixas em função do lucro extremo.

— Quando vi o treinador te tratando como inferior – continuou – vi meu pai dizendo a mesma coisa, por isto entrei na encrenca. Gama, somos opostos em relação a nossos pais.

— Poxa, acredito que devo uma para vocês – respondi um pouco envergonhado de não os conhecer tão bem. Poderíamos nos encontrar neste dia-descanso para uma conversa em grupo. O que acham? Eu, Abdias e Dandara revezamos a casa para o almoço e passamos o dia juntos, a Rosa também sempre vem.

— Bem... não vamos atrapalhar? – responderam quase juntos.

— Este final de semana vai ser na minha casa. Imagine eu levando dois puros. Meu pai ficará uma semana sem implicar comigo! Pensando bem, uns dois dias no máximo...

Acertamos a ampliação do encontro de amigos e avisei Dandara e Abdias que deram um tempo na zoação. Fomos para caminhos diferentes, três de um lado e dois de outro, chegou minha terceira provação do dia: acompanhar Dandara.

— Depois do que a Sra. Thrud disse, não acreditei que vocês ficaram assanhados... então vou perguntar para você o que o Abdias se negou a me responder. Como você ficou ao me ver de biquini? – disse Dandara de supetão.

Ao me ver mais branco do que a Rosa ou o Mark e começar a gaguejar, o valoroso Abdias veio ao meu auxílio:

— Então, ela veio com essa conversinha agora! Já falei que te vemos de biquini desde os 5 anos de idade, sempre fomos vizinhos. Você é nossa amiga!

— E elas são a nossa técnica e a médica – respondeu já ficando emburrada. E você não vai responder?

— O Abdias foi tão brilhante na sua resposta... – foi o que veio em minha cabeça.

Ela cruzou os braços e disse: "Homens", e entrou na sua casa um tanto contrariada. Por fim, os sobreviventes voltaram a caminhar aliviados.

Durante a tarde e os dias seguintes foram de treino, resmungos, conversas e ajustes dos treinadores:

— Rosa passe o golpe de rasteira rápida; Dandara estude o modo que os garotos aplicam a força; Abdias tome vergonha; Soel confie mais em você; Gama guarde sua força para o momento certo; Mark acerte melhor este movimento... O segredo do bom combatente é conhecer a si mesmo! Aprendam todas as suas virtudes e falhas, jamais mintam para si mesmos. Este é o primeiro passo, o segundo é preocupar-se com os adversários – tudo isso era vociferado pela Sra Thrud, sem a raiva habitual do antigo treinador, mas de forma enfática, carinhosa e preocupada ao mesmo tempo.

O sexto e último dia antes do começo do ano letivo estava terminando.

Capítulo VI

A benção de Afrodite

Ao caminhar para casa com os amigos pensei no grupo que formamos e o quanto me sentia preparado, parecia que treinávamos há anos e não apenas uma semana. Próximo à casa de Abdias e Rosa, Epimeteu se juntou a nós. Pela primeira vez percebi que ele estava com aspecto mais jovial, mais ereto e aparentemente feliz, isto me fez ficar um pouco constrangido, pois gosto dele e deveria ter prestado mais atenção, afinal as mudanças foram drásticas. Abdias inclusive comentou:

— Olá sr. Epimeteu, tenho notado o quanto está mais jovem, está namorando a Sra. Thrud?

Dandara olhou horrorizada para a petulância do amigo e o recriminou na hora! Rosa escondeu a risada, e como eu já sabia a resposta, nem me preocupei.

— Estou com vocês todos os dias, como não rejuvenescer? Ah! Fique tranquilo que não irei atrapalhar sua conquista Abdias. Falando nisso, você tem melhorado muito na dedicação ao treino. Está quase recebendo um elogio, isto é um passo...

Agora todos riram, menos o envergonhado Abdias. Rosa ainda protestou que o garoto não precisava de elogio, mas de uma namorada, porém reconheceu sua melhora. Tenho que notar que a noite fica mais iluminada com meus amigos. Quando chegamos, Rosa e Abdias confirmaram a ida para minha casa amanhã, se despediram e entraram. Aproveitei e perguntei a Epimeteu se ele gostaria de ir:

— Não conte para o Abdias, mas amanhã passarei o dia com a Kara... quer dizer, a Sra. Thrud, por isso não poderei ir. E antes que achem algo errado, é relacionado a equipe, precisamos planejar o novo período de treinamento pois vocês têm menos tempo devido as aulas. Ah! Chegamos Dandara.

Na hora Dandara pensou em contar a conversa que teve com os pais e indagar se Epimeteu sabia de algo, mas resolveu se aquietar, ao menos; por enquanto. Se despediu e entrou. Sobramos, e percebi que teria uma nova aula, mas desta vez ela começou de forma diferente:

— Por que não diz a Dandara que gosta dela?

— Não posso – respondi. Seria egoísmo meu...

Epimeteu me interrompeu um pouco bravo:

— De novo essa ladainha de classes? Deuses não ligam para isto, apenas humanos burros! Veja as borboletas, por exemplo, quantas cores elas têm? Qual a preferida dos deuses? A azul, a lilás ou a amarela? Elas são belas por serem diversas, não há preferidas! E vocês humanos, por que não estariam na mesma condição das borboletas?

— Sr. Epimeteu, por que o Sr. diz "vocês humanos"? Você não é humano? -respondi.

— Boa pergunta Soel. Quando a humanidade decide que não faz parte de Gaia, da sua natureza se colocando como superior a própria deusa da vida; criando regras que confrontam os seus princípios, como a divisão por classes, o repudio a Classe D e outras bobagens, como a restrição de conhecimento a todos; eu me afasto de me identificar como um ser humano, prefiro ficar a parte.

— E é sobre isto que falaremos hoje. Sobre Gaya – continuou.

Epimeteu me levou à praça que cuidou com muito carinho durante toda a minha infância e me levou ao gramado. Da mesma forma que acariciou o leão outro dia, acariciou o gramado e disse:

— Você percebe como a humanidade tem dificuldade em amar seu planeta? Repudia Gaya? Veja meu caro Soel, olhe a sua volta a tentativa de cobrir Gaya com piche, concreto, construções... cobrem tudo, deixam apenas poucas áreas para que a terra entre em contato com o ar. Calam e destroem a vida na superfície dela, deixando apenas praças para que sua beleza seja exposta, tão pouco, quase nada. Como se conectar com o planeta, senão há contato com a terra?

— Ponha a mão neste gramado – continuou – há vida aqui, existe vida pulsando nele, abaixo dele, mas não ali... no asfalto, a vida é encoberta, esquecida, profanada. Um material impermeabilizante que o único objetivo é evitar que a vida resplandeça. A humanidade se isola da natureza, a chama de suja, quantas vezes escutei que o concreto evita que a sujeita entre dentro de casa. Ingênuos! Sujeira são os materiais criados para isolar o ser vivo de Gaya.

— Escute Gaya Soel, sinta-a no gramado, converse com ela que terá resposta. A natureza quer apenas ser amada pelos seus filhos mais cruéis, os únicos capazes de matar uma deusa.

Ao dizer isto, Epimeteu encostou a mão no chão novamente e começou a murmurar algo para alguém que me deixou confuso, com quem conversara? Com Gaya?

Durante alguns minutos nada aconteceu até que... uma pequena flor, uma margarida começou a crescer e desabrochar. A reverência que ele fez depois me deu a impressão de agradecimento. Ele tomou a pequena flor, que ficava minúscula em sua mão, e me entregou dizendo:

— Gaya mandou para você... cuide bem dela.

Pela segunda vez Epimeteu me impressionou, já não sei mais o que pensar, apenas que ele é muito mais que aparenta ser. E eu sou grato por ter me escolhido para ser seu aluno.

Passou a mão na minha cabeça e disse:

— Cuidado com os livros que te enviei, não os deixe a vista. A aula de hoje acabou... Vá para casa.

Antes de ir, precisava perguntar:

— Epimeteu eu não senti Gaya, o que fiz de errado?

— Nada – respondeu – ela te sentiu e isto é o que mais importa!

*****

Nos despedimos e fui para casa. Entrei e avisei minha mãe que dois novos amigos viriam amanhã. Meu pai reclamou bastante, como previsto, até o momento que revelei que um era Classe A e o outro Classe B. Como era a primeira vez que havia convidado um A para minha casa ele ficou tremendamente satisfeito e deu ares de comemoração para o dia de amanhã. Depois disso voltou a ver o noticiário: *"Banto está cada vez mais se aproximando dos Insulares, qual a repercussão para a América e Normandia..."*.

Ao acabar de jantar, como era tarde e eu já havia tomado banho no gmnásio, fui para o quarto. Peguei um dos livros proibidos; achei que ler a versão nova de Teogonia era condizente com a aula que tive e estava certo:

"Primeiro surgiu Caos, a queda infinita, e Gaya nos reconfortou com o final dela, o chão, o suporte para a vida. Seu filho Uranos cobria e sufocava Gaya até ser expulso para formar o céu. O que o ser humano faz hoje em dia a não ser tornar-se o novo Uranos, o sufocador?"

A questão do desenvolvimento da civilização que estamos montando é um matricídio por sufocação. O primeiro estágio desta monstruosidade aparece na filosofia de Platão, o que seria o Mundo das Ideias senão uma perversa mãe adotiva que, não quer outra coisa além de negar a união com Gaya? O que Platão fez de diferente de dizer que estava liberado destruir nossa mãe terra, considerada por ele como farsante? Somente porque inventou que tem outra mãe mais importante e perfeita que, apesar de inatingível, de ninguém a ver, como pode ser a verdadeira? Nossa Gaya é apenas um reflexo desta chamada "Mundo das Ideias", onde reside tudo que é perfeito.

Nunca tinha percebido esta visão sobre a filosofia. Parece fazer sentido e pela aula de Epimeteu, as ideias se encaixam. Estava olhando para minha margarida, plantada em uma xicara de café escrito "Carnaval de Dionísio de 3984", ano que estamos; deve ter sido dada por Otelo para gente, ou Elza talvez. Sei que acomodou a florzinha... será que é mesmo um presente de Gaya ou foi um truque de jardineiro? Seria ele o irmão verdadeiro de Prometeu? Mas o que um titã de menor importância faria aqui e me treinando? Continuei foleando para ver o que conseguia de informação nova:

"Ao ser incumbido de criar os mortais por Zeus, os irmãos Prometeu e Epimeteu iniciaram a tarefa. Epimeteu que havia criado os amimais os fez com tudo que era preciso para sobreviverem, não sobrando nada aos homens. Desesperado, Prometeu roubou o fogo de Afrodite e entregou a eles para se protegerem, e assim atraiu a ira de Zeus."

"A lenda de Prometeu nos revela três lições: a primeira é o trabalho perfeito de Epimeteu foi o que o levou a desgraça completa. A segunda é que o fogo, – na realidade a astúcia que foi roubada— foi uma dádiva grandiosa, maior do que receberam os outros mortais e isso foi imperdoável! O bem da humanidade como um todo sempre foi atitude punida com o maior dos castigos: Prometeu teve como punição ter o fígado comido e regenerado para ser novamente devorado pela eternidade. Houve muitos presentes grandiosos dados pelos deuses, mas para poucos privilegiados, há uma dificuldade de aceitar benção coletiva.

Por fim, a terceira é que Prometeu que pagou pelo erro do irmão. Zeus sabia que ambos erraram, mas sua ira recaiu sobre o protetor. Isto sugere que quem protege será punido, mas penso que, a culpa que carrega Epimeteu pelo sofrimento que causou é até maior que a sina do irmão. A dor oriunda da responsabilidade de uma punição por ter executado um trabalho bom demais é, sem dúvida, uma grande punição".

Muita informação para um dia só, preciso dormir para estar com os amigos amanhã.

*****

Abdias e Dandara chagaram juntos. Como Rosa iria trabalhar de manhã para compensar os treinos, chegaria mais tarde. Ela trouxe flores do comércio de paisagismo de seus pais para minha mãe, Abdias trouxe sorvete e alguns petiscos do mercado. Apesar de não gostarem de receber auxílio quando as reuniões são em suas casas, os pais deles sentem a obrigação de enviar seus produtos quando a reunião é em minha casa, dizem que é para fazer propaganda de seus produtos comerciais. Só sei que isto evita um pouco da reclamação de meu pai, principalmente quando Abdias inclui latas de cerveja no pacote. Abdias mal chegou e foi perguntando sobre a semana:

— Treinamos bastante, tem alguma programação para o fim da semana? Não peguei esta informação.

Para variar, Dandara que tem tudo na cabeça e se irrita com o desleixo de Abdias disse antes de mim:

— Hoje é descanso, amanhã é um dia de atividades regenerativas, a treinadora diz que para procurarmos o que gostamos de fazer, caminhada, corrida leve, nadar, jogos corporais de quadra ou coletivos. Não devemos ficar parados, mas sem grande esforço. Não acredito que não escutou ela falar isto, foram dúzias de vezes. Você gosta tanto dela, porque não presta atenção em algo, além de sua beleza?

— Se ele parasse de babar já estava bom – respondi rindo.

— Ah tá, eu te defendo e sou traído pelo meu parceiro...— retrucou

Abdias logicamente se referiu ao dia da avaliação, eu acabei de cometer um erro, que Dandara na hora percebeu. Ela quis aprofundar a conversa dizendo que estávamos falando de que ou de quem, mas fui salvo pois Mark e Gama que chegaram. Foi o pretexto para fugir de novo.

— Olá Gama, olá Mark – sorri aliviado enquanto os recebia.

Mark trouxe um presente para casa indicando sua primeira visita, era um símbolo da deusa Tique, que era relacionada a boa sorte ou prosperidade. Já Gama trouxe um conjunto de mesa com motivos de Banto, da época em que seus pais eram embaixadores, obviamente ele disse que as peças eram liberadas pelos controladores de restrição as leis de cultura. A toalha de mesa tinha a imagem de um leão, igual ao que Epimeteu acariciou, mas menos triste. Obviamente meu pai se apaixonou por eles, ao ponto de não perceber a chagada de Rosa trazida por Elza.

Conversamos sobre futilidades enquanto comíamos os quitutes de Abdias e o almoço ficava pronto. Acertamos o novo rodízio de casas, que seria, depois da minha, Abdias, Dandara, Gama e Mark, que perguntou:

— Mas e Rosa?

Elza tomou a palavra e respondeu:

— Rosa mora com Abdias, na casa ao fundo. Ela não mora com os pais, achei que sabia.

— Estamos chagando agora, sei que nossa capitã é especial, mas a conhecemos pouco – desculpou-se Mark.

— Não importa meu querido – disse Rosa – Elza é minha protetora, vocês furaram a barreira de nosso grupo e nós vamos nos conhecer melhor, com o devido tempo.

Eles acenaram com a cabeça. Durante a conversa acabamos sabendo que íamos estudar na mesma escola preparatória, com exceção de Rosa. Mark e Gama já tinham 16 anos e eram alunos do segundo ciclo, eles e Rosa tinham a mesma idade, mas Rosa faria 17 ainda este ano ao contrário dos dois, seu aniversário era no 11° mês, Januário. Abdias e Dandara faziam aniversário em dias próximos do mesmo mês, eram do 4° mês Herano. Desta forma eram 3 meses mais velhos do que eu, o mais novo que fazia anos no 7° mês, em 20 de setembro, – o dia em que a missão Selene deveria pisar na lua e não conseguiu. Foi considerado um mal agouro, principalmente porque na próxima tentativa, ao virar o mês, deu tudo certo!

O almoço estava uma delícia como sempre, durante a comilança Elza disse que Otelo havia confirmado que se formaria este ano, e a festa seria de 15 a 17 de Hadério, o último de nossos 12 meses. Não sei o motivo, mas senti um calafrio ao saber a data... sempre achei estranho que o primeiro mês seja Areso, dedicado a Ares e o último Haderio, dedicado a Hades, guerra e morte iniciando e terminando o ano, sempre se encontrando no ano novo. Isto sim eu considero um agouro...

*****

Durante a tarde, fomos dar uma volta em direção ao bosque que tem ao norte da cidade, um bom tempo de caminhada, mas dava para ir tranquilamente. Quando eu era pequeno ia muito com meus pais, mas hoje está mais difícil tirá-los de casa. Pelo menos Elza veio conosco. Ela se aproximou e perguntou como estão as coisas, o treino, a preparação para as aulas e por fim, a relação dentro de casa:

— Estão normais, – eu disse-a ela – aquilo de sempre, se não abrir a boca fica tudo bem. Por sorte a equipe de glima tem me ocupado bastante, o suporte financeiro que eles dão ajuda a deixar o pai mais calmo.

— Desculpe Soel, você está crescendo sozinho. Eu tive Otelo para dividir os problemas de casa, mas criamos nossa vida, e você veio muito depois. – Acenei afirmativamente e ela continuou – Mas percebi que piorou muito desde que ele se aposentou, ele e mãe parecem que ficam esperando a morte levá-los. Estão com 68 e 65 anos, ainda daria para pensar em ter novas motivações... mas assim só sobra implicar com você!

— Não se culpe, mana; sei que você também é alvo, e eu aguento bem – respondi. E a formatura do Abdias, como será?

— Estou aguardando a hora certa para dar aos dois a passagem para a formatura, estive economizando e, pelo menos eles poderão ir... espero – suspirou Elza.

Elza era uma profissional de bom nível superior, deveria ganhar melhor, mas era uma CIII. Isso significava não poder pleitear cargos de chefia e ter o fator de tributos multiplicado pela correção de classe, ou seja, ganhava a metade de um da classe pura; se fosse mulher, e comparando-se a um homem puro, metade da metade.

Olhei de lado e vi que Mark estava conversando com Rosa e Abdias. Dandara com Gama aparentemente se divertiam. Senti um pouco de desconforto, mas eles eram de mesma classe e Gama era legal... melhor assim.

Chegamos no local de entrada do bosque, onde as famílias se reuniam para "lanchar ao ar livre", mas eu preferiria o termo: "sujar o ambiente". Restos de comida, copos descartáveis, materiais diversos jogados no chão e em diversas mesas. Acho que é por isso que Epimeteu ainda não me trouxe aqui. Dandara e Gama começaram a recolher as coisas sujas, ela olhou para nós e disse:

— Vão ficar aí vendo essa sujeira sumir sozinha ou vão nos ajudar?

Na hora todos começara a trabalhar juntos, conversamos sobre trazer alguma coisa para estocar o lixo recolhido, mas que não sejam sacos de plástico, que aumentaria a poluição, talvez caixas de papel, ou lixeiras seriam soluções. Por fim, Elza ficou encarregada de fazer uma reclamação formal aos governantes locais sobre o problema.

— Meus pais sempre dizem que quando vamos para natureza, devemos sair deixando tudo da forma que entramos. Isto é um agradecimento e uma oração. – Refletiu Dandara.

— Ofendemos os deuses do bosque quando nos comportamos desta forma. – Completou Gama.

Ao final de nossa estadia, lembrei de minha última aula e me abaixei em um local próximo ao início da arborização e coloquei a mão na terra. Me desculpei pela sujeira de outros e agradeci o esforço de nos presentear com este local. Nesse momento, uma folha soltou-se de uma árvore e, direcionada pela gravidade e o vento se depositou bem em cima da minha mão. Suspirei, agradeci e me fui. Os outros já estavam de partida para retornarem para casa.

— Me desculpe – disse Mark a Rosa – eu não queria te constranger com minha pergunta. Queria saber um pouco mais sobre o grupo.

— Que pergunta? Ah, esqueça – respondeu Rosa – sei que muitas questões ainda vão aparecer, estamos formando um novo grupo ou talvez ampliando apenas.

— Vocês são muito legais, eu os admiro, espero que corresponda com a amizade de todos.

— Por que Mark? Você é um cara legal e, pelo que sei, foi muito leal ao Soel e ao Gama e, está em nossa equipe – mandou Rosa.

— É que tem meu pai – continuou Mark – ele acha que a glima me faz mais normando, mais puro, entende? Se ele achar o contrário, fará de tudo para estragar nossa amizade. Ele só pensa em lucro e posição. Vocês são os primeiros amigos que ele não "comprou" para mim.

— Classe A não muda, não é mesmo? – perguntou Rosa.

Do outro lado Dandara, que conversava com Gama, perguntava:

— Você teve um pouco de educação de Bantu?

— Meus pais eram de lá. Sim Dandara, eu tive. – respondeu.

— Eu percebi pelas palavras no bosque, meus pais também vieram de lá. Será bom ter com quem conversar sobre isto.

— Precisamos ter cuidado – disse Gama – com os fiscais das leis de restrição cultural, mas isto podemos driblar.

Eu era o único que estava quieto, perdido em pensamentos relacionados ao bosque, terra, Gaya e o calafrio com Hades. Não estava nem preocupado com as conversas que vinham de todos os lados, estava apreensivo com algo que estaria por vir. Meus pensamentos perdidos foram interrompidos por uma voz um pouco mais alta:

— Abdias não – bronqueava Elza – uma cuidadora, cuida de problemas físicos, mentais e sociais de pessoas, famílias e grupos. No meu caso eu acolho e busco soluções para pessoas vulneráveis. Não sou treinada e nem apta para te arrumar namoradas bonitas, tente uma alcoviteira.

Como sempre, Abdias deixa o clima mais leve...

*****

Ao chegarmos saboreamos o sorvete que Abdias havia trazido, conversamos um pouco mais e eles se prepararam para ir embora. Não foi necessário limparmos a bagunça porque minha mãe já havia deixado tudo em ordem, coisa que sempre me entristeceu, resumir sua vida a cuidar da casa. Sempre que eu ou Elza conversávamos com ela sobre o assunto, virava um drama que evoluía para brigas, por isso, com o tempo acabamos desistindo.

Ao irem embora, percebi que ficaria e eles iriam juntos, Gama e Dandara iriam pelo mesmo caminho... por um momento fiquei abalado e com ciúmes, mas sendo um CIII e filho do meu pai, aprendi desde cedo a engolir minhas frustações e emoções. Elza resolveu ficar, Rosa perguntou se iriam juntos, mas ela recusou dizendo que ficaria mais um tempo em família. Eles então se foram.

— Dorme aqui hoje Elza – pedi quase implorando pela tristeza de ver Dandara ir rindo ao lado de Gama – assim conversamos um pouco, eu durmo no colchão no chão do meu quarto, você fica com minha cama.

— Vou ver se dá, você sabe, se houver paz. – Respondeu.

Aparentemente a vinda de meus amigos, principalmente os "puros" devem ter acalmado meu pai, em tempos que não passamos o jantar e a noite com tranquilidade, sem discussão nenhuma. Ao anoitecer preparei minha cama para Elza e fui dormir no chão.

— Você precisa dizer para Dandara que gosta dela – disse-me ao deitar-se.

— Até você! Eu não vou atrapalhar a vida dela – esbravejei.

— Papai convenceu você que é inferior, e você não é maninho, nós não somos! Ele tentou fazer isso com a gente a vida toda e veja eu e

Otelo. Nossas dificuldades de classes nos fizeram lutadores, como você. Não tire seu brilho, você é especial!

As palavras da minha irmã sempre foram um acalento para meus dias difíceis. Hoje precisava de seu afago. Conversamos muito ainda e ela me pediu uma coisa antes de dormir:

— No segundo-dia começarão as aulas... por favor, se Rosa aparecer por lá dê seu apoio. Depois eu te conto maiores detalhes, pois ainda não tenho certeza, mas se aparecer, será doloroso para ela. Por favor seja o meu maninho protetor.

— Gosto muito da Rosa, ela é minha melhor amiga... não gosta muito que eu a proteja, mas nem precisava pedir. Mas do que se trata?

— Vamos esperar acontecer – respondeu Elza – vai ser uma revolução.

Conversamos mais um pouco, e no dia-solar acordamos tarde e fomos direto para o almoço. O bom humor do meu pai tinha-se acabado e ele começou reclamando de termos trazido de novo a aberração da classe D para casa dele. Este fato, de novo, me frustrou, mas enfureceu Elza e acabaram brigando. Finalmente ela disse que sempre se arrepende de ficar um pouco mais na casa dele, e em contrapartida, teve como resposta que somente Otelo era seu filho. Como era de costume, ela se levantou e foi embora antes de terminar de comer:

— Otelo só é bom porque está longe. Eu sei que me odeia, mas Soel nem abriu a boca e você o ataca do nada! Bem cuide-se...— e foi embora.

O silêncio se fez novamente, só interrompido pela minha mãe pegando os pratos e talheres que ficaram e começou a lavar a louça. Fui para o quarto ler um pouco, enquanto meu pai resmungava por ninguém lhe dar razão e que deveria haver punições severas as Classes D pelos gastos que dão ao governo.

— Ainda bem que as eleições estão aí, e os Classicistas estavam na frente dos Reformistas, aí estes vagabundos vão ver o que é bom – reclamava agora em alto tom.

Uma das coisas que mais me entristecia em meu pai era esta submissão às classes. Nossa vida nunca foi boa o suficiente para justificar que ele queira mantê-la igual, pelo menos poderíamos tentar uma mudança. Meu pai nem pode se candidatar ou até mesmo votar. Na legislação de nosso bloco, apenas raças puras votavam até o ano de 3.934. Neste ano foi aprovado que a Classe C poderia votar, mas uma manobra política identificou que a liberação se restringia aos CI, que eram os "legítimos representantes da classe". Desta forma os menos conservadores consideraram que foi um avanço e evitaram novos embates temendo uma derrota. Estamos neste discurso até hoje.

Os partidos que compõem as eleições são os Classicistas compostos apenas pela Classe A e são responsáveis pela manutenção de nossa ordem social. Geralmente ganham com apoio massivo dos Casses C que, infelizmente, são convencidos que é o certo a fazer e se contentam com migalhas, afinal é a ordem definida por Zeus. O partido Reformista é formado por candidatos de maioria da Classe B, foram os responsáveis pelo voto dos CI. Também defendem seus privilégios, mas são um pouco menos extremistas, meu pai os odeia. Enfim ele nem votar pode!

Toda votação é para eleger assembleias que são as municipais, seccionais, estaduais e do Bloco Continental. Os representantes escolhem indiretamente as Diretorias Administrativas e os Conselhos Assessores, e as diretorias dificilmente possuem outras classes além da A, sendo vetado a participação das mulheres, sendo os Conselhos Assessores um pouco mais diversificados. As eleições são de quatro em quatro ciclos anuais, com renovação de metade da assembleia sendo que o mandato total é de oito anos.

*****

Um dos pontos mais interessantes da história de Epimeteu, é que não se menciona o que aconteceu com ele depois da punição ao irmão. Será que ele tentou resgatá-lo? Será que ele veio para Gaya? Espere um pouco...

— Thrud, onde está? – perguntei a mim mesmo buscando o nome no livro da Teogonia, e não achei em nenhum lugar. Me indaguei o porquê estava fazendo isto, mas se havia um Epimeteu, poderia ter uma outra divindade, pelo menos no nome, neste livro. Se bem que, ele disse sobre Odin, não é mesmo? Que Odin tinha bom gosto e era uma agência de modelos. Novamente o livro não me ajudou, vou arrumar meu material para amanhã, comer algo e ir dormir.

*****

Chegou o segundo-dia, início das aulas na nova escola, como meus amigos treinavam comigo não estava ansioso em encontrá-los, porém um friozinho na barriga me incomodava, talvez pela novidade ou por tirar o lugar de Rosa ou pelo pedido de Elza ou tudo junto e misturado. O importante é que odiava surpresas, sempre gosto de estudar e planejar o que tem pela frente... corro riscos sim, mas não sem avaliar a situação e onde as armadilhas se escondem.

Encontrei primeiro Gama conversando com Dandara (e continuei com aquela sensação de pesar), que me viu e me deu um grande abraço! Gama me cumprimentou de forma bem afetiva também. Abdias e Mark também estavam chegando, estávamos todos presentes quando recebemos uma chamada pelo sistema de som da escola:

— Senhores Metuktire, Soelloh, Abdias da Iniciação. Para a sala da Coordenadora Caliope.

Abdias e eu nos informamos e fomos juntos até a sala, acreditando que deveria ser referente às bolsas que ganhamos, já que nossos amigos puros não foram convocados. Chegamos na sala, batemos na porta. Abriu mais uma daquelas mulheres que venho descrevendo habitualmente, as que deixam o Abdias de pernas bambas... Era alta e forte, com a pele pálida contrastando com um cabelo bem preto, sua voz inspirava e atordoava ao mesmo tempo. Era a terceira pessoa que recentemente havia conhecido assim: a Sra Thrud, a Dra. Skuld e agora a profa. Caliope, todas figuras poderosas, e pareciam contrastar uma beleza descomunal com um ar de experiência, de quem já viveu muito mais que aparenta.

— Sr. Abdias, bem-vindo -disse-lhe sorridente – Sr. Soelloh, que bom que veio, mas não era você que estava me referindo, porém entre por favor.

Ao entrar, me assustei, Rosa estava sentada a mesa, com o longo cabelo loiro preso, sem maquiagem e com vestes neutras, até mesmo voltado ao gênero masculino. Nunca tinha visto ela desta forma, na hora pensei que era isto que Elza me alertou.

— Sr. Rodrigo, a política desta instituição é dar três bolsas para alunos originários da Classe C por ano, para isto são feitas provas de seleção – nos explicou a coordenadora – portanto o senhor deve ter recebido os boletos da mensalidade, quitados logicamente.

— Recebi sim, mas não estou entendendo. – Respondi.

— Bem... seus treinadores apresentaram uma proposta financeira para esta instituição, que foi considerada irrecusável. Eles pagaram todas as taxas de inclusão de Classe e permitiram uma nova abertura de vaga para você. A diretoria aceitou, então o senhor não é um aluno bolsista e sim pagante. – Esclareceu prontamente e continuou.

— O que nos permitiu ter uma vaga a mais, e assim – se dirigindo aos alunos – vocês três são os que foram melhores nas provas. Sr. Metuktire foi a melhor nota e deverá ser um bom aluno, se der conta de cumprir seus afazeres.

— A segunda melhor nota foi do Sr. Rose Soelloh.

— Rose Soelloh? – perguntei na hora errada.

— Sim, ele é filho adotivo de sua irmã Elza, não é mesmo? – respondeu a coordenadora.

— Ah! É sim, meu primo... – respondi, entendendo agora o que me foi pedido.

— Sou seu sobrinho, tio! – Corrigiu Rosa ou Rose, acredito que fiquei confuso.

— Bem, continuando – abordou a Sra. Caliope – Rose concordou em se comportar e não chamar muito a atenção, o que é de suma importância para sua permanência neste estabelecimento de ensino.

Ela balançou a cabeça afirmativamente, sem deixar de apresentar um olhar contrariado. A professora finalizou as apresentações:

— Por fim, sr. Abdias, o engraçadinho da turma, mas muito inteligente, por sinal. Eu li sua redação. Ela é muito boa, mas nem todo lugar tolera tanto humor em um processo seletivo sério. Gostamos da ousadia, mas precisa ter cautela às vezes.

— Bem, finalmente esperamos muito de vocês, por favor sejam tão bons quanto nossas expectativas. Podem ir para aula.

Durante todo tempo, fiquei olhando para o Metuktire. Ele era com certeza classe B, era um nativo puro, pelo nome e pelo aspecto. Por que precisou de prova? Em pouco tempo a resposta veio: ele não tinha pernas funcionais, ele andava em uma espécie de cadeira com rodas. Nunca tinha visto algo assim, pelo jeito Abdias também não. Rosa ou Rose chegou perto dele e perguntou se queria ajuda, ele recusou, mas aceitou a companhia, aparentemente rara em nossa sociedade.

— Metuktire é um nome interessante, mas posso te chamar de Tuk? – Perguntou Rosa.

— Como quiser, não me importo. – respondeu.

Abdias e Dandara estavam na mesma classe, a turma A, eu e Rosa ou Rose também estávamos na mesma turma D, Tuk estava na turma C, portanto não ficaria conosco. Na primeira aula recebemos as informações necessárias sobre o funcionamento da escola, recebemos as chaves do armário pessoal e os horários de aulas. Depois das informações e das perguntas respondidas, saímos para o intervalo.

— Rosa ou Rose? Que história é essa de tio? – Perguntei.

— Olha Soel, foi tudo ideia da Elza e da Treinadora Thrud... eu não queria, te juro! – respondeu – Elas combinaram que para fazer parte da equipe, eu teria que estar estudando e não ser D.

— Mas como isso é possível? – Indaguei.

— Elas disseram que se eu me comportasse na escola, como a Sra. Caliope disse, eu poderia ser aceita, mas para isso precisaria de um nome, aí sua irmã decidiu me adotar. Eu tentei resistir, mas a sra; Thrud disse que... você ia precisar de mim e dos outros. A equipe é a chave para alguma coisa que irei entender futuramente.

Ela olhou para mim, e seus olhos... ah, seus olhos me fizeram acreditar que era o certo a se fazer, então aceitei.

— Você deve estar sofrendo muito, não? Sei que tinha prometido não ser mais o que não é. – Fiquei triste, mas a confusão sobre o que Rosa disse, me deixou mais perplexo.

— Não ligue, é apenas por um tempo, eu coloquei meu nome de Rose porque é neutro, ficou esquisito, mas é melhor que um nome masculino. Se bem que estou feliz de ser sua sobrinha.

Rimos juntos e fomos verificar os armários. Enquanto estava fechando o meu, um baque seco de metal se fez e uma voz soou:

— Então nos encontramos aqui seu C sujo... estou melhorando e aqui é meu território, você vai pagar!

Era Chacal, ainda com muletas e mancando e com os quatro capangas juntos. Quando ia responder, a sra. Caliope o pegou pela gola da camisa e disse em voz áspera:

— De novo ameaçando as pessoas? Não quero saber de sua classe ser A, se aprontar de novo será expulso!

Ele foi embora, deu ainda para escutar um "veremos" vindo de sua boca. Seus capangas dispersaram e a coordenadora me disse para não se preocupar com ele, apenas focar na escola.

Voltamos para a sala de aula. Minha pele obviamente me denunciava pois todos eram da Casse A, contando que Rosa era loira. Achei estranho que uma das meninas me observava, ela era muito bonita, mas não entendi o motivo de me olhar tanto, deveria ser algo ruim, com certeza. As atividades acabaram e fomos saindo da escola e, a poucos metros do portão vimos Chacal atiçando dois de seus cães em cima de Tuk. Destilando ofensas e empurrões!

Eu e Rosa fomos nos meter naquela situação, e na minha cabeça só veio que no primeiro dia já seria expulso por agredir um A... Quando percebemos, tudo aconteceu muito rápido: Tuk deu um soco na altura da virilha do primeiro agressor, deixando-o deitado e incapacitado. O segundo deu-lhe um tapa que o derrubou da cadeira, quando íamos intervir... Mark vindo sei-lá-de-onde, pulou na cintura do agressor e começou a socá-lo no chão de forma descontrolada. Gama teve que usar toda sua força para tirá-lo de cima do rapaz, nesta hora Chacal já tinha dado as costas e ido embora.

Rosa foi ajudar Tuk que esbravejou que não precisava de ajuda. Ela parou um pouco e disse:

— Sim você precisa de ajuda, sabe por que Tuk? O diferente é uma pessoa não se apoiar nos amigos em momentos ruins. Somos iguais então você precisa do apoio de uma amiga.

Tuk entendeu o recado da palavra amiga e da confiança que surgiu entre eles. Houve dispersão por parte dos alunos após a confusão. Os dois amigos que faltavam da gangue pegaram o que estava machucado e o levaram para longe, nós também saímos de perto com Rosa carregando a estranha cadeira.

Todos os nossos amigos se reuniram e paramos um pouco longe de escola, Rosa nos apresentou ao Tuk. Nós nunca tínhamos visto alguém naquela situação. Na tradição grega a deficiência não é tolerada, pois é considerada enfraquecedora. Por isso os deficientes que não são abandonados são escondidos. Nem classe eles têm e isso explica a necessidade ter que fazer a prova de bolsa.

— Você foi muito corajoso acertando o saco daquele canalha Tuk – disse Rosa – e, Mark o que aconteceu? Você perdeu o controle?

— Rosa, eu perdi sim – disse – era uma armadilha para você e o Soel, eles queriam que vocês se metessem em confusão para serem expulsos. O Chacal estava falando disso abertamente, e teve muito apoio, principalmente dos malditos A.

Mark começou a chorar em um misto de raiva e desespero, por entender o erro que é classificar pessoas e por pertencer a classe que se beneficia com isso. Tuk colocou a mão no seu ombro e disse:

— Obrigado pela ajuda, estava precisando.

— Você se machucou com a queda? – perguntou Mark, enxugando o rosto.

— Não, estou acostumado a cair, quando eu andava, em minha tribo, eu lutava Uka-Uka, que tinha muitas quedas e, não desaprendi apesar da cadeira.

— Você não nasceu assim? – Perguntou Dandara.

— Não, na minha passagem para ser um guerreiro, fui caçar como manda a tradição de meu povo. Estava apenas com uma lança e acabei encontrando uma onça. Achei que seria um ato de bravura desafiá-la e, ainda se ganhasse, seria reconhecido como um grande guerreiro para meu povo. A onça não me matou mais me feriu muito, acharam que eu iria morrer, mas não fui agraciado com isso... sobrevivi desse jeito. Meus pais acharam melhor sair da tribo e vir para as cidades em busca de cura. Encontraram essa cadeira. Eles buscaram me ajudar até cansarem, mas eu sabia a aposta que fiz e sei que o deus de minha tribo, Tupã, quer que eu prove que sou um guerreiro, por isso prestei o concurso de bolsa e vou estudar até fazer medicina, vou curar pessoas como eu.

— Meu caro, bem-vindo ao grupo – disse Abdias quando os outros esboçavam tristeza. – Mas terá que me emprestar esta cadeira, deve ser maneiro botar uma mina no colo e andar ao mesmo tempo.

Tinha que ser o Abdias, disseram em coro. Levamos Tuk para casa e fomos para nossa. Precisamos treinar à tarde.

*****

O treinamento de hoje foi bem pesado, depois do descanso regenerativo do fim de semana, sempre será o dia de maior exigência. Todos responderam bem, menos Mark que estava sofrendo ainda por perder a paciência na briga de hoje. Ao final do treino, sra. Thrud nos chamou para sala de reuniões e começou a falar:

— Vocês brigaram hoje na escola, não foi, já no primeiro dia?

— Eu briguei – disse Mark – somente eu.

— Todos brigamos senhora, o Mark somente chegou na frente – respondi.

Abdias ia falar, mas Dandara fez ele calar a boca apenas com o olhar. Gama e Rosa resolveram não se manifestar e Epimeteu ficou pensativo e finalmente disse:

— Começou antes do que previmos! Vocês são alvos na escola meus queridos, precisam tomar muito cuidado. Muita coisa está acontecendo e acontecerá ainda mais. Nessa escola tem muita gente que não tolera pessoas das Classes C, e alguns até mesmo os da Classe B. Não digo que são os alunos, eles ainda não estão formados, mas são certamente apenas o reflexo dos pais, estes sim são o grande problema.

— Epimeteu tem toda razão – completou a treinadora – vocês lutaram uma batalha justa, e Soel mostrou que são uma equipe unida, mas devem evitar cair em novas provocações. O objetivo que se apresenta é expulsar vocês da escola, atitude que é comum. Para evitar mais episódios como esse, vamos combinar três regras que deverão seguir agora e sempre: Primeira, andem sempre juntos e fiquem na escola ou nos arredores apenas o necessário. Segunda, evitem os encrenqueiros e tumultos, se esgueirem deles. Terceiro, qualquer problema, por menor que seja, mesmo sem muita importância, relatem para mim, Epimeteu ou Caliope. Combinado?

— A senhora conhece a sra. Caliope? – Perguntei.

— Claro, como acha que fiquei sabendo da confusão? -respondeu surpresa.

— Mas, falando sobre isso – continuou – vocês têm uma quarta regra, envolveram Tuk no problema de vocês, agora são responsáveis por ele. Tratem de proteje-lo, ele está sozinho contra os cinco agressores, pelo menos por enquanto, pode haver mais futuramente. Vou conversar com os pais dele pois quero que participe dos nossos treinos, será bom para ele... Estão dispensados.

Na saída percebi que Dandara estava de mãos dadas com Gama, prometi que não me entristeceria, mas percebi ser inevitável, vou ter que conviver com mais esta... De repente escuto uma discussão entre Abdias e Rosa:

— Ele é seu tio, precisa pedir benção para ele, não tem educação?

— Eu sou a Capitã do time, não se esqueça...

Estes dois sabem me tirar a atenção, se bem que percebi apenas agora:

— Rosa, você foi adotada pela minha irmã, e agora? Como vai ficar a sua vida?

— Eu vou morar com a Elza... minha mãe. -respondeu Rosa.

— Como assim – retrucou Abdias decepcionado – mas... eu... você... não avisou.

— Meu querido, não vou sair de sua vida, vou apenas dar um espaço para sua família, afinal já atrapalhei muito.

Rosa respondeu com um ar de tristeza com uma pitada de remorso, afinal, depois de Elza a família do Abdias a acolheu. Sentia laços familiares efetivos entre eles, mas não poderia viver mais sozinha. A estratégia dependia disto, pois não teria sentido a adoção se mãe e filho morassem separados.

Estamos no ponto de divisão na volta de casa, Gama deu um beijo revelador em Dandara e foi embora com Mark. Nos unimos os quatro, e fomos para um velório, pelo menos era o que parecia. Nem Abdias estava conseguindo fazer graça, não consegui saber se estava solidário com minha tristeza ou sobre a mudança da Rosa. O fato é que chagamos na casa de Abdias sem um pio até a despedida.

Quando cheguei com Dandara em sua casa, ela disse:

— Não sei ainda se estou namorando Gama, você se importa?

Como não? Estou sentindo uma tristeza profunda, vindo de minhas vísceras que se espalha em meu peito, fazendo meu coração se esforçar mais para bater... Mas tomei folego e respondi:

— Ele é um cara legal!

Por um minuto ela olhou nos meus olhos procurando algo que insistia em esconder. Acabou desistindo, me deu um beijo no rosto e entrou pela porta da sua casa. O mundo ruiu ao ver aquela porta fechar...

Uma mão enorme tocou o meu ombro e me acariciou ternamente, sabia que era Epimeteu. Me tirou da frente da casa de Dandara e saiu em silencio comigo. Na casa Dandara que olhava pela janela ao ver a cena começou a chorar discretamente, a dúvida e culpa eram suas parceiras. Gostava de Gama, mas Soel era seu melhor amigo, ou algo mais profundo que isso, porém ele nunca se abria, não dava espaço para que fossem mais que amigos. Gama era a única escolha possível no momento... mas então porque se sentia culpada?

Quinze minutos se passaram quando Epimeteu resolveu falar:

— Você ainda vai ficar neste jogo de fazer de conta que não se importa?

— Que escolha eu teria? – respondi.

— A sua, oras pois! Soel, veja como a vida te presenteia: hoje você conheceu Tuk, conseguiu aprender sua lição? Não há muitos como ele em nosso mundo porque os humanos imbecis como sempre criaram normas e crendices que restringiram e restringe a existência destas pessoas. Esparta e Atenas tinham rituais macabros de extermínio de quem não nascia como o esperado, com os Vikings acontecia a mesma coisa. Então pense como as coisas não são dadas, são criadas. Alguém criou esta idiotice e virou um pré-conceito.

— É obvio que Tuk tem dificuldades e necessidades diferentes, mas todos nós não temos também? A dificuldade sua em relação as emoções que sente não te limita? A classe A que vive e morre apenas para manter seus privilégios e poder... isso também não é limitante? Ser humano é ter limitações, então o que o Tuk nos ensina?

— Não sei, deve ser difícil para ele...

— Talvez seja – interrompeu Epimeteu – mas ele escolheu a vida normal, ele escolheu se esforçar e ser o melhor na prova que vocês prestaram, ele escolheu não abaixar a cabeça e lutar, ele escolheu ter amigos e não ficar se lamentando. O Tuk nos ensina que nada é determinado, talvez algumas pessoas em sua condição tenham outra vida, não vemos muitos por aí. Mas basta um, o Tuk, para provar que existe escolha e ela é nossa. Pense nisso!

— Epimeteu, o que os deuses têm com isso? – indaguei.

— Nada, Soel, absolutamente nada. Como disse anteriormente, os homens interpretam os deuses por pura conveniência. Veja Hefesto que era um deus coxo que você bem conhece, os Nórdicos possuem os deuses Hoder o deus cego do inverno e dos guerreiros, Tyr o justo não tinha uma das mãos e o próprio Odin que era caolho. Nenhum destes deuses eram menores pelas suas deficiências, pelo contrário, eram considerados mais hábeis. Por isto meu caro Soel, eu insisto em dizer, onde os humanos encontraram nos deuses algo que desabone seu amigo Tuk ou alguém como ele?

— Na realidade pessoas assim mostram o quanto o ser humano é medíocre quando desiste de lutar ou se tornar melhor, por isso alguns não os toleram pois representam a força de vontade que muitos não tem. – Respondi me refazendo da tristeza.

— Isto mesmo – finalizou Epimeteu – você está aprendendo rápido. Está na hora de ir...

*****

Acordei cedo. Estive pensando na conversa que tive na noite anterior, mas Dandara me tirava o foco... precisaria distrair a mente com alguma coisa. Resolvi ler, mas desisti rapidamente pois não conseguia me concentrar. Precisava de algo mais ativo e não cognitivo. Resolvi então arrumar o quarto. Ao ver os livros proibidos, alguma coisa me chamou a atenção: tinha a ver com ontem, mas fiquei na decisão da arrumação. Neste sentido, precisava encontrar um lugar melhor para estes livros. Lembrei que Otelo tinha me falado uma vez que uma das gavetas do armário do quarto tinha um fundo falso, ele montou para esconder revistas de adultos nele, pois Elza também dormia no mesmo aposento. Procurei um pouco e achei, espero que tenha sido fácil apenas por saber o que estava procurando.

Ainda havia revistas guardadas nele acho que prova que o esconderijo era bom. Coloquei os livros dentro e comecei a folear as revistas. Me distrai um pouco, mas de forma interessante, ver aquelas mulheres nuas me chamavam a atenção e me apeteciam, mas ao mesmo tempo me deixava constrangido e chateado, principalmente quando Dandara passava pela minha cabeça. De repente um barulho indicando que minha mãe acordou e começou a fazer o café. Estava na hora de me preparar.

*****

Fui o primeiro a chegar na escola. Fiquei do lado de fora esperando os outros, evitando ficar sozinho nas dependências internas, conforme as regras da sra. Thrud. Os primeiros a chegarem foram Mark e Gama, nos cumprimentamos e ficamos aguardando os outros.

— Você está chateado comigo? – Perguntou Gama.

— Eu? Não!... por que estaria? – Respondi surpreendido pela pergunta.

— Eu... nós entramos agora no grupo de vocês. Não sei de certo os relacionamentos e laços de vocês. Dandara e eu temos raízes em Bantu e, como existem as leis de restrições culturais, evitamos conversar sobre nosso passado. Ela e eu nos ajudamos mutuamente com isto. Olhe não foi premeditado...

— Gama, você é meu amigo me apoiou quando precisei. Dandara é mais que uma amiga. Vocês não me chateiam, fique na boa. – Respondi interrompendo logo o assunto.

Não demorou muito e chegaram Rosa, levando Tuk na cadeira, Abdias e Dandara. Rosa disse que Tuk, depois de muita insistência, aceitou ir ao treino hoje. Também solicitou alterações na ordem de casas no dia-descanso, pois gostaria de fazer a mudança no sábado de manhã. Já tinha conversado com a Elza, então o almoço seria na casa delas, ressaltou que Tuk também iria.

— Lógico – disse Abdias – Gama carrega Tuk e a cadeira carrega a mudança.

— Fica com graça e não empresto mais para carregar suas garotas – riu Tuk.

— Combinado então – Dandara comentou – nova ordem de reuniões nas casas de Elza e Rosa, Abdias, minha, Gama, Mark, pode ser Tuk e vota para o Soel.

Tuk disse que tudo bem, daria tempo para preparar os pais para compreenderem os problemas do Abdias. Rimos um pouco e fomos para a aula. Nesse momento estava um pouco mais aliviado, mas apreensivo em saber o que vai acontecer quando meu pai souber que Elza adotou Rosa? Este temor fez diminuir um pouco meu pensamento em Dandara, realmente este semestre começou tempestuoso!

As aulas começaram mais pesadas do que ontem, alguns professores eram simpáticos, outros nem tanto. Tento ficar invisível, mas nem sempre é possível. Algumas referências à minha pessoa são disparadas: "Esta turma tem até mestiços!", "é aluno? Pensei que era um faxineiro fugindo do trabalho..." E outras frases, sempre acompanhada por um "desculpe-me" ou "sem ofensas, é apenas para distrair a classe".

Passei a entender que o esperado pelo sistema é que eu fracasse, assim reforça e retroalimenta todo processo. Ao não investirem em mim, ao me olharem como um projeto pronto para falhar, tira toda a sua responsabilidade de promotor desta engrenagem. É fácil identificar pela ternura no olhar, na forma como os professores dão maior atenção aos alunos mais puros, de estereótipo mais adequado e, desta forma, adivinha de onde virão as maiores notas?

O "bom é belo" diriam os gregos a milênios, como se a beleza fosse uma formulação matemática ou um selo de qualidade. E não uma imposição martelada por propaganda da Classe A. Basta acessar os veículos de comunicação: estamos em América baixa, praticamente as classes A e B juntas não dão 10% da população, mas o que aparece nestes veículos, apenas a Classe A e outros poucos puros, a C somente em alguns programas de Jogos para entreter os puros. Ao não sermos representados nestes locais, começamos a nos achar feios, menores e sem talentos. É isto que estes professores estão fazendo comigo, me dizem que estou no lugar errado, que eu sou o problema, não este maldito preconceito de classes!

Um carinho em minha cabeça e vi Rosa, ou Rose, me aconchegando. Ela sabia o que estava pensando o que passava por minha cabeça. Apesar de tudo, meus amigos me fortalecem, resistirei por todos. Jamais vou desistir e me curvar como meu pai fez.

Ao sair da escola, conversamos sobre o assunto e Tuk disse que, pelo menos nenhum professor disse que "não sabia se aqui era uma sala de aula ou um estacionamento" e ter tomado uma advertência por não levantar quando o professor de ética entrou. Abdias quase riu se não fosse a pancada no braço que Dandara lhe deu.

— Tuk, gostaria de dizer que você tem mais problemas que eu, mas seria desonesto para nós dois – disse-lhe – sofremos do mesmo mal, de forma diferente enquanto direcionamento de ofensas. Mas para os agressores é necessário nos fazer sentirmos mal e menores para que eles, em seu tamanho ridículo possa tentar chegar ao tamanho de nosso coração e coragem. O medo de sermos bem-sucedidos os congela, os dilacera e por isso tornam se agressivos. Acalme seu coração que acalmo o meu.

— Você é mais sábio e líder do que parece meu amigo – disse Tuk.

— Também é o tio da turma, falando nisso Rose, já pediu benção? – comentou Abdias aproveitando a deixa.

A discussão entre ele e Rosa recomeçou. Tuk me deu a mão como forma de aprovação. Fomos para casa nos alimentar e preparar para o treino da tarde. Antes dei uma olhada na Dandara com o Gama... vou superar – menti para mim mesmo.

*****

O treino à tarde começou com a novidade da presença de Tuk. Os treinadores deram as boas-vindas e iniciamos a sessão com a sra. Thrud. Epimeteu levou nosso amigo, empurrando a cadeira para uma área do fundo do Gmnásio, que estranhamente nunca percebemos que existia, e apresentou a um corredor comprido com alvos no final e disse-lhe:

— Então sr. Tuk, o que acha de treinar também? Está vendo esses alvos? São para arremesso de machados, uma das provas dos jogos. Pelo que sei, você perdeu muito sangue o que acarretou danos neurológicos e motores dos membros inferiores. Mas você tem braços fortes e consegue ter torção na coluna, quer quebrar mais um conceito social sobre sua deficiência?

O garoto sorriu, Epimeteu sabia tocar nos pontos chaves dos humanos, quebrar conceitos era a vida de Tuk, que não se rendia sem uma boa luta. De cara ele aceitou e recebeu um uniforme novo sob medida para treinar, os machados de competição estavam prontos para serem lançados, o treinador começou dizendo que as provas necessitam de força, velocidade, precisão e suportar pressões.

Começou o treino dizendo que as provas nos jogos são de eliminação em disputas dois a dois, são 10 arremessos em alvos múltiplos com tempo limitado, requer pouco deslocamento, mas necessitará de giro rápido na cadeira. Os pontos são anotados de acordo com o aceto no alvo, seguindo as especificações do quadrante, se os pontos determinarem um empate, o menor tempo determinará o vencedor.

— Mãos e braços fortes, rápidos e precisos, deslocamento para os 10 alvos, fácil – disse Tuk – começamos arremessar agora?

— Primeiro precisa adaptar seu corpo garoto, – disse o imenso treinador – os arremessos virão com o tempo.

Foram para uma sala com presos e começaram a preparar mais um membro da equipe, éramos sete agora!

— E a garota, o que acha? – perguntou Rosa no momento de intervalo do treino.

— Garota? – respondi.

— A da nossa turma, ela fica te encarando, não percebeu ainda? Seu nome é Simone.

— Rosa, eu percebi e não me sinto muito à vontade com isto, não sei o que essa tal Simone quer!

— Ora, acho que um beijo. Você descartou Dandara, agora vai recusar ela também? – insistiu Rosa.

— Não é bem assim, eu acho que ela... meio que me julga por estar ali, como os outros. – Falei com um ar de desalento.

— Que nada! Você sempre foi um garoto bonitão e sarado, até eu te pegava... – disse Rosa dando uma piscadinha.

— Rose, não fala assim com seu tio! – Respondi como se desse uma bronca.

— Pronto, se não me bastasse o Abdias. – Vamos, o treino continua.

Estávamos treinando lutas de agilidade, e nessa hora Tuk e Epimeteu chagaram com um ar de cumplicidade. Eu estava tomando um sufoco de Gama quando Tuk se aproximou e disse:

— Sra. Thrud, eu poderia ensinar um movimento para o Soel?

Ela disse que sim, todos pararam para escutar. Então Tuk continuou:

— Soel, fique na frente do Gama... isso mesmo. Agora escorregue colocando um joelho no chão e avence a outra perna. Levante-se como se fosse passar pelo Gama, mas deixe o braço do lado que está passando abraçá-lo e ganhe suas costas... não assim... mais rápido... isso aí. Perfeito!

— Se ele ficar parado, force para frente fazendo uma alavanca com o pé na altura do seu tornozelo de apoio. Se ele tentar girar, mesma coisa, mas use a alavanca de perna mais lateralizada... Se ele se levantar para tentar pegar seu pescoço, jogue-o por cima de sua cabeça. – Finalizou Tuk.

A treinadora ficou muito satisfeita como o movimento. Soel pegou bem fácil a manobra. Tuk era mesmo uma caixinha de surpresas!

*****

Depois do primeiro dia de aula, a semana passou muito rápido, as aulas e os treinos foram seguidamente fortes e exaustivos, as regras da sra. Thrud deram certo, pelo menos no começo. Tuk se transformou em mais um membro da equipe, e era muito fácil gostar dele. Epimeteu não continuou as aulas nessa semana, talvez por medo da sobrecarga de atividades ou então estava aguardando algo. Apesar de tudo estar aparentemente bem, ainda tinha algo que me incomodava. Estava deixando passar algo importante, sem contar os outros problemas a serem resolvidos: a sobrinha nova; o Chacal quieto; a garota que me encara na escola; Dandara e Gama;... tudo muito confuso. Como será que meu pai reagirá em relação a Tuk? Ele poderia ser cego para não ver a cara de meu pai quan... cego... caolho... deuses... nórdicos... Odin.

Corri para casa e entrei direto no meu quarto, quase sem dizer olá para meus pais. Fui direto nos livros proibidos. Havia procurado Odin e Thrud em nossa Teogonia, não na Nórdica. Folheei a obra e ali estavam:

Odin, deus caolho que deu um dos seus olhos em troca de ter toda sabedoria do mundo. As Valquírias eram suas servas e encaminhavam os mortos com honra para o salão dos mortos, Valhalla. Somente os melhores guerreiros mortos em batalha eram escolhidos por elas. Odin escolhia pessoalmente as mortais virgens para formarem o grupo destas semideusas Asgardianas, as mais conhecidas eram nove. Thrud cujo nome significa força ou poder era a única associada a deuses, considerada filha de Thor e Siff.

Skuld era uma princesa elfa. Elfos são criaturas belíssimas que se encontram entre homens e deuses. Dos deuses herdou a imortalidade e atributos místicos ligados à terra, mestres da cura, da ocultação e espionagem e da magia. Dos homens herdou a fraqueza de, apesar da imortalidade, poder ser ferido e morrer nas mãos de criaturas não divinas.

Thrud foi escolhida por Odin, Skuld e o próprio Epimeteu... três divindades que apareceram neste ano! O que isto significa? São deuses mesmo ou isto é apenas uma coincidência? Mas porque estariam justamente aqui? Por que eu e meus amigos estamos envolvidos com eles?

No meio de minhas indagações, bateram à minha porta anunciando o jantar. Respondi que estava indo, escondi rapidamente os livros e fui para mesa. Foi bom ter saído destes questionamentos pois amanhã combinamos ir para a mudança de Rosa.

*****

A mudança foi rápida pois Rosa tinha pouca coisa para levar, a maioria dos móveis eram emprestados da família do Abdias e possuía poucos bens. Onde morava, nos fundos possuía dois cômodos apenas, um banheiro apertado e um quarto-cozinha conjugado. Apesar dos anfitriões insistirem para que ela sentasse a mesa com eles, preferia fazer sua própria comida pois sabia que abusava da boa vontade de todos e não se sentia bem com isto. Mas ao mesmo tempo ficava feliz de tratarem-na como membro da família. Na despedida, a mãe e o pai de Abdias estavam emocionados:

— Você também é nossa filha – dizia o pai – por que não pediu para gente oficializar o registro?

— Eu sei, mas é que vocês são tão especiais que não queria arrumar mais esta reponsabilidade – respondeu Rosa – vou ficar por perto, irei trabalhar nos turnos que me sobraram, inclusive nos fins de semana. Não vou me afastar.

— Como irei saber que você estará bem? – disse a mãe em um abraço muito apertado e com lágrimas na face. – Se a Elza não for uma boa mãe pode voltar viu filha.

— Eu amo vocês, serei sempre grata! – Soluçou Rosa.

Depois de um longo tempo de despedida, que durou mais que a mudança em si, fomos para o apartamento delas. Chegamos bem antes do almoço, acabamos conversando na sala, cozinha e quarto, literalmente.

O apartamento de Elza era maior do que o cubículo que Rosa morava, mas era pequeno com um quarto, sala, cozinha, área de lavar e banheiro. Penso que daria bem para as duas morarem sem muito aperto.

Elza aprendeu a cozinhar com nossa mãe, então não precisa dizer que estava ótimo. Comemos até sair pelos olhos, como diziam. A comida estava tão boa que Abdias, Tuk e Mark pegaram no sono. Os três deitados no tapete da sala já que a cadeira estava no depósito do prédio, não havia como trazê-la até o apartamento, não passava pela porta das escadas e nem pelas portas dos corredores e apartamentos. Ainda bem que treinamos bastante e temos Gama para carregá-lo. Enquanto Abdias e Mark discutiam como carregar Tuk em conjunto, Gama levou nosso amigo os primeiros dois andares e eu carreguei o terceiro.

Não precisava adivinhar, mas Elza ficou encantada em conhecer Tuk. Ela falou que tem muitos estudos sobre a questão da deficiência em sua área, mas a pobreza da América baixa não permite uma efetiva mudança de costumes. Por isso vemos poucos deficientes aqui, principalmente pois os antigos costumes prevalecem.

Dandara foi ajudar Elza com as sobras e limpeza de nossa bagunça. Eu, Gama e Rosa fomos para o quarto procurar espaço para a cama e o pequeno armário que ela tinha trazido.

— A cama cabe aqui, mas vai ficar grudada com a da sra. Elza – disse Gama pegando a chave e os parafusos para montá-lo.

— Não tem problema, mas acho que o armário não cabe aqui não – respondi ajudando Gama a fixar as partes da cama, enquanto Rosa foi ver se poderia pôr o armário em algum canto da sala.

Montamos a cama e encontramos um local para o armário, precisávamos apenas mover Tuk do local. Quando fomos colocar as peças no chão para pegá-lo, ele disse que não precisava. Se arrastou até o sofá, segurou nos braços se apoiou, ficou de pé acomodou-se um pouco e se sentou:

— Mas você consegue ficar de pé? – perguntou Gama.

— Sim, a desculpe-me por não ter explicado. Eu consigo ficar de pé e até mesmo dar uns passos, mas com muito esforço pois tenho pouca coordenação e muita fraqueza muscular. Fico muito instável e canso em poucos passos. Como disse, os músculos e nervos foram muito afetados e atrofiados.

— Bem, mas então você está melhor do que avaliamos no começo, – disse Abdias acordando em um pulo – isto merece comemoração, vamos de sorvete?

— Espere um pouco terminarmos de montar este armário, – respondi – um minuto e abrimos seu sorvete.

Acabamos a mudança e o sorvete, escolhemos descer para praça perto de minha casa, a mesma que Epimeteu cuidava. Antes, ajudei a Elza a jogar o lixo e, por isso ficamos um pouco para trás enquanto caminhávamos. Aproveitei para perguntar:

— Você adotou Rosa? Fiquei surpreso e preocupado, não por mim, mas quando o pai souber, será muito pesado para todos nós.

— Meu querido irmão, fiquei pensando muito nisto, mas Caliope me inspirou. Ela precisava de um nome, uma nova identidade para seguir sua trajetória. Ela precisava estudar, deixar de ser pária e viver como uma adolescente normal, senão aos poucos ela se distanciaria de vocês, tanto fisicamente, mas na estrutura de formação mental também.

— Mas como isso é possível? Como poderia subir de classe depois de cair para a D? – Indaguei.

— Não sei – continuou Elza – mas foi o que disse, Caliope me inspirou. Ela disse que resolveria o problema se eu consentisse com a adoção. E foi isto que ela fez. Foi como um passe de mágica.

— Elza, Rosa voltou a ter que fingir ser garoto!

— Eu sei Soel, por isso que pedi para você apoiá-la, sei que é muito doloroso. Mas ela tem a gente e eles para apoiarem.

Chegamos na praça, os outros estavam brincando de pegador, correndo e se escondendo. Brincamos muito nesta praça, as vezes levávamos bronca de pessoas que achavam que praças eram para enfeite apenas, mas para nós era o palco onde desenvolvemos nossas maiores epopeias da infância. O interessante é que, Epimeteu nunca nos deu bronca como outros adultos, mas sempre deixava a praça limpa e linda. Hoje sei o porquê.

Coloquei a mão na grama e a acariciei. Pedi a permissão de Gaya para transferir um presente que recebi. As folhas de grama em volta de minha mão deitaram e se aconchegaram nas costas dela. Sabia que isto era um sim.

— Me esperem um pouco. – falei e saí em disparada para casa.

Entrei correndo e peguei a pequena margarida que tinha no quarto. Levei até Elza e Rosa:

— Presente de casa nova, por favor cuidem bem dela.

Rosa agradeceu, assim como Elza. Disseram que sempre é bom receber flores, por fim eu completei:

— Esta margarida é muito importante para mim, ela nasceu a noite em uma conversa com Epimeteu, ele disse que foi um presente de Gaya. Ela sempre está bela e me passa tranquilidade, não sei ao certo quanto tempo duraria esta flor, mas ela nunca deixou de ser bela. Apesar de acharem um pouco estranho, Elza disse que podia confiar nelas e Rosa me deu um beijo na testa. Entenderam que o presente era precioso para mim.

Durante o dia, Tuk e Abdias se esforçaram para trazer alegria a todos, principalmente para o Mark que estava um pouco sério demais, mesmo para ele! Dandara e Gama ficaram um pouco juntos, mas de forma discreta, não sei se na intenção de me poupar, ou não.

Ao anoitecer se despediram, e me ofereci para levar Tuk para casa, mas não foi preciso pois Abdias se ofereceu para levá-lo, dizendo que desviaria pouco do seu caminho e, portanto, a missão estava por conta dele. Todos estão se foram, então apareceu Epimeteu:

— Olá meu garoto, se divertiram?

— Por que não veio antes? – perguntei – poderia ter ficado com a gente.

— Cheguei agora, quem sabe da próxima vez... Está tudo bem?

— Sim... não – de repente lembrei de minha pesquisa – Todos tem nome de divindades. Você, sra Thrud, Dra. Skuld são deusas da Normandia. Por quê?

— Demorou para perceber, mas acertou – respondeu Epimeteu – esqueceu de Caliope, que é uma musa, de origem Grega.

É mesmo, como deixei escapar que Caliope é uma das Musas?!... Elza ainda me disse que ela a inspirou a adotar Rosa, o que está acontecendo? Estou rodeado por divindades?

— Está confuso, não é mesmo Soel? – continuou o ancião depois de uma pequena pausa – Divindades, ou coincidências? Penso que este será o problema de hoje. E em relação a isto tenho duas perguntas e uma afirmação: O que mudaria em cada hipótese? Você também é especial para chamar a atenção dos deuses? E a afirmativa é: "Você é quem constrói sua saga".

E terminou dizendo até o treino depois de amanhã, que respondi:

— Mas...

— Você precisa procurar as respostas, não é mesmo? – lançou Epimeteu, sumindo na noite.

O resto do meu final de semana foi comprometido com estas perguntas. Por mais que uma resposta me parecesse satisfatória, ela implicava em outras perguntas impossíveis de resolver! Se nada mudasse, por que eu devo construir uma saga? As questões de Epimeteu aparentemente irão me assombrar por muito tempo.

*****

O segundo-dia começou morno e tranquilo, daqueles que prenunciam tempestades. Ao chegar à escola encontrei com os amigos e seguimos para as aulas. Nas classes estava tudo tranquilo, os professores aparentemente descansaram ou se acostumaram com minha presença.

Havia apenas uma coisa estranha: a garota de minha classe, Simone, me olhava insistentemente. Não que isto fosse novidade, mas dessa vez estava estranho demais. Cheguei a pensar: "Porque ela não me beija de uma vez!"

Depois que isto passou pela minha cabeça, e antes do professor deixar a classe, ela se levantou, veio na minha direção e me beijou! Um beijo doce, talvez apaixonado... não sei... nem sei quanto tempo, mas lembro da mão do professor em meu braço direito e, me arrastando até a diretoria. Deu apenas para escutar a Simone dizendo "desculpe-me".

O Diretor, que por sinal eu não conhecia, recebeu os informes do professor, solicitou algumas ligações e me encaminhou a uma sala de reuniões. Me colocou sentado e começou a dizer:

— Não demora muito para gente de sua laia mostrar as garras. Vamos esperar os responsáveis chegarem para ver se chamamos a polícia.

— Mas... o que eu fiz? – indaguei confuso.

— Ora, não seja besta, – respondeu o diretor – agarrar uma menina desprotegida na sala de aula, principalmente tratando-se de uma

Classe A, é extremamente grave. Mas não espero que gente como você compreenda. Eu sempre fui contra essas bolsas, onde já se viu misturar crianças com vermes degenerados.

— Mas eu estava quieto em minha carteira, ela que se levantou e veio até mim, todo mundo viu – tentei me defender, mas sabia que era em vão, a versão do professor já deve ter sido alterada e a do diretor piorada.

De repente a porta se abriu e a coordenadora Caliope entrou. Ela começou perguntando:

— Por que não fui chamada? Eu conversei com a Simone, ela disse que ficou atordoada por um minto e não sabe porque beijou o Rodrigo. Por que ela não está aqui também?

— Você não foi chamada porque este caso é da direção! – Respondeu – E também porque eu sabia que iria buscar respostas para o que este degenerado fez!

— Mas a aluna...

— Como disse, está confusa... – continuou o diretor – daqui para frente os pais respondem por ela.

— Eu vou dar uns telefonemas e já venho. – disse a coordenadora e se retirou da sala.

Ficamos nos olhando, eu e o diretor por algum tempo. Dava para sentir todo ódio reprimido que tinha por mim exalando. Se ele pusesse me mataria no pátio agora, tudo sob os aplausos dos alunos e professores. Não é de agora que sei que minha classe não é convidada para locais de gente pura. Se entramos é por nossa conta e risco. Somos sempre sutilmente convidados a nos retirar, basta dar o menor motivo para que isto aconteça, reforçando o discurso de que eles nos dão oportunidades, mas nós degenerados pela mestiçagem não temos condições de aproveitar. Não sabemos agradecer nossos benfeitores. Merda! Com o motivo que tem agora, eu estou ferrado.

A porta bateu, o diretor se levantou para atender. Ele estava na cabeceira de uma mesa que estava de frente para a porta da sala de reuniões. A mesa tinha uma cadeira ao lado dele devendo ser da coordenadora ou outra autoridade da escola, três lugares de frente para o diretor e dois lugares de cada lado. Eu estava num desses lados.

— O que faz aqui? Não mandei te convocar. – Disse o diretor.

— Eu sou responsável por ele e é um aluno pagante, não vou deixar fritá-lo sozinho. – Respondeu a Sra Thrud enfática.

— Não há nada que possa fazer, os pais da aluna estão a caminho – insistiu o diretor.

A treinadora entrou dando as costas para o pequeno homem careca e triste, olhou para mim e sorriu. Sentou-se do meu lado, pegou minha mão, perguntou se estava bem e disse:

— Confie nos deuses, fique tranquilo.

Achei o que ela disse adequado pela situação, mas com possíveis interpretações distintas, uma como questão de fé e outra relacionado a última conversa que tive com Epimeteu. Não deu para pensar muito sobre o assunto pois acabaram de chegar os pais da Simone.

— Quem é o maldito mestiço que atacou e sujou minha filha! – Vociferou o pai vindo em minha direção de forma agressiva e pronto para me atacar.

A Sra. Thrud se levantou e com uma mão em seu peito o empurrou para a cadeira obrigando-o a sentar. No mesmo momento a Sra. Caliope entrou na sala e sentou-se do lado do diretor, que pediu calma e começou a falar:

— Abrimos a reunião disciplinar em relação ao aluno Rodrigo Soelloh por assédio e tentativa de estupro de uma aluna.

— Tem certeza de que é para tanto? – Reclamou a coordenadora – Foi um beijo de adolescentes e pelo que me consta foi a aluna que o beijou. E onde ela está?

— Minha filha tem berço, diferente deste mestiço – recomeçou o pai – você tem filha, dona? Se tivesse saberia o que estamos sentindo no momento.

— O professor que fez a ocorrência – comentou o diretor – disse-me que se não interviesse poderia ter havido um estupro!

— Onde está ele para confirmar a acusação? E a Simone? As acusações são muito graves para serem apresentadas de forma que foi colocada, como "poderia acontecer". Um estupro em uma sala lotada? Isto é loucura. – Defendeu a coordenadora.

— O professor já teve que se retirar, mas garantiu que testemunharia caso necessário. Não precisamos fazer a vítima se encontrar com o agressor, vamos poupá-la, não acha Sra. Caliope? – Argumentou o diretor.

— Se houve agressão, talvez, mas o que me consta é que não houve. A Sta. Simone beijou o Sr. Rodrigo, não sabe direito porque, mas não houve nada além de um caso de atração entre adolescentes. – Continuou a coordenadora me defendendo.

— Você está ofendendo minha filha e minha família, dona. Não sei de onde veio, mas é melhor engolir as palavras antes que seja tratada como um deles! – Ameaçou o pai.

— Ela está se excedendo, com certeza a mantenedora irá despedi-la depois disso. – Comentou o diretor, continuando – Se eles não fizerem, eu mesmo irei fazer.

Ao dizer isto, a Sra. Caliope riu com os cantos da boca e a Sra. Thrud, que estava quieta até o momento, resolveu falar.

— Depende se os acionistas desta escola forem malditos classicistas como vocês, mas eles podem não ser, e aí quem irá perder o emprego?

Ambos ficaram indignados, mas foram interrompidos pelo bater na porta. Era a secretária que veio avisar que havia um telefonema urgente para a mãe da Sta. Simone, disse que era a avó da aluna. Ela saiu e agora a Sra. Thrud que ria. Eu estava quieto o tempo todo e vi que o diretor fazia uma ata da reunião, não sei qual era o conteúdo, mas imagino.

Ele entregou para o pai que leu, concordou e ainda perguntou se chamariam as autoridades para dar andamento na justiça. Meu coração gelou, as duas defensoras que tinha estavam quietas, mas com o mesmo sorriso, quando adentrou novamente a mãe:

— Queremos pedir desculpas – ela iniciou – como a Sra. Caliope disse, foi apenas uma paixão adolescente que minha filha tem pelo Sr. Rodrigo. Não queremos que isto vá adiante e nem atrapalhar a vida destas crianças.

— O que você está falando? – disse o pai – Ficou louca?

Em resposta ela olhou para ele, com olhos de raiva, pegou os papéis da Ata e os rasgou e atirou na mesa e disse-lhe:

— Cale a boca, não transforme isto em um caso para dar vazão ao seu ódio por ser um fracasso como homem! Se quiser continuar com isto fique sabendo que será sem o dinheiro de minha família!

O pai então levantou-se e se retirou da sala batendo a porta com força. A mãe desculpou-se pelo marido e continuou:

— Senhor diretor, sabe que minha mãe é uma das maiores contribuidoras desta unidade escolar. Ela ficou muito aborrecida com a forma que conduziu este caso. Deve conversar com o professor para que ambos revejam o caso e façam um relatório verídico sobre os acontecimentos. Acredito que ainda dê para manter seus cargos intactos. Obrigada por tudo Sra. Caliope, minha mãe mandou lembranças e pediu para que passasse em sua casa, disse que fazem séculos que não se veem.

Fomos nos retirando e a mãe de Simone ainda veio conversar comigo:

— Não culpe minha filha, sr. Rodrigo, eu fui jovem como ela e passei pelas mesmas coisas. Ela sente uma atração por você e não conseguiu se controlar. Ela é uma boa menina, não quis te prejudicar, garanto.

— Ob... obrigado – respondi – eu não sabia o que ia acontecer comigo...

— Ora, precisa confiar mais nos deuses. Fique bem – respondeu e foi embora.

Dentro da sala de reuniões ainda dava para ouvir os berros que a Sra. Caliope dava contra o diretor. A treinadora estava me conduzindo para fora quando, sem perceber, alguém me abraçou. Era Simone, que disse chorando:

— Me desculpe, eu não sei o que me aconteceu, eu não queria te prejudicar... – as lagrimas escorriam mais intensamente – Meu pai chegou... di ... dizendo que iria.... eu disse que a culpa era minha...

— Calma Simone – respondi com ternura – deu tudo certo, sua mãe acertou as coisas, está tudo bem. O bom de tudo é que acabamos nos conhecendo...

Ela sorriu um pouco e disse-me:

— Obrigada, minha mãe está me esperando. Não vou mais assistir aulas hoje. Tchau, nos vemos amanhã.

— Até – respondi, olhando para a Sra. Thrud que olhava para os lados e me falou.

— Muitos alunos estão observando, tome cuidado redobrado. O que aconteceu está resolvido, mas o classismo tem raízes mais profundas. O que você presenciou hoje pode ser apenas o começo.

Ao dizer isto, recebi outro abraço surpresa, era Rosa chorando e os outros estavam com ela:

— Você me assustou – disse-me – pensei que não ia acabar bem.

Pedi que ela se acalmasse, afinal ela estava sendo Rosa e não Rose. Logico que recebi um "que se ferre", mas ela se comportou novamente. Contei o que aconteceu a todos depois das aulas, que não entrei, obviamente devido a estar um tanto abalado. Rosa ficou comigo depois que a treinadora foi embora. Após a aula conversamos todos juntos contei tudo que aconteceu e Mark no final perguntou como tudo deu certo?

— Acho que foram os deuses – respondi.

— Mas até você beijou uma garota bonita. – Resmungou Abdias.

Olhei para o lado e vi Dandara um pouco desconfortável e Tuk pensativo. Foi ele que acabou dizendo:

— Cuidado! Às vezes um beijo muda tudo.

Parte 2

Genesis

Capítulo VII

Família Soelloh

— Olá, como posso te servir – disse-lhe o atendente.

— Tenho que denunciar um CIII. Ele agarrou e beijou minha filha Classe A.

— O nome do mestiço, por favor.

— Rodrigo Soelloh.

— Um momento... ah! Tudo bem, ... já temos um registro dele por agressão em um gmnásio de lutas, lesões em 3 classes A, um deles foi gravemente ferido. O Círculo A tomará providências, fique tranquilo.

Após o tumulto do início da semana, os outros dias aparentemente foram normais, exceto pelos bilhetes deixados em meu armário e carteira. Eles tinham escritos classicistas e ameaças de retaliação pelo ocorrido. Soma-se a eles alguns olhares de repúdio frente a minha pessoa e algumas atitudes hostis. O que limitou estas ações dando um pouco de tranquilidade foi o fato de Simone, de forma incondicional, ter se aproximado de mim e Rosa na sala de aula. Nos intervalos também ficava por perto, as vezes não conseguia espaço e se afastava, mas a distância estava diminuindo.

Considerei um pouco preocupante esta aproximação, principalmente pela reação do seu pai. Sei que ele era classicista e me queria preso ou pior. Apesar de querer conhecê-la melhor, tinha receio e meus amigos concordavam. Mark achava que eu corria risco de ser linchado, ele dizia que conhecia os supremacistas da Classe A, seu pai era um deles. Dandara também via risco, talvez movida por ciúmes, apesar de quando pensava assim lembrava que ela estava com Gama que não emitiu opinião. Abdias ainda lamentava não ter sido ele e, Tuk e Rosa achavam que ela tinha sido legal com todos e principalmente comigo.

— Coisas assim acontecem, não nos controlamos o tempo todo, – dizia Rosa – mas ela reconheceu a sua responsabilidade e vem tentando te proteger. Ela merece respeito.

— Somos nossos pais até um certo ponto, e pelo que contou apesar do pai querer te matar, foi a mãe que resolveu a parada. – Julgou Tuk – Posso estar errado, mas acredito que ela puxou a mãe.

De certa forma foi isto mesmo que aconteceu depois da fala da mãe da Simone, a Sra. Calipso tomou as rédeas da reunião. Na prática o que vi acontecer é que o diretor permaneceu no cargo, mas não tocou mais no assunto, o professor do dia ficava pálido quando me via e não tocava no assunto também. Não vi o pai dela pois era a mãe que as vezes aparecia e era sempre era muito simpática comigo:

— Você está bem? – dizia – Espero que tudo tenha se acertado. Minha filha falou que você e seus amigos têm sido legais com ela. Podem ficar tranquilos que meu marido está sob controle.

Geralmente eu nem sabia o que responder, ela parecia me tratar como um membro de sua família. Na realidade isto me constrangia uma pouco. Ela parecia não se importar que eram classes A e eu CIII. Eu andei reparando na Simone e a acho ela bem bonita! Não como Dandara, mas de forma diferente, talvez cada uma tenha seu encanto. Não sei, mas as vezes penso que posso gostar dela um dia. Mas e Dandara? Mas eu não iria estragar a vida da Simone, como pensava que faria com a Dandara? Poupei uma para sacanear outra?

— Perdido de novo meu querido? – disse Rosa – Hoje é a última chance de convidar a Simone para o final de semana, acho que ela gostaria de ir.

— Melhor não Rose, – respondi – estaremos ainda conhecendo ela.

— Por isto mesmo, – insistiu Rosa – no próximo encontro é território neutro, depois será na casa da Dandara, melhor agora.

Olhando para trás, Rosa viu que Simone iria passar e chamou sua atenção e disse:

— Simone, vamos nos reunir amanhã na casa do Abdias, quer ir? Nos encontramos por volta das 10 horas na venda do Nascimento, você sabe onde é, não? Aparece por lá! Todos vamos, e será bem-vinda.

— Vou adorar! Você ficara triste se eu fosse Soel?

— Eu?!... De forma nenhuma, se der para você ir será legal. – Respondi.

— Ótimo, então irei!

Rosa olhou para mim e disse que não precisava agradecer. Fomos então para casa nos preparar para o treino.

*****

Foi tudo bem no treino, era impressionante o quanto evoluímos, principalmente Abdias e Dandara. Tuk considerava a mesma coisa em relação ao nosso treino e o dele, uma vez que conhecia um pouco de luta, suas pontuações estavam melhorando a cada arremesso. Antes de irmos embora, a sra. Thrud me chamou na sua sala para uma conversa.

Ainda não havíamos conversado sobre a reunião na escola, e estava pensando que seria esquecido..., mas parece que era o assunto que seria abordado. Entrei na sala e a treinadora me convidou a sentar. E começou:

— Olá Soel, não conversamos sobre o ocorrido na escola, pois acredito ter sido resolvido. Mas eu preciso falar com você sobre a Simone, ela é neta de uma boa amiga e preciso protegê-la.

— Eu não fiz nada... juro! – respondi.

— Eu sei, não estou te acusando – continuou a treinadora –, mas preciso saber se você gosta dela.

— Não sei treinadora, ela parece ser legal, é bem bonita... mas é classe A.

— Não me venha com essa idiotice de classes, já basta o pai da garota com este discurso! O que eu estou tentando dizer, é que eu gostaria que você tivesse responsabilidade. Ela deve ter uma atração por você, por favor, não a faça sofrer!

— Mas, eu não estou entendendo, por que tudo isso aconteceu? Eu não sei se gosto dela, mas jamais faria alguém sofrer senhora, principalmente se gostar de mim.

— Olhe, Soel... às vezes faz parte da natureza ter ações que a nós se apresentam como estranhas. Parece que uma destas coisas é a forma que sua amiga se atraiu por você. Ela é bonita e muito interessante. Seja delicado com ela, e se houver outra aproximação entre vocês, avalie antes se gosta dela, por favor.

— Está certo, Srª Thrud... farei isso. Mas por que estamos tendo esta conversa? – indaguei.

— Porque, meu caro Soel, às vezes Afrodite nos prega peças! – respondeu a treinadora.

*****

Após a conversa fui saindo para voltar para casa, estranhei que ninguém tinha me esperado, quando percebi Epimeteu vindo em minha direção. Ele me disse que havia dispensado os outros e que precisava conversar comigo também. A conversa começou semelhante à ocorrida com a treinadora, o que me fez acreditar que havia um novo enigma a ser decifrado. Durante o diálogo, Epimeteu perguntou:

— Por que acredita que tudo aconteceu?

— Problemas de classe, eu suponho – respondi.

— Bem, isto também. Mas precisa entender que alguma coisa fez a Simone ser atraída por você! Isto é mais importante. Houve um momento, ou algo que a fez sentir-se atraída por você e que, por algum motivo, ela não conseguiu se controlar. E por perder o controle, houve toda esta confusão, não é mesmo?

Acenei afirmativamente com a cabeça e ele continuou:

— Acredito que você deve ter apreciado o beijo..., ela é muito simpática e legal. Além de ela ter a sua idade, e você aparentemente gostar dela. Não como a Dandara, mas você tinha percebido a atração dela e, se não me engano... pediu o beijo!

Eu fiquei confuso com a fala de Epimeteu. Eu realmente me lembro de ter solicitado que ela parasse de me encarar e me beijasse, mas não sei se foi por vontade ou por estar incomodado dela me encarar. Depois, eu gostar dela me parece estranho, pois sei que havia notado que ela era bonita, tinha um jeito simpático e um sorriso cativante, mas isso será diferente de gostar? Por isso eu ficava bravo quando ela me olhava? Por que sempre me defendo quando uma garota de classe maior que a minha se interessa por mim? Eu fico na defensiva, receoso de retribuir, e me afasto dela, assim como fiz com Dandara?

— Bem, como ia dizendo – continuou Epimeteu, me tirando do transe momentâneo – você pode perceber que o beijo retribuído e espontâneo entre dois jovens deveria ser belo. Não houve violência, não houve abuso, apenas surpresa e ternura. A isso podemos chamar de uma forma de amor, não o amor efetivo da convivência de um relacionamento que é mais duradouro, mas um pequeno gesto de afeto. Ele poderia acabar em si mesmo..., o beijo ficar ali, ou florescer em diferentes possibilidades. A que estamos vivenciando agora é uma delas.

A fala de meu amigo aos poucos foi tomando uma forma dolorosa em meu coração. Estava gostando do que ele falava, mas estava entendendo o quão triste a situação foi se desenrolando. Acho que percebia o que Epimeteu estava querendo me dizer, e ele se adiantou:

— Então, percebe que todas as ameaças, as punições e violência desencadeadas pelo beijo foi revelador?

— Sim – respondi – a violência e insensatez sobrepõe-se ao amor!

— Isso meu caro, Ares de sobrepôs a Afrodite! – Resumiu Epimeteu.

Quando estávamos nos despedindo, ainda tive o impulso de fazer mais uma pergunta para o meu velho mestre:

— Epimeteu, por que os deuses são da Classe A?

Ele riu um pouco, mas depois fez uma cara séria e contrariada e respondeu:

— Eles não são Classe A, são o reflexo do povoado que os criou, a imagem deles apenas. Veja Soel, não estou dizendo que os deuses não podem existir sozinhos, mas desta forma eles são apenas as forças da natureza, como os raios e trovões, ou até mesmo do comportamento humano, como o amor e a guerra. Para que estas forças sejam personalizadas, quem dá sua forma e conta sua história são os homens, os povoados. Os deuses tornam-se mais poderosos pela transmissão por inúmeras gerações e a adoração de fiéis. A personificação dos deuses é a forma que a humanidade os enxerga. Assim, os Gregos que somente viam o próprio nariz, os desenharam como se fossem gregos; os nórdicos que, por muito tempo foram isolados e só conheciam a eles mesmos fizeram os deuses com a forma que conheciam.

E continuou:

— Os deuses de Bantu também são como eles, de pele escura, assim como os nativos da América, como Tuk, tem divindades com suas características físicas. E assim vai pelo mundo, cada um criou suas divindades à forma de sua etnia. Mas também há exceções, os mitos que foram abandonados pelas configurações geopolíticas atuais, possuem formas diferentes. Os egípcios usavam homens com cabeças de animais em algumas divindades. Os hindus remanescentes, e que ainda resistem, da unificação da Normandia possuem divindades com a cor da pele azul e alguns de pele verde, além de que também existem o amalgama entre figuras humanas e de animais.

E acabou concluindo:

— Então meu caro, as teorias que desabonam as cores da pele e que permitem as divisões de classe, são como a imagem dos deuses. Em outras palavras, apenas criações humanas que deveriam ser totalmente descartadas. O que realmente importa é a essência de Gaya e o conhecimento da própria essência humana, a fim de corrigir as suas falhas. Comungar com estas forças, isto é o que realmente importa!

*****

O final de semana na responsabilidade do Abdias sempre é uma festa! Seus pais são pequenos comerciantes muito festejados pela nossa cidade, principalmente pela generosidade, evidenciado pelo apoio que deram para Rosa. Seu pai é um Classe A que se apaixonou e vive um grande amor pela esposa que é CIII, uma lutadora pelos direitos civis que me lembra muito a Elza. Minha irmã já me confidenciou que ela a inspirou na adolescência para ser cuidadora. Não conheço muito bem a história, mas sei que o bom humor de meu amigo vem da relação dos pais; não preciso dizer que tenho um pouco de inveja da sorte que ele tem!

O encontro que fazemos nesta casa é o considerado mais farto em relação à comida e atividades. Como o casal gosta muito de nosso grupo e de dar festas, a casa fica a nossa disposição. A construção tem na parte da frente um sobrado, a casa dos fundos onde Rosa morava, no terreno a direita está o comercio deles, uma casa de vendas que tem desde alimentos até pequenos eletrodomésticos. No terreno ao lado esquerdo possuem uma piscina, uma sala de jogos e uma cozinha completa com churrasqueira, é aí que festejamos.

A chegada de Gama, Mark e Tuk foram uma festa grandiosa para Abdias e seus pais, eles ressaltaram a necessidade de terem mais amigos e diversos. O pai dele em especial, pediu a cadeira de Tuk para tentar verificar como poderia melhorar seu desempenho e projeto:

— A lubrificação deve ser com óleo e graxa; veja como está um pouco travada nas rodas! Tenho uma para bicicletas que pode ser melhor para a segurança. Espere um pouco, fique sentado no sofá, vou levá-la para oficina do mercado e já volto. Rosa, pode vir comigo? – ele disse e foi com Rosa para o prédio ao lado.

Quando a Simone chegou foi uma mistura de espanto e alegria dividido de forma não equivalente por todos, cada um tendo sua própria fração de sentimento. Dandara foi mais espanto que alegria, a mãe de Abdias foi quase só alegria. No meu caso foi estranho, pois, meu sentimento era de alegria, mas ao contrário do espanto, era um quase pesar de que as coisas iriam mudar, o beijo mudou tudo!

A recepção dada pela nossa anfitriã foi muito boa, eu fui conversar com ela e tentar quebrar o gelo, mas Tuk foi mais rápido:

— Eu queria me levantar e ir até você mais não vai dar, vou precisar que venha me abraçar.

Na hora Abdias sentou-se do seu lado, e também reivindicou o abraço. Dandara foi até ela e disse-lhe para tomar cuidado com aqueles dois, pois eram terríveis! Apresentou o namorado Gama e Mark, dizendo que a Rosa e o anfitrião estavam acertando a cadeira de Tuk. Por fim chegou a minha vez de dar as boas-vindas:

— Que bom que veio, acho que já faz parte da turma.

— Queria agradecer a Rosa pelo convite, acho que precisava conhecer vocês melhor. – disse Simone com um ar alegre.

Rosa e o pai de Abdias voltaram, a cadeira de Tuk ficou muito mais funcional, segundo o nosso amigo comediante, os dois estariam querendo que o amigo apostasse corrida com carros. O anfitrião acabou dizendo para não ligar para seu filho e que a transformação era um presente de boas-vindas. Rosa mostrou que na parte de trás tinha duas machadinhas cruzadas para mostrar sua habilidade crescente nos jogos. Foi um dia feliz como sempre, principalmente porque Simone estava lá e aceita por todos. Acredito que foi determinante para diminuir o peso que me perseguia ao ver Dandara e Gama namorando de forma mais oficial.

— Nos nunca conversamos sobre o beijo que te dei na sala de aula – comentou Simone.

— Não quis te constranger – respondi – não tem problema, foi tudo resolvido!

— Eu não sei por que fiz aquilo, não sabia que iria ser tão grave – ela continuou, e percebi que seus lábios tremiam e seus olhos brilhavam – mas, acho que... não sei como... mas... gosto de você!

Isto me assustou como o beijo anterior. Eu queria beijá-la de novo, mas estava, como ela mesmo disse, confuso. Não sei como agir, mas lembrei-me de como a Sra. Thrud tinha sido incisiva em relação a minha responsabilidade com ela. Assim achei melhor ir com calma:

— Acho que percebi isto, também penso que estou começando a gostar de você, mas podemos nos conhecer e tirar as dúvidas e problemas que nos atingem neste momento? Não quero aparecer desinteressado ou esnobe, principalmente com você, mas o lance da escola foi assustador inclusive seu pai.

— Está bem – ela respondeu – obrigada por ser honesto comigo... é bom saber que está começando a gostar de mim.

Ao dizer isto ela me abraçou e pude sentir o aroma que vinha de seus cabelos, castanhos como o creme de mel mesclado com avelã, seu corpo era firme e belo! Era um pouco mais baixa que eu, porém considerada alta para as mulheres. Comecei a ter sensações diferentes por ela, Eros estava se apossando de mim, precisava tomar cuidado para respeitar o que propus.

*****

A semana passou rápida entre as conversas com meus amigos, e particulares com Simone, aulas e treinos. As conversas com Epimeteu continuavam enigmáticas, ele estava me instigando a conhecer melhor a mitologia nórdica e seus deuses, principalmente na forma que divergiam dos nossos. "A cultura nórdica era mais voltada a povos guerreiros e agrícolas, portanto muito se diferencia da nossa que constitui divindades a partir de uma característica ou de seu conjunto". E continuou:

— Por exemplo, Ades é o deus da guerra grego; Tyr o deus nórdico representa o combate, o céu, a luz, os juramentos, a justiça, vários atributos para um único deus. O interessante disto é que um deus grego é mais facilmente detectado em seu domínio, assim é mais fácil entendê-lo, localizá-lo, responsabilizá-lo. Já os deuses nórdicos não são tão óbvios, mas são escravos de suas narrativas, eles são regidos pela sombra do Ragnarök o fim do mundo que, para eles, apesar de serem deuses tem seu destino preso a este conceito.

— Interessante, pois apesar de serem mais amplos, são mais presos, – resolvi me pronunciar – de certa forma os nossos deuses não têm o destino tão tracejado.

— É exatamente isto! – concluiu Epimeteu.

— Epimeteu, não sei se estou entendendo errado, mas duas vezes que acariciei a terra, e tentei conversar com Gaya, tive uma impressão de resposta – narrei o fato da folha e do gramado para ele.

— Ótimo meu caro! Não é coincidência, mas também não é de se comemorar de forma entusiasmada. São manifestações, talvez? Se conheço bem Gaya é um encorajamento, ela espera que continue – refletiu.

— Tenho mais uma questão, pode ser? – ele assentiu com a cabeça – Estou me entendendo bem com a Simone, as vezes quero ficar com ela, e acho que é recíproco. Mas prometi que seria responsável, quando posso dar um passo a diante?

— Esta resposta é sua Soel, apenas siga o que diz seu coração e não seus desejos. E, sempre se coloque no lugar dela, não faça o que não gostaria que fizessem com você.

*****

Neste sábado o encontro foi na casa da Dandara, já se passaram um mês do início do ano letivo. É bom ressaltar que se a casa de Abdias era o mais farto, na casa de Dandara era de longe encontro mais espiritualizado. A começar pela casa. Era impecável em relação à decoração viva, com plantas e vasos milimetricamente colocados para dar a impressão de que estava entre a casa e o quintal. Faziam jus ao trabalho com o planejamento de interiores de casas, tendo a loja com os diversos tipos de plantas e opções de arquitetura vinculada a uma das entradas de sua casa. Na realidade a casa era imensa e tinha aparentemente três funções, moradia, comércio e quintal onde desenvolviam as plantas e jardinagem. No entretanto todos os ambientes se misturavam dando a impressão de ser um único; apenas depois de um tempo percebia-se que mudava de local, pois a transição era tão suave que parecia imperceptível.

Ojé e dona Escolástica, pai e mãe de Dandara eram diferentes dos outros pais. Eles tinham uma imponência e sabedoria que apenas os sacerdotes têm. Apesar de serem discretos, em relação às proibições legais de restrição cultural, sempre são bons conselheiros para os amigos e vizinhos. Em muitos aspectos foram presentes em locais, de minha formação e coração, que era impossível de meus pais alcançarem. Minha família tinha muito apreço por eles, apesar do distanciamento que meus pais impõem as pessoas, Ojé e dona Escolástica sempre quebravam estes escudos.

Foi nesta casa que, em determinado momento, estava sozinho tentando me comunicar com Gaya no quintal, meu local predileto da moradia. Era um espaço bem úmido e com arvores que Ojé dizia nativas de Bantu, tornava-se um ambiente e um local à parte, um esboço de mata. Quando coloquei a mão na terra umedecida, senti-me estranho e não sei se adormeci, mas uma mão que pensei ser de Dandara acariciou meu cabelo. Era a dona Escolástica, que disse:

— Perdido em pensamentos, meu querido?

— Tentando conversar com Gaya, por mais estranho que possa parecer – respondi.

— Não é estranho, meu filho, conversar com a natureza é uma das coisas mais belas e normais que podemos fazer— disse-me. Tente de novo, mas desta vez, use a respiração para entrar em sintonia com a pulsação que sente do contato com a terra.

Fiz com ela falou, e de repente a terra tornou-se mais líquida e movediça e o chão começou a me engolir! Passei por momentos de aflição e medo até chegar em algum lugar e sentir uma voz me chamando:

— Olá Afilhado, bem-vindo! – disse-me uma velhinha.

— Afilhado? Onde estou? Quem é você? – respondi.

— Ora meu querido, você está onde procurou estar! Tenho muitos nomes, mas pode me chamar de avó ou vó se quiser. – respondeu.

— Por que estou aqui? – perguntei novamente.

— Porque estava querendo conversar comigo e eu precisava conversar com você. Não esqueça querido, você está focado nos deuses da Classe A, mas seu compromisso é com você, com todas as classes que formaram você. Não esqueça que os deuses de Bantu e os Insulares também esperam o Afilhado! – Ela me respondeu e terminou dizendo:

— Seu tempo aqui está acabando – e me deu um beijo na testa.

Acordei do que achei que foi um transe com dona Escolástica beijando minha testa, da mesma forma que a avó fizera no outro local. Ela me disse:

— Está tudo bem com você, o que você viu?

— Não sei bem – respondi – vi a avó, eu acho.

— Como ela era? – continuou indagando.

— Era como uma avó mesmo, em relação ao tipo, voz e tratamento carinhoso comigo. Me disse que estava lá porque eu pedi e me disse alguma coisa a mais... não me lembro bem... mas tinha a ver com Afilhado e compromisso com outros povos e deuses.

— Nanã Buruku – disse Ojé que chegou a tempo de ouvir a conversa – você conversou com ela.

— Nanã Buruku em nossa querida Bantu é correspondente a sua deusa Gaya, Soel. – Me explicou a Dona Escolástica— Guarde bem o que ela te disse, pois ela respondeu ao que você solicitou, meu querido Soel. E tenha certeza de que foi uma honra.

Apesar de estranho e até mesmo assustador, o resto do dia foi normal. Os nossos vínculos de amizade estavam cada vez mais fortes. Tuk, assim como foi com Rosa, parecia um amigo do tempo da infância que tivemos – eu, Dandara e Abdias. Mark continuava um pouco melancólico às vezes, e Gama era o mais comportado e gentil entre nós. Por fim a novata Simone era, além de mim, paparicada por Rosa, acho porque se sentia responsável pelo primeiro convite.

*****

Ao chegar em casa, fui imediatamente procurar menções sobre o Afilhado em meus livros proibidos. Por mais que tenha procurado, não encontrei nada! Nanã Buruku nem precisei procurar pois sabia que as leituras que possuía não faziam referência a Bantu, mas pensei no que Epimeteu me disse sobre os devotos darem formas aos deuses. Neste sentido, alguém importante como Gaya, que transpassava mais que uma cultura, teria múltiplas formas de se representar e, portanto, de se apresentar. Quando pude enfim conversar com Epimeteu, ele sorriu:

— É isto mesmo meu caro, você pegou todo o sentido. Divindades comum possuem correspondências nos domínios, mas diferenças na representação. Porém quando pensamos nos domínios dos deuses as representações podem ser semelhantes, mas dificilmente se sobrepõem. O Reino dos Mortos, o Tártaro de Ades ou Helheim ou Helhem de Hell dos Nórdicos, são semelhantes mais distintos, os deuses da morte não são complementares, pelo menos até agora.

— Como assim? – Indaguei.

— É uma boa pergunta, conversaremos sobre isto com mais tempo. – Respondeu Epimeteu.

— Epimeteu, mais uma pergunta, por favor. – Esperei seu tradicional aceno com a cabeça e emendei. – Porque Gaya ou Nanã Buruku fez referência ao Afilhado?

— Como disse, conversamos com mais tempo. – respondeu sorridente e se foi.

*****

O tempo continuou passando muito rápido, aulas, treinos e encontros foram se somando. Conhecemos as casas de Gama e Mark. A mãe de Gama era muito simpática e mimava muito o filho! Achamos muito engraçado pois ele era de longe o maior de nós e, agora, o mais mimado. Abdias ficou chamado ele de Bebezão por um bom tempo, mas como ele não se irritava, acabou abandonando o apelido. Neste dia, a mãe dele ficou conhecendo o casal Gama e Dandara, o namoro se tornava oficial. Simone por outro lado se tornava mais próxima de mim, mas eu não queria que ela fosse meu "prêmio de consolação", uma substituta para Dandara, ela merecia mais que isto. Queria gostar dela como gostava de Dandara, mas por outro lado, estava tendo forte desejo por Simone, uma sensação que ficava intensa devido a nossa idade. Ela era linda demais!

A casa de Mark era a mais Rica e luxuosa de todas as que tinha visto em minha vida! Transformava a de Abdias em um casebre, porém, nenhum familiar veio nos receber. Seus pais, e seu irmão mais novo ficaram afastados. Seu irmão mais velho se esbarrou com Abdias ao chegar da rua e sussurrou um audível: "Mestiço nojento!" E virou as costas. Foi a única hora que escutamos o pai do anfitrião. Ele chamou rapidamente o filho para dentro. Fomos muito bem tratados, por três funcionários da casa, Classes C, obvio.

Chegamos a pensar que não voltaríamos para lá, mas a melancolia que sentíamos de Mark tinha se materializado, e não iriamos dar o desgosto de sentir que o abandonamos. Na despedida ele chegou a nos pedir desculpas, Rosa deu um beijo em sua bochecha e disse que não tinha do que se desculpar, pois ele era maravilhoso como Anfitrião e que estava tudo bem-organizado, estava de parabéns! Gama por conhecê-lo havia mais tempo, abraçou o amigo e somente disse: "força!". Abdias por outro lado disse:

— Esquece, você é o cara, adoramos como se esforçou. Descobrimos até que Tuk nada bem e que seu irmão não é nada.

Como sempre provocou um sorriso no rosto do anfitrião. Todos nos despedimos e fomos para casa.

*****

A questão que mais ficou em meus pensamentos nesta semana foi o mistério sobre o Afilhado, o que queria dizer? A referência que Naná

Buruku fez era que eu seria este tal de Afilhado, mas de quem? De Epimeteu? Não sei o que pensar, preciso de respostas...

*****

A casa de Tuk foi a nossa novidade da semana, era muito interessante pois era muito espaçosa e com poucas divisões de cômodos, sendo que o banheiro era mais privativo. Era ótimo para mobilidade com sua cadeira e, soubemos que também respeitava o formato arquitetônico de seu povo, muito espaço e poucas paredes. Seu pai era representante da comunidade indígena na América Baixa, e devido a isto, viajava muito. Sua mãe era professora de línguas tupi-guarani e aceitou um emprego em nossa cidade. Apesar de Palmares não ser muito grande, tinha boas condições para residirem, principalmente em relação a escola preparatória para Tuk. Como residiram em cidades maiores em busca da sonhada cura, acharam que estava na hora de se aquietarem em uma cidade menor para o bem do filho. Aparentemente deu certo, pois desde o acidente, creditaram que era o momento mais feliz do Tuk, inclusive pelos treinos de arremessos de machado, atividade visível em vários cantos da casa e no quintal, pois tinha uma adaptação para alvo e jogo.

Abdias, Mark e Gama ficaram disputando com Tuk várias partidas. Não conseguiram ganhar nenhuma, sendo que o único que se igualava a ele era seu pai. De cinco disputas com o filho, ganhou duas e perdeu o desempate por um ponto apenas. Epimeteu acertou na escolha da atividade para o garoto, o talento era familiar. Eu fiquei conversando de minhas angústias com as garotas.

Conversei um pouco sobre o que aconteceu na casa de Dandara e sobre as conversas com Epimeteu. Não gostava de falar sobre isto pois envolveria burlar a lei de restrições culturais, mas estava difícil segurar tudo sozinho. Rosa como sempre se antecipou a responder:

— Não se preocupe, pelo menos comigo qualquer assunto é bem-vindo. Pelo que me disse, os encontros com Epimeteu têm sido irregulares pelas nossas leis, mas maravilhosos. As divindades Nórdicas que falou conhecia pelo tempo que fiquei por lá, mas sempre tentavam que tivéssemos o menos possível de informações.

— Minha mãe comentou sobre sua visão espiritual, é comum com o povo de minha terra natal – disse Dandara. O problema é que as pessoas que visualizam os orixás, possuem treinamento para isto e, mesmo assim, geralmente veem, ouvem ou incorporam. Ter um contato de estar em um local espiritual como vivenciou é tremendamente raro.

— Ouvi minha avó conversando com a minha mãe, – complementou Simone – elas citaram a palavra Afilhado. Estava passando, mas tenho certeza de que ouvi, não prestei muita atenção pois as conversas delas sempre são muito secretas. Minha mãe sempre me dizia que no tempo certo iriamos conversar. Agora, quando falou sobre Afilhado, minha vó citou um conflito entre os poderosos, me lembro somente isto.

Antes que abrisse a boca, Abdias e os outros já estavam unidos a conversa. Ele aparentemente prestou maior atenção na conversa e acabou apontando a necessidade de montarmos um quebra-cabeça com as ideias que foram apresentadas e que, a partir de agora, vamos compartilhar melhor as informações.

— Espero que seja somente uma boa brincadeira entre amigos – finalizei a conversa – mas, mesmo assim, obrigado amigos.

Ao final do dia, Simone pediu que o próximo encontro poderia ser em sua casa. Sua mãe estava querendo receber meus amigos. Ao ser questionada sobre o problema de seu pai, ela respondeu que a avó estaria presente em sua casa e, devido a isto, seu pai não estaria.

*****

Por estarmos chegando ao fim do segundo mês de aula, a preocupação com tudo que acontecia em minha volta se somavam as atividades cotidianas e as provas de finais de bimestre. Tinha estudado muito, menos as matérias escolares. Precisaria reservar um tempo para isto. Para comemorar as provas, a nossa técnica também avisou que haveria, durante a mesma semana, as avaliações de controle. Seria importante lembrar que a Dra. Skuld viria no sexto-dia e que seria melhor não esquecermos o calção novamente.

*****

— Preocupar-se com tudo que está acontecendo em sua volta, nem sempre é bom. – disse-me Epimeteu – Os acontecimentos vão ser revelados na devida hora. Tem brigado muito em casa?

— Não, – respondi – mas estou confuso! Por que tanta informação para mim? O encontro com Gaya, o que foi aquilo?

— Nanã Buruku é uma das faces da sabedoria e de Gaya. Ela se revelou talvez para que entenda que tudo está ligado. Apesar de haver leis em seu bloco que impedem o conhecimento de outras culturas, as diversas crenças possuem muitos pontos em comum, basta ligar os pontos. – Esclareceu imediatamente.

— Mas e os Insulares, como ficam nesta miscelânea – perguntei – Eles somente têm um deus?

— Talvez por isso sejam mais unidos, muitos deuses causam muita confusão. – Sorriu novamente – Lembre-se que falei que a interpretação de uma cultura da forma aos deuses? Bem Soel, todos os deuses que vemos são apegados a Gaya ou Yggdrasil se for nórdico. Mas o importante é que a vastidão do mundo não se refere apenas a este planeta, já sabemos sobre este assunto. Por isto, toda esta vastidão possui deuses mais adequados, semelhantes ou acima dos deuses deste planeta, mas há os acima de todos, os nomeamos de A Eternidade e O Cosmos. A Eternidade é tudo que existe em relação a todos os tempos e espaços, o Cosmos é a soma de toda matéria existente. A trindade entre matéria, tempo e vazio são nossos componentes e, é a soma dos dois deuses. Eles são tão entrelaçados em sua existência que realmente podem ser vistos como um só Deus, como os monoteístas os concebem.

— Então eles pulam os deuses do planeta? – Indaguei, assimilando a informação.

— Sim e não. Eles têm profetas, santos, anjos e figuras iluminadas que suprem esta necessidade – Finalizou Epimeteu. – Mas nas férias você irá conhecer povos insulares.

— Vou? – respondi.

*****

A casa de Simone era bem legal, não era tão rica como a de Mark, mas era recheada de obras de arte, pintura e cerâmica principalmente, que deveriam ser bem valiosas pela sua beleza. Abdias percebeu que *as musas* era o principal tema que se apresentava. Ao saímos para o quintal, vimos uma escultura que era atribuída à Afrodite em destaque, bem no meio do espaço. A simpatia da mãe da anfitriã comigo e com meus amigos continuava intacta e, como era esperado, seu pai estava viajando.

Encontramos sua avó em um espaço para refeição, um pequeno rancho no quintal. Ela era tudo, menos uma imagem tradicional de vovó. Melissa, como se apresentou, era belíssima, lembrava um pouco a Sra. Caliope, porém seus cabelos eram da cor de mel, diferente da coordenadora que tinha cabelos bem escuros. Como as várias mulheres que conhecemos nesse ano, sua beleza era diferente pois percebíamos que possuíam grande vivência, mas paradoxalmente eram joviais.

Quando tive oportunidade, cheguei perto dela e agradeci:

— Sra. Melissa, sou o Soel. Eu não consegui antes, mas queria agradecer o que fez por mim na escola.

— Olá meu querido, realmente você é um belo rapaz! – Sorriu com um ar tranquilo – Não iria prejudicá-lo por uma bobagem, mas agradeço o cuidado que tem tido com a Simone. Foi pedido para você não a magoar, e tem feito isso! Poucos homens seriam tão honrados.

— Eu não entendo bem o que está acontecendo, mas eu não iria magoá-la; o que posso dizer é que gosto de sua neta.

— Soel, as vezes não conseguimos controlar nossas emoções. Como você percebeu, minha neta te beijou de uma forma que não se explica, tanto para você como para ela. Tenho receio que use isto, mas se realmente gosta dela, terá minha benção.

— Não sei o que dizer... vou tentar resolver minha confusão. – Continuei, e aproveitando o ensejo emendei a dúvida que me consumia há dias – Dona Melissa, a senhora sabe o que significa "afilhado"?

— Alguns deuses se afeiçoam aos humanos porque tem filhos com eles, Zeus é sabido que tinha este vício, ou porque são dados pelos pais e são aceitos como afilhados por alguns deuses. Penso que é sobre isso que está se referindo – respondeu de forma corriqueira.

— Mas e o afilhado envolvido no conflito entre os deuses? – Fiquei surpreso de ter perguntado isto.

— Ah, isto é difícil de se dizer. – Respondeu um pouco desconfortável – Existe uma lenda sobre o conflito, e o Afilhado deve ser muito difícil de se encontrar. Mas experimente este pão de mel, fui eu que fiz! A Simone disse que cultivo abelhas?

Ao saborear o pão de mel, aparentemente, fiquei mais feliz e tranquilo. A sensação aumentava em cada mordida, acabei me esquecendo do que estávamos conversando e fui até Simone. A encontrei sozinha indo buscar mais pão para a mesa, e dessa vez fui eu que a beijei!

*****

— Vocês ainda não tomaram providências contra o mestiço que anda atrás de minha filha! – Gritava o homem defronte o representante do Círculo A – Ele está frequentando minha casa.

— Como um afiliado de nosso clube, você deveria intervir nisto, não apenas nós – repreendeu o atendente – mas pelo jeito, não domina sua própria casa. Terá que ter paciência. A sede nos informou que até o final das eleições de Januário, nosso 11° mês, nada será feito. Mas não se preocupe, estão dispostos a enviar um dos inquisidores mais experiente para nossa filial. De novo iremos impor respeito para os impuros.

— Espero que isto realmente aconteça— respondeu abruptamente e, quando ia se retirar, o atendente respondeu:

— Enquanto isto, em vez de reclamar, cuide de seu lar!

*****

O beijo foi imenso, cabia todo o mundo nele, a boca de Simone era doce como o mel! Olhei para seu rosto e novamente vi o quanto era linda! Não tinha mais dúvidas que queria ficar com ela. Ela me abraçou, colocando a cabeça em meu peito e me disse:

— Queria muito que você me olhasse assim! Me sinto menos tola agora.

— Acho que teremos muitos problemas daqui em diante. – Respondi.

— Juntos, é o que importa, Soel. Vamos antes que percebam que sumimos.

— Tem razão! Respondi.

Continuamos até a noite, não repetimos o beijo, mas trocamos olhares, demos a mão embaixo da mesa, encostamos pés e pernas quando era possível. Éramos realmente dois adolescentes descobrindo novas sensações. Na despedida queria poder beijá-la novamente, porém não foi possível, principalmente quando Melissa apareceu, me deu um beijo na testa e murmurou em meu ouvido:

— Cuide bem de minha neta!

Na hora congelei, mas com o tempo percebi que ela estava sendo carinhosa com a neta e de certa forma comigo. Era o dia mais feliz da minha vida, pelo menos era assim que sentia...

*****

Ao chegar em casa, já no domínio da noite, ele chegou para esposa e perguntou se eles vieram. Com a resposta afirmativa e com a bebida que tinha ingerido depois da humilhação que havia passado ele começou a ser agressivo:

— Então aquele mestiço veio emporcalhar minha casa!

— Já conversamos sobre isto! Se acalme— respondeu a esposa.

— Como me acalmar se não sou respeitado em minha casa – vociferou cada vez mais agressivo.

— O que está acontecendo? – Disse Simone, descendo correndo as escadas em direção a sala.

— Não é nada filha, – respondeu a mãe de forma calma – você não se dá ao respeito, está cobrando o que? Já conversamos so...

Ela foi interrompida por um tapa que a atirou no chão. Simone correu para acudir a mãe que havia cortado o lábio e apresentava um pequeno sangramento. Simone amparou a mãe e escutou o pai dizer:

— E você sua putinha, trouxe a desgraça a este lar! – Ao dizer isto, puxou o cinto de suas calças e preparou para bater nas duas.

Nessa hora uma abelha começou a atacá-lo, depois duas, depois dez, centenas... seu corpo era picado, ele tentava se desvencilhar, mas mais abelhas apareciam. Por fim sua esposa disse:

— Mãe, não o mate ainda... Por favor...

Caído no chão e chorando, o pai de Simone precisava de tratamento médico. Sua mãe se levantou e chamou a emergência para atendê-lo. Depois disse-lhe:

— Onde estava com a cabeça? Atacar sua mulher e filha? Agradeça por estar vivo, pois a compaixão que agora tive está perto de acabar! Se aparecer aqui de novo, não irei conter mais o ataque! O dinheiro que minha mãe te depositou continua em sua conta. Faça bom proveito dele!

*****

No dia-solar, como sempre, acordei de manhã e fui dar uma caminhada pelo bairro, a atividade física de manhã, com pouca intensidade e aproveitando o sol deste período era muito bem-vindo. Se tivesse uma piscina como Abdias e Mark, talvez pensasse diferente, mas aprecio o que tenho e a caminhada sempre me permitia refletir em várias formas e olhares que sobre os acontecimentos que me envolviam. Tenho certeza de que tudo foi deflagrado aos meus 15 anos, onde as coisas ficaram diferentes e as vezes estranhas.

A calmaria desta manhã foi repentinamente interrompida por Simone. Fiquei feliz ao vê-la por um momento, mas o semblante triste que portava trocou rapidamente a alegria por consternação. Ao chegar perto, fui recebido por um abraço forte e um beijo salgado pelas lágrimas que agora escorriam pelo seu rosto:

— O que foi? – Perguntei com voz suave.

— Nada, precisava te ver, diga apenas que gosta de mim... preciso somente disto... – ela respondeu com a voz embargada.

— Estou aqui Si, sempre estarei...

Dei um longo beijo em sua testa e voltei a abraçá-la com força, sem antes perceber alguns olhares de reprovação dos transeuntes que passavam por perto. Percebi naquele momento que as pessoas que ali estavam não compartilhavam apenas de um espaço comum, percebi que não conseguíamos formar uma comunidade pois os objetivos não eram o benefício mútuo. As pessoas a minha volta tinham o objetivo, estavam organizadas para vigiar o que as outras faziam, censurar o diferente, julgar o que era normal. Uma das gêneses da miséria que vivemos, em vez da união como uma comunidade, temos a subserviência da Classe A, expressa pela estranheza e espanto em relação a dois adolescentes se apaixonarem.

Alheia a tudo Simone queria apenas ficar comigo, o que não poderia negar, mas ao ver alguma agitação em parte das pessoas que agora nos rodeavam, decidi que deveria levá-la para casa:

— Vamos Si, te levo para casa. – Disse-lhe novamente com ternura.

Ela enxugou os olhos com as costas da mão, me agradeceu e pusemos a caminho de sua casa, obviamente de mãos dadas. Ao olhar para o lado, vi de relance uma pessoa em um telefone público falando e nos olhando, quando o encarei ele se concentrou no aparelho. Tive a impressão de que falava de nós, mas isto era muito improvável, até mesmo paranoico.

Ao chegar perto de sua casa, vi sua mãe na porta com um ar de grande preocupação. Acenei para ela que disparou em nossa direção e abraçou a filha. Ela também chorou e disse que ficou preocupada, porque não tinha avisado que iria me procurar:

— Estava zonza mãe, não consegui dormir, precisava ver alguém que gostasse de mim. – respondeu Simone.

— Tudo bem filha, despeça-se do Soel e entre para tomar banho, por favor querida. – Respondendo também com muita ternura.

Nos despedimos, ela entrou e a mãe dela veio conversar comigo. Se desculpou pelo acontecido e disse-me que o pai teria chegado bêbado e agressivo em casa ontem, e acabou esbarrando com um enxame de abelhas no quintal da casa. Foi atacado e estava hospitalizado. Perguntei se elas precisavam de ajuda, e ela disse que não, e que a sua mãe já estava encarregada de tudo. Me despedi e fui retribuído, mas antes me disse que éramos um casal muito bonito de se ver.

Voltando para casa, me vieram os pensamentos do início do dia, de como a caminhada me permitia refletir sobre os acontecimentos do... espere.... ataque das abelhas.... abelhas... Melissa... lembra a Sra. Caliope.

Cheguei voando em casa, ao abrir meu armário e na gaveta secreta peguei correndo o livro sobre teogonia... onde está? Achei... Melissa, uma ninfa, deusa do mel e das abelhas... Mais uma coincidência é me apresentado neste momento. Onde vamos parar?

*****

A semana começou com provas, provas e mais provas. A escola preparatória tinha basicamente uma concepção de instrução por conteúdo e reforço através de avaliações, essas delimitadas pelas principais profissões que norteavam os liceus e Academias. Nas semanas de provas tínhamos basicamente duas dificílimas por dia, isto aconteceria uma vez ao mês, apenas no primeiro semestre do primeiro ano seria bimestral, estávamos nesta fase.

O namoro com a Simone estava bem, mas no momento estávamos tão atarefados que somente nos vimos na sala de aula, então ficamos bem discretos para não tirar nosso foco nem dos outros amigos. Apenas Rosa e Dandara que perceberam que alguma coisa acontecia.

Nos treinos, fomos avaliados de formas distintas. Resistência geral e específica no primeiro dia, recuperação de força rápida e força explosiva no segundo dia, coordenação e técnica no terceiro dia, luta no quarto dia e avaliação de saúde geral e torneio simulado no sexto dia, este foi o calendário.

As provas foram se somando às avaliações, apenas uma atividade foi solicitada em grupo: era montar um organograma auto descritivo da organização das cidades-estados gregas. Eu, Rosa e Simone formamos o grupo e trabalhamos entre as provas e os intervalos das avaliações de treino. Conseguimos acabar antes do final da semana e, como ainda tínhamos tempo, resolvi levar para casa pois achava que o livro de Teogonia poderia ter alguma informação que diferenciasse nosso trabalho.

Era o quinto-dia quando cheguei da prova bem atrasado para o treino, almocei algo leve, deixei o material na sala e fui me preparar para o gmnásio. Neste momento meu pai olhou o calhamaço de trabalhos e viu no cabeçalho de um deles. Rodrigo Soelloh, Rose Soelloh e Simone Hypatia. Na hora ele percebeu que Rose era Rosa e que Elza deveria ter sujado seu nome com aquela classe D, seu ódio era visível, não sei como não percebi na hora. Porém ele resolveu ficar quieto, sabia que nesta semana o encontro seria aqui em casa assim, esperar seria a melhor estratégia.

*****

No sexto dia, fizemos as últimas provas e os relatórios também foram entregues com as minhas alterações que, como previsto, estavam relatados na Teogonia. Todos acreditamos que fomos muito bem. Nos encontramos depois do período letivo e conversamos sobre a semana. Tuk disse que Epimeteu também tinha testado sua força, resistência e precisão dos arremessos, disse que foi muito exigente e que, gostou muito daquilo tudo. No período da tarde teríamos a avaliação médica e os simulados, para esta ocasião, Rosa convidou Simone para se juntar a gente no treino da tarde, que de pronto aceitou. Fiquei com um pouco de vergonha de lutar na frente dela, mas já era.

*****

Enquanto estávamos esperando a avaliação de saúde, recebemos o resultado geral do período que treinamos. Simone estava presente e o estranho foi que ela conhecia nossos treinadores e nossa médica, estava também envolvida neste grupo ou será que sua avó era quem os apresentou?

— Os resultados, até o momento, – disse sra. Thrud – foram muito bons! Diria que estou bem satisfeita, mas precisamos melhorar mais ainda, pois estamos no máximo em nível seccional, vocês podem ser melhores!

E continuou:

— Mark teve uma boa evolução geral, mas precisa de um pouco mais de motivação interna querido, você é melhor que isto. Gama, seu nível de incremento de força foi o melhor, está acima de tudo que poderíamos esperar, mas a variação dos outros parâmetros foi baixa. Dandara estou orgulhosa de você, otimizou tudo que planejamos, parabéns. Soel, você respondeu otimamente aos treinos pela avaliação, foi superado em relação ao melhor desempenho comparado apenas por Abdias. Antes de comemorar, Abdias, você não treinava como os outros, então a melhora tem este fator de acréscimo de ganho a próxima avaliação será menos sensível a este fato, mas você está de parabéns pelo esforço.

Quando fui chamado para sala de avaliação, a Dra. Skuld estava bem sorridente e com o cabelo solto sobre as orelhas. Brincou se não havia esquecido o calção desta vez e disse que o Abdias ficou novamente "emocionado". Desta vez ela coletou um pouco de sangue e, quando abaixou pude ver de relance suas orelhas, que eram pontudas! Ao perceber minha cara de espanto ela sorriu e disse que acabamos e pediu para que chamasse o próximo.

*****

Minha primeira luta foi com Mark, Dandara ganhou por dois a zero de Abdias, Rosa Ganhou de Gama também por dois a zero. Mark começou fazendo o primeiro ponto, pois eu estava com a cabeça na Dra. Skuld, ou melhor em suas orelhas. Foi Mark que olhou para mim e disse que deveria prestar a atenção na luta. Fique envergonhado, me recuperei na técnica e na força a disputa foi acirrada, mas o dominei no final, dois a um de virada.

Simone veio aflita dizendo que as lutas são emocionantes, mas que morria de preocupação. Nesta hora todos perceberam que estávamos juntos, pois ela falou com as duas mãos no meu rosto e praticamente me beijando, acabou o mistério!

Ao final do simulado, ganhei de Gama e Abdias por dois a zero. Com Dandara foi interessante, pois ela realmente estava muito bem, ela fez o primeiro ponto me derrubando e sendo ágil para ficar de pé, mas eu fiz os dois próximos pontos, posso dizer que tocar seu corpo na luta ainda me trazia as emoções que queria que estivessem enterradas. Gama e Simone não mereciam a peça que meu coração insistia em me pregar. Precisava pensar em outra coisa.

Eu e Rosa éramos os únicos que não tínhamos perdidos nenhuma luta, eu tinha perdido 2 pontos e Rosa não perdeu nenhum. Nossa luta estava sendo considerada a final de um torneio que não existia, mas criou certa expectativa. No começo tentei a escorregada que Tuk me ensinou, o golpe deu certo, derrubei Rosa, mas ela se recuperou levantando-se rápido. Foi a única vantagem que tive, novo dois a zero para ela. Rosa, nossa capitã ainda era imbatível.

A técnica disse que as lutas refletiram o esperado pelos testes e que, no próximo ano, iríamos lutar com outros adversários e que teríamos a real visão de nosso nível. Antes do final da avaliação, Epimeteu disse-nos que Tuk estava com desempenho excelente e que também esperava que competisse no próximo ano. Todos estávamos felizes, e a tempestade não viria hoje.

*****

No café da manhã percebi que alguma coisa estava para acontecer. Meu pai estava mais quieto que o habitual e o vinco entre os olhos, mais pronunciado pela força que fazia entre as sobrancelhas, revelando raiva acumulada. Seria de mim? Precisava cancelar o encontro, mas eles já estavam vindo... no momento que chegaram me apressei para atender.

Estavam todos unidos, Rosa e Elza vieram juntas, Abdias e Tuk, Dandara, Gama, Mark e Simone, todos prontos para ver meu pai tendo um de seus espetáculos de horror. Estava na porta quando ele me empurrou, olhou para Elza e Rosa, chamando as duas de algo como desgraçadas e... ele olhou Tuk...

Ficou quieto por um momento, atônito tendo os seus olhos enchendo de lágrimas, ele pediu desculpas e entrou para casa. Eu e Elza ficamos atônitos, pedimos para o pessoal dar um tempo e entramos atrás dele. Meu pai estava em seu quarto, sentado na cama... chorando...

Elza colocou a mão carinhosamente em sua costa e perguntou:

— Pai o que foi?

Ele se recompôs, respirou fundo e começou a relatar:

— Seu avô era como vocês, um CIII, eu sou CII porque sua avó era da classe A. Ela se apaixonou pelo meu pai e abandonou a família para que pudessem se casar. Tudo ia bem até quando minha mãe ficou doente, não sei ao certo que tipo de doença ela tinha, mas era bem perigosa e fatal. Não nos faltava nada, mas o tratamento era caro, seu avô não tinha como custear. Ele tentou falar com o seu sogro, pai de minha mãe, mas ele o culpou, dizendo que a sujeira que trouxe para sua filha a tinha amaldiçoado. Meu pai era um bom homem não merecia ouvir aquilo.

Ele soluçou mais uma vez, e continuou:

— Não sei muito bem o que aconteceu, mas um pouco de tempo depois, eu e minha mãe fomos juntos ao médico e voltamos a noite. Lembro ainda hoje do calor das chamas de um X na frente de minha casa e meu pai enforcado tentando sobreviver... corri para segurar suas pernas e sustentá-lo, minha mãe saiu correndo para pegar algo para soltá-lo.

— Levamos seu avô para o hospital, mas ninguém o atendia. Neste momento minha mãe telefonou, sabia que era para seu pai, sabia que foi ele que tinha responsabilidade pelo ataque. Foi a forma que demostrou que meu pai era culpado pela doença de minha mãe... após o telefonema, o telefone do hospital tocou e em pouco tempo meu pai foi atendido.

— Ele ficou o resto da vida em uma cadeira, como a de seu amigo... – fez uma pausa chorou um pouco e continuou – não tínhamos como cuidar dele, ele não falava mais, se mexia pouco, queriam sacrificá-lo como se não fosse nada... quando não tínhamos mais nem para comer, sua avó saiu... seis horas depois, vieram dois cuidadores, um deles me deu um pacote com dinheiro. Nunca mais vi sua avó, minha mãe, eu tinha 12 anos.

— Seu avô viveu mais de um ano depois do ocorrido, neste período todo, os cuidadores e médicos deram dignidade a ele, eu recebia mensalmente um dinheiro, dava para viver e os cuidadores me tratavam bem também. Quando meu pai faleceu o enterro foi pago e eu ainda tinha um cuidador e recebia o dinheiro mensal. Seis meses depois o cuidador me entregou um envelope e foi embora para sempre, nele tinha a escritura desta casa e dinheiro para mais algum tempo, nunca mais recebi nada. Percebi na hora que minha mãe também falecera pois ela nunca iria deixar de cuidar de mim!

— Aos poucos entendi que meu avô organizou tudo o que aconteceu, usei um pouco do dinheiro que me foi dado para buscar respostas. Sobre o X queimando, era a marca de uma organização que mantem a ordem para os C, chamavam ele de Círculo A, o X era o sinal de que eles estavam lutando contra todas as outras classes, era A versos C ou AXC simplesmente. Ele acionou o grupo assim que minha mãe ficou doente. Para eles meu pai foi expurgado pelo mal que fez ao amar minha mãe, uma A. Depois que ela morreu, meu avô parou de ajudar o neto mestiço, nunca ouvi falar quem ele era e por isto, nunca encontrei o tumulo de minha mãe.

Finalmente ele, de novo, respirou profundamente, sua voz tornou-se mais serena e ele concluiu:

— O seu amigo me trouxe a presença de seu avô de volta. Ele era um bom pai, diferente do que fui para vocês... é que eu não quero que o que aconteceu se repita. A Classe A não tolera que estejamos vivos, que não saibamos nosso lugar, que chamemos a atenção.... eles nos querem de joelhos abençoando a bondade de nos deixar viver. Não quero que eles voltem atrás de meus filhos... eu amo vocês! Me desculpem...

Elza que já chorava há muito tempo abraçou meu pai dizendo que também o amava, instintivamente eu abracei os dois e comecei a soluçar. O tempo tinha parado neste instante...

— Vamos, temos convidados, – disse meu pai – deixe este velho tolo com seus fantasmas!

— Obrigado pai – disse-lhe Elza – por mais triste do que aconteceu, somos uma família, entender sua tristeza nos deixa mais leve. Soel, por favor, vai falar com os outros, eles devem estar preocupados.

Eu fui ver os amigos e Elza continuou:

— Você sabe que eu adotei a Rosa, pelo jeito. Desculpe-me de não ter contado, mas sabe o porquê. Os treinadores do Soel querem os dois nos Jogos Unificadores. Eles me pediram para a adoção para permitir que ela tenha o mínimo de cidadania, também para acalmar o coração de Soel em relação a bolsa. Ela é uma boa pessoa, precisava de ajuda eu fiz o que achei melhor.

— Eu sei, não precisa me dizer mais nada. Seu avô teria elogiado sua ação. Sabe Elza, você puxou muito ele, por isso tenho tanto medo de que ainda se dê mal. Mas não posso negar que você tem todas as características de meu pai. – Ele suspirou, deu uma pausa e continuou – Quando meu dinheiro acabou e estava com muita fome, os avós de seu amigo Abdias me pegaram roubando comida de sua venda. Eles sabiam um pouco da minha história, em vez de chamarem a milícia, me deram um emprego e me ajudaram a me reerguer. Rosa não é a primeira que aquela família deu uma nova vida. A nossa família deve muito a eles. Acho que a vida está cobrando que eu retribua a benção que eles me deram. Está tudo bem filha, eu aceito a adoção.

Elza beijou a bochecha do pai e o abraçou como fazia quando era criança. O alívio de saber o porquê seu pai era sempre agressivo com ela foi um renascimento. Durante muito tempo ela se culpava pela relação entre os dois. Ao não saber nada sobre nossos avós, nos carregava de culpa, e a agressividade tomava o lugar dos afetos. Meu pai sempre sofria calado e assim, nossas diferenças sempre iam aumentando. A simples, mas poderosa, presença de Tuk em minha casa, tinha possibilitado uma revisão em nossa história. Na mente de meu pai um pouco de sua memória escondida atuou como um milagre, dissipando a raiva interna que sentia e que era direcionada à família. Aquela mesma que queria proteger, mas suas atitudes apenas nos afastavam, deixando um vácuo entre nós. Elza agora sabia como agir, pela sua formação ela tinha como avaliar melhor a situação e auxiliar meu pai para tratar estas feridas e, quem sabe, trazer os nossos afetos perdidos de volta.

*****

Eu cheguei na "hora do enterro", ou pelo menos era o que parecia, pois todos estavam calados e olharam para mim com um espanto total por ainda estar vivo. Eu disse que estava tudo bem e que meu pai tinha passado um pouco mal e já tinha se recuperado. Neguei que Rosa precisasse ir embora e disse que Abdias não precisava mais consolar a Simone, eu faria isto.

Como minha mãe já tinha preparado a mesa para o almoço, fomos comer a nossa refeição de fim de semana. Quando a mesa estava pronta, Elza chegou de braços dados com meu pai, eles estavam sorridentes e, pela primeira vez que me lembro, felizes pela presença do outro.

Antes de atacarmos a comida, meu pai pediu para que enchermos os copos. O dele e da Elza foram com a tradicional cerveja que Abdias sempre o presenteia, e os outros encheram de suco ou água. Ele solicitou um brinde e pediu que levantassem os copos e disse:

— Gostaria que brindássemos a vinda de minha neta a família, seja bem-vinda Rosa Soelloh.

— Viva Rosa! – todos gritaram.

Elza beijou de novo a bochecha de meu pai, tão forte e emocionada que muitos de nós derramamos lágrimas como resposta. Rosa já estava aos prantos quando meu pai a acalentou com um abraço e disse-lhe no pé do ouvido:

— Passei por maus bocados também, sei o que é a solidão, ela nos deixa duros, amargos e violentos. Não seja como eu sou... seus amigos te amam, eu vou tentar.

— Agradeço muito, o que fez hoje... -soluçou Rosa. – Eu nunca vou esquecer... obrigada!

*****

As notas das provas revelaram algo interessante, na minha classe eu fui o melhor desempenho, logicamente as notas e colocações eram reveladas a todos os alunos. Eu era seguido pela Rosa e a Simone estava em terceiro. Na outra turma Dandara estava na frente e Abdias vinha em segundo. No geral do primeiro ano, Tuk era imbatível, Dandara em segundo, eu e Abdias empatados em terceiro, e depois vinham Rosa e Simone, estávamos entre os melhores alunos da escola. Lógico que isto não foi visto como positivo por todos, alguns professores insinuaram cola, outros disseram que o sistema de avaliação estava equivocado, Mark e Gama disseram que ouviram Chacal maldizendo o ocorrido e que também falou que o dia estava chegando. A única que comemorou e que assegurou nosso feito foi a Sra. Caliope, que apresentava satisfação e apreço pelo resultado, apesar de não concordar com a divulgação das notas por achar desnecessária a comparação, principalmente por expor os alunos com maiores dificuldades.

*****

O tempo foi passando entre namoros, treinos e aulas. Foi em meados do mês de Januário que tivemos várias novidades. No final de semana de encontro em minha casa, a Elza e Rosa entregaram aos meus pais as passagens para irem a formatura de Otelo. Rosa secretamente costurou as roupas de festa para eles, disse ao entregar que os pais de Abdias deram o tecido e que a dona Escolástica, mãe de Dandara, a ajudou com a tarefa de desenhar e costurar. Meus pais não podiam estar mais felizes, depois de tudo, meu pai voltara a sorrir:

— Mas estamos velhos para viajar, por que não vão vocês dois e nos representam? – Dizia meu pai.

— Pai, vocês devem ir, já está tudo pago, Otelo trabalhou para se formar e guardou um pouco da bolsa para pagar a estadia de vocês – Retrucou Elza. Eu não tive vocês na minha formatura, sei a falta que fez, não quero que ele passe por isto também. E outra, não temos roupa de festa.

— Eu e sua vó adoramos o que fez, obrigado Rosa. – Ele agradeceu com um ar um pouco constrangido.

Estávamos felizes, Tuk deu a ideia de enviarmos um presente coletivo para Otelo. Como tínhamos as bolsas de jogadores, daria para comprar algo significativo, afinal éramos seis, tirando a Rosa e que deu as roupas. Simone percebendo algo errado me corrigiu:

— Somos sete mais a Rosa... não tenho bolsa, mas não ouse me excluir da divisão!

Conseguimos juntar o equivalente a uma moeda de ouro. No treino da semana, sra. Thrud nos deu mais uma moeda e Epimeteu nos deu 3, completamos 5 moedas apesar dos protestos que fizemos sobre a participação dos técnicos. Surpreendentemente, a coordenadora nos chamou em sua sala e nos presenteou com mais 3 moedas pelo desempenho acadêmico do grupo. Com as oito moedas, compramos um bom anel de formatura para presentear Otelo e, como sabia que meu pai não aceitaria dinheiro, compramos um colar e brincos para minha mãe e abotoaduras para meu pai, deixamos eles em ordem para a formatura no próximo mês.

A próxima preocupação que tivemos foram os aniversários de Rosa e Simone, ambos na última semana do mês. Rosa faria 17 anos e Simone 15 anos, ela tinha me tirado o lugar de mais novo da turma. A mãe dela pediu permissão a Rosa para fazer a festividade na sua casa e se possível unir a festa, estavam um pouco abaladas ainda pela separação com o marido e a comemoração seria um bom remédio. Rosa aceitou com a condição de que os holofotes fossem para Simone, ela ainda se sentia um pouco tímida em eventos, principalmente no aniversário e no fim de ano que seus fantasmas gostavam de atacá-la, era duro não esquecer o passado.

*****

Sra. Thrud foi a associação de lutas unidas para certificar-se das inscrições para os torneios do ano que vem. Era a reunião do ano que passaria o pedido de reconhecimento e afiliação de sua equipe nos jogos de 3.985. Estava com a cabeça na evolução da equipe, torcendo para que os meses que ainda tem de treino fossem suficientes para que todos estejam prontos para os primeiros desafios. Não tinha dúvida em Rosa e até mesmo em Soel, mas a equipe toda ainda tinha suas falhas. Era importante para o Afilhado que todos fossem para os Jogos Unificadores, incluindo Tuk. Epimeteu já tinha conseguido a filiações como técnico e arremessador na respectiva associação.

— Sra. Thrud, temos um problema. – disse o responsável pelo seu processo – Algumas pendências foram apontadas pelos membros da associação. Temo que a inscrição não seja validada.

— Quais foram as pendencias? – retrucou a técnica.

— A diretoria não tem certeza de sua competência como técnica, e também dizem que você abriga jogadores desonestos expulsos de outras equipes.

— Bem... estava preparada para isto. Onde é a reunião? – Perguntou a sra. Thrud já saboreando a disputa iminente.

– E no auditório no fim do corredor, mas a senhora não pode entrar. – disse o responsável.

— Tente me impedir! – Finalizou indo em direção a sala.

Ela abriu a porta, interrompendo a reunião e vociferou:

— Esta cidade não possui outro gmnásio de Glima, então quem se opõe a minha filiação?

O ex-técnico de Soel se levantou e disse que ele tinha, afirmando que ela era uma desqualificada como treinadora e que os jogadores que captou de seu grupo eram marginais. Este conselho era ético e não tolerava este tipo de coisa.

— Então o que faz aqui? – Respondeu Sra; Thrud. – Você veio parar aqui por trapacear, agredir jogadores e lesionar jovens em treinos violentos. Além de acusações de ministrar substâncias proibidas em cinco deles. Você está por aqui para fugir das acusações, afinal quem liga para a América Baixa?

— Ora...

— Antes que me peça provas. – Interrompeu a técnica, sem que ele começasse a se defender. – Tenho todas aqui, nestes documentos. Eu morava em América Alta, eu conheço suas histórias seu idiota. Foi somente solicitar a minha advogada os autos de sua acusação, que chegaram para esta reunião. Portanto ou este conselho autoriza a minha equipe a lutar, ou a briga judicial começa amanhã.

— Bem, não é tão fácil. – respondeu quem deveria ser o presidente da sessão – Há também a questão de sua competência como treinador de lutas.

— Treinadora, por favor – retomou a sra. Thrud – eu enviei todos os documentos de formação em Glima necessários.

— Você tem na Normandia, não aqui. -Retrucou o presidente.

— Alguém quer me testar? A boa conduta de um lutador é ser respeitoso, mas pelo visto não tem homens educados aqui, aceito avaliação por combate. – Assim ela chegou ao desafio que, de certa forma estava precisando.

— Eu aceito – disse um dos instrutores presentes.

Ele era muito forte, ruivo e com cavanhaque mal aparado. Tinha fama de ser encrenqueiro. Lutava pancrácio, era muito violento pelo que falavam. Perguntou quais seriam as regras.

— Da luta não amigável – respondeu a treinadora.

Usaram a arena do prédio que estavam. O adversário que estava com roupas apropriadas para luta entrou primeiro no tatame, sra. Thrud tirou o sapato de salto e entrou.

— Eu vou te machucar, não gosto de mulher que não respeita homem – disse o adversário.

— Bem, melhor, não sentirei pena. – disse ela antes de começar.

Um dos participantes chegou a pedir que a disputa não se realizasse, que estavam fazendo era barbárie, poucos concordaram com ele, mas a maioria queria ver onde isto iria acabar.

-Continue, vamos acabar logo com isto! – Disse a Treinadora.

O que se viu depois disto era o seu adversário tentando acertar um soco ela o abraçando pelas costas e o jogando ao chão. O impacto foi tão violento que ele desmaiou na hora. A sra. Thrud ainda falou:

— Precisarão de uma espátula para desgrudarem ele do chão. Mais um desafiante? Ah.. ele não está respirando, sugiro que destravem seu diafragma.

E foi buscar seus documentos.

Quando a sessão recomeçou, a Sra. Thrud já fazia parte da plenária. Estava sentada ao lado de um dos membros da diretoria que, ao final da reunião, falou ao seu ouvido:

— Bem-vinda, é bom termos finalmente uma mulher bonita em nosso meio. – Ao dizer, colocou a mão acima do joelho da treinadora.

Ela, de forma delicada, usou o dedo indicador e polegar em forma de pinça e segurou no metacarpo do dedo mínimo, olhou sensualmente para o diretor e disse:

— Agradeça de não perder a mão ou a vida!

E deslocou o osso criando uma fratura na sua mão. Enquanto o diretor gritava de dor, ela se retirou graciosamente do ambiente e ainda disse:

— Como este local fede! Um pouco mais de higiene e menos machismo faria bem para vocês!

Capitúlo VIII

Das festas, viagens e desafios

"O Partido Classista tem a vantagem nas Américas", com esta matéria nos jornais, havia o indicativo que, depois de várias eleições, a Classe A mais conservadora voltaria ao poder. De certa forma, para mim não importava muito, mas Elza e Rosa estavam muito preocupadas.

— Não avançamos muito, mas ter um retrocesso nesta hora não é nada bom. – Disse minha irmã.

— Mas os conservadores não eram mais honestos? – Perguntou Gama.

— Desde quando a classificação em classes podem ser honesta Gama? – Rosa se apresentou um pouco decepcionada.

— Pense um pouco meu amigo, por que a qualificação de nossa vida deve ser definida por nossa classe? Que é expressa pelo tom da cor de nossa pele, pelo nosso engajamento com o sistema. As casas que nos encontramos, a minha é a melhor, por que eu mereço? Meu pai somente explora pessoas! – Colocou Mark.

— Precisamos terminar os preparativos para amanhã – apresentei os argumentos para limitar um pouco a conversa, pois sendo filho de meu pai, sempre me preocupo para onde este assunto vai chegar, uma vez que nunca terminaram bem. – Penso que Rosa e Simone merecem ter uma boa festa.

— Simone e Rosa por favor, ela que está fazendo 15 anos, eu já sou velha – argumentou Rosa.

— Você é a sobrinha do Soel, lembra? Nada de se sentir velha e, se a Simone é sua namorada, também é sua quase tia – novamente Abdias pegando no pé.

— Olá queridos, hora do lanche, querem pão de mel? – Apareceram a sra. Melissa e sua filha.

Os preparativos estavam ficando em ordem, o aniversário seria no espaço de festa no quintal da casa da Simone no dia-Solar, iniciaria no final da tarde e se estenderia até o início da madrugada. Estávamos arrumando as mesas e preparando os enfeites. As anfitriãs queriam contratar pessoas para este trabalho, mas insistimos em ficar com esta tarefa. Elza sempre disse que o sentido de comunidade começa por aí, pela empatia e atividades coletivas em relação aos amigos, familiares e vizinhos. Da união ao bem-comum, compartilhar toda a fase de preparação é festejar várias vezes, além de orgulhar-se de oferecer um capricho a quem irá participar da festividade.

*****

Em outro local da cidade um pai pergunta sobre as providências em relação ao mestiço que roubou sua filha:

— Ele vai passar o aniversário de 15 anos em meu lugar, é assim que protegem nossa classe? – colocou enfaticamente.

— Já falamos que as providências serão tomadas depois das eleições. – Respondeu o atendente – Mas pelo visto não conseguiu tomar conta de sua casa. Também temos verificado sua movimentação financeira, parece que não vai indo nada bem, cuidado para não se tornar um Classe D!

— Você está me ameaçando? – Perguntou o pai.

— Não, somente te avisando. Classes A que chegam à miséria, para nós é mais repulsivo que um Classe D. Se este é seu caso, tome cuidado!

*****

Terminamos de montar toda a estrutura mais trabalhosa e parte dos enfeites delicados foram deixados para o dia seguinte cedo. Tuk por fim saiu debaixo das mesas, pois estava pregando os forros. Descobrimos que a festividade teria como tema de homenagem a deusa Afrodite. Antes que pensássemos besteira, Simone disse-nos:

— Não tem nada a ver com meu namoro com Soel, é uma decisão pela tradição familiar. Todas as mulheres de nossa família há mais de 10 gerações, fazem uma reverência a Afrodite em seu aniversário de 15 anos. Por isso iniciamos a festa ao pôr do sol e no seu dia.

Como tínhamos terminado o trabalho previsto para o dia, fomos para casa para voltar no dia seguinte pela manhã. Próximo de casa, Epimeteu chegou com uma sacola:

— Amanhã você vai dançar com a aniversariante de 15 anos em homenagem a Afrodite. Tem que estar vestido adequadamente.

Ao dizer isto, Epimeteu me entregou vestimentas que faziam alusão ao período clássico grego, mas repaginadas para festividades atuais, inclusive os calçados. Achei um pouco estravagante, mas ele insistiu que vários convidados estarão trajados com este tipo de roupa, inclusive a aniversariante e seus familiares.

Na parte da manhã aceramos tudo que faltava para festa, a Estátua de Afrodite estava impecavelmente decorada e particularmente bela. O local reservado e as mesas estavam prontas, o espaço para dança era defronte aos olhos da deusa do amor. Havia um reservado para músicos, e pelo que eu soube teríamos uma harpa, uma lira e uma flauta. Tudo bem adequado à proposta da festa.

Quando chegamos, vindo acompanhado de forma inacreditável pelos meus pais, percebi que as vestes que Epimeteu me deu fizeram todo sentido, estando de acordo com as músicas e as vestes dos outros convidados. Estávamos novamente na Grécia Antiga, ou como percebi posteriormente, nos jardins de Afrodite. Os convidados foram chegando, Abdias e Dandara com os pais, Gama com a mãe e Mark sozinho. Elza e Rosa chegaram juntas e vestidas a caráter, parece que foi um novo trabalho de Rosa, que deu um tom discreto, mas um pouco colorido as vestes tradicionalmente brancas. Tuk veio com os pais, que continuavam aparentando grande felicidade pelo ambiente que o filho conquistou.

A sra. Melissa estava presente juntamente com uma senhora, me apresentou como sua tia. Me apresentaram uma nova personagem, semelhante as mulheres que estavam ao nosso redor, mas que possuem um ar de serem mais do que os olhos podiam identificar. Seu nome era Cila, uma típica classe A com os olhos cor das águas do mar, que se destacavam em seu rosto pálido, completava o quadro um cabelo liso e bem comprido com uma tonalidade azulada, não de forma artificial, mas bem natural, sugeria uma grande ligação com as águas. O mais interessante é que ela era a advogada da família anfitriã.

Mais duas pessoas me chamaram a atenção, Ganímedes era um senhor muito belo, com um ar nobre e demonstrava habilidades em organização. Ele ficava auxiliando os empregados da festa durante todo o aniversário. Finalmente a sra. Mnemosine me foi apresentada como amiga da família. Completavam a presença dos que já conhecia, Epimeteu e Sra. Caliope. Todos eles vestidos em trajes tradicionais assim como eu.

Simone entrou nos últimos raios de sol do dia. Se a pele de Dandara ficava dourada ao contato com o sol, os raios em seus cabelos cor de mel, iluminavam seu rosto e ressaltavam sua boca naturalmente avermelhada e levemente úmida. A música que a acompanhava pelas cordas e flauta era simplesmente maravilhosa, Sra. Caliope acompanhava os músicos como se os inspirasse. Todos estes efeitos elevavam a aniversariante à personificação do desejo.

Seu primeiro ato foi em direção a Rosa e fez reverencias pelo aniversário conjunto, deixando-a mais constrangida possível. Depois veio ao meu lado e me deu a mão me dando um leve beijo na boca, obviamente enfatizando aos convidados nosso namoro.

Por um momento a música parou e a sra. Melissa começou a falar:

— Hoje mais uma de nossa família faz 15 anos! Sempre que isto ocorre renovamos nossos votos de respeito e lealdade ao amor, personificado pela nossa querida mãe Afrodite. Hoje não seria diferente, esperamos que ela nos dê suas bençãos e que nos auxilie de alguma forma nos anos terríveis que virão. Solicito a todos os presentes que, deem a mão circulando sua imagem, para que a aniversariante e nosso querido Soel, seu namorado, realizem a dança representando a importância do amor em nossas vidas.

Eles deram as mãos, fui em direção a Simone e exatamente quando o dia se encontrou com a noite percebi que tudo estava parado, congelado. Olhei para a estátua de Afrodite e ela se moveu em minha direção, me tocou e começamos a dançar, uma música tocava não sei como, pois os músicos estavam congelados, porém a harpa e a lira estavam sendo dedilhadas.

— Nunca tenha medo de mim, meu Afilhado – ela me disse, continuando a dança. – Você realmente é muito bonito, exatamente como eu sonhei. Preciso que nunca se esqueça que deve seguir o caminho certo! Muitos dependerão de você!

— Que caminho? O que está acontecendo? – Perguntei de forma um tanto desesperada.

— Epimeteu e os outros tem te dado explicações, você já sabe muito do que é, e maiores respostas virão com o tempo – ela me disse com um carinho materno e continuou. – Preciso que você permaneça nobre acima de tudo. Comece sendo leal e honrado em relação aos que te rodeiam, a seus amigos, aos meus parentes, aos meus servos e ame Gaya!

— Mas...

— Nosso tempo está acabando e, não é certo deixar a aniversariante esperando a sua dança – ela respondeu antes de minha pergunta, fazendo me direcionar a sua posição enquanto estátua.

— Onde encontro você? – Perguntei rapidamente.

Ela novamente tomou sua posição no centro do jardim e falou:

— Eu somente resido em seu coração, meu querido... Ah! Cuidado... o amor sem ser acompanhado pela bondade pode ser terrível, busque o bem!

— Adeus madrinha! – Respondi me despedindo, ela sorriu com o canto dos lábios, ficando imortalizado pelo mármore de sua estátua.

Toquei a mão da Simone e tudo voltou ao normal!

Enquanto dançávamos percebi que as Sras. Melissa, Caliope, Cila e até mesmo Epimeteu perceberam a mudança na estátua, o leve sorriso. O efeito em Epimeteu deu-se por um sorriso de satisfação, elas demonstraram através de pequenas lágrimas de emoção. Talvez semelhante a que eu estava sentindo.

Acabada a primeira dança, Melissa convidou Epimeteu a representar a paternidade na dança com Simone. Eu pedi licença e me direcionei a Rosa, sem antes perceber que meu pai acabara de tirar Elza para dançar, Gama estava com Dandara e Tuk dançava com destreza em sua cadeira com sua mãe. Abdias dançava felizmente com a mãe da Simone.

— A aniversariante tem que dançar – disse para Rosa – e, como tio, tenho o direito de representar a família nesta hora.

— Malditas tradições – reclamou Rosa obviamente feliz com o convite.

O melhor presente que Rosa teve em seu aniversário foram as pessoas da festa, ninguém a olhou de forma diferente ou estranhou sua figura. Depois de mim ela dançou com Mark, Abdias, Tuk e Elza. Por fim meu pai foi em seu encontro, não sei se ainda era o efeito Tuk ou influência de Afrodite:

— Nós não começamos bem... -disse a ela – Eu ainda sou um velho rabugento e triste, mas estou tentando ser melhor para minha família. E você definitivamente faz parte dela, não me acho com cara de seu avô pela sua idade, mas estive pensando: se concordar posso pedir para mudar a seu documento de adoção. Queria colocar no lugar vazio de pai o meu nome. Você concordaria se eu pedisse a Elza?

Rosa o abraçou fortemente e respondeu que se sentia honrada com a proposta. A sua mudança, o seu esforço era muito dolorido, mas tinha um efeito de cura. Curava as feridas do passado e do presente. Pela primeira vez vi meu pai em paz!

Minha mãe que durante muito tempo vivia apenas de limpar e cozinhar, estava finalmente se divertindo. Às vezes reclamando um pouco para não perder o costume, mas a companhia da mãe de Gama e de Dona Escolástica lhe fazia bem, somado a conhecer a mãe de Tuk que lhe ensinara a culinária de sua tribo a deixou extasiada.

A festa estava ótima, exceto o prelúdio da fala da sra. Melissa sobre tempos terríveis que virão, o que significava isto? Uma forma de expressão ou um presságio? Depois de tudo que passei hoje, a única coisa que sabia claramente é que eu estava envolvido completamente nestes assuntos.

— Você está bem? – disse-me Simone durante a dança.

— Estou, é que com a correria, esqueci seu presente. – Não temos este costume em minha família.

— Esquece Soel, você é meu presente! – Me disse com ternura.

Neste momento Epimeteu, que estava passando me instruiu:

— Está na hora do presente, procure o que Afrodite deixou em suas vestes.

Procurei e, por mais incrível que possa parecer, havia um pacote em meu manto! Dei a Simone que ao abrir verificou ser um pente de cabelo em forma de cisne, de ouro e com uma pérola negra fazendo o papel de olho. A perfeição da joia realmente era digna de Afrodite!

Simone me abraçou fortemente e emocionada me disse:

— Eu te amo, Rodrigo Soelloh!

— Eu também te amo Simone Hypatia!

E foi nosso primeiro beijo sob as bençãos de Afrodite!

*****

A entrada de Haderio, o 12º mês, foi imensamente complicado pelo excesso de atividades que se alinhavam. Meus pais estavam se preparando para viajar, a formatura de Otelo estava próxima, as passagens eram previstas para eles estarem lá entre os dias 16 e 22. Eles deverão voltar para as festas de final do ciclo anual com meu irmão. Devido a isto, teríamos pouco tempo para preparar a "Cerimônia do Dia do Nascimento do Sol", no dia 25 e o posterior "Passamento do Ciclo". Soma-se a preocupação com a votação das Grandes Assembleias que será no dia 15. Eu e meus amigos estávamos as vistas com as provas do final de semestre, marcadas nos dias 16 ao 20, tudo isto fora os treinos que estão bem mais fortes e exigentes:

— Estamos prontos para nosso primeiro ano competitivo, o nosso registro como equipe está confirmado e iremos no segundo semestre participar das competições oficiais. – Discursou a treinadora – Nós decidimos que teriam um ciclo de preparação anual antes de iniciar a fase competitiva, programamos e estamos indo bem, conforme mostram nossas avaliações. Mas para diversificar, nosso ano começará com uma visita de campo. Treinaremos até o dia 23, do dia 24 ao dia 1° de Areso, o primeiro mês do ano, teremos um período de transição regenerativo. Aproveitem, mas não exagerem! No dia dois voltamos e nos preparamos para a viagem, que deve acontecer entre os dias 15 e 30 quando retornaremos. Combinado?

— Para onde iremos? – Perguntou a capitã.

— Para Francisco! Preparem-se para conhecer a única comunidade Insular que existe em nosso Bloco. – Respondeu Epimeteu com um ar de satisfação pela surpresa que a resposta apresentou para o grupo, atitude que passei a conhecer muito bem do meu amigo.

*****

Meus pais viajaram no dia 16 como planejado. Minha amiga, sobrinha e agora irmã Rosa, junto com a minha outra irmã Elza, resolveram passar o período na casa de meus pais, evitando que eu ficasse sozinho. Estava chegando ao terceiro mês de namoro com Simone, que estava cada vez melhor! Pensava menos em Dandara, apesar de ainda me pagar sonhando ou devaneando com ela. Mas sei que, pelo menos na aparência, ela e Gama estavam muto felizes. Conversamos sobre a proposta de viagem e acabou que Tuk com seus pais, Simone e Elza também vão conosco. A família de Tuk ficou interessado devido às tribos nativas de sua etnia fazerem parte da comunidade de Francisco. Eles eram os únicos a ouvirem falar do local que, apesar de procurar bastante, não encontrei menção em nenhum mapa.

Epimeteu disse depois de um de nossos treinos que, conforme consta em nossa história, depois da Primeira Grande Unificação, os da antiga Europa que fugiram para fundar a América vieram ajudados pelos insulares. Os pioneiros criaram normas, legislações e tratados de reconhecimento do bom relacionamento entre os blocos. Assim, na América, já existiam quatro grandes comunidades de Insulares que interagiam com os nativos de forma harmônica há mais de 300 anos.

Durante muito tempo os tratados foram seguidos à risca e os insulares eram respeitados como aliados, mas aos poucos a cordialidade começou a se romper. Quando foram propostas as Leis de Restrição Cultural, os insulares se opuseram publicamente, e houve manifestações e propagandas massivas e difamatória por parte de membros do governo da época que culminaram em restrições à permanência deles. A que existia na América do Centro foi considerada ilegal por "espionagem" de nosso poderio bélico. Todos os insulares de lá foram expulsos; voltaram para o mar ou se dividiram nas três que restaram. Os americanos que residiam com eles, foram enquadrados pela recém aprovada lei de restrições culturais, sendo presos, torturados e alguns mortos no processo. Este fato, repercutiu de forma terrível nas outras povoações, alguns insulares resolveram abandonar nosso bloco, outros permaneceram, mas foram sujeitos a diversos tipos de pressões. A prática de fiscalização, prisões para averiguação, sumiço de lideranças e ataques de grupos paramilitares desconhecidos, desmantelaram a possibilidade da continuidade destas localidades.

Francisco foi a exceção que resistiu, e sendo a primeira das cidades constituídas por eles no Bloco, é localizada na América Baixa. A população é do tamanho de uma cidade média, com aproximadamente 100 mil habitantes, contando com os dados do seu entorno. É uma comunidade mista rodeada por tribos nativas, constituída por agricultores familiares, Insulares e americanos da Classe D. O local é um reduto de acolhimento e cuidado da população menosprezada pela sociedade classista que vivemos. Devido a isto, eles lidam com a inconveniência que nós produzimos: humanos excluídos! Dessa forma, os governos fazem de conta que Francisco não existe. Mas também, é sabido que um dos grandes líderes dos insulares tem residido no local. Assim, se atacarem a comunidade, estariam provocando um ato ou até mesmo declarando guerra ao povo Insular, coisa que nenhum bloco gostaria, ao menos por enquanto.

Ainda deu tempo de algumas perguntas e depois Epimeteu nos dispensou. Estávamos exaustos com os treinos e as provas e queríamos ir para casa. Simone veio no final do treino para ficarmos um pouco juntos, pois o fim de ano não estava dando muito tempo. Como Elza e Rosa estavam em casa, sua mãe a deixou dormir junto conosco, mas não sem antes fazer as habituais recomendações maternas.

Rosa e Elza estavam preparando o jantar me deixando namorar um pouco, apesar de, de tempos em tempos virem nos fiscalizar. Rosa brincava que era cedo demais para ela ficar para titia. Elza ia mais direto no assunto, e recomendava cuidado para Simone, pois homens não pensam nas consequências, já que quem leva nove meses são as mulheres. Elas me deixavam morrendo de vergonha, mas de certa forma tinham razão, pois o desejo que sentia por minha namorada era real e queimava. As vezes quando ficava mais "animado", era difícil me controlar, principalmente quando percebia que Simone me permitia ir um pouco mais além. Somos jovens ainda, por isso queremos mais, porém se devemos é outra história.

Percebo às vezes que posso ir um pouco além de nossos beijos e carinhos, acho que a Simone não iria barrar... mas preciso lembrar o que o nosso primeiro beijo causou. Pensar em sexo com uma Classe A menor de idade, apesar de ser minha namorada e com aceitação familiar, pode me causar muitos problemas! Por isso, precisamos ter calma... além disso, pretendo ficar com ela durante muito tempo, ou mais que isso... espero que meus pensamentos de prudência superem a vontade que me tenta.

-Jantar pronto, vamos crianças! – Gritou Elza.

Sentamo-nos à mesa para comer, e a apresentação estava bem elegante, tarefa de Rosa. A comida estava muito saborosa, digna de Elza, a indiscutível herdeira de minha mãe, tanto no capricho como no gosto por cozinhar:

— O casal é responsável por lavar a louça – indicou Elza.

Antes de eu responder, Simone soltou um grande: "com prazer", e olhou minha cara de espanto! Confesso que minha mãe nunca deixava ninguém limpar a cozinha, era ambiente dela, e eu nunca tinha percebido nada estranho nisso! Mas, ao ver os olhares das três para mim, me senti envergonhado. O que me incomodava era o que interferia diretamente em minha vida: ser um classe C me causava certa revolta, mas nunca me peguei sentindo compaixão por minha mãe, ou pelas mães e futuras mães que, assim como a minha, tem a cozinha e a limpeza como legado. Nessa hora me senti mal por elas, e em minha cabeça veio Epimeteu me dizendo sobre "conexão com Gaya", me conectar com tudo, empatia com os vivos. Realmente, se nem consigo me conectar com minha mãe e, naturalizar as tarefas de mulheres, como posso estar com a natureza, com a mãe da vida?

— Vocês vão ter que me ensinar a lavar a louça, mas vou gostar muito de aprender. – Respondi para elas, esperando ser a primeira atitude de respeito e empatia de muitas futuras.

— Eu terei prazer em ensinar! – Respondeu Simone.

— Já que cuidam disto, vou ligar a televisão, faz tempo que não vejo notícias. – disse Elza saindo com Rosa para sala.

— Então o sr. Soelloh, não sabe arrumar a cozinha? – olhou severa para mim.

— Nunca fui estimulado, desculpe-me Si. – Respondi.

— Tudo bem, coloque isto para não se molhar, a esponja deve ser...

Enquanto Simone ia me dando a direção, colocando o avental e me dando o material de limpeza, percebi que pequenos gestos produzem mudanças, não no mundo, ou talvez algo mude no mundo sim... mas o que importa é que muda você pensar sobre o assunto e agir de forma diferente. Isso me provocou um sentimento de comunhão com aquelas mulheres que estavam aqui, e com Gaya, e isso me fez bem!

Enquanto lavava a louça, Simone guardava as sobras, limpava a mesa e depois enxugou e guardou o que eu estava lavando. Sempre me perguntando aonde ia as peças e eu, envergonhado, nem sempre sabia onde deveria colocar. Até que...

— Que merda! – Gritou Elza da sala.

Fomos correndo ver o que aconteceu, nos deparamos que o partido Classicista tinha ganho de forma esmagadora as eleições. Nas duas Américas, na Alta e Baixa, eles eram dominantes, fato que não se apresentava há duas décadas! Na cobertura da vitória, Bob Fonos e Cris Oizus, o casal que encabeçava a eleição dos Classe A, ambos eleitos com a maioria dos votos para a Assembleia Geral das Américas, e agora possíveis membros da presidência no voto indireto, declararam que os deuses voltariam a reinar nas Américas.

— Uma declaração altamente preocupante, teremos anos difíceis – comentou Rosa.

— Até a posse temos que aproveitar, depois... esperar recessão na América Baixa – apontou Elza.

— Sério, é tão ruim assim? – Perguntou Simone.

— Lembra do que fizeram quando você me beijou? – Respondi – então, aquilo é uma pequena amostra do que viveremos. Não somos

Classe A como você, Simone! Não somos próximos aos deuses para sermos recompensados com a fala do casal maravilha.

— Acho que me esqueço destes detalhes... desculpe-me, mas amo tanto vocês que não me preocupo com estas coisas, é um erro meu!

— Simone – disse Elza séria – sei que são jovens e que Soel não irá se importar, conheço o que meu irmão pensa, mas você já percebeu que, ao namorarem, chamam a atenção mais do que o normal? Que se este namoro ficar mais sério terão muitas barreiras a enfrentar?

— Nossos filhos seriam Classe C – completei cabisbaixo.

— Meu pai já falou tudo isso para mim, tantas vezes que ficou reverberando em minha cabeça – respondeu Simone, um pouco exaltada – até o dia que chegou bêbado em casa, bateu em minha mãe e tentou me surrar! Na primeira cintada que recebi, ele foi atacado pelas abelhas de minha avó, e se não fosse isso, não sei o que faria com a gente! Nunca mais o vi... ele nem se desculpou, nem tentou se aproximar. Isso foi o fim, mas teve o meio e o início também, às vezes tenho nojo de ser como ele... – parou um pouco, começou a chorar – Se meu filho for como vocês, irei amá-lo muito não importa estas malditas regras!

Ao dizer isto, Elza a abraçou e choraram juntas. Eu e Rosa abraçamos as duas... compartilhávamos o mesmo amor, e neste momento nós percebemos que Simone não era somente minha namorada, mas fazia parte do grupo de amigos que ampliava e unia várias famílias.

Rosa e Elza foram dormir no quarto do meu pai, eu fiquei na sala, cedendo o quarto para Simone. Durante a noite fiquei pensando no que minha namorada disse anteriormente, pensei como ela passou por momentos terríveis e, por sorte, as abelhas a salvaram... como queria estar com ela.

Neste momento a porta se abriu. Era ela! Usava um pijama curto, mas comportado, e eu não me acostumava de apreciar o quanto ela era linda. Se aproximou, disse que não conseguia dormir e se aconchegou comigo no sofá. Eu abracei e senti que estava somente com a camisa e a bermuda do pijama. Ela se virou e começou a me beijar. Beijo longo, apaixonado, perigoso... toquei seu seio, ela não se importou, estava muito excitado quando ela disse:

— Agradeço a Afrodite por você existir!

Nesta hora, aquela frase me levou a lembrar das responsabilidades prometidas a Sra. Thrud, a dona Melissa e a mãe de Simone, um voto de confiança não deve ser traído!

— Permaneça nobre acima de tudo – reverberou a voz de Afrodite em minha cabeça.

— Simone, eu te amo, mas precisamos parar – eu disse a ela.

— Mas tudo bem, eu te quero – ela respondeu.

— Eu também, e muito, mas prometemos nos comportar, agora não é o momento nem a hora certa. Temos que ser confiáveis, para sua mãe e avó, para conquistarmos mais tempo juntos.

— Você tem razão... eu te amo muito... as vezes perco o juízo por você – respondeu Simone se levantando.

— Não, fique aqui! Vamos nos comportar, tudo bem? -falei com convicção aguçada pelo pedido de minha madrinha.

Acordamos abraçados sem nada ter acontecido, o desejo foi domado neste dia.

Elza e Rosa levantaram e viram que a mesa estava arrumada com o café da manhã costumeiro de nossa casa somado ao mel que Simone trouxera. Comemos bem e formos para prova; mas antes tivemos que afirmar milhares de vezes que nos comportamos bem durante a noite. Em um misto de desconfiada, mas aliviada, Elza se despediu deixando no ar a seguinte pergunta:

— Como será que nossos pais estão?

*****

Desde que chegaram para formatura, Otelo ficou à disposição de meus pais e apenas nos momentos solenes ele ficava distante. Um pouco disso foi devido à emoção de estar com eles em sua formatura, oportunidade que Elza não teve por falta de dinheiro. Outro fator que foi o cuidado dele pelo fato de serem os únicos Classes C que participavam da formatura. Olhares estranhos, desdém e conflitos sempre estavam no entorno. Otelo foi um excelente estudante, seria o melhor da classe se não fossem as ponderações de classe que foram impostas pela direção que, e devido a elas as suas médias eram sempre diminuídas. Mas mesmo assim ele sempre ficava entre os cinco melhores.

Não era difícil fazer amizade com Otelo, apesar de inteligente, ele era demasiado modesto, tranquilo e solicito. Aparentava nunca estar de mal humor, apesar do jeito tímido que o dava ar de sério. Não tinha namorada, apesar de ter um certo caso com uma das serventes do Liceu. Ela era Classe C pois, obviamente, namoros interclasses poderiam ser motivo de expulsão. Ele era assim, jamais arrumaria motivo para criar confusão, a cartilha do seu pai fazia sentido para ele:

— Passei no concurso para a América do Centro pai. – Disse Otelo – Trabalharei como phobologista das forças de defesa do nosso Bloco.

— Que bom, será oficial? – Perguntou o pai.

— Não, terceiro sargento. Você sabe, Classe C não podem ser oficiais. – Respondeu um pouco desanimado.

— Tudo bem filho, já é uma conquista. Será o melhor terapeuta militar e quem sabe o primeiro a ser considerado oficial!

Otelo acenou afirmativamente e disse que iria se esforçar. Conversou que depois da formatura já receberia a nomeação, as fardas e uniformes. Poderia passar o final do ano com eles, mas ao passar o primeiro dia, precisaria se apresentar no seu quartel. Conversaram bastante sobre a vida em Palmares e o Liceu, o pai contou mais calmamente a história de nossa família e revelou que Rosa era sua nova irmã.

— Espero que não atrapalhe minha carreira militar – disse Otelo – mas, tudo bem, não irei me opor, acho que o senhor sabe o que é certo.

— Sim, eu sei – respondeu – quero, quando me for, que vocês sintam minha falta da mesma forma que sinto de meu pai. Todo mundo amava meu pai, inclusive eu. Aquele garoto na cadeira quando me olhou... eu vi claramente os olhos de papai perplexo! Seu olhar dizia que eu estava errado... não era aquele garoto que ele amava tanto e queria que me transformasse em um bom homem. Meu pai falou comigo pelo Tuk e vi que não o fazia feliz! Depois que aceitei Rosa, tudo mudou, e viemos para cá pelo esforço de Elza e Rosa que nos vestiu. Soel e os amigos nos deram estas abotoaduras e as joias para sua mãe. E me pediram para dar isto para você.

Ele estendeu a mão e pegou a pequena caixa com o anel de formatura que o irmão e amigos o deram, era o anel mais bonito que existiu, envolto com o amor fraternal dos amigos e de sua família. Otelo naquele momento chorava abraçado ao pai.

*****

Acabaram as provas de final de semestre e as coisas voltaram ao normal. Em minha sala Rosa me passou, fiquei em segundo e Simone ficou em terceiro. No Geral, Tuk novamente em primeiro, Rosa em segundo, Abdias, Dandara e eu ficamos com as mesmas notas em terceiro e Simone em quarto.

— Sempre eu fico na lanterna, que saco! – Desabafou a Simone.

— E o maníaco dos machados em primeiro. – Reclamou Abdias.

— Ora, pensem comigo – disse Tuk – Você é a mais nova, por isso que fica um pouco atrás, o trio do terceiro lugar são amigos desde a infância, por isto sabem a mesma coisa e Rosa sempre foi a mais esperta de todos.

— E você bonitão? – Perguntou Abdias.

— Eu não conto, sou apenas um belo rapaz em sua cadeira colhendo a sabedoria do mundo! Um aventureiro do saber!

— Se as notas das provas continuarem a ser divulgadas teremos que fazer uma cadeira extra para carregar o Ego do Tuk. – disse com grande admiração pelo amigo.

O treino da tarde foi bem direcionado para novidades, a viagem estava perto de ocorrer e, segundo os treinadores, precisávamos nos preparar para surpresas. Assim foi o treino, nada fazia lógica, as regras foram misturadas e modificadas, aconteciam ataques surpresas e no final, o inusitado, lutamos com nossos treinadores.

O resultado foi desastroso, nem Rosa conseguiu tirar um ponto sequer, fomos massacrados por Epimeteu. A a Sra Thrud então... nem sabíamos quando iniciava a luta ou o era o chão que começava, pois sucediam quedas atrás de quedas. Epimeteu era um urso rápido, pouco dava para acompanhar seu movimento e a força então... era impensável. A Sra. Thrud era diferente, era mais ou menos tudo que Epimeteu era multiplicado por 10 e menos delicada que o urso! Ela dizia que era uma pena ter que bater na gente: “coitadinho”, “quer um beijinho para sarar?” Sempre de uma forma simpática com intuito de nos deixar menos felizes possível. Mas, com o tempo, percebi que apesar de estarmos apanhando, o cuidado com nossa segurança era prioridade, ninguém sentiu algo que pudesse se aproximar a uma pequena lesão ou acidente, nossos treinadores estavam o tempo todo controlando o jogo que propuseram.

No final a treinadora perguntou:

— O que aprenderam hoje?

— Que sabemos apanhar bem? – Respondeu Abdias.

— Isso também, e o que mais? – Disse a treinadora sem perder a pose.

— Que há dias ruins e precisamos estar preparados para eles. – Respondeu tristemente Mark.

— Você entendeu meu caro, preparem-se. – Respondeu a treinadora.

Saímos juntos, mas me separei da turma para falar com Epimeteu:

— O que vocês fizeram hoje no treino foi por causa do resultado da eleição, não foi? -Perguntei a Epimeteu que assentiu com a cabeça, continuei então perguntando:

— Bob Fonos e Cris Oizus, senti algo de ruim neles, estou certo? São como vocês, não é?

— Bem, – começou a responder – como nós... acredito que não. Mas são muito perigosos. Fonos e Oizus: quem deu origem a estes nomes, não foram deuses, mas sim espectros ou o que os gregos antigos chamam de *daemon*. Eles são personificações tão poderosas quanto o sentimento por elas exalados. Fonos é o assassinato e Oizus a tristeza, ambos unidos apenas por uma eleição. Coisa boa não pode vir disto, mesmo que os nomes sejam apenas inspirações.

— Você sabe que eu vi e estive com Afrodite no aniversário da Simone, não? – Continuei perguntando.

— Sim... e todos os que precisavam ver! – Respondeu o treinador.

— Mas ver o que? – Perguntei.

— A confirmação que você é o Afilhado dela!

— Ela me chamou de Afilhado mesmo, o que isto significa? Por que precisavam confirmar? Por favor o que você sabe que eu não sei!

— Eu sei muita coisa, meu garoto – começou a me responder – e tenho te explicado gradualmente. O que você me pergunta é que já sabe, aos poucos o mundo ao seu redor irá se desvelar. Tenha paciência Soel, aprenda a conhecer seus aliados e amigos, mas também os inimigos que aos poucos se revelam. Confie em seus instintos, Gaya vem aguçando-os.

— Tudo está unido: a eleição, Afrodite, os treinos, meus amigos... está tudo amarrado em um mesmo destino. – Apontei meu entendimento para Epimeteu que respondeu com um ar pesado.

— Penso que sim, prepare-se, muito depende de você. Vamos, Rosa e Elza te esperam...

Na sala dos técnicos, Sra. Thrud, que escutava a conversa, derramara uma lágrima enquanto dizia para si mesma:

— A jornada do herói sempre é repleta de tragédias, aproveite o momento meu querido Soel, você e os outros terão muitos desafios e sofrimentos a superar!

Após a despedida, Epimeteu entrou na sala e a treinadora questionou o ocorrido:

— Você tem apresentado muito da realidade que ele vai enfrentar, estamos preparando-o direito?

— Acredito que sim, – respondeu – ele já sabe muito sobre o que se passa, novas realidades irão se abrir, mas precisamos ainda ganhar tempo. Tudo está acontecendo muito rápido, Fonos e Oizus são elementos indesejáveis neste momento, representam muito perigo. Como estão os preparativos para a "Celebração do Sincretismo"? O Conciliador foi eleito? Estão seguros Kara?

— Enviei Högni para lá desde que começaram os rumores do evento. – Respondeu com ar de preocupação – Ele é muito eficiente, você sabe, dará conta por enquanto, mas se enviarem pesos pesados poderá ser demais para ele. Fonos e Oizus são perigosos demais.

— Kara, você deve se unir a ele o mais rápido possível, vá na frente. – Orientou Epimeteu – Eu irei depois com os aprendizes. Avisarei Melissa e Caliope para aumentar a segurança.

Eles subiram na laje do Gmnásio, um tipo peculiar de cavalo a esperava. Se despediram e a Sra. Thrud partiu. Epimeteu baixou os olhos e em silencio pensou se era certo envolver os jovens nisto. Mas, ao lembrar nos perigos iminentes que viriam, ele apenas suspirou e disse em voz baixa:

— Por mais que você fosse cruel, nestas horas sua presença me faz falta Zeus!

*****

A principal festa da formatura de Otelo seria nesta noite. Rosa realmente tinha tino para costura e bom gosto devido a nobreza adquirida nos anos da Normandia, que não se perdeu. As vestes dos seus pais estavam impecáveis, as abotoaduras davam um ar de autoridade ao senhor Soelloh e sua acompanhante não estava menos simples, era um casal adequado para a ocasião. Apesar disso a preocupação de Otelo começava a se instalar, eles eram o primeiro casal Classe C que iria participar da formatura em décadas. Somando-se ao fato de o resultado das eleições terem, de certa forma, inflado os ânimos conservadores e classicistas.

Ao saírem do quarto e se dirigirem à festa, ouviram alguns insultos dos transeuntes, mas nada grave. Na chegada dois amigos de Otelo os esperavam, os dois eram irmãos e foram grandes amigos durante o período de estudo, os únicos por sinal. Entraram juntos protegendo os pais do amigo de quaisquer constrangimentos. Ao chegarem no salão um dos gêmeos os direcionou até uma mesa com três lugares sobrando e os apresentou aos seus pais:

— Família Soelloh, este é meu pai, Aristides Lloyd Garrison e minha mãe Hellen.

— Por favor, fiquem à vontade – disse o Sr. Garrison se levantando para acolhê-los – seu filho é um grande amigo dos meus gêmeos, é um prazer conhecê-los.

Neste clima hospitaleiro, meus pais se sentiram muito bem, apesar dos olhares de reprovação que por vezes eram percebidos. A noite estava se mostrando muito melhor do que os sentimentos de Otelo poderiam prever.

A cerimônia era adjacente ao baile que viria a seguir, imediatamente após os discursos das autoridades presentes. Os formandos receberam pela ordem nominal uma insígnia de sua especialidade em sua lapela, que era colocado pelo pai. Posteriormente suas mães eram convidadas a se reunir com seus filhos e participarem da primeira dança de formados. Desta forma passavam da solenidade ao baile.

Como tudo estava andando bem, a família e os amigos de mesa puderam relaxar de se divertir. Os pais dos amigos de Otelo vendo a timidez do casal recém apresentados e, devido a isto, convidou-os para a pista de dança. Insistiram até que acabaram conseguindo, aos poucos se reagruparam e permitiram que o irmão de Soel pusesse vê-los dançando felizes, isto levou lágrimas aos seus olhos. Os casais voltaram felizes e foi a vez dos garotos formados darem sua volta.

Os três viram um grupo de formandas e resolveram, sob protestos de Otelo, tentar a sorte. Se aproximaram e, aos poucos olharam dos lados e perceberam uma movimentação estranha a seu redor, mas como não havia recusa das garotas, continuaram conversando. Os irmãos resolveram com suas acompanhantes irem dançar. Normalmente era isto que acontecia, mas a garota que sobrou resolveu pegar na mão dele e dizer:

— Não vai me levar para dançar também?

— Você acha prudente? – disse Otelo acanhado.

— Acho! – ela respondeu levando-o pela mão até o salão.

A dança foi muito boa, mas ao perceber que ao seu redor havia vários olhares, alguns agressivos que os miravam, Otelo resolveu que era a hora de voltar à mesa, de novo a garota disse que iria junto e resolveu não soltar a sua mão. Foram andando até que um dos que ameaçavam o casal resolveu esbarrar com ele de propósito. O início de confusão estava armado, estava sozinho com a garota que não saia do seu lado cercado por vários possíveis agressores, neste momento surgiu uma voz:

— Sargento Otelo, bom ver o novo integrante de nossa família militar. Verifiquei seu desempenho e suas notas, será uma boa aquisição para o meu comando. Ah! Sei que ainda não me conhece e, por ainda não ter assumido o cargo, está desculpado por não prestar as honras. Sou o General Hibris!

Ao dizer isto, olhou para os que rodeavam o casal e seu olhar provocou intimidação e medo a todos os que ali estavam. Neste momento permitiu a resposta do sargento:

— Desculpe-me General, nem sei como proceder, somente passei na prova até agora.

Neste momento, chegaram seus amigos e o pai deles juntos, preocupados com ele. Ao verem o Gal Hibris ficaram espantados e houve um entreolhar entre os dois mais velhos. O Sr. Garrison fitou o General com empáfia e sem respeito.

— Não há problema sargento, sempre há tempo para aprender. Como agora percebeu, cuidamos sempre dos nossos! – Disse Hibris se despedindo – Ah! Cuidado com estes jornalistas, eles acabam te jogando na fogueira – e se foi.

— Vocês estão bem? – perguntou o Sr. Garrison.

Otelo respondeu que sim, e que o Gal. Hibris havia intimidado os agressores. Ele disse que sabia que era um erro flertar com uma Classe B, que chamariam a atenção.

— Não se culpe Otelo – disse a garota – você é um amor e eu gosto de você. Não vou criar maiores problemas, mas não suma... quando der entre em contato.

Ela entregou um cartão para ele e saiu andando. No cartão dizia "Harriet Ross – medicina de traumas". Ela estudou com Otelo, era das turmas anteriores a dele, também estudou medicina, só que se especializou em traumatologia. A área médica que ele escolheu era a psiquiatria voltado ao medo, phobologia. Especialidade originária na Grécia Clássica e que era muito útil nas forças armadas, tanto para reduzir como para provocar o temor aos soldados.

— Não perca esta garota, – disse o Sr. Garrison – ela vale a pena!

Ele me olhou por um curto tempo e resolveu falar:

— Cuidado como o Gal. Hibris! Sei que não deveria falar sobre isto a um soldado, mas eu o tenho estudado como jornalista e, filho, ele é um homem muito cruel e perigoso. Você é um bom garoto, não deixe ele te influenciar!

Otelo acenou com a cabeça e se direcionaram para mesa. A noite terminou da mesma forma que começou!

Os formados, suas famílias e amigos foram se retirando. A festividade terminou com todos os participantes felizes. Alguns foram embora em veículos, outros como a família Soelloh foram a pé, afinal o hotel que estavam hospedados era bem próximo. Apesar do pequeno transtorno durante o baile, Otelo acreditou que não poderia ter sido melhor, tudo acabou bem.

Da mesma forma pensou o Gal. Hibris, saindo de um beco, e retirando as luvas de suas mãos. No beco seis possíveis agressores de um jovem sargento estavam imóveis e com sangue escorrendo dos seus corpos:

— Para eles a noite não terminou nada bem! – Riu o General jogando as luvas ensanguentadas no lixo!

*****

Meus pais chegaram radiantes da formatura. Minha mãe estava disposta a recuperar sua cozinha há muito ocupada por Elza, Rosa e eu, o novo lavador oficial de louça... mas não enxugo nem guardo!

Otelo chegou feliz também, aceitou os chamegos de Rosa com os pais e, agradeceu muito nossos presentes. A família estava feliz, pronta para os preparativos do fim de ano. O Dia do Nascimento do Sol iremos passar na casa do Abdias como de costume, o Passamento do Ciclo seria na praça que Epimeteu cuidava. Todos os moradores do entorno se confraternizam neste local, logo depois da ceia.

No dia 24 a família estava completa, Simone e sua mãe também estavam presentes, fiquei surpreso quando aceitaram! Desta forma, na presença de todos, meu namoro tornou-se completamente oficial. Em determinado momento, percebi que Otelo se afastou e ligou rapidamente para alguém, parecia ser um flerte, e torci para ser verdade pois ele sempre foi muito solitário. Com várias mãos na cozinha, foi prudente me retirar e ficar com a área da sala, junto com os homens que sobravam, meu pai começou a conversa:

— A Simone realmente é uma boa moça, e pelo jeito gosta muito de você. Mas sempre pensei que iria namorar a Dandara, estava errado!

Mesmo a frase sendo um pouco estranha para o momento, foi importante para perceber que ele prestava atenção em meus sentimentos e como tinha mudado. O efeito Tuk e o que se desenrolou posteriormente permitiu esta mudança? Ou teria algo que ainda não entendo? Mas o importante era, como Elza gostaria de enfatizar, que ele recuperasse o que havia perdido ou esquecido pelo sofrimento.

— Eu também pensava isto, mas não tinha coragem de tentar algo com a Dandara. O Senhor sabe o porquê, não é? -Respondi.

— Pois é filho, a vida para nós é sempre mais complicada, mas veja agora, está com uma outra garota pura e Classe A. Vocês são um casal muito bonito, ela é uma graça e você puxou o pai na beleza.

— Isso é um elogio? – Respondi em tom de brincadeira – Pois é pai, eu ainda fico assustado com isto, mas meu universo é muito restrito. Tanto na escola como nos treinos, apenas o Abdias é C, e mesmo assim

CII. Como eu não há ninguém. Acabamos ficando restritos e inevitavelmente teria que ser da forma que foi ou ficar sozinho.

— Otelo optou pela solidão não o julgo, mas prefiro sua atitude, a mesma de meu pai. – Disse com um tom que apontava preocupação. – Tome cuidado, este governo que irá se formar, não será bom para nós. Namore, mas prefira a discrição.

— Vamos para mesa, estão esperando. – Convocou Simone – Desculpe-me por interromper a conversa.

— Falávamos de como meu filho puxou a sorte do pai. – respondeu sorridente – Vamos, estou com saudades de minhas filhas.

*****

— Hoje é o Dia do Sol e desde que Apolo se foi, a carruagem age de forma automática. Para nós perdeu-se a poesia! – disse Epimeteu para o grupo reunido na festividade. – Saúdo a presença de Caliope, Cila, Melissa, Ganímedes, Mnemosine e nossa oradora Moira Láquesis.

Todos se comprimentaram, e se sentaram em torno da anciã:

— Vocês sabem por que estão aqui, não? – Começou a falara a Sra. Moira – Nossa missão é proteger o Afilhado e permitir que se desenvolva. Estamos indo bem nessa parte. Mas descuidamos da política, Fonos e Oizus estão perto do poder e isto significa que a mão da guerra está mexendo suas marionetes. Hibris também deu as caras e está próximo da família Soelloh. No momento nossos aliados estão protegendo a reunião dos Insulares, há relatórios que Hogini desmantelou cinco tentativas de ataque. Estamos sob pressão meus irmãos!

— Em que a Senhora do Destino pode nos ajudar? – Indagou a Sra. Caliope.

— Sem minhas irmãs eu sou um terço do que fomos. – Continuou a anciã – O fato de nossos opositores estarem direcionados para o poder entre os homens nos permite concluir que, ainda estamos incógnitos, e isto nos dará tempo. E o que sei e vejo é para Melissa em primeiro. O ex-marido de sua descendente está envolvido em algo grande, deve ficar de olho nele. Cila em segundo, você será necessária em breve. Vá para Palmares e torne-se conhecida pelos meios que domina, saberá a hora de agir. Finalmente, tenho tentado afastar o terceiro presságio, mas não posso ignorar: a morte está rondando o Soel e ela virá...

*****

O Brinde na passagem do dia 24 ao "Dia do Nascimento do Sol" foi feito com vinho frisante e, meu pai e a mãe de Simone tomaram uma dose de Hidromel trazida por ela, bebida ideal para a ocasião. Na hora dos presentes, uma pessoa fazia uma oferenda a uma pessoa querida. Minha irmã Rosa foi a que ganhou mais presentes, afinal era a novidade do ano. Eu, desta vez sem a força que Afrodite me deu, comprei um kit de cosméticos para a nossa viagem e que, achei que Simone iria precisar para se proteger do Sol e dos insetos, ela aparentemente gostou. Seu rosto com o cabelo arrumado com o presente que Afrodite lhe deu, ficava divina.

O presente que ela me deu foi uma cópia, esculpida da mesma forma que a estátua de Afrodite do jardim de sua casa, em um tamanho menor. Ela me disse que sua avó havia dado para ela como proteção e, o desejo de Simone era que ela me protegesse. Eu fiquei emocionado e constrangido pelo gesto, mas ela pediu que aceitasse pois era o significado de seus sentimentos, cuidar um do outro. Não tive como recusar, mas antes perguntei se avisou sua avó para não a decepcionar:

— Lógico que vovó sabe, e entendeu que é uma proteção para ambos!

— Obrigado – respondi -vou curtir muito minha madrinha.

— Madrinha? – Perguntou Simone.

— É uma longa história, vou contar quando souber direito. – E parti para o beijo da madrugada.

— Vamos, precisamos descansar um pouco, – disse Elza – temos que acordar de madrugada para vermos o nascer do Sol na casa do Abdias e, vocês sabem que as festas de lá nunca terminam.

— As moças vão para os quartos e, os garotos ficam comigo na sala – disse meu pai.

Acordamos por volta das quatro da manhã, nos aprontamos rapidamente e fomos ver o sol nascer na casa dos anfitriões do dia. Todos estavam ali, meus amigos e familiares. Ao ver o sol nascente, todos aplaudiram e se banharam com os primeiros raios do dia entoando cantos de saudação, reverência e solicitando saúde e proteção. Éramos uma grande família unidos pelos laços de amizade e solidariedade. Todos nós naqueles dias estávamos de mãos dadas um com outros, juntos... unidos. Até mesmo Mark, cujos pais não vieram, era um de nós, e sentíamos sua tristeza por estar dividido; mas compartilhava conosco. Apesar de dizer que já se acostumava com isto, era nítido os momentos em que ficava cabisbaixo. Nestas horas, sempre havia alguém para acolhê-lo, Abdias, Gama. Tuk e Rosa se revezavam, assim nos tornamos entrelaçados pela amizade em que a alegria de um era a do outro, a dor de um era de todos.

Fizemos muitas coisas juntos e, depois do almoço, alguns foram descansar para aproveitar a tarde. Nós oito ficamos unidos. Era a hora de compartilhar minhas preocupações com os amigos:

— Epimeteu e a Sra. Thrud estão preocupados, acredito que as eleições mexeram com os dois.

— Você acha que é para tanto, Soel? – Comentou Gama.

— Da forma que meu pai comemorou, deve ser preocupante mesmo. – comentou Mark.

— Eu não sei pessoal, tem algo muito estranho acontecendo. Eu não quero parecer louco, mas podemos estar em um jogo maior do que pensamos; – respondi – estamos cercados por pessoas com nomes de divindades, do Olimpo e de Asgard.

Eu queria dizer de meus encontros com Gaya e Afrodite, mas temi a repercussão, achei melhor deixar para outra hora. A discussão ficou em relação a pertinência de minhas observações e sobre as questões místicas que nos rodeavam. Neste momento Dandara começou a falar:

— Meus pais são sacerdotes no meu Bloco, Bantu, eu sou filha deles por um encontro estranho, eles dizem que nossos deuses os reuniram. Algum tempo depois que eu nasci, eles acreditam que os deuses indicaram a minha vinda para cá, para encontrar algo. Tenho conversado com Gama sobre isto, este fato nos aproximou. Gama também disse que sua mãe escolheu viver aqui por motivos estranhos.

Gama acenou afirmativamente e complementou que o seu pai tinha morrido quando era muito pequeno e não se lembrava muita coisa dele, mas não se sentia só. Parecia que ele o protegia! Na época sabia que sua mãe queria voltar para Bantu, mas acabou vindo para cá, com as desculpas de ser o Bloco onde eu nasci e meu pai morreu. Abdias disse que sempre viveram aqui e que, soube recentemente que os seus avós ajudaram o pai do Soel, assim como seus pais fizeram com Rosa.

— Eu não tive escolha— disse Rosa – a não ser que seja o destino intervindo.

— Eu não sei por que meu irmão mais velho convenceu meu pai a vir para cá. -Disse Mark – Mas ele não faz nada por acaso!

— Minha avó comprou parte das ações do nosso colégio para que eu viesse ter uma boa educação. -Simone falou com certa apreensão – Ela foi a responsável pela nossa vinda! Ela conhece muito bem o Sr. Epimeteu e a Sra. Thurd.

— E também conhece a Sr. Caliope. – Completei – E você Tuk, como chegou aqui?

— A onça que me atacou, me mandou para cá. É sério! Os médicos que me atenderam quando meus pais saíram de nossa aldeia, disseram para que procurássemos a Dra. Skuld. Soubemos que ela estaria por aqui. Não conseguimos a cura que procurávamos, mas ela disse que espiritualmente eu estaria bem em breve. Quando conheci vocês e comecei a treinar com Epimeteu, eu mudei, e meus pais notaram, a doutora tinha razão.

— Interessante, tudo conspirou para que, no dia do sol vocês estivessem aqui, juntos! Espero que seja um bom presságio. – Disse Elza chegando de forma sorrateira.

— Você não estava dormindo? – Perguntou Rosa.

— Otelo acordou, foi buscar a... bem... a namorada. Ela veio passar as festas com ele.

— Poxa, agora até o Otelo tem namorada? – Reclamou Abdias com ar de perseguição.

Terminado o dia todo de festas, na meia-noite nos despedimos e fomos para nossas casas. Ainda haveria festividades até o final do ano. A namorada de Otelo era muito simpática e decidida, conversou muito com Tuk, devido a sua especialidade médica. Por considerarem deficientes apenas um peso para sociedade, a ciência pouco evoluiu nesta área, principalmente por falta de investimentos. Harriet queria mudar isto, gostaria de ver o treinamento de Tuk e seu desempenho escolar, entrevistar seus pais e seus amigos... até ser lembrada que estava ali para festejar:

— Desculpe-me, me empolguei, – disse a médica -mas nossa sociedade precisa mudar suas percepções. Tuk, você não é uma cobaia, mas é a força motriz de uma nova discussão sobre deficiências, eu e Otelo precisamos nos dedicar a estudos de casos sobre você e seu entorno. Precisamos rever nossos preconceitos e descasos.

— Eu estou nisto? – Perguntou Otelo surpreso.

— Sim meu querido, você é da área da psicologia e psiquiatria, eu sou traumatologista. Nossos estudos se complementam. – Respondeu Harriet empolgada.

— Bem, pelo que sei, posso pedir para que os treinadores emitam seus pareceres e avaliações para vocês. – Comentou Tuk – Eu gostaria de participar para mudar o que for possível, estou cansado de me ver só.

— Estou sempre do seu lado!

— Você não conta Abdias! – Respondeu Tuk.

Esta conversa rolou o dia todo até irmos embora. Otelo e Harriet foram para o hotel que ela havia reservado, sob os protestos de minha mãe, os quais de nada valeram. Desta vez não foi somente a Elza que o protegeu, meu pai se uniu a ela. Finalmente decidimos que minhas irmãs ficariam em casa para compensar a falta de Otelo. Desta forma, no dia seguinte o casal poderia dispensar a reserva e ficar na casa das duas. Assim minha mãe aceitou de bom grado, desde que acordassem cedo para se unirem no café da manhã.

*****

O tempo passou rápido, e já estava próximo do ciclo de 3985. O dia amanheceu lindo, e como o encontro seria na praça que Epimeteu cuidava, fui verificar se precisaria de ajuda. Assim, aproveitava para sair da loucura que estava em casa. Minha mãe usando todo o seu arsenal de chantagens, tentava de todo modo impedir que sua cozinha fosse invadida. Recusava ajuda e quando permitia, dava tantas ordens que enlouquecia os auxiliares. Eu e Otelo não tínhamos permissão de fazer nada além de comer e beber. Qualquer tentativa de lavar um copo era visto como ofensa. Então, ajudar em outro lugar era uma benção e, por mais que gostasse da companhia de Rosa e Elza, estava feliz em ficar só. As duas estavam inseridas demais na família Soelloh e as encrencas de fim de ano!

Procurei Epimeteu até a exaustão e não o vi nem de relance. E olhe bem, perder alguém do tamanho dele é realmente difícil! Sabia que estaria por perto, pois a festa seria em seu território, portanto não poderia estar sendo desleixado com Gaya.

"Gaya..., é isso!" – pensei quando me veio à cabeça que não dava para pensar sobre meu mestre de forma lógica, ou pelo menos humana. Como Epimeteu me ensinava há tempos, tudo era uma questão de sintonia com a mãe Terra. Fiz exatamente como fiz outras vezes e que, de certa forma, deu resultado. Sentei-me no chão e comecei a perceber a vida pulsando pelo gramado, entrando em contato corporal com a grama, a terra e, depois de um tempo, chamei a deusa pelo nome.

*****

Estava em um caminho largo e iluminado. Dava para ver que era um túnel..., uma caverna. Não era quente e nem fria, não sufocava e nem dava medo. Apenas sentia o receio pelo desconhecido, a apreensão da descoberta, a alegria da descoberta de um presente. Essas emoções se embaralhavam enquanto eu andava seguindo as luzes. Cheguei ao final de um corredor e uma sombra enorme se colocou a minha frente...

— Por que demorou? – Disse Epimeteu com um tom de voz nada surpreso.

— Onde estamos? – Perguntei, sem sequer dizer alô.

— Ora... onde acha que estamos? – Respondeu prontamente.

— Não sei! – respondi.

— Estamos em Gaya, onde você pediu para vir. – Respondeu surpreso.

— E onde ela está? – Perguntei com curiosidade.

— Em todo lugar meu caro, tudo é Gaya – respondeu.

Dentro da sala havia uma luz um pouco fraca, não por ser mais escuro, mas por refletir em um local mais tranquilo. Nele havia um cheiro de terra molhada com grama recém-plantada, o cheiro que vem depois da chuva calma, e que alegra até os mais tristes. Havia um silêncio interrompido pela harmonia do vento que, de forma ritmada, dava a impressão de que queria musicar o seu soprar. No centro havia um pequeno poço, de água tão limpa que seria impossível existir, mas estava lá. Nesta hora percebi que era esta água que iluminava a sala ela era a fonte da luz. Nunca mais desejaria sair deste lugar...

— Sei o que está pensando, – interrompeu Epimeteu – mas se residir aqui, o que será dos outros que te amam e que você também os ama? Gaya é o coração da mãe que acalma, mas precisamos sempre nos alçar para fora dela. As aventuras, os riscos, as conquistas e derrotas não são vividos aqui. Aqui somente é um bom local para se saber que existe. Não para se viver.

— Por que, Epimeteu? – Perguntei.

— Porque os homens e mulheres que aqui chegaram, ganharam o compromisso de fazer que isto continue existindo. Este é o princípio, não está aqui para ficar, meu querido estudante, está aqui para evitar que se acabe, que suma – completou Epimeteu.

— Sumir? Acabar? – Perguntei de forma surpresa – Por que alguém em sã consciência acabaria com isto? Destruir isto é um absurdo!

— Porque os humanos não olham para esta beleza meu garoto. Se afastaram tanto que preferem olhar o artificial, o que é produzido para imitar o real. Devido a isto, irão destruir para produzir cada vez mais artificialidades, imitações e assim, sufocarão Gaya. Este é seu compromisso meu querido Rodrigo Soelloh, o Soel, o Afilhado. Ser o protetor, o guardião de Gaya.

— Mas como posso fazer isto! – Respondi com um certo desespero.

— Você chegou aqui, não é mesmo? – disse calmamente, com ar de mestre – Saberá quando for a hora!

*****

— Tudo bem com você? – Perguntou Epimeteu.

— Onde estamos? – Perguntei.

— Ora, no jardim, quando cheguei te vi dormindo. Está tudo bem?

— Acho que sim! Vim te ajudar a preparar a passagem...

Acabamos de arrumar tudo, e ao anoitecer o jardim ficou lindo! Luzes dispostas para não atrapalhar as estrelas, um número considerável de bancos e algumas mesas foram colocadas para que a estética do local não se importasse. As árvores, o gramado e as flores estavam estrelando o visual, o jardineiro sabia como deixá-las felizes. Contudo existia um local no centro do espaço que estava coberto, cercado com madeira e lonas, era a surpresa de Epimeteu para noite.

Novamente a ceia foi especial, com nossa família expandida com as namoradas e a mãe de Simone. Bem antes de virar o ano, fomos para a praça com alimentos e bebidas para compartilhar. A praça estava com o público costumeiro, nem muito cheia, mas longe de estar vazia. As pessoas que estavam presentes eram todas sorridentes e simpáticas, formado por gerações que se conheciam e, como sempre, cada família sabia o que as outras gostavam e preparavam as iguarias tradicionais que passavam de geração em geração. Era o momento que sempre pensei sobre o porquê durava apenas para estes dias e não para sempre!

A surpresa de Epimeteu foi um palco, e no centro ele acompanhava com uma gigantesca harpa um musical em forma de Ode cantada e recitada pela Sra. Caliope, com a Sra. Melissa na flauta doce. Os cânticos infiltravam felicidade em nossos corpos, não havia ninguém infeliz neste dia. A comunidade dançava e se confraternizava na mesma sintonia do som produzido por aquele trio. Pela primeira vez na vida vi meu irmão beijando uma garota assim como eu, entorpecido pela paixão cada vez mais forte por Simone. Neste dia, vi Rosa conversando com Mark, o casal Dandara e Gama, Tuk e Abdias tentando arrumar alguma paquera e vi Elza... Elza sozinha olhando tudo e todos. Pela primeira vez vi minha irmã, a que cuida de todos, sem ser cuidada. Olhei para Si e em poucas palavras ela percebeu o que era preciso fazer, fomos até ela e dançamos a três. Na felicidade sempre cabe mais uma.

*****

Os próximos dias foram de preparativos para a viagem que iríamos fazer. No segundo dia do novo ciclo foi marcado pela despedida de Otelo e Harriet, sua namorada que agora era oficial. Meu irmão já trajava vestes militares, para que ao chegar se apresentasse aos quarteis. Na sua nomeação viria a assinatura do Gal. Hibris, que me chamou um pouco a atenção. No caminho do aeroporto, ele me contou sobre o que aconteceu na formatura, sobre seus amigos gêmeos e como os pais deles foram gentis com os nossos... e em como conheceu o seu novo comandante.

*****

Entre idas e vindas dos treinos, dos encontros e namoros e das atividades típicas de amigos em férias escolares, em um determinado dia conversei com Epimeteu sobre Otelo. A conversa ia bem, até citar o nome do comandante dele:

— Hibris, tem certeza? – Perguntou Epimeteu com uma angústia que revelava poucas vezes.

— Pelo que me lembre sim, – respondi – tem algum problema?

— Pode ser que sim, espero que Otelo não permita ser dominado pela violência.

— Meu irmão é um médico phobologista, será um curador, não um guerreiro!

— Espero que sim, Soel. – respondeu de forma preocupada – Tomara que tenha razão...

A frase de Epimeteu não me inspirou confiança. Sua preocupação era clara, e tive certeza de que, em meu futuro, este caso iria atormentar meus dias. Porém, tanto eu como meu mestre, sabíamos que nada poderíamos fazer neste momento. Estava ficando claro para mim que havia algo estranho na política de nosso bloco e agora nas forças armadas. Havia um cerco se fechando, mas eu não era nada mais que um espectador neste momento.

Capítulo IX

Os insulares de Francisco

As Insulas não formam um bloco pois as divisões geográficas são um desafio. Existem insulares desde os polos até o equador, nas pequenas ilhas do pacífico até as grandes ilhas dos hemisférios norte e sul. A grande ilha que é quase um continente ao sudeste da Normandia foi chamada de Nova Jerusalém e é onde ocorrem as maiorias dos eventos políticos destes povos.

Quase 90% da população pertence a uma das quatro religiões de caráter monoteísta ou, ao menos, é considerado próximo a ter uma grande referência divina. São divididos entre os seguidores de Jesus, os hebreus, os árabes e os seguidores de Buda. Com o passar dos séculos eles aprenderam a conviver harmonicamente e os pontos fortes de cada um dos seus credos serviram para fortalecer o conjunto de sua sociedade. Desta forma os Insulares não formam uma teocracia, e tendem a separar o Estado de suas religiões. Entretanto, os líderes religiosos são muito influentes e queridos, nunca separadamente, mas em conjunto.

Nessa organização, pela sua complexidade e para que seus conceitos religiosos se tornassem puros em sua diversidade, mas harmônicos em sua coexistência, eles formaram um conselho colegiado cuja única função é proteger o patrimônio religioso de cada crença que os une. Desta forma, era possível inclusive intervir em decisões políticas quando necessário. Para que isto realmente aconteça, cada uma das quatro religiões definem um líder para compor o grupo dos "Quatro Humanistas", considerados os mais sábios de todas as ilhas.

O interessante é que durante o desenvolvimento do colegiado, em momentos de impasses, para não haver disputas e divisões, oriundas da possibilidade de empate entre os quatro, foi decidido criar o quinto membro. Este serviria de juiz das disputas internas dos Quatro e teria o voto de minerva das decisões, para isso seria uma pessoa externa, neutra em relação à s quatro doutrinas majoritárias. O primeiro a ser eleito foi um líder aborígene de Nova Jerusalém conhecido como Panpanpalala, que foi considerado de grande destreza e sabedoria perante a responsabilidade do cargo que ocupou. O sucesso desta feita foi considerado primoroso, tornando-se uma conduta permanente para o equilíbrio insular.

Assim, o Colegiado Ecumênico, as vezes chamado de Clero, permitiu que o Sacerdote Externo fosse meticulosamente selecionado pelos quatro originais, e deveria ser convocado para assumir seu cargo de forma espontânea. Na sua história, nunca alguém recusou tal honraria, sendo até os dias de hoje considerado o maior de todos a participar do conselho, um sacerdote da religião hinduísta conhecido como Ganddhi, que esteve à frente das decisões de assegurar as missões de salvamento nas grandes unificações. Também as que aconteceram na Normandia e resgatar, através de tratados de paz, as populações das ilhas nos entornos do continente, como o Nippon. Ele reforçou a característica pacifista e humanista dos insulares e tornou-se o maior Mestre das Ilhas no contexto moderno, porém em suas próprias palavras: *"sem nunca buscar se igualar aos precursores de crenças que compõe os insulares"*. Devido a isso, foi a partir dele que o sacerdote externo ficou conhecido pelo seu apelido nas ilhas, e todos passaram a chamá-lo de "O Conciliador".

— Estamos indo para Francisco para ver a posse do recém-escolhido 274° Sacerdote Externo, conhecido por Madiba de Bantu, será o novo Conciliador. Ele é considerado um homem notável e espiritualmente evoluído, perfeito para o cargo de liderança! – E assim Epimeteu terminou de dar as informações sobre nossa viagem.

— Então é por isto que ouvi há algum tempo no noticiário sobre a união entre Bantu e os insulares! Foi dito que haveria preocupação de uma possível declaração de guerra por parte de nosso governo, confere? – Perguntei.

— Temo que sim. Não existe uma união dos grupos, como expliquei, um líder religioso neutro deverá se unir aos "Quatro Humanistas" na função de Conciliador. Madiba foi escolhido por ser um pacifista e pelo seu valor, não apenas por ser de Bantu. Estão usando este fato para fomentar medo e discórdias como pretexto de fomentar uma guerra!

— E por que estamos indo para lá agora? – Perguntou Abdias, um pouco preocupado.

— Vocês participarão da "Celebração do Sincretismo", a festa ritual da formação completa do Clero. Para vocês significará aprenderem e vivenciar uma realidade diferente, algo que merece ser protegido. A Sra Thrud está neste momento guardando os insulares de possíveis interferências externas e preparando para que no futuro, quem sabe, poderá ser uma de suas missões! – Desta forma, Epimeteu colocou as suas expectativas de forma clara, que deixou todos inquietos, e ainda terminou:

— Na perspectiva dos insulares, cada religião que os compõe representa uma dádiva. Os Seguidores de Jesus, representam a Fraternidade, os Árabes representam a Justiça, os Hebreus representam a Educação e Ciência, e os seguidores de Buda a Iluminação. Finalmente, o Conciliador representa a Esperança, que é o desafio de mantê-los unidos em nome de um futuro de paz! Fraternidade, Justiça, Ciência/Educação, Iluminação e Esperança, o que mais podemos querer meus queridos? Este será um de seus legados!

Nem precisa dizer que saímos do treino com a cabeça fervendo! As informações de Epimeteu forjaram uma nova aliança com ferro fervendo em minha alma. Recebera informações que, novamente me chamavam a uma responsabilidade que ainda não tenho a menor noção do porquê acontece comigo. Tenho tido encontros "místicos" que matariam de medo qualquer mortal ajuizado ou, ao menos o enlouqueceria, mas eu tenho aceitado estes encontros e estas responsabilidades de forma natural. Será que já enlouqueci? Perdi a razão? Tudo que vivo é um devaneio ou uma espécie de esquizofrenia causada por alucinações megalomaníacas? Realmente eu acho...

Um beijo em meu pescoço me deixou momentaneamente sem as preocupações que há um segundo me atormentavam. Simone veio me buscar no treino de hoje, queria me convidar para jantar em sua casa, pois sua Avó estaria lá e queria me ver. Foi interessante perceber que durante os dias que antecederam nossa viagem, sempre recebemos ou era convidado para participar de uma atividade com alguém. A Sra. Melissa foi a primeira, mas depois se alternaram a Sra Caliope e até mesmo o Sr. Ganímedes esteve presente para discutir orçamentos e os contratos do ano. Estranhei a proximidade deles, será que haveria relação com o afastamento da Sra. Thrud?

No dia 14, dia que antecedia a viagem, fomos avisados por Ganímedes que iriamos de avião até o último aeroporto próximo a Francisco, em uma cidade chamada Macapá. A cidade fica a cerca de 190 km de lá, porém o percurso que faremos será de barco até a costa da cidade. Este caminho naval encurtará a distância e o tempo.

Deveríamos dormir cedo para sair antes do amanhecer para o aeroporto, recomendaram levar apenas o suficiente da bagagem, nos avisaram que voltaríamos com muitas coisas de lá, incluindo roupas. Minhas irmãs e Simone vieram dormir em casa para facilitar o transporte. Abdias, Gama, Dandara e Mark dormiram na casa de Tuk, pois ele e seus pais iriam conosco.

*****

— Você e Ganímedes devem ficar para fazer um ponto de defesa dos familiares que ficarão em Palmares. – Recomendou Epimeteu de forma bem enfática. – Eu e Caliope daremos conta de protegê-los durante o trajeto, em Francisco Hogini e Kara estão preparados para nossa chegada.

A preocupação de Epimeteu cresceu desde que começaram a aparecer criaturas do passado, que estavam incrustadas na sociedade humana. Ele via isto como um alerta. Ainda haveria dois anos para preparar o Escolhido para os Jogos, isto era bom em relação ao tempo que teriam para fortalecê-lo e nos preparativos para que seja campeão, mas por outro lado era mais difícil deixá-lo no anonimato. Sabia que seus aliados eram incógnitos para os opositores, mas eles estavam por perto, e se percebessem a conspiração, se levassem aos "mais poderosos", não haveria como detê-los.

— Lembrem-se Mnemosine e Skuld estão avisadas e serão seu reforço caso seja necessário. – Complementou Epimeteu.

— Você acha que tudo isto é necessário mesmo, meu amigo? – Perguntou Melissa.

— Bem, minha querida... – respondeu com um pesar na voz – sabemos que Kara é a mais forte e poderosa de todos nós, e eu a peguei chorando quando se preparava para ir a Francisco. Se ela está com o pesar de nossa tarefa, temo que algo de muito ruim está por vir. Não podemos ser pegos de surpresa!

— Você, como sempre, tem razão! Thrud é uma guerreira, nós temos outras responsabilidades e afazeres, mas nos adaptamos às demandas da conspiração que Moira nos alertou. Seremos fiéis à causa do Afilhado! – Ao terminar, Melissa se despediu e saiu com Ganímedes preocupada em cumprir sua missão.

*****

Acordamos com as malas prontas e fomos para a porta de casa, mas não sem antes ouvir minha mãe chorando de saudades e preocupação. Ela foi amparada por Elza que comentou que eles haviam viajado a pouco tempo e que agora seria a vez deles. Meu pai foi mais enfático:

— Cuide bem de sua irmã, mas principalmente do casal, quero tentar ainda ser um pai razoável ou bom, mas não estou pronto para ser avô!

A sinceridade de meu pai fez Simone ficar vermelha e eu também. Elza por fim disse:

— Pai, cuidarei bem deles, mas não precisa ser tão sincero assim, não é?

— Ora... se não conversamos sobre este assunto com nossos filhos somos relapsos, se conversamos somos inconvenientes... decidam de uma vez! – Respondeu de forma ranzinza.

— O senhor é um amor – disse Elza sorrindo – eles serão responsáveis e eu e Rosa ficaremos de olho, pode deixar!

O veículo de transporte chegou, com um torto Epimeteu descendo para se alongar e a Sra. Caliope rindo das dimensões do veículo em relação ao gigantesco amigo.

— Senhor e Senhora Soelloh, obrigada por confiar em nós para garantir a viagem de seus filhos. – Disse a Sra. Caliope, com seu ar de coordenadora. – Vou junto para garantir aproveitamento pedagógico da viagem para compor o Curriculum escolar dos seus filhos.

Epimeteu também disse que representaria a técnica durante o percurso e que ela foi na frente a fim de preparar o ambiente para os jogadores. Meus pais agradeceram e formos até a casa de Tuk pegar os outros viajantes. No caminho do aeroporto, o pai de Tuk perguntou se não precisaríamos de passagens.

— Para que passagens? – Respondeu Epimeteu – O voo é fretado.

*****

Foi a primeira vez que eu entrei em um avião, e por incrível que pareça não fiquei apreensivo como esperava! Acho que foi pela forma que fomos tratados dede o aeroporto, o avião pertencia a uma companhia considerada de luxo, que servia grandes executivos e autoridades. Elza observou que nem sabia que ela estava disponível na América Baixa, deveriam ter gastado muito ouro no frete. O avião tinha 20 lugares para passageiros, estávamos em treze, contando eu e amigos éramos oito, somado aos pais de Tuk e Elza e os dois organizadores. Também estavam na nave dois pilotos e duas assistentes de bordo, o voo duraria por volta de 5 horas.

Epimeteu permitiu que descansássemos um pouco, não sei como eram outros aviões, nas este era mais confortável que a sala de casa, com as poltronas para descanso e que permitia também uma reunião. Depois de um tempo de viagem a Sra. Caliope começou uma pequena reunião:

— Francisco é um povoado muito diferente de tudo que vocês viram e viveram até o momento, não estranhem. Terão contato com coisas que jamais seriam vistas em nossa sociedade, e apesar das leis de restrição cultural, o mundo é maior do que apenas o que nosso preconceito vê. Como já dissemos quatro tribos nativas cercam a cidade, vocês querem apresentá-las?

Ela direcionou a pergunta a Tuk e seus pais, que sorriram com a oportunidade e começaram a descrever. Tuk começou:

— Minha etnia é caiapó, formamos diversos grupos pequenos e independentes e que possuem uma estrutura familiar de organização social. A língua caiapó pertence ao tronco linguístico macrojê. Somos bons caçadores e pescadores, temos uma boa agricultura, mas fomos seminômades. Caiapó significa "homens do poço d'agua".

A mãe de Tuk continuou:

— *O povo Guarani era como um rio que corria lentamente em seu curso quando uma pedra gigante foi lançada dentro do córrego. A água espirrou para vários cantos. E os sobreviventes estão aqui hoje reunidos", diz o Guarani-Kaiowá Anastácio Peralta.* Essa definição tem como fonte a Campanha Povo Guarani, Grande Povo. Esperamos que em Francisco eles encontrem novamente seu lar e união.

— Os Aruak, que possuem o tronco linguístico que leva seu nome, tem como principal atividade a cerâmica. Considera-se que existiam na região desde 2250 dEG. – disse o pai de Tuk. Tanto eles como os Tupis, a quarta tribo, possuem características linguísticas comuns, porém oriundos de diferentes etnias. Por questões de morticínio das várias tribos na formação do bloco que vivemos, os indivíduos somente sobreviveram se unindo pela língua. Poucos deles sobraram, Francisco é uma utopia!

— Obrigada família. – Disse a coordenadora – As tribos formam o espaço externo da cidade, que abriga também grupos de agricultores familiares que construíram um modo de cultivo que interage com a floresta, sem a preocupação de desmatar, tendo produção dita orgânica. Utilizam também o delta do Amazonas para produção. Os agricultores formam uma comunidade própria e interagem com os outros grupos da mesma forma, uma grande comunidade expandida.

— A cidade propriamente dita é costeira, por isto iremos de barco. – Disse Epimeteu – Como disse, ela possui um líder religioso e a liderança política é dividida entre os diversos grupos que compõe o local, tanto internamente como externamente. O papel do líder religioso é de ponderar as decisões e evitar que haja injustiça, desunião, desumanidade, abandono e perseguições. Francisco é o nome de um seguidor de

Jesus, nascido em Assis, na antiga Itália anterior a unificação, considerado o mais feliz dos homens, o mais correto, mais humano e admirável ser que existiu. Seu nome traz luz ao lugar.

Vendo Epimeteu dizer isto de um mortal revelava em muito seu apreço pelos homens, sua admiração por Francisco era real, palpável. Será que ele chegou a conhecê-lo? Não sei por que esta pergunta veio a minha cabeça...

— Bem, estamos chegando, mas antes do desembarque, o líder de Francisco é um dos quatro sábios humanistas, o que representa os seguidores de Jesus. Seu nome é Padre Julius!

O avião pousou normalmente, "os deuses abençoaram nossa viagem", chegou a dizer Abdias que ficou em pânico desde o começo da viagem. Fomos direcionados para o porto e pegamos um navio de porte médio, acredito, mas muito rápido e esteticamente belo. Depois acabamos sabendo que era um navio de bandeira insular. Havia ilhas no caminho de Francisco, ilhas pluviais e marítimas ao mesmo tempo que formava um arquipélago conhecido por Marajó. Simplesmente fantástico, as ilhas eram pertencentes aos Insulares, outro Bloco, e tão perto do continente. Entendi por que a cidade sobreviveu às perseguições do continente, ela tinha um respaldo das ilhas. Desta forma não daria para esconder o que acontecesse em Francisco, pois seria divulgado imediatamente aos insulares do Marajó e se espalharia para as outras localidades.

Ao chegarmos à costa, finalmente, vimos um senhor de pele branca e cabelo rareado, e algumas pessoas nos esperando. Ao aportarmos, começamos a descer e de cara a família Tuk encontrou parentes indígenas que os sequestraram do nosso grupo rapidamente. Ficaram impressionados com a cadeira com rodas de Tuk, não por nunca terem visto, pois descobrimos que deficientes físicos, sensoriais e intelectuais eram comuns em Francisco e todos eram tratados de forma carinhosa pelas pessoas, todos se conheciam pelo nome. Mas as modificações executadas por Rosa e o pai de Abdias foram exaustivamente perguntadas e analisadas, quando souberam que foi a Rosa que ajudou nas mudanças, a raptaram também.

— Epimeteu, somente você para trazer esta bagunça na cidade! – Disse o padre Julius – Temos muito o que fazer, uma cidade de gente para cuidar e os preparativos para celebração. Vamos, temos trabalho!

— Também é bom te ver velho amigo! – Respondeu Epimeteu.

Padre Julius sorriu, perguntou quem eram os meninos, abençoou cada um de nós e nos chamou para ajudar nos trabalhos. Na realidade nos convocou... ao chegarmos a surpresa foi encontrar a Sra. Thrud, suja dos pés aos cabelos, trabalhando na construção de uma maloca. Uma casa grande no formato indígena que deveria, neste caso, caber milhares de pessoas. A maloca teria uma estrutura de pedra, cerâmica, cipó e madeira, coberto por tramas de folhas e coberta por barro. O piso seria de terra batida, tudo na forma mais tradicional de Francisco, ou seja, sem desrespeitar a natureza. Madeira, cipó e folhagens, de material reciclado ou de arvores tombadas naturalmente, ou que não afetassem o ambiente. O interessante é que todos ali estavam felizes e a divisão do trabalho era natural. Os índios traziam o material colhidos nas floretas, os agricultores forneciam a alimentação, as pessoas da cidade faziam a construção, regulando com as obrigações cotidianas e os afazeres domésticos. E nós entramos nos afazeres.

A Sra. Thrud comentou que teríamos um treino de força hoje, carregar material de construção. Todos ajudamos por um tempo até que chegou a hora do almoço. Todos os trabalhadores se reuniram em uma mesa comum e, quando fomos nos sentar, o Padre interveio:

— Não, você senta aí... você lá... vocês já são velhos, não importa – referindo-se aos pais de TuK – vocês devem vir aqui... agora está bom!

O que o Padre Julius fez foi nos misturar com a comunidade, evitou que ficássemos em grupo. Ele queria que a gente interagisse com as pessoas. Rosa ficou do lado de um índio muito belo, mas de olhar triste. Elza foi colocada no meio de crianças, Abdias conheceu um contador de histórias fantástico, descobriu apenas depois que ele era cego. Simone e Dandara foram colocadas num grupo de garotas indígenas que em pouco tempo tornaram-se amigas. Gama ficou entre um garoto indígena enorme, um agricultor um pouco maior e um ruivo com porte dos dois somados, os quatro juntos pareciam poder mover o mundo de lugar. Mark ficou do lado de um senhor bem idoso, com característica que não percebi no momento, mas acredito ser asiático. Tuk e os pais ficaram com os parentes, obviamente. Eu me sentei do lado do Padre. Epimeteu, Sra. Caliope e Sra. Thrud saíram para conversar.

— Vocês vieram em uma época muito boa, as festas e os jogos vão ser da hora! – disse-me o Padre – De onde vocês são? De onde Epimeteu se envolveu agora!

— Somos de Palmares, bem ao sul daqui, demoramos cinco horas de aeronave! – Respondi.

— Então é por lá que o velhote está. Epimeteu sempre aparece nessas horas, veio na última escolha do Conciliador e esteve presente na minha ordenação no conselho dos quatro. Acho que esteve presente até mesmo na minha ordenação para padre.

— Padre é um título? Pensei que era seu nome!

— Não garoto, – disse-me – padre é um título para os sacerdotes de minha religião, mas você tem razão, as vezes vira parte do nosso nome mesmo!

— Então você conhece o Epimeteu há muito tempo, como ele era mais jovem? – Perguntei ao padre.

— Epimeteu? Acho que me conhece desde que nasceu, acho que ele conheceu até o São Francisco, que deu nome à nossa cidade e, não dá para dizer sobre ele jovem, acho que meu amigo nasceu velho!

*****

— O que tem de novidades, Kara? – Perguntou Epimeteu.

— Três núcleos de observadores, uma dúzia de assassinos, alguns conspiradores e espiões, todos identificados por Hogni e neutralizados. Todos eram humanos, a maioria mercenários bem treinados. Você tem razão, eles estão de olho e, após cada célula ser neutralizada, outra aparece!

— Onde está Hogni? – Perguntou Caliope.

— Patrulhando. Ele é muito bom, o melhor em localizar os alvos e emboscar! Eu ainda não precisei agir. -Respondeu Thrud.

— Menos ruim, por enquanto estamos seguros? – Perguntou novamente Epimeteu.

— Sim, nenhuma ameaça no momento, mas precisamos ficar aletas. Você e Caliope devem preocupar-se com os garotos, nós ficaremos com os invasores. – Finalizou Thrud partindo para procurar Hogni porém, com uma parada prévia para se limpar. – O Padre não deixa ninguém parado!

*****

Passamos o dia todo na construção da Maloca para as festividades, estávamos exaustos e envergonhados. Primeiro por termos trabalhado muito, mas a vergonha vinha devido perceber que o Padre Julius trabalhou muito mais e já estava neste ritmo há dias, apesar de sua idade. Cheguei à conclusão de que ele deveria ser divino também e ao perguntar a Epimeteu, tirei uma gargalhada e a resposta de que tinha certeza de que não era, mas que realmente o Padre o faz duvidar de suas convicções em sua relação, mesmo porque ele consegue mandar até mesmo na Thrud.

A treinadora abriu a primeira reunião noturna, as quais seriam comuns em Francisco. Estavam presentes os que viajaram, incluindo os pais do Tuk, fato que não se repetiria nos outros dias. A treinadora começou dizendo:

— Nos dias que ficarmos aqui teremos alguns compromissos, pois não são férias!

E continuou apresentando que teríamos quatorze dias ainda, contando que o de hoje estaria no fim. Mais dois dias e terminaríamos a construção da Maloca, se tudo der certo. No terceiro dia vamos para a tribo de Tuk participar dos jogos nativos, onde não há lutas, mas apenas jogos com características físicas, e serão dois dias. No quinto dia teremos nosso primeiro evento de luta, que será em Marajó, um evento de Luta Marajoara tradicional. O sexto e sétimo dia, participaremos dos eventos festivos, estaremos livres de programação de atividades. No oitavo e nono dia iremos nos preparar para um evento de Luta Persa com os insulares e lutadores da cidade, ocorrerá no décimo dia. Finalmente, na véspera de nossa partida teremos um evento de luta nativa, Uca-Uca. Logicamente que só vamos cumprir o cronograma se o Padre Julius deixar...

— Uai? Não iremos lutar glima? – Perguntou Mark, Abdias e eu, em coro.

— Nãããooo... – respondeu a técnica alongando a palavra – estamos em início de temporada, atividades gerais são ótimas e viemos aprender e nos divertir um pouco também. Falando nisso, Sr. Tuk está nas equipes de jogos indígenas, as três lutas têm divisões femininas ou com equipes mistas, por isto teremos que ter uma equipe de dez. Infelizmente a forma de luta não permite que Tuk participe, então vamos contar com vocês seis, os pais de Tuk, Simone e Elza. Dez dará para encarar, se a mãe de Simone não precisasse ficar, teríamos uma reserva, mas está bom assim.

— O que? – Disseram Elza e Simone em corro.

— Sabia que iriam gostar, sorriu a Sra. Thrud. – Vamos descansar, amanhã é um dia cheio. Meninas para o dormitório feminino com a Sra. Caliope e garotos com Epimeteu par o dormitório masculino. Os casados também para dar o exemplo para essa garotada forte demais para ser tratados como criança e pequenos demais para se responsabilizar com os impulsos.

Antes que fossemos dispensados, Epimeteu pediu a palavra e deu para cada um de nós, jovens, um saco com dez moedas de ouro. Antes que pudéssemos reclamar ele disse:

— Este dinheiro é para ajudar a economia local, não é para vocês. Gastem tudo aqui, deixem estas moedas para o povo de Francisco, eles precisam mais do que nós. Eu gastaria sozinho este montante, mas achei melhor dividir, assim vocês me ajudam.

— Mas Epimeteu, tem mais dinheiro aqui do que meu pai recebe em três meses! – Disse-lhe um pouco espantado.

— É mesmo? Acho que o povo daqui vai ficar bem feliz então! – Concluiu saindo satisfeito para o quarto.

E lá fomos nós com Epimeteu, o pajem! Elza. Rosa, Simone, Dandara e a mãe de Tuk se dirigiram para o outro lado. Ao chegar no quarto que estávamos alojados, Abdias começou a narrar as histórias que o senhor cego lhe contou:

— É demais! As histórias das lendas daqui são muito legais... espero poder almoçar com ele de novo, quero aprender mais... – e contou as lendas e personagens que lhe foram narradas, até que o esforço do dia nos derrotou e caímos no sono.

*****

No café da manhã, nos sentamos nos mesmos lugares, com as mesmas pessoas ao lado, com exceção de Rosa que ao seu lado sentou uma nativa. Ela percebeu pelos olhos tristes uma semelhança incrível com o rapaz que estava ontem no mesmo lugar, o mais estranho é que ela sorriu para Rosa como se já a conhecesse. Elza já tinha sido adotada pelas crianças, era muito interessante ver como minha irmã gostava delas, acho que ela nasceu para este lugar.

As garotas estavam recebendo enfeites das amigas para adornarem seus cabelos, e dava para ver que, apesar de aparentarem ser mulheres pelo porte, ainda eram bem crianças, meninas que precisam de amigas. Assim como Gama e seus parceiros, pelas poses e caras, acredito que estavam fazendo apostas sobre quem iria carregar o tronco mais pesado, ou o maior número de pedras por minuto. Abdias estava hipnotizado com as histórias do velho cego:

— Acutipupu é uma figura do passado que é ao mesmo tempo homem e mulher, ele vivia na Serra do Japó. Quando era mulher teve as filhas mais lindas que as aldeias já viram e, quando era homem, galanteava as índias da região. Conta a lenda que grande parte das tribos daqui só conseguiram se formar por causa da sua presença. Mas a beleza de suas filhas causou muito ciúmes que acabou em guerra e morte, por isto, Acutipupu vaga sozinho ou sozinha pelo mundo, abalado por sua tristeza.

Notei também que Mark recebia um carinho especial do velho com traços asiáticos que ele chamava de Lama. Algumas vezes percebi ele segurando o choro, meu amigo estava aparentemente fazendo uma catarse com sua vida. Apesar disto, era possível notar que todos estavam muito felizes neste local.

— É difícil ter que cuidar de todos, não? – Disse-me o Padre Julius finalmente sentado para se alimentar.

— Desculpe-me, o que disse padre? – Respondi.

— Eu vejo como olha com carinho para todos seus amigos, você verifica se estão bem. Apesar de ser quieto, é vigilante e sempre cuidando para que nada dê errado ente eles, mesmo em relação aos mais velhos e experientes. Você meu filho é um Protetor!

Antes que respondesse alguma coisa ele continuou:

— Você percebeu o quanto este local é abençoado? O povoado é pobre, muita gente vem para cá, mas a comida é milagrosamente farta. E com um sabor!...

Começamos a comer e realmente, o sabor da comida cultivada pelo próprio povo era maravilhosa! Não queria ofender minha mãe, mas a obra prima era fantástica. Quando descobrimos o açaí e o cupuaçu então, nem os amigos do Gama seguravam Abdias e Mark no ataque as guloseimas. As nossas amigas também ficaram apaixonadas, mas eram mais contidas. Já eu... não sei! Acho que eles diriam a mesma coisa em relação a mim, mas confesso que não controlo o quanto como desta combinação maravilhosa.

Novamente trabalhamos construindo a maloca, ela teria um espaço interno que seriam plantadas cinco árvores que, por serem de madeira valiosa, estão em perigo de extinção pela derrubada legal e ilegal. Quatro serão plantadas formando um quadrado, cada uma será colocada por um dos membros dos humanistas. As mudas escolhidas foram a Garapeira, o Mogno, o Cedro-rosa, e a Itaúba. No centro será plantada uma Dinizia excelsa ou Angelim Vermelho como é mais conhecida. Soubemos que é a árvore mais alta do local, chegando a 88 metros de altura ela será plantada pelo novo Conciliador.

Este espaço central formará um jardim em homenagem a natureza, que em todas as formas de crenças é valorizada. Possuindo diferentes nomes ou representações relacionados a obra divina, é amada por todos os que, de fato, creem. No espaço também terá o palanque de apresentações do grupo de humanistas em que, depois de terminada a cerimônia, as pessoas do público que trouxerem flores, poderão plantá-las no próprio palco. Ele será feito de terra e coberto com um tecido permeável. Se chover, nada dará certo porque o centro da maloca não possui cobertura. Fato este que, quando questionei, levei um croque do Padre Julius que me disse:

— Menino de pouca fé! Acha que Deus iria estragar esta beleza? Só irá chover no dia seguinte, para regar as plantinhas que foram selecionadas para o jardim.

Por isto, achei prudente não me meter mais, o interessante é que as laterais eram cobertas, com possibilidades de servirem comida e, para quem veio de longe, seria para a pernoite, bastando terem uma rede para descansar. Não imagino a quantidade certa de pessoas que ficariam de pé no local, mas sei que seria para milhares. Temendo um novo croque, consegui criar coragem para fazer uma nova pergunta:

— Mas Padre Julius, se me permite perguntar, esta construção suportará por volta de alguns milhares de pessoas, e o resto da população?

Desta vez não foi um croque que recebi, mas um afago:

— Meu querido Protetor, sempre preocupado com os outros, gosto disso! Você acha que este evento é para o povo? Somente velhos gostam de ver outros velhos discursando. A boa festa será nas ruas de Francisco, cada porta estará aberta, cada pessoa da cidade deixará sua marca de amizade e hospitalidade, não se preocupe a festa é de todos!

Com exceção da parada para o almoço o dia foi muito puxado, mais do que ontem! Ainda bem que na refeição todos nossos novos conhecidos estavam presentes. Abdias o mais emocionado veio novamente contar as histórias do velho cego, ele descobriu que o seu nome era Pai José D´Angola, e que sua vida tinha sido muito difícil, mas sobreviveu, e que parou de contar os anos quando chegou aos 95! Agora, contar histórias era seu passatempo predileto, depois de fumar seu cachimbo!

Neste mesmo dia, à noite, depois da refeição dei um pouco de atenção a Simone, os afazeres nos deixaram muito ocupados e sem tempo. Percebi a felicidade de estar ali, como suspeitava, todos felizes. Em determinada hora, ela se retirou pelo cansaço e foi se deitar, eu também iria, quando Epimeteu me chamou:

— Vamos andar um pouco, temos uma missão a cumprir!

— Agora? Mas que missão? – Perguntei.

— Ora Soel, você que chamou a atenção do Padre Julius, cabe agora resolver para não o magoar!

— Eu? O que eu fiz? – Perguntei confuso.

Fomos andando até chegar na mata, o que não era muito perto de onde estávamos. Epimeteu me disse para ir até um lago que tinha a alguns metros naquela direção, que era para ver a imagem da lua refletida nele, e que não deveria me afastar do caminho. Ele iria pegar alguma coisa e já me encontrava. Por fim disse-me:

— Estamos na mata, use o que aprendeu! – e sumiu...

Fui na direção que ele me indicou e nada de lago. Por um momento pensei que tinha me perdido, mas não... me perdi desde que sai do acampamento, não agora. No máximo estava mais perdido ainda! Legal, no meio do mato, sem saber o caminho de casa... que enrascada Epimeteu me... lógico! Gaya pode me ajudar!

Entrei em contato com a parte mais viva que estava ao meu redor e tentei contactar Gaya e... nada... nada... nada. De repente, uma figura feminina velha apareceu vinda de lugar nenhum. Poderia ser Gaya? Não, a figura não era agradável como as outras experiências que tive, ela exalava um certo agouro!

— O que faz por aqui? – Perguntou a figura envelhecida com uma voz estridente.

— Procurando um lago, está tudo bem? Quem é você? – Respondi.

— Meu nome é Matinta... Pereira... – disse com uma voz mais estridente ainda, que chegou a doer meus ouvidos.

*****

Matinta Pereira é uma velha bruxa agorenta que vive por estas regiões, ela pode viver como uma velha ou como um pássaro, e seu mal agouro pode até matar! Cuidado com ela! disse o velho José a Abdias. Se ela pede você dá, senão não é bom nem falar...

*****

— O que você quer? – Perguntou Soel a velha.

— Eu quero...

— Cale a boca Matinta, você foi avisada para ficar longe daqui suma... – Disse uma voz com tamanha autoridade que só vi a Sra. Thrud ter!

A Matinta Pereira se acovardou e se acuou ficando pequena e se transformou em um pássaro estranho e horroroso, levantou voo e se foi gritando, ao mesmo tempo, a senhora que a espantou me abraçou, tampando meus ouvidos. Acreditei que foi para me proteger da maldição. Era uma mulher com traços dos povos nativos da região, linda como as mulheres especiais que conheci nestes tempos, tinha pinturas e cobria sua nudez com um manto, que parecia ser feito da própria noite.

— Olá garoto, não tenha medo! Eu sou Jaci. Você chamou minha irmã, mas neste local eu respondo por ela.

*****

Nesta região, os nativos têm várias divindades, o Pai José continuou a descrever as lendas e folclores da região para o Abdias: "uma das personagens mais belas é Jaci, a deusa da lua para os tupi-guarani, ela é a protetora da noite e dos amantes. Consegue descer na terra quando sua imagem é refletida nas águas límpidas de um rio ou lago".

*****

— Sua irmã? Você diz Gaya? – Perguntei.

— Sim, vocês a chamam assim, mas ela tem vários nomes, assim como eu. Para muitos sou a Lua, irmã mais nova da terra e, foi ela que me pediu para te proteger. Disse para a bruxa deixar todos em paz, mas confiei demais em minha autoridade. Ela ousou me desobedecer e quase te fez mal. Quando precisar e estiver por aqui, me peça o que quiser como compensação.

— Obrigado senhora, por enquanto não preciso de nada, sua companhia basta. – Respondi caminhando com ela em direção a algum lugar.

Neste momento lembrei da missão que Epimeteu me deu em relação ao Padre Julius, não sei ao certo se era isto mesmo, mas acredito que precisava tentar:

— Sra. Jaci, tem uma coisa que pode fazer, não é especialmente para mim, mas para o Padre Julius: daria para evitar que chovesse no dia da sua festa? Ah! E que a chuva retorne no dia seguinte para aguar as mudas que serão plantadas?

Terminei a pergunta, quando achamos o lago e Jaci sorriu para mim, acredito que foi um sim! Neste momento no lago apareceu a imagem da lua e, depois disso ela sumiu, me deixando com a sensação de que deveria ter perguntado, ou mesmo pedido, para ela como voltaria para o alojamento!

Acho que deve ser por ali... e fui andando sem a mínima ideia de onde estava indo. Escutei sons atordoantes, assovios estranhos, mas não sei o porquê não me assustei! Acredito que o que passei nos últimos tempos teria me deixado mais tranquilo, destemido... não... apenas estas coisas passaram a ser normais!

De repente apareceu na minha frente mais uma figura estranha, era uma personagem um pouco exótica, tinha cabelo vermelho e orelhas pontudas como a Dra. Skuld, mas era do tamanho de uma criança. Estava sentada sobre algum tipo de animal.

*****

Abdias disse ao Velho José que não entendeu direito a diferença entre a Caipora e o Curupira. Ele disse que eram primos, mas a caipora geralmente aparecia sentado em um tipo de porco do mato, a queixada ou o cateto. Ambos tinham estatura semelhante e protegiam os animais dos caçadores, até o menor dos insetos. Para eles eram um perigo, não poupavam ataques e armadilhas para protegerem a fauna da floresta...

*****

— O que faz por aqui caçador? – Perguntou aquela estranha figura.

— Eu não sou caçador, vim aqui... – não me veio nada a cabeça que pudesse justificar o porquê estava por ali.

A Caipora rodeou meu corpo me cheirando, ela e o porco-do-mato, deram algumas voltas e de repente começou a falar:

— Que você é um caçador, não tenho dúvidas, mas sei que não é de bicho. Não confio em você, mas o Cateto confia! Não sei por que gostou de ti! Sendo assim, pode ir...

— Iria, se soubesse para onde. Pode me indicar? – Tentei como resposta, para ver se daria certo.

— Caipora faz as pessoas se perderem na floresta, não encontra caminho! – Respondeu de forma um pouco ríspida, quando o Cateto fez um rugido...

— O que? Tem certeza? – Ela parou cocou a cabeça e disse – Cateto quer que a gente te leve para onde deve ir... vamos!

Comecei a seguir os dois, uma indiazinha nervosa e um porco-do-mato cuidadoso que, salvo melhor julgamento, andava mais devagar que o normal para evitar que eu me perdesse novamente. Durante a caminhada, tentei conversar com a Caipora, sobre Jaci e a Bruxa e, aos poucos ela foi sendo um pouco simpática... ou melhor... menos raivosa. Quando vimos as luzes ela disse:

— Daqui para frente você vai sozinho, não dá para se perder mais.

— Obrigado. Ah, ia me esquecendo, meus amigos me chamam de Soel.

— Grande coisa. – respondeu, quando o Cateto veio em minha direção pedindo um carinho de despedida.

Agradei um pouco o porco-do-mato e retomei a caminhada em direção a cidade e ao alojamento, mas sem antes escutar a Caipora dizendo:

— Tchau Soel!

Sorri um pouco e, depois de uns dez minutos cheguei ao alojamento e avistei Epimeteu sentado em um banco:

— Como demorou, conseguiu resolver o problema? – Disse-me.

— Acho que sim – respondi um pouco alterado – mas... você não ia me esperar na mata?

Ele respondeu:

— Eu não, a floresta à noite é muito perigosa!

E se retirou para dormir, mas não sem antes dar uma olhada para o lado e verificar os olhos brilhando na sombra, que se comunicaram piscando. Quando subi para me lavar, Hogni se retirou para novas missões, as que ainda eram necessárias.

*****

Acordei um com vontade de dormir mais, a noite de ontem foi muito cansativa e longa, sobrou pouco tempo para dormir. Este dia está programado de terminar a construção e preparar a nossa ida para a aldeia, sendo que o trabalho ainda é a prioridade. O café da manhã foi igual a todas as refeições, com meus amigos conversando e, apenas Rosa estava com o nativo do primeiro dia, os outros estavam com os mesmos parceiros. Todos alegremente, menos Mark que estava conversando com o senhor de traços orientais, cujo nome ficamos sabendo ser Jetsun, ele estava sempre disposto a animá-lo. A conversa sempre era centrado na culpa que Mark carregava por sua família, em determinada hora, o senhor disse:

— O fardo que você carrega é muito pesado mesmo, já pensou em deixar para que outros carreguem, não você? Remorso e culpa pelos pecados de nossos antepassados é importante para que eles não se repitam, para que não sejam novamente desgostos de nossos descendentes. Você não suja as mãos se fizer o que faz, seja leal, não prevarique com valores errados, apenas os que você sabe que agradará o equilíbrio do Universo. Faça isto meu filho, sirva quem o seu sangue fere, seja o oposto, o que concerta, e assim você sempre estará limpo e poderá resgatar a honra que sua família perdeu. Mas para isto o fardo tem que ser trocado pela ação, tristeza nos impede de agir.

— Meu senhor, como você pode ser tão feliz? – Perguntou Mark que teve como resposta:

— Apenas sendo, impedindo que minha mente procure caminhos para não ser. Uma mente disciplinada não busca o sofrimento!

Nesta hora chegou novamente para sentar-se a meu lado o Padre Julius:

— Não disse que não precisaria se preocupar, da forma que você cuida e protege as pessoas, sabia que encontraria uma solução.

— O senhor sabe o que aconteceu ontem? – Perguntei ao Padre.

— Eu, não... apenas sei que Epimeteu disse que estava tudo certo!

— E como sabe que realmente está? – Perguntei confuso.

— Ainda não aprendeu a ter fé? Tome isto aqui.

Ele me ofereceu um copo de café com algo diferente, o gosto não era ruim, mas estranho, assim que bebi ele falou:

— O café tem um pouco de raspas da fruta guaraná, para dar um pouco de energia. Depois de ontem você deve estar precisando para acordar.

Novamente ele sorriu e me deixou confuso, acho que faz parte da cultura desta comunidade.

Graças as disputas de força entre Gama e seus novos amigos, durante toda manhã, foi possível acabar toda a estrutura da construção, faltando apenas o embelezamento final que seria durante a tarde, depois do almoço coletivo. Novamente conversamos e, em determinado momento, o sr. Jetsun pediu a palavra:

— Gostaria neste momento, pedir a atenção da totalidade que integra esta mesa. Que se levantem os copos e brindem ao nosso recém amigo, Mark, que hoje completa 17 anos! Reiterando que disse, meu amigo, nosso amigo!

Na mesma hora todos se puseram de pé, brindaram com o que tinha a mão e começaram as cantorias de felicidades e amizades. Em diversas línguas e dialetos nativos foram cantadas e\ou entoadas, declarações de amizade foram apresentadas ao Abati Jururu, como chamavam Mark. Depois viemos a saber que significava loiro triste em tupi-guarani.

As perguntas, os abraços, os afetos fizeram Mark, pelo menos neste momento, abandonar a figura sisuda e desembestar para a alegria local. Padre Julius pediu para limpar a mesa e colocou Mark com várias Cunhantã (meninas) e curumins (meninos) para dançarem juntos enquanto sra. Caliope, Epimeteu e Elza traziam bolos e doces com ajuda das doceiras da cidade. Ao olhar meus amigos, acreditei, pela cara de espanto de alguns, que eu não era o único que tinha esquecido o aniversário dele. Ainda bem que nossos adultos não são tão displicentes como nós.

Padre Julius comandou a distribuição dos doces e bolos, que eram fartos, aparentemente Epimeteu sabia do aniversário e trouxe as matérias primas para as boleiras junto com as bagagens, pois o material da cidade estava escasso devido as festas posteriores.

— Meu caro Mark, Abati Jururu, o povo de Francisco o saúda como amigo e companheiro de trabalho, cabe a mim abençoar sua vida e, – o Padre chegou perto dele e depositou a mão aberta em seu coração – impor a você a minha benção, não somente aquela que deseja a boa vida, mas a que exige o compromisso com o tudo, as pessoas, Gaya e a Vida. Que o Deus Misericordioso te ajude nesta tarefa!

Todos gritaram amém e aplaudiram, enquanto Mark derramava uma lágrima!

Ao fim dos aplausos, Padre Julius voltou a falar:

— Cabe agora ao aniversariante e seus amigos levarem as crianças em direção as malocas e as tintas. Que elas fiquem livres para decorar nosso ambiente para as festas... – e assim se deu a tarde, com crianças pintando livremente as paredes da maloca e seu interior, com tinturas a base de urucum e ouras vinda da natureza e, trazidas das tribos e armazenadas para a ocasião.

Todo o acabamento de desenhos, figuras e borrões foram feitos pelas crianças que ali estavam, toda comunidade participou da criação do local onde iria reunir a cerimônia principal da cidade e de nossa ida. O resultado se não foi a melhor construção que já vi, foi a mais amorosa. Realmente tínhamos muito a aprender em Francisco!

Terminado a tarefa, nos preparamos para ir a tribo Caiapó de nosso amigo. Para variar iríamos a pé na floresta e com o tempo perto de entardecer. Achei arriscado, mas nossos tutores tinham planos diferentes:

— Ver o entardecer na floresta dará uma perspectiva diferente do local. -Disse a sra. Thrud.

Fomos todos menos Epimeteu e a sra. Caliope que ficaram na cidade. Fiquei pensando quando ele me disse que a floresta a noite era perigosa. Mesmo assim fomos, com pouco material para evitar o peso e muita coragem. A mesma que faltava um pouco em Abdias, principalmente depois de suas conversas com o Velho José:

— Sabia que por aqui já avistaram o Boitatá, uma imensa cobra que pode comer todos nós? A mula-sem-cabeça, com corpo de cavalo e fogo no lugar de cabeça? Até o lobisomem tem nestas bandas... – dizia ele, com uma certa apreensão ao caminhar.

— Estranho, eu só vi uma bruxa e a Caipora! – Disse rindo um pouco.

— O quê? – Continuou Abdias – Como assim? Fala sério? É brincadeira, não é?

— Não, eu não minto – respondi de forma serena – e as vi bem ali, perto daquele lago.

Neste exato momento, a noite caiu e uma figura imponente e assustadora apareceu onde eu indiquei. Na realidade me assustei um pouco, mas Simone me abraçou com medo, causando um efeito de responsabilidade e a coragem voltou no mesmo momento. Já Abdias pulou no colo de Gama que teve que soltar a mão de Dandara assustando-a mais ainda, fazendo gritar, seguida por Elza. A figura assustadora saiu das sombras e caminhou em nossa direção.

Aparentemente era uma pessoa, pelo menos aparecia ser. Tinha a pele escura, mas não como a minha ou de Dandara e Gama, era diferente, ele realmente sumia nas sombras, os cabelos eram bem compridos e escuros, sua roupa era diferente, parecia ser resistente e bem leve, os braços eram musculosos, e não estavam cobertos, nas costas trazia duas espadas ou lâminas curvas. O cabelo, depois percebi, que escondia as orelhas pontiagudas iguais da Dra. Skuld e era tão belo quanto ela. Calmamente a Sra. Thrud começou a falar:

— Que exagero! Assim vocês constrangem nosso guia! Hogni é meu grande amigo, especialista em qualquer tipo de floresta e nosso guardião a partir de agora.

Se a primeira impressão foi de medo, a atual é verificar os suspiros das moças que vinham de vez em quando, achei até estranho reclamarem do Abdias. Até Rosa que é bem reservada e que não se assustou como a gente, também parecia estar enfeitiçada pelo guia.

Chegamos depois de algumas horas de caminhadas e encontramos uma aldeia repleta de nativos nos esperando, inclusive a família de Tuk. Quando pisamos na aldeia, ao sinal da autoridade local, que posteriormente soubemos ser um Cacique, começaram uma festa com música e dança. Havia dez pessoas com máscaras de animais, que soubemos que eram feitas com palha de buriti. Oriundas de um ritual de batismo, a festa das máscaras foi uma forma de dizerem que éramos bem-vindos, além de comemorar o aniversário de Mark, que recebeu bastante atenção por parte de nossos anfitriões.

As danças e as cantigas eram acolhedoras e, quando foi permitido que nossa interação fosse mais possível, fui conversar com Hogni.

— Você estava me seguindo na floresta quando Epimeteu me enviou, estou certo?

— Quando eu não quero, é praticamente impossível de me perceber. Em uma floresta, somente um batedor muito experiente conseguiria. Se você associou suas percepções a minha pessoa, está de parabéns!

— Por que me seguia?

— Epimeteu não deixaria você correr nenhum risco, Afilhado. – Respondeu Hogni.

Nós dormimos em locais separados da tribo, no centro havia uma grande oca, que eles chamavam de "casa dos homens", em volta dela, várias casas abrigavam as famílias que compunham a comunidade, assim, os garotos ficaram no centro e as garotas ficaram abrigadas nas casas dos parentes de Tuk, incluindo Rosa.

Ao acordarmos participamos de várias provas físicas que nos dividimos para participar. Tuk logicamente participou das provas de arco e flecha e de arremesso da lança, ele foi muito bem na primeira prova, na segunda foi mediano pois não era a precisão do arremesso da lança que contava, mas sim a distância. Mesmo assim ele foi muito bem, acho que ficou entre os três primeiro na primeira prova.

Jogamos depois várias partidas de Rônkrâ, um jogo que utiliza um bastão para empurrar uma bola feita de cocô até a linha do adversário. Participamos de vários times e várias partidas foram disputadas. A manhã toda foi dedicada a isto! Algumas outras provas, como a canoagem foram disputadas, mas sem nossa efetiva participação por total falta de competência. Porém, na parte da tarde alguns de nós foram aprender a manejar as canoas e cair um pouco na água pois o calor estava demais.

Logo depois participamos de provas de cabo de guerra, geralmente feito por grupos de dez homens ou mulheres, foi permitido participarmos em equipes mistas. As equipes se posicionavam segurando um cabo feito de cipó seco, cada equipe se posicionava em um lado da corda e o objetivo era trazer a equipe para seu território. Ganhamos algumas perdemos outras, mas foi divertido, apesar de exaustivo. Para descontrair, foi proposto um jogo de Xikunahity, que se assemelha um pouco ao futebol, mas podendo usar apenas a cabeça. Por mais que treinamos, foi um fiasco para nosso lado, mas novamente foi divertido.

No segundo dia, ao amanhecer fomos levados a participar da tradicional corrida com toras, era um revezamento entre equipes para carregar uma tora de aproximadamente 80 kg por um percurso de mil metros, de fora para o centro da aldeia. Somente uma pessoa carregava a tora e ia passando quando se cansava. Era uma prova de resistência e força. Cada equipe era formada por dez pessoas e o revezamento era sempre uma disputa dentre duplas. Nossa composição era eu, Gama, Rosa, Mark, Abdias, Dandara, Pai e Mãe de Tuk, Elza e Simone. A nossa primeira corrida foi um desastre, se acostumar com a tora e a passagem dela não foi tão fácil. Em nossa segunda disputa fomos um pouco melhor pois a mãe e o pai de Tuk corrigiram nossos erros e deram muitas dicas sobre a hora de passar a tora. Fomos bem na segunda prova, mas perdemos também. O importante destas provas era ver a equipe agindo unida, e ver a Elza trazendo de volta suas atividades atléticas e perceber que Simone era forte e disposta a participar foi o que mais me alegrou no dia. Na terceira prova conseguimos um empate e uma vitória honrosa na última participação, ou pelo menos foi o que achamos.

Nesta hora, quando terminamos, ficamos sabendo que haveria mais uma prova com o Jãmparti, que era uma tora com aproximadamente 120 Kg e mais comprida. Quando Abdias quase desmaiou de cansaço prévio, o refresco foi saber que era carregada por duas pessoas. Por isto, o que contava era a harmonia entre a força de dois carregadores, desta forma foi a prova que fomos melhores. Como nos conhecemos e temos laços fortes entre todos, isto permitiu que fizéssemos a prova perfeita.

Aos poucos entendi o porquê estávamos ali. Em nenhum momento a vitória era valorizada com as disputas. O gosto de jogar e de ver jogando era muito mais divertido que a separação entre vencedores e perdedores. Quem venceu foi quem participou e do lado dos vencedores estava uma cultura que continuava viva. Ter a honra de participar destes eventos foi a maior de minhas recompensas. Todos estávamos agradecidos a Epimeteu e sra. Thrud de proporcionar estes dias. Exatamente nesta hora começou a chover.

— Ótimo, se despeçam da tribo no almoço pois voltaremos a Francisco à tarde, com ou sem chuva. – Disse a treinadora enfática.

*****

Retornamos embaixo de chuva. A caminhada foi longa e escorregadia, e as vezes precisávamos de apoio, outras caíamos, geralmente com risadas pois a lama amortecia a queda e somente sujava quem caía. Apenas Hogni e a sra. Thrud andavam como se estivessem em passarelas, a impressão que dava era que nem se molhavam. Ouvimos alguns trovões que fazia nossa técnica esboçar uma reação estranha, sua feição mudava para um certo pesar ou saudades.

Alguns olhares estranhos acompanhavam nossa caminhada, percebi que eram mais curiosos do que perigosos, Hogni se aproximou de mim e disse:

— Visualizou as pequenas criaturas que nos seguem? São a expressão dos elementais, gnomos ou duendes desta floresta. Chamam eles de Sacis ou Saci-Pererê, são endiabrados e levados demais, um tipo de espírito infantil. Não tenha medo deles, não são perigosos, mas podem te aborrecer e te atormentar muito.

— Consegui ver apenas olhos e um borrão vermelho. – disse-lhe.

— É a sua carapuça, todo poder está estocado nela, tire-a e ele ficará refém do portador.

*****

Quando Abdias perguntou ao Velho José sobre qual entidade da floresta mais se aproximava da cidade ele disse que era o Saci-Pererê, que não era apenas um, eram muitos. Era gerado no gume de um bambuzal, do tamanho de uma criança e tinha uma perna só; na cabeça uma carapuça vermelha mágica. Gostava de aprontar, principalmente com cavalos. Era responsável por estouros da cavalaria ou por dar nós em crinas e rabos. As cozinheiras também sofriam com ele, sendo responsabilizado pelo leite coalhado e sumiços em geral.

Mas, continuou o cego, é possível capturar um Saci! O danado gosta de deslizar nos redemoinhos de vento, quando é época deles, prepare uma peneira de arroz bem larga e coloque nela um símbolo religioso para neutralizar a magia do pestinha. Jogue a peneira em cima do redemoinho que ela irá prender o Saci enquanto o ar escapa pelos furos da peneira. Deve preparar uma garrafa com rolha de cortiça e, de forma bem ágil, levante uma fresta da borda da peneira que permita que a ponta da garrafa seja introduzida. Assim o saci vai entrar na garrafa na tentativa de fugir. Pegue a rolha e imediatamente tampe a garrafa. Para prender de fato o diabinho, esculpa um sinal religioso nesta rolha, seguindo o mesmo padrão de fé da peneira. Aí ele fica preso.

Abdias perguntou o porquê de prender a criatura:

— Para conseguir um desejo, oras! – Respondeu o ancião – Você deve pedir para o Saci realizar um desejo e que assim que for feito, você o solta. Mas cuidado, tem que soltar ele no bambuzal mais próximo, onde ele deve ter nascido, se soltar perto de sua casa, ele vai te azucrinar para o resto da vida. E quando você capturar seu Saci, ele vai ficar invisível para te enganar; ele está lá na garrafa, mas você não vai ver. Isto que ele quer, que duvide e abra a garrafa para fugir sem o desejo.

*****

Finalmente chegamos a Francisco! Molhados, sujos, vivos e, segundo a Sra. Thrud, treinados para a luta marajoara.

Nos alimentamos bem, desta vez não foi na mesa coletiva que estávamos acostumados na cidade, mas em um galpão que servia maniçoba. O prato era feito com as folhas da planta maniva ou mandioca, como o preparo da maniçoba demanda muito tempo, quando era feito a comunidade festejava em conjunto a degustação. Para fazê-lo, as folhas depois de lavadas e moídas, devem ser cozidas sozinhas por 4 dias. No quinto dia deve acrescentar-se carnes, charque, chouriço, paio, pé de porco, toucinho, costela, tudo previamente dessalgados. Deixa-se cozinhar por mais dois dias, corrigindo o sal. Tudo servido com arroz branco, farinha e molho de pimenta. O prato é realmente saboroso e descobrimos depois de comer que a folha de mandioca, base da comida, se não for cozida pelos dias estipulados é extremamente venenosa. Ninguém passou mal, a não ser os que comeram demais, nos quais me incluo.

Tivemos a manhã livre e almoçamos com o pessoal da construção da Maloca festiva, que ainda se reuniam para acerto dos detalhes finais. Nossos lugares ainda estavam reservados e os nossos vizinhos de mesa demonstraram saudades. Abdias desta vez contava estórias ao Velho José, Mark pela primeira vez estava sorrindo na conversa com o Sr. Jetsun, Rosa se encontrou novamente com o rapaz de semblante triste, Dandara e Simone trouxeram presentes as amigas da cidade e riam bastante, assim como Gama e os seus amigos gigantes, acredito que foi por contar seus feitos de força.

— Voltaram, meu querido! Sentimos a fata de vocês. – Padre Julius me cumprimentou sentando-se ao meu lado. – Seu amigo Tuk não vai voltar? Os pais deles estão com vocês.

— Os pais dele vão completar nossa equipe; Tuk acho que está feliz com seu povo, faz tempo que não ficava imerso em suas origens. – Respondi.

— Ah! Isto é bom, meu garoto, mas e você? Quais origens que forma sua identidade?

De novo Padre Julius conseguiu me tirar da inércia. Ele me levou a pensar sobre minha identidade e quem eu sou. Como Tuk sabe exatamente sua origem, eu não sei a minha, vivo o que me é permitido, o que é oficial. Mas eu sou mais que isto, minha pele tem pigmentos que são mais do que simplesmente uma cor, ela expressa vidas que se cruzaram, pessoas que se amaram, talvez violências que foram cometidas e muito mais. Eu, minha identidade é composta pelas culturas Normanda e Banto, com certeza, e talvez várias nativas e até mesmo insulares, quem sabe? O que sei é que o Padre me apresentou o quanto as leis e normas que restringem nossa cultura evitam que conheçamos a nós mesmos, quem são nossos antepassados, de onde vieram, o que era importante para eles, o que amavam, como viviam. Evitam desta forma amá-los, representar o legado que nos deram.

Controlar a nossa cultura nos apresentando uma comum e pronta para o consumo é controlar nossa alma, destruir nossa individualidade. Cria-se assim uma população servil!

*****

Finalmente fomos para a Ilha de Marajó participar do evento de lutas! Acreditamos que seria um torneio em um Gmnásio, mas ao chegar percebemos o quanto nos enganamos...

Na ilha vimos as ruas cheias e a chuva produzia lama por todo lado e, era exatamente a proposta da nossa viagem, participar da lambuzada. Esta era uma manifestação da população local, onde os moradores e turistas sujam-se, uns aos outros. A lama da festividade é considerada abençoada, assim quem se lambuza terá a proteção de um santo denominado pelos locais de "Bastião".

Neste ambiente é onde ocorrem as disputas da luta marajoara tradicional, na argila molhada, a regra básica do combate é "derrubar o oponente no chão e encostar suas costas o suficiente para que seja considerado dominado". Para definir a vitória é observado a sujeira do solo nas costas do lutador.

E assim passamos a tarde toda lutando, nos sujando, e principalmente sendo abençoados pelo santo Bastião e fazendo amigos novos do bloco dos Insulares. Eles eram simples, alegres, fortes e solidários, sempre ensinado todos a melhorar as posturas e a forma de lutar. Nosso melhor desemprenho na categoria masculina foi da Rosa para variar, ela ganhou oito de dez lutas, o pai de Tuk ganhou sete de dez, eu ganhei seis de dez e os outros ficaram no cinco a cinco. Entre as mulheres, a mãe do Tuk, que liderou o time feminino foi melhor que Rosa, ganhando nove de dez lutas, ficamos impressionados, não sabemos que o casal de veterano eram tão bons de luta. Dandara empatou com Rosa, ganhou oito de dez lutas. Como era o dia de ficarmos surpresos, Simone empatou comigo, com seis vitórias em dez lutas e, finalmente minha irmã Elza ficou no cinco em dez. Nosso grupo era mesmo de guerreiros. Principalmente os que estavam sem treino como os pais de Tuk ou que não participavam formalmente de lutas, no caso, Elza e Simone.

O beijo que recebi de Simone, frente a toda lama que cobria nosso corpo foi maravilhoso como o primeiro, ela estava eufórica pelas vitórias e por ter participado do evento comigo e os outros, e principalmente pelo nosso empate, ela via algo de místico nestas coincidências. Elza e Rosa estavam se abraçando e minha irmã mais velha feliz de ter ido bem, assim como os Tuks:

— Você continua melhor do que eu! – Disse o pai em um abraço amoroso.

— Bobagem, se você treinasse um pouco, seria imbatível, como nos torneios de Uca-Uca. – Respondeu a mãe com um beijo apaixonado.

Eles ainda disseram que Tuk lutava melhor que os dois, mas que agora será o melhor atirador que já existiu. De flechas ou machados, ele será grande, o filho deles não desistia jamais.

Nessa hora entendi o que era ser abençoado, a luta e o encontro com a diversão de sujar de lama e ser sujado pela população do locar era a benção, e ela se chamava alegria, um momento feliz que sempre será lembrado!

*****

Voltamos para Francisco à noite, e durante a viagem verificamos a presença de um grupo especial no barco em que estávamos. Eram os outros membros do conselho dos sábios humanistas e o futuro Conciliador. Eles estavam indo para as festividades do próximo dia:

A representante da cultura Árabe e Islã, a Juíza Shirin era uma mulher muito imponente, digna de representar a Justiça no Conselho, usava um tipo de véu no cabelo e roupas sóbrias. O interessante é que sua pele era da tonalidade da minha, expressão típica da sua origem. As características que mais a marcavam era sua cordialidade e disposição perante o debate.

O representante da cultura Hebraica Sobel Ginsburger era notável pelo amor pelo conhecimento e prazer em ensinar, e representava a Educação\Ciência de forma clara, era sua motivação, tinha um grande apreço pelas Ciências Humanas, especialmente a jurídica e a Phylosophy, mas era a Astronomia seu grande *hobby*. Tinha um cabelo claro e olhos da cor do mar, apesar disto, não tinha o comportamento da Classe A de nosso Bloco.

O último dos Quatro Humanistas era Anand Louis Saburo, de origem tipicamente asiática, era um dos herdeiros do budismo clássico e influenciador da raiz nipônica. Ele representa a Iluminação. Sua descendência era de Indianos e tibetanos, anteriores da 2ª Unificação, porém nascido nas Ilhas Nipônicas. Sua característica marcante era o sorriso, que não saia de seu rosto por nada. Um otimista de nascimento e criação, tinha os gestos sutis e graciosos as vezes femininos. Não era comum termos contato com alguém assim na América sem ser rebaixado de classe como a Rosa, mas percebi que para os Insulares, isto não tinha a menor importância. Vejo na prática os conceitos de igualdade, comunidade e justiça juntos neste caso, em que a iluminação somente poderia estar representada no todo de sua população. Por isto não penso em outra coisa a não ser a falta que o contato com outras culturas deixa nossa sociedade mais amargurada e violenta. A cultura insular é alegre e pacifista à primeira vista, o que faz me lembrar das histórias de serem o terror dos mares, piratas ou algo assim.

O escolhido para Conciliador, Madiba, também estava presente! Foi fácil perceber o porquê da sua escolha, pois estavam nele as melhores características descritas nos quatro! Acredito que os sábios viram nele um espelho do que queriam que o outros vissem de si mesmos, ele era um e todos ao mesmo tempo. Ficar na presença destes quatro e do Padre Julius era algo que me fazia sentir melhor, eles cheiravam esperança, vibravam harmonia e eram a materialização da Paz.

*****

Mediante a ingenuidade dos aprendizes e da população de Francisco, a missão de Hogni dada por Thrud era clara: "Nenhum perigo e ninguém suspeito deve chegar perto da cidade, nenhum risco é permitido!" Estas palavras faziam sentido neste momento que ele via o complexo conjunto de mercenários que se juntou rápida e silenciosamente de onde, neste momento, estava a observar. O grupo era tão bem treinado que, sequer chamou a atenção das tribos locais.

Diferente dos observadores anteriores, que foram facilmente neutralizados por não conter mais de cinco unidades. Este era mais complexo, formado por três subgrupos, um de infiltração com quatro espiões, um de artilharia pesada, que compreendia quatro artilheiros com dois morteiros que disparariam a distância para causar pânico, e um de assalto, formado por doze assassinos fortemente armados e um comando central composto por um comandante, um subcomandante e dois operadores de rádio, a sorte é que eram todos humanos. Estava na hora de agir.

Hogini era ágil, silencioso e praticamente indetectável! Antes de perceberem o ataque, metade da tropa estava neutralizada e quando os outros tomaram consciência do que estava ocorrendo começaram a atirar aleatoriamente acertando seus próprios colegas. Perto da missão cumprida, por sorte ou pela idade do elfo ter-lhe tornado lento ou prepotente demais, em um descuido foi alvejado pelo subcomandante. Foi um tiro de raspão na perna esquerda que momentaneamente o desequilibrou deixando-o perigosamente exposto. Quando olhou para arma que apontava para seu rosto e o pouco tempo de vida que ainda sobrava, Hogni sorriu.

— O que faz... – Antes de terminar a frase, o subcomandante foi atacado por três onças e, atrás dela uma pequena figura sentada em um cateto dizia:

— Pior que caçadores de animais, somente o de gente inocente e boa!

Parte deste trabalho estava finalizado, faltava agora limpar o local. A magia os antepassados que ainda residia nele permitia conversar com as árvores. Assim, elas abriam enormes buracos do tamanho de suas raízes onde os corpos e materiais eram descartados. Aos poucos eles se transformariam em seiva para que, ao contrário de sua existência, pudessem em vez de tirar a vida, nutri-la. Dessa forma pagariam seus pecados, ao apagar os atentados contra a própria Gaya.

*****

Chegando em Francisco, vimos pela primeira vez os quatro sábios juntos, era muito interessante ver a felicidade e simplicidade do encontro, nada de comitê de boas-vindas ou aglomerações, apenas um feliz Padre Julius com algumas crianças que traziam flores. Seus pais, como sempre acontecia na cidade, estavam lá para ajudar a carregar os pertences e materiais trazidos para o evento. Neste local não sobrava riqueza quando definimos por bens ou ouro, mas era para mim, o local mais rico que visitei.

Os cinco foram para um local reservado e, coube a nós descarregar o navio e levar os pertences para o alojamento destinado a eles. Por minha surpresa, era um lugar um pouco mais reservada do nosso, sem nenhum luxo ou favorecimento. Todos continuavam com os modos simples, iguais ao do Padre Julius.

Acabado o trabalho era a hora de dormir, se não fosse Epimeteu que novamente me chamou. Fomos em um local próximo e ele começou a conversar sobre como tinha parado as chuvas para festa, como o céu estava limpo agora. Na hora eu interrompi:

— Estamos aqui para cuidar deles, não é mesmo?

— Existem influências no mundo que levam os humanos a cometerem terríveis atrocidade, até mesmo para homens bons. -respondeu Epimeteu.

— Eles estão por aqui, não é mesmo? -Novamente comecei a indagar – Eles não, esta força ou sei lá o que? Hogni anda por aí atrás dela não é mesmo?

Após um longo suspiro, ele começou a responder:

— Você é um bom observador, até agora somente detectamos humanos influenciados por ela, nada mais que isto.

— Estes humanos, vieram para fazer mal a eles, não é mesmo? -Continuei apertando -Era para eu ficar assustado com tudo que acontece comigo? Você me coloca neste jogo que eu nem sei as regras e o meu papel nele. As vezes penso que tudo é minha imaginação!

— Sim eles querem o mal para eles, estão forçando uma guerra entre os blocos, esta é uma das forças que nos preocupa. – Ele pausou um pouco e recomeçou – Mas não fui eu que o coloquei neste jogo, meu querido Soel, o jogo acontece por sua causa, você é a peça que deu início. Olhe, eles acabaram a reunião...

— Meus amigos. – Começou o Padre Julius – Vocês conhecem o maior velho do mundo? E logicamente o meu jovem amigo Soel, o Protetor. Acredito que estão nos esperando, será uma boa companhia até os aposentos.

— Quem não conhece o Epimeteu? – Disse o Rabino Sobel – tenho certeza de que ele já foi em todas as nossas ilhas ao menos umas cinco vezes!

— Polinésia fui umas dez vezes Rabino, é o local que mais aprecio para descansar. E quando procuro um bom papo, gosto de ir a Cuba, o Sr. Fidel gosta de umas boas horas de conversa.

— O problema é ele deixar a gente falar. – Riu Anand -Mas confesso que escutar suas histórias sobre a amizade com o Chanceler Che, é delirante.

— Formam uma dupla sem igual, pena que é difícil encontrá-los juntos! Estão em atividades distintas. – Comentou a Sra. Shirin – a última vez que vi os dois juntos foi em Nova Jerusalém, em virtude da formação do parlamento superior das ilhas. Já fazem uns seis anos.

— Lembro-me disto! – Comentou Epimeteu – Eu apostei duas caixas de charuto que o primeiro-ministro seria da Groelândia, perdi feio.

A conversa continuou amigável pelo caminho, e quando me espanto, Madiba veio conversar comigo:

— Eu também me sinto um pouco deslocado com eles, e tenho receio de que tudo isso será grande demais, com certeza é um bom desafio!

Era interessante que sua afirmação parecia uma resposta ao que estava pensando em relação a conversa com Epimeteu, há pouco. Me atrevi a responder:

— Desculpe-me, Sr. Madiba, mas olhe para eles. Eu vejo pessoas que sabem muito bem o que estão fazendo. Por isso o escolheram.

— Muita gentileza a sua, esta é a resposta para sua indagação. Epimeteu também é um grande sábio...

Fiquei espantado com a conversa, e em como ele buscou que eu respondesse à própria pergunta que me angustiava. Será que foi de propósito? Como ele saberia? Minha cara de preocupado me denunciou? Não sei ao certo, apenas que vivenciei na prática o que havia sentido na embarcação, que Madiba era uma grande escolha para o Conselho!

Chegamos com Epimeteu contando que conheceu o avô de Anand, pois ele havia dito que não daria para tê-lo conhecido, a não ser que tivesse 150 anos. Quando o Padre respondeu que, pelas suas contas, o gigante teria uns 640 anos.

— Seiscentos e quarenta anos? Estou conservado então! – disse-lhes -Eu nasci há 10 mil anos ou mais...

Todos riram menos eu, pois achei que era verdade, principalmente a parte do "ou mais".

*****

Acordamos em um dia mágico, a cidade estava em festa, as ruas tomadas com o povo da cidade, nativos e insulares que iam aportando em bom número. Quase todas as casas haviam colocados mesas com vários tipos de quitutes, guloseimas, iguarias, doces e salgados para que as pessoas se servirem. Quando queríamos pagar, eles indicavam a praça mais próxima, ninguém aceitava receber. Ao chegarmos, no local indicado, havia várias urnas com os seguintes dizeres:

"Esta é uma festa do povo de Francisco que oferecemos para todos, somos uma comunidade pobre, mas afetuosa. Se puder e quiser contribuir com nossos gastos, deposite nesta ou outra de nossas urnas."

A conversa que se deu depois disso era o quanto deveríamos depositar. Acabamos decidindo depositar uma moeda de ouro que Epimeteu nos deu, era uma boa quantia. Se bem que, Dandara nos lembrou que eram dois dias de festa, então resolvemos depositar duas moedas de ouro cada um. Depois viemos a saber que Epimeteu pagou a parte de Elza, dos pais de Tuk, Simone, das Sras. Caliope e Thrud e até mesmo de Hogni. Disseram que ele depositou cinco moedas de ouro por pessoa e, quando os pais de Tuk tentara persuadi-lo a deixar que pagassem sua parte, ele respondeu:

— Não se preocupem, eu trouxe vocês para as festividades e estou pagando o conjunto, sendo assim, a cidade agradecerá se novos donativos sejam feitos. – Sorriu de forma simpática e permitiu que fizessem novos depósito.

Em cada ponto da cidade novidades nos eram apresentadas, várias danças típicas e manifestações da cultura local habitavam as esquinas e praças. Marujada, Mascarados, Camaleão, Maçarico, Desfeiteira, Marambiré, Dança do Siriá, Samba do Cacete, Retumbão, Jacundá, foram as que conseguimos participar e lembrar ao fim das festividades, mas foram inúmeras. A população da cidade sabia mesmo festejar!

Na hora do almoço, as pessoas se encontravam nas ruas. A população tirava mesas e cadeiras de suas casas e encostavam com as dos vizinhos e ofereciam lugares aos que ali estavam, não importava quem era. Como já estávamos ali há algum tempo, não recusávamos convites. Sentávamo-nos, pegávamos a comida nos locais que estavam depositadas, geralmente nas portas das casas, e comíamos juntos. Ao final ajudávamos a limpar o local para que a festa continuasse.

No almoço conheci uma pessoa diferente, com características que não existia em nossa cidade de origem. Ele possuía uma alegria que deveria ser inata, ingênua, apesar de ser mais velho que eu. Disseram que os médicos atribuíam que tinha um tipo de moléstia de nascimento, mas para os moradores de Francisco o que ele tinha era pureza demais e não moléstia.

Seu nome era Ravi, que significa sol. Percebi que, assim como o sol que sempre se abria, assim era seu sorriso. Ele era diferente não por ser menos habilidoso, pude constatar isto com o tempo que ficamos juntos, mas por ser irremediavelmente feliz. Aos poucos me fazia bem-estar ao seu lado.

Ravi passou a ser nosso guia e instrutor das danças onde passávamos. Simone, Rosa, Dandara e Elza passaram a ser suas parceiras de dança, queríamos que o tempo não passasse em nossa passagem por Francisco.

Ao cair do Sol, todos os olhares deram-se em direção à maloca que construímos. Nem todos caberiam lá dentro, mas os que ajudaram na construção tinham vaga garantida. Assim, conseguimos entrar facilmente e, Ravi entrou conosco.

A Cerimônia que comemorava o Sincretismo dos Insulares começou com a fala do Anfitrião, dando as boas-vindas, seguido pela apresentação de Madiba ao público, que foi particularmente carinhoso. O que vimos depois foi o Juramento do Conciliador que basicamente consistia em manter a união entre os membros do Conselho dos Sábios, respeito ao direito Universal da liberdade dos homens e busca da Paz. Por fim O Conciliador Madiba proferiu seu discurso:

"Defendo o ideal de uma sociedade livre e democrática onde as pessoas vivam em harmonia, com oportunidades iguais. É um ideal pelo qual desejo viver e atingir. Mas se for preciso, é um ideal pelo qual estou disposto a morrer".[1]

Depois de todo o Cerimonial encerrado, novamente os moradores organizaram as mesas e a refeição coletiva foi iniciada. Na maloca, as cadeiras e as mesas do entorno começaram a se organizar para fazer várias fileiras e construir um refeitório interno, todos compartilharam do trabalho comandado pelo Padre Julius. A comida que abasteceram as mesas veio de fora, assim como talheres, copos e pratos.

Tivemos muita conversa nessa hora, mas não vi nenhum de nossos amigos, a não ser a Sra. Caliope que não saiu do lado do Padre Julius na ocasião. Por um momento acreditei que algo perigoso estava acontecendo, até Simone me abraçar e beijar meu pescoço, aí a preocupação acabava. Não conseguimos ficar muito próximos na viagem, estávamos sempre atarefados, sob supervisão ou cansados demais. Sentia falta de um pouco de intimidade e, aparentemente, ela também.

Em determinada hora da festa, Mark e Abdias apareceram com um recipiente de bebida, já um pouco vazia. Parecia que eles tinham bebido um pouco, Abdias então disse:

— Olha que legal, achamos um lugar que distribui esta tal de Cauim, uma bebida gostosa.

[1] Trecho do Discurso real de Nelson Mandela proferido em 1 de fevereiro de 1990 ao sair da prisão.

— Gostosa e interessante -disse Tuk – é feita com mandioca ou milho mastigado, assim, a saliva ajuda na fermentação. Achei que os não nativos achavam o processo de feitura um tanto estranho!

Abdias e Mark demonstraram um certo arrependimento e um pouco de aversão pela história, até que o nosso amigo empolgado perguntou:

— Mas quem mastiga são homens ou mulheres?

— Abdias, geralmente mulheres! – Respondeu Tuk.

— Oba, então além de ficar feliz, posso sonhar em ter beijado alguém? – Disse tomando mais um bom gole da bebida.

Durante boa parte da noite passamos dançando, comendo alguma coisa, bebendo iguarias típicas, principalmente os sucos de taperebá, de caju, de abacaxi, de cupuaçu, de gabiroba e cajá. Algumas bebidas alcoólicas foram apreciadas por alguns de nós, Mark e Abdias, que tomaram escondidos.

Na volta para o acampamento, Elza acabou levando Abdias meio carregado, Rosa levou Mark e os outros acompanharam. Eu me separei do grupo com Simone para levar Ravi a sua casa, mas não sem antes levar um bom sermão de responsabilidade da minha irmã mais velha.

Fomos até a casa de Ravi e vimos seus pais esperando, não estavam preocupados, mas sabiam que ele precisava descansar para as festas de amanhã. Tentaram nos agradecer, porém dissemos que foi nosso guia e que, se não se importassem, pegaríamos ele amanhã novamente. Os pais consentiram, mas pediram para que almoçássemos juntos, então combinamos passar por lá no almoço.

Quando os outros entraram, Rosa e Mark ficaram um pouco para trás e, em determinado momento Mark disse que a verdadeira família dele éramos nós. Reforçou a vergonha que tinha de sua família e que esta cidade era o melhor lugar do mundo todo. Rosa então disse-lhe:

— Acho que você bebeu um pouco mais do que devia, não acha melhor dormir? Abdias já havia aprontado uma destas quando eu morava na casa de seus pais. Mas você, sempre foi tão esp...

Um beijo de Mark interrompeu a fala de Rosa! Ela retribuiu e os dois se uniram por um momento, mas que não durou. Rosa se afastou de Mark e disse-lhe:

— Vá para cama! Não podemos... você está bêbado!

Mark tentou protestar, mas Rosa sabia ser enfática. E assim ele foi deixando-a com a sensação de ter ido da alegria a tristeza profunda. Quando Soel e Simone chegaram ela se refez; enxugou as lágrimas e tentou sorrir. Os dois perceberam algo errado, mas Rosa colocou que a felicidade que este lugar trazia para ela seria o resultado da emoção que sentia. O argumento era plausível, e por isto os dois pararam de se preocupar e entraram juntos para o Alojamento.

*****

Em uma reunião fechada Éris conversa com o casal Fonos e Oizus. Também participavam Disnomia, Adikia, Aite e o General Hibris. Com toda raiva que uma criatura poderia ter ela urrou de raiva dizendo:

— Porque não tenho notícias das mortes em Francisco. Por que o Conciliador e os outros quatro ainda vivem?

— Eu mandei meus melhores homens para lá hoje, não sei o que aconteceu! – Lamentou o General.

— Sua incompetência me atormenta! Acredita em humanos para este trabalho?! Maldita seja sua credulidade! – disse Éris furiosa – Adikia prepare o documento para que o casal apresente o mais rápido possível; eu quero a melhor forma de piorar a situação política do bloco. Como os homens do lixo que o Hibris comanda não conseguem fazer nada, Aite leve a ruína para Francisco, e não volte se falhar. Sumam da minha frente!

Todos foram saindo, mas a senhora que comandava a reunião ainda falou:

— Você não Hibris, você fica...

Todos saíram menos o General. Aite foi para sua missão em Francisco e os ouros cumpririam as ordens burocráticas. Assim que passaram a porta se fechou. O que se ouviu daí foram gritos inumanos de dor e desespero.

*****

A manhã teve um pouco de chuvisco, daqueles que servem para aguar a terra e um pouco mais tarde, novamente estava como o dia anterior, ensolarado. A festa começou um pouco mais tarde que ontem, mas a animação foi a mesma e, conforme as normas, não circulava dinheiro além dos locais de doação. Neles, ninguém tocava até o final da celebração.

Acordamos dispostos a mais um dia de muita alegria, com exceção de Abdias que descobriu que álcool era acompanhado geralmente de ressaca. Rosa que estava quieta demais e Mark tentava ser invisível. Percebemos que havia algo errado, mas precisávamos não ser inconvenientes, principalmente devido à inexperiência que sabíamos que imperava em nosso meio. Sobretudo no que se desenhava em relação a um possível entrosamento entre Mark e Rosa, terrivelmente discriminada em nossa sociedade e por isto, incomum até mesmo para Elza.

Por fim Elza nos tirou da inatividade para o movimento. Ela lembrou que Ravi estava nos esperando e que viu água-de-coco em algumas barracas, santo remédio para ressaca. Desta feita, tudo foi se encaixando e as estranhezas foram se desfazendo. Em nossa caminhada, em algum tempo, percebi um leve tocar de mão entre Mark e Rosa como um pedido de desculpa e um aceno positivo que, não encerrava, mas deixava a questão mais leve.

Quando chegamos, Ravi veio correndo me abraçar e aproveitou para estender o cumprimento à Simone que estava de mãos dadas comigo. Os outros cumprimentaram os familiares e vizinhos. A mãe de Ravi vendo o estado de Abdias, foi correndo buscar um pouco de boldo em infusão, chá que preparava para dias de festas, e pediu para um de seus vizinhos trazer garapa e coco natural. Assim era a gente de Francisco e a cidade! Não demorou muito e a garota triste que conversava com Rosa apareceu do nada para dar-lhe um tostão de conversa ou, mesmo um ombro amigo.

Neste momento fiquei me perguntando se foi ao acaso ou era a cidade fazendo das suas, logo tive minha resposta quando do nada, o Sr. Jetsun apareceu ao lado de Mark. Quando me sentei à mesa, vi pela primeira vez que, ao contrário de Abdias, o Velho José estava sentado ao meu lado.

— A cidade tem um jeito estranho de concertar as coisas, né filho? – Ele disse.

— Acho que sim...– respondi.

— Quando a gente corre perigo, ela traz os *guardião pra nos protegê*. Foi assim quando as outras cidades antigas *desaparecêro*, mas esta não caiu. – Continuou dizendo – Mas a tristeza, está nem aqui é imune não! Se prepare garoto, pois a noite *num* vai *sê* feliz! *Vosmecê vai precisá vence trêis noite, seje forte que nóis depende d'ocê*!

Ao dizer isto ele colocou a mão na minha cabeça e começou a dizer algo em um idioma que me era ao mesmo tempo, conhecido e indecifrável. De forma gentil ele tirou a mão de minha cabeça, me fez um carinho e partiu. Pela primeira vez em toda esta história eu fiquei com medo, não do Velho José, pois vi outros seres muito mais assustadores. Mas por sua profecia! De alguma forma eu sabia tanto que era real, quanto que não poderia fazer nada para que ela deixasse de acontecer.

O almoço, por incrível que pareça, estava melhor que o de ontem. A festa e a alegria que percorreram a cidade, parece ter influenciado positivamente todos e tudo. Até mesmo a culinária estava compartilhando este efeito. Mesmo assim eu comi pouco, a fome tinha se ido. Simone percebeu minha repentina preocupação, e a partir daí passou a ser minha cuidadora, sem excessos, sem perguntas, ela foi me envolvendo e aos poucos o que me afligia estava longe. Afinal, ela, Ravi, Francisco e meus amigos estavam por lá.

*****

O último instante que o Conciliador e os sábios permaneceram em Francisco foi no almoço. Epimeteu, munido de informações de Hogni sobre algo poderoso que estava chegando, conseguiu convencê-los de que a primeira reunião do grupo deveria ser na Ilha de Marajó. Como era de se esperar, Padre Julius se opôs à ideia, mas acatou a decisão soberana do conselho. Epimeteu sabia que ele estaria furioso na volta, porém, a motivação dos ataques à cidade iria cessar sem os clérigos presentes.

*****

Hogni sabia que algo estava errado, e muito! A floresta estava estranha. Algo de ruim estava nela, tudo estava diferente! Árvores e os animais mais sensíveis, as aves e roedores estavam irrequietos, e os predadores mais agressivos. Era sinal que algo de ruim iria chegar ou pior, já estava ali. Ele se via no dilema, tentar rastrear e atacar a causa, ou avisar os outros e, principalmente proteger os garotos. Apesar de todo o seu ser clamar pelo combate, o correto foi deixar seu posto e avisar a Thrud.

*****

Na despedida do Conciliador e dos sábios, o inusitado foi a Sra. Caliope ter embarcado junto. Ela disse que iria inspirar o conselho com boas ideias e assim, partiram. Epimeteu ficou aliviado com a partida e, com a proteção extra de Caliope, estariam seguros por enquanto.

Hogni chegou a Thurd rapidamente, ela estava próxima a entrada da cidade verificando o fluxo de pessoas. Esta não era bem sua especialidade, mas se houvesse algo grande iria perceber. Quando eles conversaram, ela entendeu rapidamente o perigo do momento. Precisavam agir rapidamente. Se dividiram, ela iria até Epimeteu para alertá-lo e era para ele se direcionar aos garotos e protegê-los até sua chegada.

*****

Eu perdi minhas presas! – pensava Aite, ao ver a embarcação sair e perceber que, este não deveria ser o protocolo. Considerou que alguém deveria ser responsável por perceber e revelar sua presença. Estava espumando de raiva e medo, pois sabia que Éris seria muito severa com ele. Naturalmente, o certo a fazer no momento era descobrir o que havia acontecido e esperar o retorno do Padre para acabar com ele. Quem sabe assim, se der cabo de apenas um, aplacaria a ira de sua mãe.

*****

As danças estavam animadas como o dia anterior. Abdias já restaurado de sua ressaca, dançava freneticamente com uma das amigas de

Dandara e Simone. Tuk que apareceu com as pinturas cerimoniais de sua tribo beijava uma garota da cidade que estava sentada em seu colo na cadeira. Desde que nosso amigo retornou ao seu povo, estava incorporando novamente seu perfil de guerreiro orgulhoso, o contato com a sua origem o revigorou.

Dandara dançava com Ravi, Elza com várias crianças ao mesmo tempo, Rosa e Mark dançavam sozinhos. Gama estava em uma disputa de luta de braços com os amigos. Eu... bem, estava me agarrando com Simone um pouco para lá da festa. Estava com a mão dentro da blusa dela quando vieram nos chamar. Tive que "segurar muito a onda" para não passarmos vergonha. Hogni estava por lá:

— Precisamos ir para os alojamentos! – Disse.

Perguntamos se havia algum motivo especial, e ele comentou que iriamos ter uma espécie de reunião. Ainda faltava muito para terminar a festa, mas compromissos deveriam ser respeitados. Estamos ao entardecer e nos despedimos dos anfitriões, especialmente Ravi, que me fez prometer estar com ele nos próximos dias.

*****

Ao tentar saber o que havia acontecido nos dias anteriores, Aite procurou indícios na floresta sobre os acampamentos dos homens que foram enviados. Não havia nenhum rastro deles, foi como se não houvessem sido mandados para a missão. Apenas um traço havia sobrado, um pequeno resíduo de material, que era perceptível apenas para um demônio: o cheiro de sangue!

Até o perseguiu em direção a uma toca onde uma de três onças apresentavam o odor característico. Ao perceberem a presença dele as onças começaram a fugir, mas ele agarrou uma delas pela pele deixando o animal em pânico:

— Você matou um dos meus soldados, mas você é uma criatura burra, não caçaria sem ser comandado. Quem é seu mestre?

Dizendo isso, Aite quebrou uma das patas da onça provocando um imenso grito de dor que ecoou na floresta. Dessa forma, em pouco tempo a presença de seu protetor se apresentou:

— Então foi você o verme que atacou as missões!

Os olhos da caipora se encheram de horror pelo ser que mantinha uma onça machucada sobre seus pés e que agora preparava para atacá-lo...

*****

A noite caiu, e para os que estavam esperando a chegada de Epimeteu e da Sra. Thurd, estava melancólica e agonizante! Tornou-se assustadora quando escutaram o primeiro grito surgido da mata.

— O que está acontecendo, Hogni? Perguntei.

— Uma onça, ela foi atacada... – Respondeu claramente preocupado.

— Vamos ver o que está acontecendo, por favor. -Respondi com o temor das palavras do Velho José que vieram rapidamente a minha cabeça.

— Ainda não, precisamos esperar os outros, não posso deixar vocês sem proteção.

Um segundo grito, desta vez mais humano e por isto mesmo mais aterrorizante acaba de ser lançado da floresta. Agora eu sabia de quem era e, não deixaria sem resposta. Desesperadamente eu entrei na mata. Hogni imediatamente olhou para Elza que entendeu o recado e tentou colocar os outros para dentro.

Em sua tentativa, quase todos obedeceram, menos Simone, que aos berros tentava ir atrás de Soel, precisando ser contida por Elza e Dandara. Gama, Mark e Abdias seguiram para dentro com as garotas.

— Preciso de pernas – Disse Tuk ao ouvido de Rosa.

— Preciso de um guia. – Ela respondeu.

Quando os outros olharam viram uma cadeira de rodas vazia e os amigos desaparecidos.

Quando Gama e Mark decidiram ir atrás deles, Epimeteu e a Sra Thrud chegaram. Rapidamente eles souberam do ocorrido e a treinadora saiu correndo para a floresta enquanto Epimeteu ajudava os outros a se acalmarem, depois também entrou na floresta.

*****

Cheguei em um campo, com várias marcas de onça nas árvores mostrando que algumas delas residiam ali. Como eu sabia disto? Não tenho a mínima ideia, mas tinha certeza de que não estava errado. Assim como reparei que ali era o local dos gritos, tive minha primeira confirmação quando vi estendido diante de uma árvore um conhecido cateto, o mesmo que me pediu carinho, ele estava agonizando.

Cheguei até ele e o abracei, ele me reconheceu, lambeu meu rosto como se dissesse que estava feliz com minha chegada, e poucos segundos depois ele não estava mais lá! Fui à procura de seu mestre e encontrei uma onça com a pata quebrada lambendo o rosto de uma ensanguentada Cunhantã que já não mexia.

Corri na direção dela, quando algo muito rápido aconteceu. No mesmo tempo percebi que alguma coisa me espreitava, e estava prestes a me atacar. Neste momento duas espadas eram sacadas e Hogni saltava por cima de mim em direção ao atacante. Por algum tempo fiquei paralisado até ouvir um chiado de agonia da onça. Eu estava aterrorizado, mas tinha que fazer alguma coisa, então lembrei de Epimeteu no Zoológico e no jardim. Desta forma toquei a terra, pedindo proteção e harmonia a Gaya para fazer o que era preciso e, dotado de uma nova coragem, segui em frente. Consegui chegar perto da Caipora e, acalmar a onça que a protegia. Não sei se ela ainda vivia, estava muito ferida e fraca.

Rosa carregou Tuk pela mata até chegarem ao cateto morto deixado para trás, quando foram interpelados pela Sra. Thrud:

— Aqui está cheio da morte, não quero a de vocês no meio delas. Não dá para voltarem sozinhos, mas Soel corre grande perigo. Fiquem comigo, e protejam-se.

Quando eles chegaram se depararam com Soel chorando abraçado com uma pequena criatura de orelhas pontudas. Epimeteu, que não se sabe como chegou antes deles, estava cuidando da pata da onça ferida e Hogni apresentava marcas de batalha.

Thrud percebeu o que aconteceu rapidamente, colocou Tuk sentado ao lado de Epimeteu e perguntou:

— Quem foi?

— Aite, um dos filhos de Éris, um demônio que representa a ruina. – Respondeu Epimeteu.

— A ruína acabou de chegar! – Disse Thrud com os olhos soltando pequenos raios – Hogni, consegue rastreá-lo?

No momento da fala da Sra Thrud, um raio caiu e o trovão retumbou na floresta. Os dois saíram para a caçada. Nesta mesma hora, levantei-me com minha amiga no colo:

— Eu sei o que devo fazer!

— O que Soel? – Perguntou Epimeteu.

— Você sabe mais do que eu, meu velho mestre!

Sai pelo lado oposto dos caçadores, em direção a um lago que já visitei anteriormente. Rosa olhou para Tuk que perguntou a Epimeteu:

— Você sabe o que faz com esta onça?

— Eu a criei, logico que sei consertar! – Respondeu Epimeteu. – Onde está Rosa?

*****

Rosa foi atrás de Soel, correndo e tomando cuidado para não o perder de vista. O fato dele estar carregando o pequeno corpo dava um pouco de vantagem a ela, mas nunca pensou que ele seria tão ágil na mata. Sabia que sem o seguir estaria perdida! Quando chegaram à beira de um lago, ela se abaixou e viu o seu irmão por adoção tocar o chão de modo reverente e aguardar algo. Subitamente da imagem da lua refletida nas águas calmas do lago apareceu uma bela nativa que fitou os dois e aguardou que ele falasse:

— Jaci, deusa da lua, venho solicitar sua atenção! – Disse-lhe Soel. – Você me ofereceu um desejo. Na ocasião apresentei o desejo da cidade, do Padre Julius, por isso quero pedir humildemente que cure a minha amiga Caipora! Por favor, te suplico ajuda!

A mão de Jaci acaricio o rosto do garoto e afastou suas lágrimas, retirou gentilmente a Caipora de seus braços e disse ao mesmo tempo:

— Cuidarei de sua amiga, Afilhado, curá-la será difícil pois a ruína a atacou! Irei levá-la para minha casa e lá a manterei sem sofrimentos.

— Ela vai sobreviver? – Perguntei com grande tristeza.

— Não depende somente de mim, meu amado. A mata, a floresta têm sido amplamente atacada pelos homens, mutilada e desprezada. A Caipora é uma entidade da floresta em tempos antigos. Aite teria morrido de medo dela, mas hoje nós da floresta estamos mais fracos, definhando aos poucos. Se a floresta sobreviver; ela também irá, este é meu veredito!

— A floresta vai sobreviver! – Disse um corajoso Soel que saiu de minhas entranhas – Lutarei por isto, prometo!

Ao dizer isto, a deusa se moveu em direção ao lago e sumiu com a Caipora nos braços. Antes de virar o corpo por completo, nas sombras Soel ainda pode ver um pequeno Curumim, com os pés virados, assustado e chorando correr mata adentro. Ao terminar o meio giro, um abraço surpreendente ocorreu:

— Tudo isto é verdade? – Disse Rosa aos prantos. – Não enlouqueci, não é mesmo?

— Acho que ainda não, se bem que nem sei ao certo. – Respondei ainda triste.

— Você sabe voltar? Estou perdida.

— Sei sim Rosa, a Caipora me ensinou...

*****

Em um pequeno acampamento, Aite se preparava para voltar. Precisava relatar os fatos e a interferência que ocorreu e, acreditar que seria suficiente para que não fosse punido de forma tão severa. Porém, essa deveria ser a última de suas preocupações:

— Quer uma nova rodada? Apanhou pouco? – Disse Até olhando Hogni.

— Eu quero você para mim, demônio! – Disse a voz de uma deusa que se aportou a frente do batedor.

Ela apareceu com uma armadura que continha uma base prateada e vários detalhes em dourado. Empunhava uma espada pesada que carregava com uma única mão, seu corpo todo emitia faíscas elétricas, especialmente os olhos. Ao olhar para ela, Aite estremeceu e atacou rapidamente, encontrando a espada em seu caminho.

O corpo, agora dividido em duas partes, rapidamente se evaporou! O espírito sabia agora o que era para si a ruína que tanto provocou durante sua longa existência.

*****

Epimeteu chegou carregando em um braço, um preocupado Tuk e no outro uma onça com o pé ferido. Ao chegar Elza e Simone correram em sua direção:

— Onde estão Soel e Rosa? – Perguntaram ao mesmo tempo, sequer importando com uma onça nos braços do gigante.

Ele olhou bem para as duas e pediu calma. Seu olhar terno, por um momento acalmou as duas. Assim chamou Mark, Gama e Abdias e pediu que levassem Tuk para se limpar e o colocassem na cama. "O garoto passou da conta por hoje".

Colocou gentilmente a onça no chão e disse:

— Vamos esperar, eles vão voltar!

Sentou-se com o animal, que ao lado dele se assemelhava muito com um gato, tanto pelo comportamento quanto pela diferença de tamanho. Elza protestou dizendo que estava aflita por eles, Simone somente chorava.

— Tenha fé nos dois, eles voltarão bem, acreditem!

Os três se sentaram ao lado dele e da onça e, somente agora Elza perguntou:

— Ei! Este bicho não é perigoso?

Ao dizer isto, ela levantou a cabeça e fez um som de ronronado; eram Soel e Rosa retornando. Antes que pudessem chegar ou falar alguma coisa, estavam sendo abraçados e beijados por Simone e Elza. Ao longe ainda escutaram um resmungo de um cansado Epimeteu:

— Não disse que não era para se preocupar?

*****

Simone não quis dormir no alojamento feminino, dormiu na cama com Soel. Elza ficou com eles e Gama e Mark foram para o outro quarto. Todos dormiram rapidamente, estavam exaustos.

Quando Thrud e Hogni chegaram, Epimeteu ainda estava esperando. Ela disse apenas, *"você tinha razão!"* Não demorou muito tempo foram recuperar as forças descansando um pouco. Sabiam que o próximo dia seria de muita explicação.

*****

Mal raiou o dia, e o Padre Julius estava a porta, bravo com Epimeteu:

— Não posso ficar um dia fora que a minha cidade fica toda amedrontada, o que aconteceu? E o que essa onça faz na cidade? Ela está bem?

Epimeteu encontrou a dica, direcionou a conversa para a sua amiga felina, isto sempre dava certo com Julius, sempre que alguém ou algo sofria, ele se enchia de preocupação. Característica que o faz um dos notáveis. Quando se acalmou, a conversa séria começou:

— Houve muita coisa a noite, há perigo rondando meu amigo...

Eles conversaram durante algum tempo. Enquanto isto Thrud estava em reunião com os outros. Ela começou falar com um certo constrangimento:

— Ontem foi um dia muito estranho e... ouve um perigo real que circulou este local, não tenho muito o que dizer sobre isto... mas gostaria que continuássemos unidos, e na realidade precisamos disto...

Elza começou a se pronunciar ao reclamar do que aconteceu com seus parentes, e o risco que correram. Os pais de Tuk, que chegaram cedo, também protestaram. Soel não estava presente, pelo menos em pensamento. Sua mente se perdera lembrando o que aconteceu no dia anterior e a preocupação por Caipora. Pela primeira vez a Sra. Thrud aparentemente estava um pouco perdida. Era a hora de alguém agir:

-Merda! – Gritou Rosa – Sabemos que tem algo estranho acontecendo, eu e todos vocês sabem disto. Nossa vida realmente mudou e estamos em um jogo que não conhecemos... as regras vem a conta-gotas! Mas quer saber, estamos juntos e vivemos experiências que nunca pensamos ser possível, e eu confio em nossos treinadores. Em Epimeteu e na Sra. Thrud. Não sei o porquê, ou talvez saiba, pois a fé não se explica. Então eu tenho fé em vocês e gostaria que continuássemos unidos.

Rosa deu uma pausa para respirar e continuou:

— Sei que no momento certo tudo se ajeita. Não sei quando será, ou mesmo se serão reveladas as explicações que buscamos algum dia.

Mas eu quero continuar a escrita da minha saga pessoal, sem saber se serei a personagem principal ou coadjuvante, só sei que quero ficar com vocês!

O choro que saia direto do coração de Rosa era sentido. Nessa hora Mark, Abdias e Tuk começaram a aplaudir. Elza amparou a filha/irmã adotiva e agora não dava mais para ficar quieto, assim comecei minha tese:

— Ontem fiz uma promessa que iria proteger este local. Francisco, o entorno e a floresta representam a utopia que precisamos ter para continuarmos vivos e lutando por algo melhor. Eu realmente não conheço as regras, mas faço parte do jogo, e não vou abandonar quem me trouxe aqui, quem tem me guiado até este momento. Ele apresenta algo novo a cada dia, e assim como Rosa, se o que é necessário é um ato de fé, terão isto de mim!

Um a um todos disseram: "contem comigo!" Thrud, por incrível que possa parecer demonstrava estar, de certa forma emocionada. Aparentemente um efeito colateral de ficar tanto tempo no meio de humanos. Por isso finalizei:

— Então seremos todos um!

Todos estavam um pouco aliviados até Abdias fazer uma pergunta que, a emoção nos fez esquecer:

— Bem... somente lembrando, aquela onça que o Sr. Epimeteu colocou aqui no alojamento, não é perigosa?

— Eu por motivos óbvios tenho muito medo, – respondeu Tuk – mas depois de ontem meu caro, não sei o que pensar.

Foi somente ele dizer isto que a felina entrou no meio da reunião, mancando de uma perna e foi pedir meu colo. Perigo não apresentou nenhum, fora o susto em todos. Mas realmente um bicho de 80 Kg pedindo colo não é confortável, fora a língua áspera que parece uma lixa.

Padre Julius chegou segundos depois dela se acalmar com a pata ferida e a cabeça no meu colo. Ele perguntou se estávamos bem e se iriamos precisar de algo. Dissemos que não, estava tudo bem. Ele olhou a onça aninhando no meu colo e disse:

— Já estou vendo mais uma lenda sendo criada: A história da onça manca de Francisco! – e continuou -Só não deem um nome fofo para ela, do tipo Bolinha-de-pelo!

— Bolinha é um bom nome! – disseram Gama e Dandara juntos.

Enquanto concordávamos com o nome, o Padre Julius balançou a cabeça, resmungou e pensou "que não pedissem para ele batizá-la". Na região já viu de tudo, até enterro de cachorro e gato que descomia dinheiro, só faltava mesmo batismo de onça!

Assim, saiu para seus afazeres tendo certeza de que nada estava bem, mas tudo estava em ordem! Após a despedida, cheguei perto de Epimeteu e disse-lhe:

— Preciso voltar à floresta!

Ele respondeu me perguntando se eu estava louco, ao que respondi:

— Talvez sim, mas vou de qualquer jeito! Não vou deixar o corpo do cateto da Caipora abandonado!

Epimeteu argumentou que ele já deveria ter sido devorado, mas eu não me importei. Então a Sra. Thrud intercedeu:

— Vamos todos!

Ao sairmos Ravi apareceu, e antes que alguém falasse, disse que ele era um de nós, ao mesmo tempo que olhei para Hogni e pedi:

— Por favor, prometa-me que vai proteger o Ravi, mesmo que todos nós estejamos em perigo!

Ele olhou para Thrud que acenou afirmativamente com a cabeça:

— Esta será minha missão!

Olhei para Ravi que entendeu o que acontecia e prometeu se comportar. Então fomos. Bolinha, mesmo mancando, ia na frente e os outros a seguiam. Tuk era levado por seus pais em sua cadeira, que durante o dia era mais tranquila de usar. Ravi estava de cavalinho em Hogni, ambos se divertindo.

Chegamos perto do local dos acontecimentos, escutamos barulhos de rosnados e sons de alguns animais se estranhando. Olhei para Epimeteu, Rosa e Tuk, os outros e Bolinha. Nos adiantamos e Elza e Thrud iam se manifestar, mas o pai de Tuk disse:

— Precisamos ter fé, não foi o que discutimos? – E apertou fortemente a mão de sua esposa.

De longe observaram duas onças protegendo a carcaça de um cateto, enquanto alguns animais carniceiros, em maioria, tentavam roubar o corpo para um banquete. Bolinha abriu o caminho no meio deles, os três humanos iam atrás.

Tuk e Rosa cobriram o cateto, que agora chamavam carinhosamente de Luna, em referência ao dia anterior. Enquanto eu cavava um buraco para enterrá-lo, as onças em posição de alerta montavam guarda, e aos poucos os carniceiros se afastavam e iam embora.

Ao longe meus amigos olhavam. Alguns choravam, outros tinham os olhos marejados e, do nada, perceberam que Epimeteu sumiu. Ele estava a uma grande distância conversando com a sombra de um curumim. Todos tentavam ver do que se tratava, mas não conseguiam.

Terminada a cerimônia, pedi para a grande árvore em que Luna foi arremessada e que agora estava enterrada entre suas raízes, que reciclasse a vida dela e que se torne uma boa companhia enquanto seu corpo durar. Tuk fez reverências em forma de choro, e Rosa se despediu com um beijo lançado ao tumulo.

Fomos embora escoltados pelas três onças agora. Elas nos acompanharam até o fim da mata, e quando chegamos, elas voltaram para a floresta, inclusive Bolinha. Epimeteu, ao perceber meu espanto disse que ela já estava bem e que necessitaria de liberdade. Entendi o recado e fui até elas e dei um abraço de despedida em minha amiga. Por fim, disse-lhe ao seu ouvido:

— Está vendo aquele humano? Se chama Ravi. Quando eu for embora ele precisará de proteção, você deverá me substituir, por favor.

Ela olhou para o Ravi, marcou seu cheiro e retirou-se com a outras, sabia que estava tudo acertado entre nós. Epimeteu ainda disse que conversou com um amigo e que a mata nos tem em conta, além de manter a fé do retorno da parceira. Na hora percebi que ele conversou com o curumim de pés virados e, pela primeira vez tive esperança no retorno da Caipora.

Os dias que se sucederam foram de preparação para o torneio de luta persa que viria no décimo dia de nossa estadia. O interessante foi que, pelo menos para esse torneio Mark seria o capitão da equipe, pois assim como Gama e eu, começou pela luta persa e era o mais velho.

*****

O Evento de luta persa foi alocado na maloca que construímos para as festividades. O local ficou lotado, apesar do Padre Julius não gostar de lutas nem as de brincadeira. Como ele dizia, não se opunha, principalmente por serem lutas sem pancadarias.

As regras do evento foram estipuladas por equipes de dez, sendo dividida em cinco homens e cinco mulheres, sem lutas cruzadas e por eliminação tradicional. A primeira equipe que tiver um dos cinco, homem ou mulher, desclassificados é eliminado da disputa. Nossa equipe era composta por: 1 – Mark, 2 – Gama, 3 – Eu, 4 – Rosa, 5 – Abdias, definida por critérios de conhecimento da modalidade e a feminina, 1 – Mãe de Tuk; 2 – Dandara, 3 – Simone, 4 – Elza e 5 – Iracema completava a equipe, definida pelo desemprenho na luta Marajoara.

— Iracema? – Perguntei.

— Você não prestou mesmo atenção na equipe ultimamente! Ela á amiga de Dandara e Simone, e é quem estava com Abdias na festa. – respondeu Rosa – Ela é nativa e luta uca-uca, disse que ia completar a equipe com a gente.

Iniciaram no evento quatro equipes: a nossa, uma insular e duas da cidade; uma composta pelos nativos e outra pelos agricultores do entorno. Da cidade mesmo, as pessoas eram mais adeptas à dança do que às lutas, o que é muito compreensível para quem veio parar em Francisco pela exclusão do rótulo de ser da classe D.

Na primeira rodada pegamos os Agricultores de Francisco. Como o mando de jogo era deles, tinham a vantagem de escolherem se começariam pela ordem crescente ou decrescente. Desta feita, abriram com o seu número um.

A primeira luta foi entre o um deles, – um dos "pequenos" amigos de Gama – e Abdias. A luta foi muito boa, Abdias está se tornando o melhor de nossos estrategistas em combate, mas a força física do seu oponente definiu por duas vezes a luta, terminado em 2 rounds a 0. Em relação ao feminino, não é que a Iracema era boa nisso!? Ela conseguiu, apenas por instrução da mãe de Tuk, controlar bem a luta perdendo o primeiro round, mas se recuperando no segundo e vencendo o terceiro. O segundo lutador da equipe adversária era um pouco mais leve do que o primeiro, mas também aparentava ser muito forte. Final Rosa 2X0... pois é, ela sabe muito como lutar. Elza perdeu sua luta, se esforçou, mas não conseguiu superar a número dois deles.

Eu seria o próximo a lutar, o número três tinha um corpo mediano, semelhante ao meu e um pouco mais alto. Na luta minha cabeça estava pensando em tudo que passamos até aqui e, em pouco tempo ele fez um a zero.

— Olha para mim, você não está na luta – gritava Abdias – olhe para mim, você já viu que ele afasta a perna esquerda para entrar em golpe, aproveite.

Abdias tinha razão! Foi o que eu fiz, e quando ele afastou a perna girei o corpo usando uma rasteira aproveitando seu movimento. Consegui os pontos da queda e o imobilizei para levar os pontos do round.

— Olhe aqui, já está na luta, só se concentre! – Abdias novamente me instruiu e, deu certo.

Não esperei ele recuar a perna, usei o golpe de Tuk para pegar as suas costas e levá-lo ao chão, pontuei e segurei os pontos até o final do combate: 2 a 1.

Simone, Dandara, a Mãe de Tuk, Mark e Gama também passaram, conseguimos fazer 4 de cada time ir para segunda fase. Os Insulares fizeram 3 a 2 no masculino e no feminino, e ficaram os nativos de Francisco como nosso próximo adversário. Nessa rodada iriam para a luta Mark e Rosa por nossa equipe, definida pelas lutas terem sido as mais fáceis e, portanto, estavam mais descansados e Dandara e Simone. Mark, Rosa e Dandara ganharam novamente, Simone foi bem, mas era muito inexperiente ainda, final 1 a 2. Desclassificamos os nativos. Os insulares do outro lado também desclassificaram os agricultores.

Nossa equipe estava com quatro masculino e três feminino, a deles eram três nas duas. Reparei que a equipe era composta por bons lutadores, as de Francisco eram mais amadoras, formado por trabalhadores, o que não era a característica dos times insulares, tendo em vista que a maioria deles tinham traços asiáticos, de onde a luta se originou.

Ficou decidido que Rosa ficaria de fora para descansar esta rodada, eu iria pegar o número um deles, que não seria fácil. Começamos pelo nosso capitão lutando com o três dele. A luta foi pesadíssima:

— Olhe o pé direto dele, Mark, ele finta o ataque para passar a perna em gancho, aproveite! – Gritava um Eufórico Abdias. – Não faz isso, ele marcou esta passada, olhe para mim... confie...

As dicas de Abdias – e muita sorte – fizeram Mark vencer por 2 a 1! Ainda estávamos no páreo. A mãe de Tuk, venceu de forma quase tranquila, ela sabe lutar muito bem, mas já estava bem cansada, o que era de se esperar. O número dois deles não deu chance para Mark, e conseguiu neutralizar sua força com velocidade, fazendo 2 a 0. Danara teve dificuldades, mas venceu por 2 a 1. Já Iracema perdeu por 1 a 2 e foi muito festejada pela equipe.

O número um deles era muito superior ao que eu podia supor: era mais forte, rápido e técnico que eu... não me deu chance, e perdi por 2 a 0. Fiquei muito chateado. "Você ainda tem quinze anos, lutou como um veterano outra modalidade diferente da que treina! Fique satisfeito com você, quando tiver a idade de Rosa e Mark, terá as responsabilidades deles de conduzir a equipe também", me consolava e alertava a Sra. Thrud.

O próximo round, como foi estipulado, seria por melhor de cinco, o que levou a nossos técnicos impedirem que a mãe de Tuk continuasse, e assim evitariam riscos desnecessários. Dandara seria a chave de nossa equipe feminina.

Na luta de Mark com o número dois deles, foi de um primeiro round muito estudado e declarado empate. O segundo manteve o ritmo do primeiro e faltando pouco tempo:

— Ataque agora a perna direita com a mão oposta – Gritou Abdias.

Novamente ele acertou, e assim permitiu o 2 a 0 de Mark pelo acúmulo do primeiro round empatado. O que se viu depois disto foi um lutador insular mudar toda a estratégia, e atacar Mark de várias formas, conseguindo empatar a disputa em 2 a 2. O round final durou mais de cinco minutos e um exausto Mark acabou sendo derrotado.

A luta de Dandara foi semelhante e mais dramática. Nos dois primeiros rounds, Dandara perdeu por não dominar a luta de chão. No terceiro round:

— Dandara, pense como glima agora, derrube e fique de pé, velocidade garota, vamos... – gritava um enlouquecido Abdias.

A estratégia novamente deu certo! Dandara empatou em 2 a 2, e no round final também demorou mais de cinco minutos, mas uma nova dica de Abdias surtiu efeito e, com uma rasteira da glima técnica, ela venceu.

Se Rosa vencesse, teríamos mais uma fase, mas a luta era com o número um dos insulares e em uma modalidade diferente do que ela treina. Rosa começou bem fazendo 1 a 0, usou muita esperteza e velocidade. No segundo round seu adversário passou a neutralizar sua velocidade pelo uso da pegada nas roupas de forma mais efetiva, o que deixou ela perdida. A restrição de movimentação foi fatal e ele venceu por 1 a 3.

Rosa não era muito adepta a derrota, mas nossa técnica foi muito precisa em dizer que era um festival com equipes que gostavam de lutar e a função foi realmente de ajuste para o ano. Ela dizia "não levem muito a sério a derrota, mas os pontos positivos. Dandara foi muito bem, Abdias que não ganhou as lutas, foi o que mais levou seus parceiros de equipes a vitória e foi o primeiro evento como equipe, precisamos comemorar!"

Nos próximos dias foram divididos entre o lazer e desmontar a maloca, ajudar a levar o material do desmonte para acertar novas moradia e locais de armazenamento de grãos na região agrícola. Um trabalho enorme, mas tratando-se de Francisco, divertido e preciso, E como diriam nossos treinadores, parte da preparação física de início de temporada.

*****

Depois de tudo que passamos, os últimos dias de nossa estadia foram tranquilos, repletos de conversas com nossos amigos de almoço, trabalho, brincadeiras com Ravi, e namoros. A novidade foi Abdias ter beijado Iracema, e por fim, iniciamos a preparação para nosso retorno depois do evento nas tribos.

— Você não precisa ser triste, minha querida, nem sempre somos como queremos ser, as vezes a natureza nos faz únicos. Se você souber que isto nos dá liberdade de ser apenas o que esperamos de nós. Ao passo que escolher ser padronizada, é ser escravo de quem dita o padrão. Olhe Rosa, no primeiro caso a escolha sempre é sua, escolher errado faz parte e gera aprendizado, portanto não tirará seu direito. Já no segundo caso, o padrão te molda, alguns diriam que assim não se erra, pois a decisão não é sua. Eu digo que desta forma não se escolhe, não há liberdade. Só há liberdade fora da padronização, mas isto não significa que te livra da dor, pois sua dor também faz parte de sua identidade.

Rosa abraçou o amigo que fez nas horas do almoço. Dentre todos os seus amigos ele era o que mais conhecia sua alma, então ela disse-lhe:

— Conversar com você me fará falta, não vou conseguir me despedir da outra que me fez companhia, mas acho que você pode se despedir, não é Acutipupu?

— Há muito tempo não me chamam por este nome! Ela já sabe de seu apreço e sua despedida. Seja feliz Rosa! Ame-se, pois somos únicos, feitos para sermos notados!

O beijo dos dois foi suave e carinhoso, assim finalizou a despedida.

*****

A véspera da luta foi mais uma das particularidades que a viagem nos trouxe. Os rituais preparatórios para a participação foram tão interessantes como a luta em si. Alguns dos participantes começaram a se preparar meses antes, mas coube a nós apenas a véspera; os homens e as mulheres foram separados.

O ritual era de purificação, ficávamos em jejum e sem dormir até o combate. Durante o período, eram aplicadas sangrias por raspar a pele, principalmente dos braços, com um instrumento feito com dentes de peixe-cachorra, posteriormente davam-se banhos de ervas. Tudo repetido várias vezes durante o rito. Infusão e chás também eram bebidos e às vezes provocavam reações como vômitos! Como dito, o ritual era de purificação. Durante a noite toda ele era feito, e geralmente os pais comandavam. Em nosso caso, Tuk se encarregou de nos apadrinhar, sendo que ele, seu pai e alguns parentes nos serviram de substitutos. A mãe de Tuk organizou as garotas.

Quando estava chegando o momento, fomos vestidos com trajes típicos, e adornados com uma pintura corporal típica para guerreiros. Rosa ficou com os homens, mas Tuk ficou com ela em um local mais reservado. Como sempre ela tinha que se privar, ou participar de atividades não próprias a sua identidade, mas naquele local, principalmente depois da conversa no almoço, Rosa era o guerreiro incorporando sua luta sem perder sua feminilidade; pelo menos naquela aldeia, seria lembrada em suas histórias.

As lutas aconteciam em um círculo formado pelos lutadores. Em duplas, entravam no centro e os combates aconteciam. Uma das formas de ganhar era tocar as coxas do oponente, tarefa nem sempre fácil e que geralmente resultava em uma espécie de clinche. Com os lutadores agarrados, ganha quem derrubar ou obrigar o adversário tocar partes do corpo, além das solas dos pés, no chão. Se houver separação, é decretado o empate.

Fomos fazendo várias lutas, sem muito critério de decidir os vitoriosos. Novamente o gosto pela participação tanto nas lutas, como no ritual de preparação excedia em muito as vitórias! Todos ganhavam, perdiam e empatavam. Gama, Mark, Abdias, Rosa e eu nos tornamos realmente guerreiros nesta hora. Por isso era o nosso último evento, pois não se tratava de uma disputa esportiva, mas sim de um ritual de iniciação. Nossos braços inchados pelas sangrias e banhos agressivos pulsavam vida, esta aldeia tinha nos transformado, assim como Francisco! A partir daqui nada será como antes.

Ao derrubar meu terceiro adversário, percebi que os devaneios de minha mente agora se sintonizavam mais com o combate. Sempre que estava lutando tinha a perspectiva de estar "olhando de fora", como se estivesse vendo meu corpo lutar e tentando comandá-lo por ordens! Mas no Uca-Uca eu estava ali, inteiramente no combate. Não ganhei todas as lutas que fiz; vários guerreiros me superaram, mas eu também me superei. Esta foi a primeira vez que internamente eu soube que me escolheram certo, eu ia lutar nos Jogos Unificadores.

Terminados os combates, estávamos exaustos, famintos e um pouco doloridos. Eu e Rosa fomos procurar as garotas, e os outros foram lavar os braços e retirar as pinturas. No caminho encontramos Dandara e Simone. Apesar das pinturas e roupas típicas, elas estavam nuas! Os seios nus e... Rosa me puxou de lado pedindo licença.

— Não se atreva a ser indelicado! Estamos em uma tribo, e elas estão vestidas como guerreiras, assim como eu. Não encare seus corpos, nem seja antinatural. Pode elogiá-las, mas não babe. Sei que não é o Abdias, mas elas são muito belas e é difícil lidar com corpo e sexualidade em nossa criação.

— Vou tentar, obrigado! – Respondi.

Voltamos e as duas estavam felizes pelo resultado e já estavam colocando as camisetas. Dandara ao nos ver de novo disse:

— Gostaram de lutar? Eu, Simone e Iracema fomos muito bem! O ritual então... nossa que coisa forte!

— Se foi igual ao nosso, foi bem pesado mesmo! Vocês estão bem? -Respondeu Rosa.

— No começo ficamos preocupadas, principalmente com os trajes, mas fomos nos acostumando, quando vimos vocês, nem lembramos que estávamos quase sem roupa. – Disse Simone terminando de se vestir.

— Vocês estavam muito bem, eram perfeitas guerreiras. Não estão com fome? Estou faminto! – Disse entrando na conversa.

— Ficamos de buscar a Elza, ela resolveu não lutar e ficar com as crianças no riacho. Ela disse que pela sua idade, já tinha feito muito!

Com a informação dada por Dandara, fomos até o riacho e encontramos, agora minha irmã mais velha, nua com as crianças da aldeia e outras mães se banhando. Na hora fiquei novamente constrangido. Mas estava de certa forma sendo incoerente com os ensinamentos que tive até o momento. Sempre me escondendo da natureza, sempre com concreto, asfalto e roupas. Nesta hora pensei em como ainda tenho barreiras para chegar realmente ao coração de Gaya.

— Oi, a água está uma delícia! Não querem entrar? – Gritou Elza.

Acabei aceitando o convite, tirei a pouca roupa que usava e mergulhei, afinal precisava tirar a tintura e fazer meus braços pararem de queimar. Dandara e Simone também entraram Rosa ficou sentada na areia e, apesar dos convites, sorriu e se recusou.

— É difícil ser você nestas condições, não é mesmo? – Disse Mark que acabara de chegar com Gama, que já estava na água.

— Quando eu me olho nua, vejo coisas em meu corpo que faltam e outras que sobram... eu não quero ter algo que não é meu entre minhas pernas. Eu não quero vê-lo, nem os outros. Eu não sou isto! – Disse Rosa chorando.

Mark não disse nada. Abraçou-a e ficou ao seu lado. Ele sabia o que ela dizia, pois a via como mulher e não a imaginava de outra forma. Ele não sentia atração por homens, sentia atração apenas por mulheres, e isso para ele era suficiente para entender o que Rosa era. Ele queria ficar junto, mas não como um casal que causa abominação na sociedade que vivem, queria apenas que os olhassem da mesma forma como os seus olhos os veem.

*****

Almoçamos na aldeia e depois voltamos para a cidade, Tuk e seus pais despediram-se dos parentes e prometeram voltar o mais rápido possível. Nessa hora eu e muitos amigos queríamos mesmo era ficar, apesar de sentirmos saudades de casa! Fomos para a cidade, mas antes passamos por alguns lugares para fazer algumas compras para levarmos para Palmares. Ainda tínhamos boa parte das moedas que Epimeteu nos deu e, como ele mesmo disse, deveríamos deixá-las em Francisco. Basicamente formos a três lugares, um com alimentos oriundos dos agricultores, onde os doces de cupuaçu foram os mais procurados. Depois visitamos as lojas com roupas típicas e de artesanato nativo.

Uma casa um tanto quanto abandonada me chamou a atenção, era algo um pouco místico e que tinha um apelo diferente das outras. Resolvi entrar ao aproveitar que Simone via roupas. O local cheirava folhas queimadas; o cheiro era muito forte, e tinha velas e figuras espalhadas por todo lado. Uma me chamou a atenção, era do Santo cultuado em Marajó, Bastião. Uma mão grande tocou minhas costas e falou que o Padre Julius gostaria de recebê-lo como presente, pois ele tem apreço pelos santos. Gostei da dica e resolvi levar o presente. No local também tinha muito fumo de corda, para agradar Curupira, Saci e Mantida Pereira, pensei que deveria ter passado nesta loja antes.

Encontrei um apito que dizia chamar onça. Eu duvidei um pouco, mas o objeto me interessou, principalmente por causa da Bolinha. Mesmo com dúvidas pensei em um ato de fé. O apito feito com um tipo de bambu poderia ser gravado, assim pedi para colocar o nome dela.

Quando fui pagar para ir embora, o vendedor que somente apareceu naquela hora, perguntou se eu não queria mais nada. Ele era um tipo um pouco estranho, parecia pouco confiável e solitário; não era apto a amizades pois falava pouco. Olhei umas garrafas sobre uma mesa:

— Quer levar um Saci? – Ofereceu – Eu mesmo cacei! Te dá direito a um pedido...

— Conheço a história, acho que não me interesso. -Respondi.

— Somente uma moeda de prata, e pode pedir um saco de ouro. – Ele insistiu.

Olhei novamente, e dentre as dezenas de garrafas que compunham o local, dentro do balcão em um suporte um pouco elevado, percebi uma em que realmente parecia haver algo dentro.

— Tudo bem então, eu quero aquela! – Apontei a garrafa do balcão.

— Aquela não está à venda! Foi meu avô quem caçou... tem valor sentimental!

— Te dou uma moeda de ouro! – Tentei negociar.

— Nem por cem moedas venderia!

— Lógico que venderia, um velho avarento como você – Se meteu Epimeteu – O garoto vai te dar duas moedas de ouro e vai ficar feliz por isso.

— Eu posso diminuir um pouco, mas não posso baixar de 50 moedas.

Epimeteu riu e negociou rindo:

— Cinquenta moedas... é dez vezes mais o que pediria de recompensa a um Saci, se ele existisse mesmo. Com estas dezenas de garrafas que você tem, ainda estão neste local é porque o pedido não dá certo. Olhe o garoto te dará, junto com sua compra, as cinco moedas que ainda têm, e se recusar vou convencê-lo a ir embora.

O vendedor pensou, coçou a cabeça e falou:

— Vou receber a maldição de meu avô por causa disto, mas fui com a cara do garoto. Aceito a proposta!

*****

Saímos do pequeno comércio e fomos em direção aos outros, mas pedi licença para Epimeteu, pois precisava fazer uma coisa antes.

— Tem certeza de que deve soltá-lo? Sabe que pode significar algo de ruim.

— Tenho que tentar, ele está preso há muito tempo! – Respondi.

— Quer que eu te acompanhe?

— Pode deixar, dou um jeito. – E saí levando a garrafa comigo.

Em um local um pouco afastado, sem qualquer bambuzal por perto, abri a garrafa. Na mesma hora o pequeno Saci apareceu na minha frente, seu tamanho era entre meu joelho e minha coxa, e estava tudo lá: o gorro vermelho, o cachimbo rústico, somente uma perna e, embora ainda tivesse o rosto de endiabrado, a tristeza de ficar décadas preso era mais evidente.

— Por que fez isto, sem desejo? Sabe que posso te amaldiçoar, te atormentar por toda a vida?

— Achei que não, não tenho um desejo além de te ver livre. -Respondi.

— Por quê? Não tem medo de mim? – Insistiu o Saci, mais curioso do que ameaçador.

— Talvez tenha medo, mas tive fé de que um ser da terra que ficou dezenas de anos preso, iria pouco se importar com quem o soltou. Apenas a felicidade de conquistar novamente a liberdade seria o suficiente para evitar maldades. Mas sei o risco e estava disposto a correr e a pagar o preço. – Argumentei aproveitando a dúvida.

— Não estou com vontade de te aporrinhar agora... mas você é estranho, vou estudar o que fazer! – Ainda confuso o Saci ficou mais amistoso e aproveitei.

— Este apito chama onça mesmo?

Ele estudou o apito, pegou seu cachimbo, bateu com as costas dele no apito e disse:

— Agora chama!

-A Bolinha?

— É o que está escrito, não?

— Posso confiar?

— Sou travesso, gosto de enganar... e um peste, mas não mentiroso! – respondeu ficando um pouco irritado. – Tem fumo?

— Não, mas na casa que você veio tem bastante! Cuidado para não ser pego de novo...

O Saci sumiu. Não aprontou nada comigo, ainda, mas fiquei aliviado e fui me encontrar com os outros. Novamente estava feliz de ver uma das criaturas encantadas da floresta solta e, principalmente, de ter saído sem danos deste encontro.

Voltamos para Francisco e alguns membros da cidade, com organização do Padre Julius prepararam um jantar de despedidas. Preparado com bons pratos que seriam consumidos nas festas e escolhidos pela preferência que nós demonstramos ter. O açaí, por exemplo, não faltou. Desta vez, ao invés do Padre, quem ficou ao meu lado foi Ravi. Aproveitei e coloquei meu presente em seu pescoço:

— Quando você tiver em perigo, mas perigo de verdade, use o apito! Ele vai chamar a Bolinha para te socorrer, "tá" bom? Este é o meu presente para quando estiver fora e não conseguir voltar. Com este apito sei que estará seguro.

Desde o encontro com Jaci e a Caipora, tenho a impressão de que Francisco corria risco, afinal era por isto que estávamos ali, tanto para nossa iniciação como guerreiros, como para que Hogni, Sra. Thrud, Caliope e Epimeteu protegessem a cidade. Por isso não queria abandonar Ravi sem saber se ele estaria bem.

— *Respeite a si mesmo! Respeite aos outros! Responsabilidade sempre!* – Assim falou Tenzin na despedida que teve com Mark.

As amigas de Simone e Dandara, as crianças e Elza competiam para saber quem chorava mais, e quem sentiria mais a falta dos outros. Iracema esqueceu momentaneamente Abdias para chorar com elas. O Velho José apareceu novamente do nada e disse para o amigo:

— Liga não, c'êis vorta!

*****

No dia seguinte, um renovado Padre Julius estava nos esperando para se despedir. Era bem cedo, e no momento aproveitei e dei seu presente. De cara ele gostou e confidenciou que tinha várias imagens de bastião, mas não como aquela! Era novidade:

— Você tem um longo caminho pela frente, cuidado e se lembre de suas promessas... paz e coragem!

Assim ele se despediu de mim e nos despedimos de Francisco. Na viagem de barco até o aeroporto, nenhum pio, nenhuma conversa, apenas um tanto de choro e saudades!

Capítulo X

A segunda noite

Estávamos voltando para Palmares, na fase aérea de nossa vigem. Todos dormiam, exaustos pelas atividades e com muitas saudades da utopia de Francisco. Talvez agora esteja mais claro sobre os motivos de termos leis de restrições culturais: não dá para não invejar aquela sociedade!

Em determinado momento, a Sra. Thrud sentou-se ao meu lado e começou a falar:

— Durante a viagem você aprendeu muito sobre si mesmo e sobre nós, mas ainda há muito que precisa saber, porém isso não será tudo de uma vez. Cada dia que passará, você ficará um pouco mais maduro e integrado sobre o que está em sua volta. Penso que tem se comportado bem, assimilando e caminhando. Não sei se será assim até o final, mas aposto que sim, e hoje saberá um pouco mais sobre quem você é.

Não sei se estava preparado para isto, se era o momento em que eu esperava ter esta conversa, mas acho que no céu, entre as nuvens a Sra Thrud se sentia mais à vontade. Então continuou:

— Você já conheceu sua madrinha Afrodite, ela fez parte de seu caminho até aqui. Desta forma a benção dela permitiu coisas impossíveis para um ser humano, como acalmar as feras e até mesmo criaturas mágicas. Você sabe disso, e já percebeu o que ocorre. Mas você não foi abençoado apenas por ela: é somente metade da sua história. Você tem um padrinho!

Fiquei quieto pois o que ela falou veio de encontro com o que eu pensava, só que atribuía a Gaya o fato da natureza me dar uma vantagem, afinal uma onça fez amizade comigo. Então continuei escutando com atenção redobrada:

— Afrodite, como você sabe, é a deusa do amor, mas outro deus também te abençoou de forma semelhante. Ele era Baldur de Asgard, o belo deus da bondade para os Nórdicos, filho do Pai Odin e Frigga. Ele não está no politeísmo de seu Bloco e por isto não seria adequado te revelar antes, mas agora você já está imerso em outras culturas, e devido a isso não faz mais diferença.

— Baldur, bondade e Afrodite amor... de certa forma se complementam? – perguntei.

— Em você talvez, mas eles são deuses de cultura e origem diferentes. Caberá a você equacionar esta relação. Não posso dizer ao certo sobre o resultado em você, mas sei da relação que teve com o mundo místico. Você não mudou corporalmente, é bem humano, e por isto ainda estamos treinando, pois seria injusto se competisse em vantagem. Mas uma coisa pode ter certeza: além das criaturas gostarem de você, Frigga a mãe de Baldur, fez com que todos os elementos prometessem não ferir seu filho. Não sei se o seu padrinho transferiu este dom para você, integral ou parcialmente, mas sei que também foi uma das causas da redução da agressividade dos animais e criaturas em relação a você. Não foi efeito de apenas uma madrinha, mas dos dois!

*****

Quando finamente chagamos em casa muitos nos esperavam. Quase todos os pais de nossos amigos estavam à nossa espera, e sabiam que a primeira parada seria ali. Houve vários cumprimentos e reações de saudades, distribuição de presentes e muita alegria. Por mais que a experiência de Francisco tenha sido maravilhosa, voltar para casa também era bom demais!

Tudo ocorria muito bem, quando meu pai chamou a todos para verem um pronunciamento ao vivo pela rede de comunicação. Eram o primeiro-ministro Bob Fonos e sua esposa e Cris Oizus e, ao fundo Epimeteu conheceu Adikia, como assessora do casal. Então o relato começou:

— *"Meus queridos patriotas deste Bloco abençoado pelos deuses, agradeço imensamente o apoio total e irrestrito de vocês. O nosso partido retornou para esta sociedade com os seus ensaios de desenvolvimento e lisura, tudo amparado pelos deuses que depositamos nossas vidas. Este governo será guiado por eles e terá neles seu apoio, tanto negado pelos nossos antecessores. Temos a obrigação de anunciar as duas novas resoluções legislativas que nos foram aprovadas neste momento. Resoluções que ampliam as Leis de Controle Cultural, única base de defesa de nossa sociedade de bem contra a degeneração. Não podemos mais aturar o que sempre foi feito, ferir aos deuses e roubar os homens, típico das atitudes de quem não respeita a ordenação dada por Zeus. Ordem esta que sempre tem a Classe A como legitimo dignitário, e por isto cabe somente a ela a proteção do que é ético perante a vontade dos atos de Zeus, a quem não cabe ao homem contestar. Por isso, o homem erra, erra em colocar no poder homens que traem esta aliança, coisa que felizmente não acontecerá mais!"*

— O que ele quer dizer com isto? – Perguntou meu pai.

— Vocês serão colocados em regime de exclusão, maior ainda do que havia antes. Estão excluindo mais direitos! – Respondeu Epimeteu enquanto, atônicos continuavam a escutar o discurso.

— *"A primeira decisão foi revogar todo engodo que os insulares fizeram com nossos antepassados. Roubaram nossa terra de direito divino para não assassinar nosso povo que veio proclamar esta terra para nossos deuses. Aqueles homens, que historiadores malditos colocaram como heróis, o que realmente fizeram foi extorquir e roubar as riquezas da América. Ainda hoje conspiram contra nós, os amaldiçoados sem deuses, os predadores de nosso passado, os Insulares. Sabemos que ainda hoje eles nos espionam e nos roubam, principalmente por acordos que obrigaram nossos antepassados assinarem e, de forma ingênua, nossos antecessores aceitaram. O Partido Reformista reformou esta aberração que nos assola, o crime que cometeram em nosso passado? Sabemos a resposta e todos a deram agora nas urnas, e nós e nosso partido escutaremos o seu clamor!*

Nós do Partido Classicista, sob os olhos de Zeus, revogamos todos os direitos dos Insulares de permanecer em nosso amado Bloco, nenhum acordo pode ser mantido quando foi feito levando a ingenuidade e a boa-fé de nossos antepassados em relação a um povo que tem a única meta de querer nos amaldiçoar. Aqueles a quem Zeus não é o senhor da cosmologia e por isso, fomos violentados, mas agora chega! O Olimpo irá se orgulhar novamente deste Bloco, nenhum insular será mais bem-vindo!"

— Precisamos... – comecei, mas Epimeteu me interrompeu.

— Espere, tem mais...

— *"O outro heroico ato que este governo terá é diminuir a discriminação que a Classe C vem sofrendo em virtude da política desastrosa do Partido Reformista, e assim perguntamos novamente, que reforma estes fizeram no poder? Além de enriquecerem à custa do suor do trabalho árduo da classe C? Desta forma, a segunda preocupação que tivemos é sobre os direitos daqueles que se autoproclamaram Classe B, como sendo puros, mas o que realmente eles são? Se os deuses deles são sua imagem, quem manda neste Bloco é Zeus, e Zeus é mais poderoso e tem o direito de não reconhecer nenhum desses pretensos deuses, nativos desta terra ou de Banto como esta classe reivindica originar a sua imagem. Zeus venceu e humilhou seus deuses e eles vieram para nossa sociedade reivindicar o que? Pureza? Pureza de quem? Só existe Zeus e os olimpianos nesta terra, o resto é heresia. Por isto, povo de nosso Bloco, você que é da classe C, pensem para que serve ter a Classe B? Penso que chegaram à conclusão de apenas duas coisas: acolherem benefícios que roubam de seus impostos e mantem vocês na pobreza ou até mesmo na miséria, enquanto eles gastam o suor de seu trabalho e, foram eles que transformaram vocês em mestiços. Seriamos todos Classe A, pois os Homens de bem deste bloco não reduziriam sua honra para produzir mestiços. É a sedução e a canalhice, ou mesmo estupros efetuados pelos homens da Classe B que degeneraram nossas mulheres, que infelizmente dividiram seu espírito e diminuíram em vocês a pureza de nossos deuses. Eles te fizeram mestiços! Não podemos mais tolerar esta violência em nosso Bloco, olhe o que fizeram com vocês!*

E, é por isto que foi decretado hoje o fim dos direitos que diferem a classe B da Classe C, incluindo direitos equivocados de filiação a partidos políticos e ao voto, regalias diplomáticas e de liberdade de culto e cultura. Assim igualamos as diferenças e o mal que ferem nossa sociedade. Fizemos nossa parte já em nosso primeiro mês de mandato, façam agora a de vocês! Estamos com nossa América e com Zeus no poder!"

— Eles não só tiraram o poder da Classe B – disse o pai de Abdias – eles ampliaram ainda mais o da Classe A!

— Tornou a Classe A a única livre para comandar! – Disse meu Pai e lamentou profundamente – Transformaram a minha mãe em uma degenerada e a história de meu pai em sedução e estupro!

— Que horror! – Comentou Elza.

— Estamos em perigo! – Desse Ojé – Em pouco tempo seremos perseguidos.

— Quando resolverem os problemas com os Insulares, certamente sobrará a perseguição da Classe B – Completou Epimeteu – Precisamos proteger Francisco!

Chocados todos saíram para suas casas, minha família foi junto para consolar nossos amigos da Classe B. Epimeteu e os outros prepararam a contraofensiva para proteger Francisco. Todos os imortais próximos a eles iriam à cidade imediatamente, e precisavam ser rápidos para retornarem ao cotidiano de treino. Desta vez usariam meios menos humanos para viagem. Se despediram e partiram preocupados, pois em apenas dois dias o recesso terminaria, as aulas e os treinos normais começariam e isto era uma de suas prioridades.

Fomos levar nossos amigos para casa em grupo, por ordem Dandara e seus pais foram os primeiros a chegar, enquanto andávamos, vários insultos começaram a ser escutados, os principais eram relacionados à: vamos ver se aguentam o que nos fizeram sofrer, privilégios acabam e agora vamos ver, volta pra Banto, pague imposto nativo. Ouvimos também xingamentos chulos.

Gama foi o último que levamos, pouco depois de Tuk. Em todos os lugares em que havia pessoas agrupadas, uma ou outra ofensa aparecia, no retorno nada era dito. O discurso de ódio surtiu efeito!

*****

Os dois dias que se sucederam foram de luto para nós. Os noticiários estavam repletos de teorias sobre roubos, desaparecimentos e assassinatos sem solução, que agora eram atribuídos a insulares infiltrados. Membros da sociedade civil, dos homens corretos, comentavam a necessidade da expulsão dos Classes B não nativos e outros dizendo que os nativos também deveriam ir junto... o show de horrores parecia não ter fim. Era noticiado que os militares, com apoio do governo iriam permitir que os membros da Classe A possuíssem qualquer tipo de armamento para sua segurança pessoal, poder que apenas eles iriam ter discernimento de usar de forma correta. Em meio a tudo isto, os ataques voltados a Classe B começaram a acontecer. Para as diversas milícias, a culpa era sempre das vítimas, sempre se concluía que quem era acostumado a privilégios, não sabe se comportar sem ele. Escutamos esta ladainha depois de várias execuções e linchamentos. O líder de um grupo que matou a pauladas um senhor da Classe B foi liberado depois de prestar depoimento e dizer que trabalhava para a vítima e que, ao tentar levar parte do que ele roubou de seus impostos, foi despedido:

— Como ele que tanto nos roubou poderia me despedir? – Perguntava o agressor e finalizava – Eu sou Classe A!

— Temo que isto trará consequências para a América Baixa, logo. Já há murmúrios nas ruas, mas ainda são calados pelas pessoas mais conscientes. – Apontou meu pai, cabisbaixo – Os CI e CII em sua maioria ainda estão segurando os que concordam com esta política, afinal eram de nossos pais que eles estão falando. Mas os CIII, quanto mais longe é a geração em relação aos antepassados da Classe B, estão caindo neste absurdo. Culpando a sua condição precária pelos privilégios gastos com a Classe B. Acusar a Classe A tornou impossível, pois a temática retornou a uma questão religiosa, Zeus os fez a sua imagem e ordenou que comandassem, não cabe a ninguém questionar os seus privilégios, este é o discurso repetido seguidamente.

No segundo dia, o noticiário principal foi o que mais nos preocupou, a notícia da noite foi as provas que havia em curso uma conspiração Insular acontecendo sob nossos olhos. Reforçando a inciativa correta de nossos governantes que agiram rapidamente, em detrimento dos governos anteriores que nos entregaram as forças externas. Foram filmadas várias embarcações insulares transportando pessoas do continente para as Ilhas de Marajó e de lá para sabe-se onde. Na especulação do jornalismo, já havia tropas dispostas a tomar de assalto nossa liberdade. O comentarista ainda exige que nossos militares sejam machos para tomarem providências e bombardear estas ilhas que, como todos sabem, possuem um arsenal que podem dizimar nossos cidadãos, fato que sabíamos ser mentira!

Ao final do noticiário, Bob Fonos fez nova declaração que, para salvar a democracia, deve tomar a difícil decisão de tornar o Estado mais ágil, antes que sejamos dizimados ou que, nossa bandeira mude de cor, ele teria o poder de, além de primeiro-ministro, de moderador.

Agora suas decisões teriam peso de lei em nosso bloco, no discurso ele se sacrificaria por nós. Ao final de sua fala, ao som do aplauso dos comentaristas, descobrimos que agimos muito lentamente para salvar nosso direto a liberdade. Meu pai soluçava e se perguntava por que permitiu se envolver por estes criminosos durante tanto tempo, como as vendas da sua tristeza e ira não permitiu que lutasse por um mundo melhor para seus filhos...

*****

O início do segundo semestre do ano letivo, começou de forma estranha na Escola Preparatória. Os alunos da Classe A, agora olhavam com desconfiança os da Classe B, da mesma forma que demostravam em relação a Classe C. Murmúrios e estranhamento mudaram de foco, não se referiam mais aos mestiços, Dandara e Gama eram hostilizados nos gestos e nas relações, os grupos se afastavam quando se aproximavam, as conversas se interrompiam e bilhetes de ameaças começaram a chegar nas suas mãos. A Sra. Caliope, que havia voltado, interrompeu uma briga entre o grupo de Chacal e Gama. As coisas não iam bem:

— Seu problema é comigo – eu disse a um distraído Chacal – não desvie para Gama ou meus amigos!

Ele sorriu, levantou-se e falou em tom sarcástico:

— Sua hora vai chegar, mestiço!

*****

Na reunião da direção, organizada durante o período de aulas, o diretor expunha a seguinte situação:

— Com os cortes do governo em relação ao custeio da Classe B, teremos que iniciar uma cobrança efetiva do valor integral das mensalidades, ou iniciar um processo de expulsão destes alunos para diminuir o número de classes e os gastos com professores. Também os representantes dos pais da Classe A, temem professores da referida Classe B, corroborando com os Secretários de Educação que dizem ter provas que os professores da referida classe não cumprem as Leis de Restrição Cultural e ensinam as degenerações relacionadas a sua origem aos alunos. Está sendo proposta a "Escola Sem Cultura", movimento que quer impedir a proliferação de ideologias abordadas por professores decadentes possa continuar a contaminar os nossos jovens.

— Então pelo que eu entendi, – apresentou a coordenadora – nem deu tempo de as leis serem promulgadas, e os pais já se reuniram no final de semana para pressionar nossa escola? Não existe um esforço desta direção para que isto não ocorra, pois confiamos em nossos professores? Depois, expulsar e demonstrar preocupação com os alunos somente agora? E por fim, mandar colegas de magistério embora por causa de um decreto ignóbil, e que ainda nem teve o devido debate?

— Se a senhora não pensa nesta instituição e nos alunos, tem quem pense, apoiamos o diretor! – Disse um dos membros.

— Óbvio! Todos daqui são da Classe A, e não ver problemas com o que está acontecendo é muito conveniente. Não haverá apoio financeiro para isto, posso garantir!

— Senhora Caliope – continuou o diretor – estamos além de proposta financeira. Já alertei as autoridades educacionais, e temos apoio em relação à reestruturação. Se houver interferência, esta escola será embargada pelo poder público e será nomeado um interventor, sem a possibilidade de restituição do prejuízo a quem você serve!

— E acredito que o interventor deverá ser um idiota, talvez como você? – Respondeu Caliope raivosa.

— A senhora está me ofendendo! – Esbravejou o diretor.

— De jeito nenhum! Apenas o considero espertalhão... mas falando nisso, vocês sabem... não, acho que não sabem..., mas meu nome deriva de uma Musa. Sabem o que Musas fazem? Inspiram! Geralmente coisas boas como poesia, canções... mas às vezes existem alguns mortais que, de tão insignificantes, tão desprovidos de talento, são inspirados pelas musas para que tenham coragem de fazer algo que sempre passa por sua cabeça! Não é mesmo diretor?

— O que a senhora quer dizer com isto? – Perguntou um membro da diretoria.

— Nada! Apenas queria dar uma aula antes de sair, mas o diretor sabe disto, não? Adeus.

Ao dizer isto, a Sra. Caliope deixou a reunião. No mesmo dia, o diretor foi internado em uma clínica mental por tentar suicídio. Por sorte um telefonema anônimo alertou as autoridades.

*****

A Sra. Caliope foi indicada como diretora temporária da escola, e nenhum membro da diretoria se opôs. O seu primeiro ato foi garantir aos professores da Classe B a permanência no corpo docente e após, organizou uma reunião emergencial com os pais dos alunos B.

Duas pautas foram levantadas na reunião: a perda do subsídio governamental para a educação dos seus filhos e as reivindicações dos pais da Classe A, que apesar de serem financiados por verbas governamentais, se consideram os únicos que neste momento financiam a escola. Decorrente disto, ficou decidido que haveria uma proposta de pagamento progressivo aos alunos da Classe B mediante a possibilidade de cada família, sendo flexível, porém que possibilite diminuir as hostilidades dos A quanto a este caso.

Neste momento, a mãe de Dandara se manifestou:

— Mas e a classe C? Se a escola proporcionar benefícios a nossa classe, não estaremos reforçando o discurso de que roubamos a classe C? Acho necessário organizar um planejamento conjunto entre as duas classes, além de corrigir erros em relação a classe D.

Sua fala pegou de surpresa os participantes da reunião e, impulsionados pela mãe de Gama, a maioria dos participantes começaram a aplaudir o posicionamento. Decorrente disto, a diretora satisfeita prometeu ações paralelas entre as ações para as duas classes além de estudar como conseguir defender a educação da classe D.

*****

Os treinadores não comentaram sobre o que aconteceu com Francisco. Acredito que o Padre Julius não ia desistir, e se recusaria a sair e abandonar o local. Mas não soubemos de mais nada! Na escola a pressão sobre a Classe B crescia, tanto em relação aos comitês e secretarias de educação, quanto aos professores. A pressão sobre Gama e Dandara estava crescendo. Não era prudente deixá-los ir para casa sozinhos, por isso tivemos que fazer uma reorganização do percurso depois do treino. Eu ia com Gama, Mark e Simone até suas casas, Epimeteu ia com Tuk, Dandara, Abdias e Rosa. Depois de todos entregues, Epimeteu me pegava na casa de minha namorada e me escoltava no caminho do lar.

Nos noticiários a tensão estava crescendo na América Alta; a ex-parlamentar Chisholm, tentava convencer os colegas sobre os problemas das novas legislações; o ativista Newton buscou fortalecer a Classe B organizando partidos de resistência. Durante os noticiários, as informações sempre eram distorcidas, diziam que eram revoltados por perderem as regalias e que esta revolta ofendia a Classe C, os quais somente o governo atual apoia! A massificação deste tipo de informação, em pouco tempo levou a assassinatos e linchamentos, sob a retórica de que *"quem procura acaba achando, pois, cidadão de bem não causa baderna!"*

Nesta lógica, três jovens que foram identificados apenas como J.C. (Classe B), M.S. e A.G. (ambos hebreus Insulares) foram assassinados por grupos que se autodeterminaram Círculo A. Pouco tempo depois, o Sr. Newton também foi morto! Quase toda semana tínhamos notícias destes rebelados que tiveram a má sorte de encontrarem cidadãos cansados de suas reivindicações infundadas e reagiam de forma desproporcional, mas afinal quem poderia culpar quem busca a justiça? E assim acabava o noticiário.

— Isto é um absurdo! – Comentava Elza indignada.

— Bem-vinda a minha infância! – Resmungou meu pai se levantando para ir ao banheiro.

— Bem, agora temos que engolir o lixo que vem da propaganda oficial. – Comentou Rosa – Quando morava na Normandia isto acontecia com frequência. O que todos sabem é que lá não tem classes: tem os arianos e o que eles consideram o resto, claramente inferiorizados em tudo! Mas as propagandas conseguiram incutir na população a crença de que isso era o certo: a ciência oficial provava, juntamente com a história oficial, a filosofia oficial, e o culto aos deuses Nórdicos reforçavam a certeza.

— A América era nativa e insular até o êxodo pós a 1ª Unificação, ou seja, predominantemente povoada por nativos e, como sabemos, os insulares possuem várias manifestações étnicas, semelhante aos de

Banto. E eles não distinguem esses detalhes, pois as diferenças são o que os une! Quem realmente aumentou a miscigenação foram os refugiados da antiga Europa, alguns deles perseguidos pela nova ordem que se instalou, mas não eram vítimas puras. Alguns participavam de movimentos supremacistas, e aqui em nosso Bloco foram, com o tempo, se unindo e acabaram por criar o Círculo A. Ele fazia o trabalho sujo pelas vias não oficiais: intimidações, raptos, assassinatos e manipulações na justiça eram comuns, até que eles conseguiram aprovar as normas de Classes, com a desculpa de organização da ordem cósmica de Zeus. Cada classe deveria conhecer sua função no mundo, e assim entrar em harmonia com o Universo para ser feliz. Caberia a nós respeitar as leis divinas. Não é isto pai? – Abordou Elza.

— Pois é filha! No início, para o crescimento do Bloco, a minoria que chegou buscou apoio de livre comércio com os insulares e Banto, com a desculpa de construir uma utopia que transcendia rótulos nacionalistas. Assim as empresas começaram a vir e, com as promessas de riqueza e prosperidade, foram se instalando no continente. As famílias eram numerosas, pois as terras eram fartas. A prosperidade de Banto foi compartilhada conosco. Até começarem a construir as classes, para salvaguardar a identidade de cada cultura, eles diziam. Aos poucos, induziram que a Classe A era destinada a comandar e a verdadeira herdeira do Bloco pois conseguia ter a clareza do progresso que precisávamos, eram incansáveis trabalhadores e que levariam as outras classes a compartilharem sua glória. O resto vocês já sabem, classicismo, proibições e favorecimento de acordo com o nascimento, destituição de classe por não participar dos padrões exigidos e por fim, perseguições. Todos ficaram quietos, aquela minoria que formava a classe A, aos poucos foram retirando direitos, se mantendo no topo de toda ordem institucional, quer seja política, militar, científica ou religiosa. Quando acordaram, aconteceram os golpes como o de agora, e como no passado, já era tarde!

Ao terminar o triste relato, meu pai se levantou para ir ao seu quarto, no caminho, ele me chamou:

— Simone, por favor, me empresta o Soel um pouco?

Quando fui até ele, me disse:

— Com sua namorada em casa, suas irmãs e mãe, você deixa aquelas coisas espalhadas?

Disse isso mostrando as revistas masculinas de Otelo espalhadas no meu quarto. Neguei ter algo a ver com aquilo, mas ele disse que não importava, era para guardar antes que algum constrangimento ocorresse. Corri cumprir a ordem e, o mais estranho era que meus livros proibidos nem foram mexidos! Preciso conversar com Otelo para poder me livrar de suas revistas.

*****

O semestre continuou muito difícil. Os treinos eram momentos que mantinham nossa sanidade, mas a pressão gerada pelas competições que se aproximavam estava crescendo. Nossas notas ainda eram as mais altas da escola, sendo os mesmos destaques de sempre: Tuk, Rosa, Dandara e Abdias. Eu estava no meio dos bons resultados, mas estava um pouco displicente, pois fazia as leituras paralelas dos meus livros, principalmente sobre Baldur, que para mim era desconhecido até a conversa com a Sra. Thrud.

Outra coisa que também limitava minhas notas, mesmo que de forma indireta, era a preocupação com o que tinha acontecido com Francisco e os amigos de lá, principalmente com o Ravi. Digo isto porque às vezes eu perco a vontade de responder questões de forma oficial nas provas, e passo para análises menos convenientes, porém mais verdadeiras e reais. Isto resulta sempre em perda de nota e advertências! Todos os professores, familiares, amigos e treinadores têm me alertado a não fazer mais isso pois não é prudente, mas às vezes me falta o juízo, e tenho necessidade de expressar minha dor e pesar. Com tudo isso, é nos meus textos que elas aparecem. Nem sempre consigo mentir para tirar nota, e sei que isto me trará problemas algum dia...

As notícias ruins da América Alta continuavam nos noticiários: uma senhora conhecida como Louise Parks fez um ato de desobediência civil que a levou à prisão. Atribuiu-se a ela o reconhecimento de dar o estopim ao movimento de direitos civis da América, tudo por não querer obedecer a ordens da Classe A, atitude essa que começou a ser comum nesta nova configuração de governo. Também tivemos a informação de que o Círculo A saiu do anonimato, e decorrente disso começaram a aparecer mortes de forma contínua que, direta ou indiretamente eram atribuídas ao grupo. Nessa época, no dia 04 de Herano, o Dr. King foi assassinado.

Sua morte, juntamente com o empoderamento da Classe B dado pela Sra. Parks, levaram à manifestações e protestos simultâneos em toda América Alta, com a participação de alguns Classes C e poucos da Classe A, além da própria Classe B. A repressão foi muito forte, e o resultado foi a suspensão do Partido Reformista até que ele, segundo o noticiário, *"limpe a sujeita que se tornou"*. Obviamente esses meios de comunicação tem um lado!

Outro decreto extremamente perigoso foi a criação de Inquisidores, que na realidade era a legalização do Círculo A! A lei que os criou versava que, Classes A poderiam ser imbuídos de atributos legais para fiscalizar, deter para averiguação, comandar grupos de busca e apreensão, de qualquer não A envolvido em atos considerados subversivos ou avaliados como tal por um ou mais membros legalmente delegados para tal fim. Para a Classe A agora era atribuído poder de polícia, e segundo o noticiário, *"tudo para honrar a ordem cósmica definida por Zeus"*. Cada vez estava mais claro que o classicismo tinha se instalado como política de estado, e assim os empobrecidos e perseguidos da Classe B começaram a migrar para a América Baixa, aumentando a tensão entre eles e uma Classe C inflada por informações que, ao encontrar com o recalque de décadas de exploração, gerava um ódio irracional direcionado aos imigrantes.

O primeiro ato violento em nossa cidade infelizmente acometeu a família de Dandara. Quebraram a vitrine da loja de paisagem aos berros de *"voltem para Banto e levem este lixo de cultura que querem nos doutrinar!"*. O atentado foi cometido por alguns filhos de amigos de meu pai e do pai de Abdias, e após o ocorrido ambos começaram a agir politicamente na direção de tentar reunir os mais velhos, seus amigos CI e CII para tentar conter esta onda de violência!

Em relação ao nosso grupo, nada abalou nossa amizade. Pelo contrário, a solidariedade aos Bs se fortaleceu, e Elza propôs um pacto com todos incluindo os pais, de que formaríamos um grupo sem classes, e a partir daí seríamos apenas amigos e nada mais nem menos que isso. Iniciamos uma comunidade não mais espontânea, mas mais organizada, como o tempo apregoava.

Ojé e Escolástica começaram a perder clientes e, os pais de Abdias, começaram a vender, com sucesso, ervas e temperos produzidos por eles. Assim, os pais de Dandara diminuíram a produção de plantas ornamentais e aumentaram a produção de plantas comestíveis. A mãe de Gama perdeu o auxílio do governo para viúvas da Classe B e suas reservas estavam sob constante ameaça de confisco pelo Governo. Como ela tinha experiência administrativa na embaixada de Bantu, a Sra. Thrud contratou-a para elaborar as planilhas de orçamento do projeto de glima, incluindo as viagens do próximo semestre, e a Sra. Caliope a contratou para auxiliá-la na administração financeira da escola.

O aniversário de Gama foi comemorado como um alívio das notícias ruins, e depois os de Abdias, Dandara e Tuk. Foi uma grande festa comemorada de forma conjunta, e os pais de Abdias liberaram a casa para a festa. Tuk e seus pais organizaram ritos, comidas e parte da decoração típica de sua tribo, que foi muito bem aceita. Dandara estava linda ao completar 16 anos, mas sempre me lembro que Simone é a minha namorada e que me faz muito feliz.

Ao chegar da festa, percebemos que um cheiro estranho vinha de meu quarto! Meu pai achou que eu estivesse fumando, mas neguei e disse que estive com eles o dia todo. Era lógico, mas ele disse que estava de olho em mim e enfatizou que era para meu próprio bem.

Em meio a todos estes desafios o ano letivo acabou, como sempre, no final do primeiro semestre e as férias de meio de ano chegaram. Estava para completar meu aniversário e um ano que esta loucura chegou para minha vida e de meus amigos. As aulas estavam no fim, mas ainda deu tempo de encontrar a frente da escola pichada com o "A" com o "X" sobreposto, alertando que o Círculo A estava de olho na instituição e reforçava que o grupo estava contra todos os não "A". No mesmo dia, inspirados pela pichação e por uma certa impunidade em virtude das férias, alguns alunos liderados pelo Chacal agrediram Gama e Mark que o defendeu. Aproveitando a confusão, alguém empurrou Tuk pelas escadas de acesso ao pátio, local da agressão. Por sorte ele é ágil e bem treinado por Epimeteu e conseguiu pegar firme no corrimão e evitou o pior, a sua cadeira, no entanto, acabou precisando de muito concerto.

Os dois agredidos, apesar de serem fortes, acabaram bem machucados pela superioridade numérica. Como resultado, três dias de tratamento com a Dr. Skuld e uma nova pressão dos pais Classe A que culpou a instituição pela agressão e solicitou a expulsão de Gama para evitar novos transtornos.

O que mais me chamou a atenção é que quando chegamos para ajudar nossos amigos, Chacal me viu. Ele riu e foi embora com os amigos mais próximos. Deixou apenas os que foram induzidos pelo grupo. Gama e Mark tinham nocauteado cinco alunos, e isso deu força para os argumentos dos pais que pediram sua expulsão. A Sra. Caliope agradeceu as férias para tentar resolver as consequências destes atos.

*****

Nas férias a Sra Thrud nos avisou que retornariam os dois treinos diários ou três quando necessário, no começo do segundo semestre teríamos nossa primeira competição oficial de glima, o Campeonato Seccional. Ela lembrou que a meta deste ano será, além do Seccional, o Campeonato Estadual. Teremos que ir bem e pontuar em ambos. Para que o foco do ano que vem sejam as divisões nacionais e a Seleção das Américas, nosso objetivo.

A Sra Thrud contava que o desenvolvimento dos treinos e o crescimento biológico de nosso grupo agiriam em conjunto e ressaltava que conseguimos passar um ano sem problemas e acidentes. Tudo ia bem, conforme planejado. A Sra. Skuld acompanhou nosso crescimento e os testes aplicados davam aos nossos treinadores uma boa perspectiva. Já tínhamos três lutadores com 17 anos e três de 16, contando comigo que estou as vésperas. Ah! A primeira competição de Tuk também irá ocorrer na mesma época que a nossa.

*****

No dia do meu aniversário, acordei com meus pais, irmãs e Simone em um café da manhã surpresa de comemoração. Quando entraram em meu quarto, viram um pequeno pacote de fumo sobre o colchão. Na mesma hora, para disfarçar a gafe e antes de meu pai ficar bravo, Rosa me agradeceu por ter lembrado de comprar para ela, e justificou que precisava fazer chá-de-fumo para combater a praga de pulgões que infestavam as suas plantas. Meu pai sempre caía nas histórias improvisadas da Rosa! Para meu bem, pois um segundo aniversário com brigas não seria legal.

Fazer aniversário nas férias e em meio a uma equipe de treinamento não é de todo mal, principalmente porque são meus melhores amigos. Então tive três festas: uma ao acordar, um bolo no treino e de noite em casa minha mãe preparou alguns salgados, outro bolo e sucos, pela primeira vez com ajuda de Elza e Rosa.

Duas surpresas se revelaram neste dia. Quando levei Simone para casa, pela primeira vez ela tirou a blusa e namoramos um pouco mais próximos. Ela disse que estávamos juntos havia quase um ano, e nossa intimidade deveria aumentar. Pelos deuses, como ela era linda!

A outra surpresa se revelou quando voltei para casa e, ao entrar em meu quarto, encontrei um invasor sentado em minha cama:

— Achei que você era legal... não agradeceu o presente e ainda deu ele para aquela outra aguada!

— Saci! O que você faz aqui?! – Perguntei ao estranho invasor.

— Ora, não falei que iria ficar de olho em você? E quando quis voltar a Francisco, tudo sumiu!

Do lado de fora, meu pai perguntou com quem eu falava, pois estava tarde. Eu disse que estava estudando e me desculpei. Depois disso, falei para a indiscreta visita que precisávamos dormir, mas que ele teria que aprender umas regras. Por fim, não deixei de agradecer o fumo, apesar de agora saber a origem dos cheiros estranhos e das revistas espalhadas.

— Tudo bem, vamos conversar outra hora, mas agora dorme você, eu vou aproveitar a noite, fiquei preso tempo demais! – E lá se foi aprontar na cidade.

*****

No primeiro treino do dia, cheguei um pouco mais cedo e perguntei a Epimeteu sobre o que aconteceu com Francisco. Como sempre fazia, ele contou a versão oficial, a qual eu não acreditava. Minha desconfiança era gerada em parte por conhecer os moradores da cidade e assim, sabia que não fugiriam e, agora, somado pela informação do Saci que não conseguiu achar o local onde ela deveria estar.

Nenhuma cidade ou povoado somem sem deixar vestígios e por isso, desta vez, confrontei minhas impressões com meu velho mestre e finamente ele me deu uma resposta mais plausível:

— O que precisa realmente saber? Os moradores de Francisco estão protegidos, e quanto mais pessoas souberem o que realmente aconteceu, mais difícil será de manter o segredo. Soel, veja meu garoto, às vezes saber a verdade somente aumenta o risco para todos os envolvidos diretamente, e os que forem informados, pois estes passarão a ser alvos. E veja bem, se eu te contar, você não falará nada a Simone, Rosa ou Tuk? Se Rosa souber, não contará a Elza? O número de envolvidos rapidamente se multiplicará, e basta um deles dar uma pista àqueles que nos atacaram e a segurança de nossos amigos estará comprometida.

A seriedade de Epimeteu me fez compreender o que estávamos passando, e percebi que era preciso conter minha curiosidade. O que aconteceu com a Caipora já deveria ter tido este efeito em mim. Rapidamente meu corpo estremeceu, e lembrei-me do Velho José e as três noites... terei que passar ainda por duas?

Quando me preocupava pensando, fui interrompido pelo meu grandioso amigo que disse:

— Que conversa é essa de Saci?

*****

As férias tiveram uma rotina de ritmo de treino muito intenso, e somando-se às tentativas de dar um mínimo de educação ao meu amigo saci, o resultado foi que nem vimos o tempo passar! Quando acordei no primeiro dia do segundo ano preparatório nem acreditei. Fomos para a escola e nos encontramos pouco antes de entrar. Sob a administração da Sra Caliope, agora o número de bolsas dobrou para a classe C e novas medidas foram tomadas para atender também a empobrecida Classe B.

Nos noticiários diziam como o governo fez maravilhas na área econômica pois a Classe A havia acumulado mais ouro do que todos os governos anteriores e por isto poderiam gerar mais empregos. Só não diziam que isto era apenas na planilha, pois os miseráveis que chegavam todos os dias à América Baixa desmentiam as notícias. Também relataram o aumento de verba para as milícias e o exército, e como isto teve reflexo na diminuição das badernas no Bloco. Não eram mais citados os assassinatos da Classe B e C pelo Círculo A, ou a violência do estado, e nada sobre o ritmo migratório para nosso lado do Bloco, como já esperado. Na América Alta estava em ordem uma nova reforma da sociedade, onde os líderes dos movimentos civis desapareciam, eram presos ou assassinados. Os Classes B e C descontentes eram empurrados para o sul, e os submissos destas classes agora eram agraciados com "novas oportunidades de serem servos". Com a crescente demanda de trabalho na América Alta, originada pela empobrecida classe B, o desemprego dos C aumentou devido aos empregadores preferirem os puros aos mestiços; eles diziam que eram "mais educados e melhores esteticamente". Desta feita, os salários aos poucos diminuíram para as duas classes, explicando, em parte, o enriquecimento dos As.

O reflexo para a América Baixa foi a drástica diminuição dos investimentos em saúde e educação e aumento na exploração da indústria de recursos naturais, como ouro e petróleo bruto. As empresas eram todas sediadas ao norte, então toda essa riqueza não gerava investimento na melhoria de nossas condições. Chegamos a ler em um jornal que com toda a riqueza da América Baixa, somente a degeneração do seu povo explicava tamanha pobreza, e que o governo precisava se preocupar com quem realmente trabalha! Com isto, criaram as justificativas de tirar os benefícios sociais de saúde e educação do sul para investir na proteção dos que merecem, e assim as forças de defesa da América Central foram favorecidas com um grande aumento de verba.

O primeiro a correlacionar os fatos com nossa vida foi Mark. Ele disse que seu pai, enriquecido com a exploração dos nossos recursos, estava pensando em retornar para a América Alta. Ele não era o único; empresários, artistas, políticos e outros que encheram os bolsos com o suor da Classe C, agora que a miséria se instalou no bloco, resolveram gastar o que acumularam juntamente com os ricos do Norte. Estes novos ricos são acolhidos de braços abertos. "E lá vai nosso ouro!"

Gama e Dandara já haviam sofrido com a nova onda de preconceito gerado pelo nosso novo governo, e o próximo foi Tuk. Ele e Abdias se pegaram com a gangue do Chacal, que estava literalmente quebrando o braço de um novo bolsista. Nosso amigo da cadeira de rodas, conseguiu aproveitar que o cretino estava ajoelhado torcendo o braço do garoto, e saiu para cima dele. A dois, o Chacal se daria mal, mas acompanhado ele e Abdias apanharam até que nos viram próximos e resolveram fugir. Novamente o idiota olhou para mim e sorriu, só que desta vez, um pequeno amigo de gorro vermelho apareceu rapidamente sobre meus ombros e olhou para ele, Chacal não o viu, mas o Saci o marcou!

— Se não tivesse levado um chute daquele idiota, teria quebrado o pescoço dele! – Dizia um indignado Tuk.

— Eu sei que o Abdias, veja bem, o Abdias deixou dois deles de olhos roxo! – Comemorava um orgulhoso Mark.

— O ataque foi uma armadilha! – Constatou um sério Abdias, fato que não era nem um pouco comum. – Eles sabem nossos caminhos, quando estamos vulneráveis ou em menor número, e calculam a nossa reação. Precisamos ser mais imprevisíveis!

— Você está dizendo não ajudar o garoto? Ele ia quebrar o braço dele! – Abordou Tuk.

— Não Tuk, não é isto! Essa é uma questão já resolvida. O que precisamos é tomar mais cuidado, ou mudar o que é fixo por algumas variações. – Abdias continuou – Ou seja, sempre nos atacam quando estamos sós ou em dupla, devemos diminuir a chance de que isto ocorra. Temos que nos organizar para ficarmos em maior número. A outra variável são os caminhos que fazemos; temos que torná-los mais imprevisíveis em relação aos trajetos que passamos, em quantos estamos, e se teremos alguém que nos proteja.

— Certo, está decidido, vamos nos organizar! – Disse Rosa.

Eu somente conseguia pensar no rosto do Chacal, rindo da minha cara e o quanto queria tirar aquele sorriso de lá.

Nesse início das aulas já notamos a diferença no número de alunos, sendo que das quatro turmas de cada série, apenas o terceiro ano não havia sido afetado, provavelmente devido a ser o último. O primeiro e o segundo anos perderam uma turma cada, ficando cada série apenas com três turmas.

O interessante é que nos dois próximos dias o líder dos arruaceiros, o Chacal, faltou. Soubemos que ele teve uma súbita falta de sorte, escorregou no banheiro de onde treinava, tomou um choque no chuveiro de casa e bebeu um copo de leite estragado que produziu uma terrível diarreia. Meu amigo não brinca em serviço!

*****

No final do mês fomos à primeira competição oficial, para a qual a equipe tanto se preparou. No mesmo final de semana Tuk também iria competir em seu primeiro torneio de arremesso de machado, então iríamos para os dois eventos. Simone e Elza eram a nossa torcida.

Ao chegarmos ao local do campeonato seccional, as outras equipes que nos viram, deram uma certa risada discreta de satisfação ao verem Dandara e Rosa, o que causou um certo mal-estar e, uma reação um tanto agressiva de Gama. Não preciso dizer que, depois do que ele fez, ninguém mais riu. Poucas equipes treinavam glima, as outras lutas eram mais populares na América e, por isto, apenas quatro equipes estavam inscritas.

Na prelação do torneio, a Sra. Thrud apresentou:

— É nosso primeiro torneio oficial. Queremos ser uma equipe, e todos devemos agir juntos. Não importa apenas ganharmos individualmente, pois precisamos fazer com que todos vocês cresçam. Se eu quiser apenas o campeão, a Rosa será; mas quero vocês brilhando, e por isto vou inverter a ordem de prioridade de luta, concordam?

Todos concordaram, então começamos com a Dandara como a número 1, seguida por Abdias o 2, Mark o 3, eu o 4, Gama o 5 e Rosa a 6. No sorteio, o time do campeão do ano passado lutaria com o terceiro e nós com segundo. Lembrando que apenas um campeão é identificado, e os outros são classificados e pontuam pela ordem que obtiveram.

Como era nosso primeiro torneio, o mando de jogo se iniciou pelo nosso adversário. O número um deles sorriu ao saber que iria lutar com a Rosa e, antes que percebesse o início dado pelo árbitro, a luta já havia acabado. Tomou os dois pontos da primeira disputa, Rosa se classifica para a segunda rodada. O 2 deles não sorriu, nem comemorou, e também perdeu de dois a zero para um raivoso Gama. A minha luta e de Mark também foram fáceis. Abdias demorou um pouco para parar de se preocupar com a luta, mas quando conseguiu fluiu bem e ganhou. Dandara era a última.

O 6 deles estava disposto a salvar a honra da equipe, e assim foi para cima de Dandara; ela manteve a calma e aproveitou bem a oportunidade, e quando houve a possibilidade de caírem juntos, – movimentos que ela sempre treinou, tornando-a bem ágil para se levantar em primeiro e mantendo o adversário no chão – foi exatamente assim que o combate se fez, 1X0. Colocado as cintas, na segunda modalidade, a tentativa de sobressair na força do adversário fez o árbitro o desclassificar, ela fez 2X0. Todos passamos para a segunda fase.

O time do campeão do ano passado fez 4X2, então os técnicos decidiram que eu e o Mark iriamos lutar contra os dois que sobraram da segunda equipe. As lutas foram mais equilibradas no começo, mas deu para pontuarmos em 2X0 novamente.

Como estávamos com mais lutadores, o mando de jogo era nosso. A decisão que achamos que a treinadora iria tomar era de força total na final, mas fomos surpreendidos com a equipe ter eu e Mark fora:

— Todos ganharemos duas lutas, todos cresceremos juntos, em momentos mais críticos poderemos tomar decisões mais radicais, mas este não é o momento. Dandara e Abdias, vocês não são fardo são guerreiros.

Quando Dandara entrou para lutar com o 4 deles, era a guerreira que a Sra. Thrud descreveu, rápida para provocar uma queda, novamente conjunta e, depois levanta-se de forma técnica, rápida e ágil. Dandara repetiu o 2X0. Abdias novamente entrou inseguro, só que desta vez ele encontrou o número 3 da equipe e acabou recebendo o primeiro ponto.

— Abdias, C-O-N-C-E-N-T-R-A-Ç-Ã-O! – Gritei – Divirta-se.

Tais palavras fizeram um novo lutador entrar no torneio! Ele simplesmente me escutou e começou a se divertir, estava lutando de forma alegre e com isto acabou virando a luta para 2X1. Gama e Rosa foram como o esperado, não deram chance para seus adversários. O campeão do ano passado teve que ser contido pelos árbitros, enquanto Rosa olhava para as unhas das mãos depois de uma rápida vitória. Nossa equipe era muito forte para esta fase.

Dandara, por ser a número 1 da nossa equipe fez história ao ser a primeira campeã de um campeonato Oficial de Glima nas Américas, esporte que sempre foi dominado por homens. No podium percebemos o quanto isto era grandioso e ao mesmo tempo perigoso para ela e nossa equipe.

*****

Depois do sucesso de nossa primeira competição não comemoramos, pois ela somente terminaria no dia seguinte com a participação de Tuk no Torneio Seccional de Arremesso do Machado. O evento teria a participação de 16 inscritos, incluindo nosso amigo.

Fomos ao evento em um clube poligmnico da região. A distribuição dos duelistas era interessante, pois eles ficavam no centro da Arena, e os campos eram divididos ao meio. Cada metade do campo era de um arremessador, e os alvos ficavam quatro na frente, três do lado direito e três do lado esquerdo em cada campo. A distância entre os alvos e o limite da área do arremessador era de 12 pés, ou 3,66 metros. A frente estão três alvos lado a lado e um acima, e nas laterais, dois ficavam lado a lado e uma acima. A ordem dos arremessos é: os três de mesmo nível da frente, lateral direta ou esquerda a escolha do arremessador, lado oposto ao escolhido e o último o alvo da frente acima dos três primeiros. O tempo total até o decimo machado atingir o alvo não pode exceder três minutos, passado este tempo, encerra-se a contagem dos pontos. O alvo é feito por áreas, da maior para a menor, cujos valores são de 1 ponto para a maior, seguidos de áreas menores que equivalem a 2, 3 ou 4 pontos, o círculo central, também chamado de mosca, vale 6 pontos.

Quando os dirigentes da competição perceberam que Tuk era o competidor, acharam que era brincadeira, não quiseram permitir sua participação, e devido a persistência de Epimeteu, acabaram dizendo que nas regras, a posição em pé é clara:

— Tudo bem, darei um jeito! – Disse Tuk, acreditando que seria sua melhor chance no momento.

O acordo foi feito e, esperamos apreensivos o desenrolar do torneio.

Após os atos iniciais do protocolo, no primeiro desafio, Tuk entrou no centro com sua cadeira, travou as rodas e, ao sinal do árbitro, ficou de pé apoiado na cadeira e com todas as dificuldades que sabemos que ele tem. A concentração para conseguir se equilibrar para o primeiro arremesso foi o tempo dos três arremessos do adversário, que somaram 9 pontos. O primeiro tiro do Tuk foi de um ponto. Ele parou, respirou e fez um preciso segundo tiro de 6 pontos, seu adversário terminou a segunda série com mais 11 pontos, total parcial de 20 pontos. Enquanto isto, Tuk mostrando sinais de exaustão finalizou a primeira série com mais 4 pontos, estava com 11 no total. Enquanto se sentava na cadeira para se posicionar para o próximo grupo, o adversário fez mais 10 pontos, estava agora com 30 pontos. Nosso amigo novamente se levantou fazendo o mesmo ritual. Extremamente ofegante, prendeu a respiração e acertou novamente na mosca, o segundo foi quando seu adversário terminou a participação, ambos acertaram 4 pontos, estava 34 a 21, chegou a 24 com o último arremesso de Tuk da série. Novamente ele se sentou exausto, faltavam menos de um minuto para o final do tempo, todos estávamos irrequietos, mas calados. Simone começou a soluçar, e para Elza pedíamos para levantar a cabeça e passar confiança. Acima de suas forças, ele se levantou e fez um arremesso de dois pontos, caindo no chão exausto, 26 pontos. Todos calados, somente o som de Simone chorando se ouvia:

— Levante-se, Metuktire dos Caiapós, mostra que tua alma é maior que tudo, que o sofrimento não é nada perante a grandeza dos feitos de seu povo! – Gritou Abdias de forma ensurdecedora.

Tuk se levantou, o primeiro arremesso foi de 4 pontos, o segundo, 4 pontos. Eram 34 a 34, faltava menos de 5 segundos, por tempo perderia a disputa, então ele pegou o último machado, 3 segundos, destravou a cadeira girou-a de forma a se desequilibrar em direção aos alvos frontais, 2 segundos, e antes de cair de novo arremessou ao último alvo, o machado finalizou sua trajetória juntamente com o tempo. A arma marcava a região correspondente a 2 pontos... final Tuk 36 a 34, ele ganhou!

Imediatamente Gama pulou para o centro da arena para resgatar Tuk que continuava caído e hiperventilando pela tremenda exaustão. Levaram nosso amigo para fora para ter melhor fluxo de ar, Mark buscou e levou a cadeira. E eu soltei a mão da Simone, que estava roxa de tanto que ela apertou! Fui evitar uma possível aglomeração em volta deles, afinal isso era tudo de que ele não precisava no momento. Abdias foi comigo. A Sra Thrud foi verificar a situação da chave e de Tuk,

Dandara cuidava agora de Simone e Elza abraçava uma comovida Rosa. Nem nos demos conta que Epimeteu havia sumido!

Em sua cadeira, muito suado, nosso amigo ainda tentava "engolir o ar" para conseguir respirar, eu e os outros ainda estávamos preocupados com ele quando chegou a Sra Thrud:

— Em aproximadamente 15 minutos termina a etapa de definição dos oito classificados, você estará na primeira rodada. O que acha?

Mal ela tinha terminado a frase, quando chegou Epimeteu com dois apoios como muletas para Tuk, uma com a base bem fixa para manter o equilíbrio durante os arremessos, e outra mais leve para permitir os giros em direção aos alvos, funcionava como um compasso:

— Você é preciso, não precisa chegar no limite de cada grupo de alvos para atirar, ajuste a ponta fixa para que gire mais fácil; a outra muleta tem uma amarra para cintura, você pode soltá-la e recuperá-la de forma fácil. Ambas são de titânio, material muito leve e resistente. Este suporte de machados é para colocar atrás de sua cadeira, tem 10 espaços.

Pela primeira vez Tuk sorriu. Sabia que agora teria mais condições de competir, precisava somente se recuperar. Pouco tempo antes de entrar, ele testou os apetrechos que o técnico trouxe e foi novamente ao torneio. Ainda mantinha os sinais de exaustão, e seu adversário era melhor que o primeiro! Havia um pouco de dificuldade de se acostumar com o equipamento, mas conseguiu vencer: 42 a 40. Ele estava na semifinal!

Na disputa, percebemos de início que as suas pernas já não se aguentavam, o que comprometia seu equilíbrio. Era mais um confronto que faria todos sofrerem... O adversário de Tuk no primeiro grupo de alvos fez 14 pontos e Tuk fez arremessos precisos, mas a fraqueza que suas pernas apresentavam tiravam um pouco da perfeição, e fez 12 pontos. Novamente chegaram aos mesmos números do primeiro grupo, estava 28 a 24. No terceiro grupo, Tuk conseguiu melhorar compensando o tremor, e fez 16 pontos contra novos 14 do adversário, totalizando 42 a 40. No último alvo Tuk foi perfeito, mas seu adversário com 4 pontos de vantagem nas duas primeiras sequências, conquistou um empate por pontos de 46 cada. Porém, como era de se esperar, ele perdeu por tempo.

Todos nos abatemos! Tuk chegou triste, pois achou que tinha nos decepcionado. Abdias o abraçava, jurando que ele era seu melhor amigo nativo e cadeirante, quando interrompeu Epimeteu:

— Relaxe Tuk, arremesso de machados não é glima. Depois que se recuperar, terá a decisão do terceiro lugar, e quando você ganhar, se classificará para o estadual. Teremos tempo para ajustar o equipamento e aí, vamos à luta de verdade.

— Pode deixar! Respondeu o nosso guerreiro.

Como o técnico disse, ele ganhou a decisão de terceiro lugar facilmente. Fez a melhor pontuação da competição, acertando 4 na mosca e 6 na área de 4 pontos, totalizando 48 pontos. O competidor que ficou em quarto lugar teve 40 pontos.

No podium, com sua cadeira Tuk era o segundo a fazer história no nosso grupo: um sem classe definida, invisibilizado em nossa sociedade como pessoa com necessidades especiais, agora era um medalhista em jogos físicos! Quando não há espaço que eles possam alcançar, os deficientes irão mostrar que quem realmente falha é a sociedade, e não eles!

Como já dito, infelizmente quem se acha "perfeito" morre de medo desses homens e mulheres que, com suas deficiências, podem demonstrar que coragem, dedicação e competência não estão presente na superfície dos corpos, mas sim em seu espírito, onde os sentidos não percebem, mas é demonstrado pelos seus atos! Foi assim que os atos de Tuk foram reconhecidos, em sua cadeira, ao lado do podium, o campeão e o vice o carregaram e o colocaram sobre seus ombros. No lugar mais alto, o pequeno público presente aplaudia de pé nosso amigo!

Com a conquista do bronze e a progressão para o campeonato estadual, todos agora podem postar em nossos uniformes a Flauta de Pã, representação desta progressão. No nosso transporte, Elza fez questão de avaliar o corpo de Tuk para verificar se as quedas produziram ferimentos mais graves do que pequenas escoriações, hematomas e ralados. Aparentemente estava ao alcance dela fazer os curativos pertinentes e amanhã ele passaria pela Dra. Skuld para uma melhor avaliação. Estávamos liberados para retornar.

*****

O caminho de volta foi de muita festa, mas em determinada hora o cansaço foi nos vencendo, e um a um começamos a cair no sono. Simone dormia no meu colo quando no meu ouvido uma voz bem baixa dizia:

— Bravo o garoto nativo, não? Quase dei uma ajuda p'ra ele, mas nem precisou!

— Esquece, ele deve ganhar por ele mesmo! -Respondi

— Ah! C'êis são burro mesmo! Gente vive fazendo pedido para ganhar qualquer coisa, e eu ia ajudar de graça...

Quando o saci estava falando, foi surpreendido por uma mão rápida que pegou seu gorro vermelho. Na hora ele tremeu de medo, perdeu seus poderem e pediu para Rosa devolver o Gorro:

— Eu sabia que era algo como você que estava mexendo nas minhas gavetas!

— Rosa devolve o gorro dele, antes que alguém acorde! – Eu disse preocupado com o que poderia acontecer.

— Devolvo só se ele me prometer que vai se comportar e parar de invadir minha casa! – Disse Rosa.

— Tá bom, eu prometo! – Respondeu o Saci.

— Vou te devolver, mas essa agora é sua turma! Tenha respeito com a gente e apronte com quem merece! Estamos conversados?

— Tá bom dona! Tá bom!

Rosa devolveu o gorro para ele, que resmungou:

— Poxa eu só queria ver o que você usa por baixo! – E sumiu.

— Maldito, deveria ter ficado com o gorro e dado uma surra nele! – Replicou Rosa.

— Calma Rosa! – Respondi – Ele é um Saci, pela sua natureza até que está mais comportado. Não conseguiu voltar para Francisco e agora está se apegando com a gente... dê um tempo que ele melhora.

— Só porque você falou... vamos dormir então. – E assim Rosa e eu caímos no sono.

*****

No dia seguinte nos encontramos na escola. Mark trouxe o jornal, observando que na parte dos esportes tinha como reportagem central, com uma grande foto, o Chacal! A reportagem dizia que ele havia ganhado as seccionais de luta persa, e que era nossa grande promessa para os Jogos. Na reportagem constava a entrevista dele e do treinador. Mark também mostrou que uma equipe de glima e um arremessador de machados também haviam se classificado para o estadual:

— Em menos de três linhas! – Comentou Gama.

— Acho bom que isto aconteceu! – eu disse.

Todos olharam para mim com ar de surpresa, por isso continuei a expressar meu ponto de vista:

— Olhe para nós! Somente Mark pode se passar pelo queridinho da América de hoje. Nós somos todos classes inferiorizadas pelas novas leis, pelo novo governo. Se queremos ir longe, a discrição não é de todo mal.

— Soel tem razão! – Disse Rosa – Realmente não é o momento de chamarmos a atenção, principalmente se virem o teor da reportagem. Olhem como exalta a Classe A!

Em um trecho da reportagem aparecia: *"... também conhecido por Chacal, teve seu joelho lesionado por um classe C que o pegou pela traição no ano passado, levado a um processo de superação que durou meses. Apesar de tudo apontar que houve um atentado de classe, o criminoso nunca foi investigado por possuir "amigos influentes". Mas Chacal mostrou que um legitimo representante da Classe A não se abaixaria e, sua superação, é a resposta ao desprezível classe C que tentou tirá-lo do esporte que tanto ama..."*.

— Malditos, deturpam o que ocorreu no ano passado! – Comentou Mark.

— A versão dele colocada no jornal pode ser perigosa, não acham? – questionou Dandara.

— Acho que tem razão Dandara, por isso foi melhor ficarmos discretos. – Reafirmou Rosa.

— Eu gostei da parte que Mark e Gama são amigos influentes! -Riu Abdias.

— Pode me emprestar uma coluna, ou melhor, o jornal todo para escrever um tratado sobre o quanto esta reportagem me deu nojo, senhores influentes? -Disse Tuk continuando a piada.

— Bem vamos para aula! – e assim, Simone finalizou a conversa.

*****

Treinos, escola, namoro e encontro com amigos foram as maiores preocupações que tive nos meses que se seguiram. Estava tudo cotidianamente calmo, e a preparação para o campeonato estadual era considerada bem-sucedida pela avaliação dos técnicos. Tuk tinha se adaptado bem com os equipamentos, e as adaptações que achou necessárias foram feitas por Rosa e o pai de Abdias.

Epimeteu preocupou-se em fazer com que Tuk suportasse melhor o tempo em pé, e conseguir uma melhora, mesmo que discreta, da movimentação para os alvos. O técnico também se preocupou em que a cadeira não ficasse na área de arremessos, então havia estímulo para que nosso amigo utilizasse por mais tempo as muletas durante o dia. Devido a isto, foram produzidos mais dois tipos de muletas para o dia a dia, e foi indicado pela Dra. Skuld que ele ficasse uma hora por dia, espaçado em algumas vezes, e de forma progressiva que chegasse a conseguir ficar uma hora ininterrupta.

*****

Nos Campeonatos Estaduais de Glima e Arremesso de Machado seguiram os mesmos padrões de ser em dias consecutivos, só que desta vez seriam em locais distintos. Devido a isto, Tuk e seus pais foram diretamente para a cidade do Torneio, juntamente com a Dra. Skuld e nós fomos para a Competição de Glima com a proposta de viajarmos para assistir e torcer pelo nosso amigo. Epimeteu era o que teria maior responsabilidade com o deslocamento.

A Competição de Glima seria bem mais disputada do que na fase seccional, e tinham 16 equipes inscritas, todas com os campeões de suas regiões. A nossa preleção foi diferente dessa vez. Com a mesma proposta que a competição anterior e considerando a maior dificuldade, a equipe ficou com Dandara novamente a número 1, Rosa passou a ser 2, Gama o 3, Abdias o 4, Mark o 5 e eu fiquei com o 6.

Nossa primeira disputa foi com a seccional 12, que aparentemente não era muito forte. O mando de jogo era nosso em razão da classificação da equipe na fase anterior. Quando começaram as disputas, Dandara novamente foi cirúrgica em relação à utilização de seus recursos, e ganhou de 2 a 0. As demais lutas foram tranquilas até Abdias, que apesar de ganhar teve uma luta muito difícil. A luta de Mark e a minha também foram complicadas, mas no final todos passaram para a segunda fase. Como ficamos com o maior número de lutadores, a próxima fase teve duas lutas, e novamente Mark e eu fomos selecionados. Duas lutas duríssimas, mas ganhamos de 2 a 1. Na próxima fase, uma única luta com Gama selecionado. Sua força foi determinante, e até aquele momento não tivemos nenhum atleta desclassificado. Oito equipes ainda estavam participando da disputa e na nossa próxima fase teríamos três lutas, Dandara, Rosa e Abdias iriam dessa vez.

A velocidade e técnica de nossa amiga Dandara ainda surpreendia seus adversários. Ao mesmo tempo em que Rosa não foi surpreendida pelos seus. Abdias, entretanto, pegou uma pedreira! Conseguiu fazer um ponto, mas perdeu dois, e tivemos nosso primeiro lutador desclassificado. Na sequência da rodada, fui eleito para mais uma luta. No decorrer da luta consegui o primeiro ponto, mas levei rapidamente o empate na Glima técnica. A fase de força seria a decisiva, e a luta estava bem parelha quando usei o golpe que gostava de treinar desde a época da luta persa, que é a entrada de quadril com elevação da perna, e na defesa do adversário, soltei a mão do braço oposto à perna que levantei e peguei o pé do opositor, e ao levantar puxando o seu pé, derrubei-o.

Restavam apenas quatro equipes, a minha era a maior e por isso mais descansada, as outras tinham três, dois e um jogador. Dois de nós íamos para nova sequência, Gama e Mark foram os selecionados. Gama conseguiu fazer o primeiro ponto, mas levou o segundo, ficando na Glima de força a decisão, que obviamente ele prevaleceu. Mark acabou sendo o nosso segundo lutador a ser desclassificado. Agora havia três equipes ainda, nós com 4, a região central com 3 e a oitava com 1 lutador. Lutaríamos com três atletas, Dandara, Gama e eu fomos selecionados. A luta de Dandara era muito difícil em tese, mas ela gostava de quebrar padrões, quando seu adversário a cinturou para derrubá-la ela conseguiu fazer uma estrela e ficou de pé quando ele caiu, e fez o primeiro ponto. Na glima técnica de novo foi esperta, irritou seu adversário com sua velocidade e obrigou ele a abusar várias vezes da força, proibido nesta modalidade, levando o oponente a perder por desclassificação. Gama teve uma luta difícil, novamente ganhou de 2 a 1 e terminou exausto, estava no limite. Minha luta foi decidida pelo efeito Abdias, pois comecei perdendo um ponto, mas meu amigo com seu otimismo e dicas me levou a conseguir acertar meus movimentos com maestria, realmente ele sabia ler as lutas e os movimentos, era um grande estrategista. Faltava uma equipe, tínhamos 4 lutadores ainda classificados e a luta final foi da Rosa. Dandara agora era a campeã estadual, quebrou ainda mais as barreiras femininas nos jogos. Na cerimônia de premiação, Dandara recebeu os louros de campeã e nós recebemos os brasões de azas, simbolizando Hermes.

Decidimos sair direto para a cidade em que Tuk iria participar do Campeonato de Arremessos. Viajamos até a cidade e fomos para um hotel, Epimeteu saiu para falar com Tuk e a Sra. Thrud ficou para conversar conosco:

— Abdias e Mark, apesar da derrota, vocês foram imprescindíveis para a equipe ganhar. A glima é um jogo de equipe neste formato e, por isto, vários lutadores acabam perdendo em algum momento, mas manter a superioridade numérica é muito importante. Hoje nossa melhor aposta é a capitã Rosa e, por isto, jogamos para que ela apareça sempre no momento certo, os outros lutam para que isto aconteça. Precisamos garantir que o jogo nos favoreça. Dandara tem sido um grande fator de superação de nossa equipe, por isto mereceu ser proclamada campeã das duas fases. Vocês perderam em lutas chaves para enfraquecer as equipes mais fortes. Por isto levantem a cabeça, a vitória é da equipe, e por isto vocês ostentam o brasão comum de nossa equipe.

As palavras dela trouxeram nova vitalidade aos dois, pois realmente a competição de glima é coletiva e, sempre haverá sacrifícios de lutadores para que a equipe ganhe. E e não somos apenas nós que participamos do jogo, mas os treinadores são fundamentais para as decisões referentes à estratégia. Gama chegou ao final exausto, e se tivesse feito lutas em diferentes sequencias, teria possivelmente perdido. Abdias é muito bom na leitura dos adversários e nos ajuda sempre, por isto é o primeiro a ser exposto. Rosa é a aposta e, por isto, fica sempre que possível mais descansada. Eu e Mark carregamos a equipe, somos os que mais se apresentam e, devido a isto, somos mais expostos para derrota. Fazemos uma bela equipe, nossos treinadores são realmente divinos!

Se a competição anterior de Arremesso de Machado foi dramática, essa foi bem diferente. Tuk estava bem à vontade com o equipamento e a pressão que viria, foi incrível. Ficou campeão sem ser ameaçado nenhuma vez e na final fez dez arremessos na mosca, 60 pontos. Simone desta vez chorou de alegria pelo desempenho de Tuk abraçada com a mãe dele, nosso amigo alcançou a gente novamente.

Desta vez houve pequenos destaques sobre a nossa participação na competição do final de semana na mídia local. Nossa equipe apareceu em foto e Tuk teve um certo destaque individual. A história de Dandara não foi explorada, fato que nos deixou frustrados, mas era quase impossível quebrar as barreiras bem construídas.

*****

Na sede do Círculo A, duas representações estavam sendo avaliadas por Disnomia, a nova líder da organização da América Baixa. Enviada por nomeação da própria Éris, sua função era provocar a desordem cívica através da ilegalidade na região, afinal foi somente por isto que ela foi criada. Com voz calma e sedutora, a nova líder não gostava de sujar as mãos, e sempre recrutava lacaios, humanos inconsequentes ou ingênuos; raivosos ou sedentos de vingança; idiotizados ou ingênuos demais para acreditarem em suas palavras e sedução. Ela era linda! Cada milímetro de suas vestes era escolhido para atrair a atenção de qualquer dos mortais que a observasse, e sua voz entorpecia como o canto das sereias! Desejá-la era uma maldição; dormir com ela era a pior das escravidões, pois seu único desejo era servir aos anseios do caos e da desordem.

Enquanto olhava o relatório, na sua frente dois homens e um jovem estavam aguardando seu julgo:

— Então temos um classe C que cometeu dois crimes contra nós, o primeiro físico por agredir e lesionar o jovem que aqui está e o segundo seduzir uma de nossas crianças.

Ela andou e verificou cada um dos três, encostou de leve um dos seios nos braços do jovem abrindo um pouco mais o seu decote deixando-o mais nervoso ainda. E continuou falando:

— A avaliação que meu antecessor tem de vocês é que são, como posso dizer, patéticos, é isto? Ou fracassados seria melhor? Mas gostaria de ouvir suas versões do porquê estão aqui neste momento me fazendo perder tempo.

Ao dizer isto sentou-se na mesa e cruzou as pernas, conseguindo constranger mais os reclamantes.

— Ele tem feito o que quer na cidade, aprontou com minha filha e seduziu minha mulher e sogra também, ele roubou minha família!

— Depois de tudo que aconteceu com minha equipe, ele ainda está tendo destaque na cidade através dos jogos, está crescendo em fama, será difícil depois controlá-lo.

Disnomia chegou perto dos dois, passou a mão no ombro de um deles e aproximou seu pescoço para que sentisse seu cheiro e afastou-se em direção ao outro que, fitou em seus olhos, e aproximou a boca da dele e disse:

— Se eu fosse sua mulher, trocava você por um porco! Retirem-se agora!

— Mas o problema não é somente isto – Chacal começou a falar— ele é protegido, não era para ter tanto poder em nossa cidade, era para ser excluído, e ele conseguiu incluir um Classe D.

Tocando agora as pernas do nervoso Chacal, que olhava suas mãos de unhas perfeitas assanhando sua coxa pela calça, ela disse:

— Você chamou minha atenção jovem, continue.

— Ele tem proteção da coordenadora Caliope e de seus treinadores Thrud e Epimeteu.

As unhas de Disnomia agora se enterravam na coxa do garoto que sangrou, então ela se recompôs e disse:

— Agradeçam ao garoto ter salvado vocês de suas mediocridades! Darei permissão para que recrutem para uma missão contra este Classe C. Será interessante acompanhar o que se desenrolará disto!

Ao dar o veredito, ela pegou um bloco de papel em branco, colocou a letra A no seu meio e, com uma caneta tipo pena escreveu um X por sobre a letra anterior. A tinta vermelha em excesso dava a impressão que a última letra era feita de sangue escorrendo. Por fim ela disse:

— Na sua cidade saberão o que significa. Nunca mais quero ver os dois aqui, menos você garotão, eu ficarei de olho em ti.

Ao dizer isto, deu um beijo na face, encostando o canto de sua boca na da dele. Os três saíram.

*****

No treino fomos avaliados novamente para o final do semestre. Conseguimos grandes feitos este ano, mas o próximo ano será determinante para as pretensões da equipe. Nos relatórios de nossos técnicos, apontavam novamente que Rosa era destaque da equipe, Dandara conseguiu se adaptar as regras e teve um excelente ano, Gama tinha se superado em relação a ser um dos mais fortes lutadores na avaliação, porém sua resistência era o seu ponto fraco. Mark e Abdias estavam no mesmo nível e o primeiro era fisicamente melhor, assim como o outro amigo compensava pela técnica. Eu consegui me desenvolver o suficiente para ser considerado o segundo da equipe.

Tivemos um bom desempenho no semestre escolar, apesar das novas regras educacionais terem reflexos na administração. As regras dos cursos de formações profissionais, como o Liceu, também foram alteradas, a Classe B que tinha entrada garantida foram rebaixados para disputar cotas com a C, obviamente aumentou a tensão entre os dois grupos.

Na política do governo atual, foram aprovadas novas leis sobre manifestação públicas, as punições individuais delimitavam exclusão imediata para a Classe D para quem produzisse, organizasse ou levasse a manifestações coletivas em desacato ao governo. As coletivas estavam temporariamente proibidas com a justificativa de um supostos "motim" serem organizado pela Classe B que agora, segundo provas de vários órgãos oficiais, eram financiados pelos insulares.

Havia agora justificativas formais de ataques aos direitos das Classes B e C por terem agentes insulares infiltrados. Põe fim, os assassinatos de pertencentes da Classe D começou a ser tratado como medida profilática a degeneração moral e física da sociedade temente aos deuses!

*****

Ao final da última prova do semestre, as notas foram distribuídas individualmente e sem comparações entre os alunos. A nova direção da Sra. Caliope evitava este tipo de exposição da antiga administração. Neste novo tempo da escola, a família de Dandara conseguiu assimilar o pagamento progressivo das mensalidades, muito pela ajuda dos pais de Abdias, e Tuk não teve problemas também. O mesmo não aconteceu com Gama, desta forma ele recebeu uma ajuda da equipe para o pagamento, assim como fizeram no meu caso.

Com a aproximação das férias de final de ano, meus pais estavam ansiosos pela visita de Otelo, agora segundo sargento. Harriet viria com ele, e aparentemente estavam noivos. Ela passou em um concurso para um centro de pesquisa financiado pelo governo na América Central, cujo objetivo era estudos de tratamentos inovadores para diversas doenças e acometimentos traumáticos. A diretora do centro era a Dra. Henrietta Skloot, extremamente conhecida nas pesquisas sobre câncer.

Simone tinha ido ao treino conosco, fato que não era incomum. Fizemos os roteiros de retorno para casa normalmente, e Epimeteu terminou a rota levado nós dois para minha casa, pois a sua avó estava na cidade e iria buscá-la mais tarde. Aproveitamos para ficar um pouco mais juntos.

Simone gosta mesmo de mim, pois as rotinas de treinamento, o dinheiro contado de minha família, os amigos que temos, muitas vezes não permite que eu seja o melhor namorado do mundo. Não por vontade, mas tenho dificuldades pelos motivos anteriores de sairmos, ir para festas, bailes, clubes ou outros locais que namorados geralmente vão. Quando digo isto a ela, sua resposta é que a levei a Francisco.

Além disso nos damos muito bem! Não me lembro de termos brigado algum dia, e apesar de não termos ido até o fim em relação ao sexo, sei que o fato se relaciona mais com minha preocupação do que a dela. Mas sempre que estamos próximos, as minhas promessas de respeito e responsabilidade conosco se impõe, mas ela tem dado seu jeito de me agradar. Simone é fantástica, tive muita sorte no meu primeiro namoro.

Em determinada hora da noite a Sra. Melissa apareceu. Ela entrou e conversamos um pouco, incluindo meus pais. Simone deitada no meu colo e eu fazia carinho em seu cabelo cor de mel e avelã, e fiquei olhando sua avó. Era incrível como eram parecidas, o formato dos olhos, do nariz, a altura, as mãos, tudo combinava e, inclusive, elas pareciam mãe e filha, e não avó e neta! Quando a sua mãe está junto então, somente a Simone parece ser a mais nova.

As duas se retiraram, meu pai e eu nos oferecemos para acompanhá-las, mas ela disse que seu motorista chegaria em breve. E foi o que aconteceu, nos despedimos e elas se foram.

— Realmente, você tem sorte! Ela é um amor e a família gosta mesmo do você!

Balancei afirmativamente a cabeça, pois sabia que meu pai havia apontado uma questão real e preocupante ao mesmo tempo. As nossas classes são muito distantes para conseguir tal feito, uma adolescente Classe A gostar de um CIII era explicável, mas a família era outra coisa. Geralmente elas se opõem drasticamente contra as filhas e, em muitas vezes, a insistência causa distanciamento físico do casal, ao colocar a moça em escolas internato ou na casa de familiares e até mesmo expulsões do lar e deserções. No seu caso foi bem tranquilo, com exceção do pai, de quem eu nem me lembrava mais. Ele simplesmente sumiu, e Simone nem tocava mais no nome dele, nem para demonstrar saudades. Enquanto pensava a campainha tocou...

Fui atender pois achei que elas tinham esquecido alguma coisa, devido a ser tarde. Abri a porta e não tinha ninguém, porém havia um barulho na lateral da casa, e quando fui ver o que estava se passando, alguém me atacou pelas costas! Consegui me equilibrar e ficar em pé, quando outro atacante chegou. Consegui acertá-lo, mas havia outros e outros. Me derrubaram quando um X de madeira na direção da porta de minha casa começava a arder em fogo.

Todos os vizinhos trancaram e fecharam as portas e as cortinas, tentei me levantar mais fui chutado por um dos agressores, pude ver que estavam todos com um tipo de uniforme branco com um A riscado por um X sangrando no meio do peito. Já estava entregue quando ouvi um grito:

— Meu filho não!

Era meu pai com o tacape que dei para ele vindo de Francisco atacando os agressores. No desespero ele conseguiu derrubar um deles e afastar o segundo, mas o terceiro o derrubou e começaram a espancá-lo. Ao ver isto levantei de novo e tirei alguns de cima dele, novamente me acertaram e cai sobe o corpo de meu pai. Não importava os chutes e socos que estava recebendo, pelo menos estava protegendo-o, meu pai era um velho, como isto poderia acontecer?

Quando diminuíram a surra, olhei dois olhos na escuridão arregalados, sem saber o que fazer, mas querendo muito intervir. Nessa hora reuni um pouco das forças que ainda tinha e falei para o pequeno saci:

— Busque ajuda... Epimeteu...

O saci sumiu, não sei se apaguei por pouco tempo, mas vi o corpo de meu pai sangrando, porém ainda respirava. Os agressores colocaram duas cordas no entorno de um galho alto de árvore enquanto riam e nos ofendiam, eles pegaram o corpo de meu pai primeiro, novamente tentei reagir, o que me fez receber um golpe com o tacape que presenteei na cabeça; quando estava quase desmaiando vi um urso correndo em direção aos atacantes e uma deusa vestida de prateado e dourado arrastando uma espada longa no chão, que pelo atrito inúmeras faíscas eram lançadas. Nesta hora já não estava mais consciente...

Capítulo XI

Já estamos sabendo!

Acordei em um local estranho; a luz era muito forte e o cheiro era éter, e aos poucos consegui identificar como um quarto de hospital. Alguém respirava de forma ofegante ao meu lado. Estava tudo muito confuso... quando fui olhar quem estava do meu lado, percebi que era meu pai, e o que aconteceu estava retornando. De imediato fui me levantar para vê-lo, mas não era possível, pois meus pulsos estavam algemados na cama. Nessa hora alguém no quarto se levantou para falar comigo. Era Elza:

— Oi, como você está?

— Com uma terrível dor de cabeça! Mas e papai? – Respondi.

— Ele está bem, mas apanhou muito e o esforço que deve ter feito... – Elza parou para respirar um pouco – fez ele infartar! A sorte é que o socorro chegou bem rápido... parece que a mãe da Simone se encarregou com o atendimento nessa clínica; mal chegaram e o pai foi operado. Agora está sedado.

— E por que estou algemado? – Perguntei.

— Também tem dois agentes da milícia na porta. Você e papai estão sendo acusados de atacar e matar cidadãos da Classe A, pessoas consideradas grandes exemplos para nossa sociedade. A mesma merda classista de sempre! – Elza não suportou e começou a chorar...

— Mas Elza fomos atacados, eu e o pai não teríamos condições de matar ninguém!

— O que foi revelado é que seis pessoas foram atacadas e tiveram várias escoriações, três tiveram a mão ou o braço decepado e três foram degolados, todos classes A. Vocês deram entrada nesse Hospital e os crimes aconteceram na frente de casa, os vizinhos negaram ter visto qualquer coisa. Mamãe que viu o ataque e se escondeu a pedido de papai não foi escutada com a justificativa de que iria proteger criminosos.

— Mas e o X pegando fogo, e as forcas que iriam usar, os uniformes? – Continuei.

— Nada disto foi encontrado, apenas os corpos. – Continuou Elza – Soel, o promotor quer pena de morte para vocês, o caso está sendo tratado como "Os Monstros de Palmares" pelos noticiários. Em três dias terá uma Audiência de Instrução e Julgamento, mesmo se vocês não tiverem condições de ir.

Nessa hora a porta se abriu e um miliciano carrancudo anunciou a visita da advogada, dizendo que Elza teria que sair. Um beijo na minha testa e minha irmã deu lugar a uma belíssima advogada. Apesar da dor de cabeça que sentia, consegui lembrar que já a tinha visto em algumas ocasiões, em particular na festa na casa de Simone.

— Olá Rodrigo, como está? Recuperando-se? A estratégia de defesa já está montada, fique tranquilo. A barra deve pesar um pouco, mas vou cuidar bem de você e do seu caso. Confie em nós.

— Eu estou confuso! – Disse perplexo – Não sei bem o que acontece no momento?

— Você foi vítima de um caso típico de classismo, mas vamos tomar cuidado com tudo. De novo, não se preocupe, tenha fé nos deuses!

Ao dizer isto, a minha confusão aumentou mais ainda. Não sabia se ela estava sendo literal ou foi uma fala simbólica. Minha cabeça doía muito para tomar uma decisão, então esperai a sua reação.

Daí ela se aproximou, fez um carinho em meu rosto e beijou minha testa. Colocou sua boca do lado de minha orelha e sussurrou:

— Confie em mim, sempre irei cuidar de você!

Depois se despediu, disse que tinha muita gente a espera para me ver e não queria atrapalhar mais. No meio do caminho, ela se virou rapidamente e me confidenciou:

— Foi esperteza sua mandar o Saci nos avisar, pensou bem!

Ela saiu e imediatamente uma namorada desesperada entrou correndo e me beijando calorosamente, e enquanto isto, sua avó brigava com os milicianos. A advogada se juntou a ela em debate sobre, pelo que entendi, o direito de me visitar. Após algum tempo, a Sra. Melissa também entrou.

Enquanto Simone estava me mimando, a sua avó foi ver se saúde de meu pai apresentava alguma alteração. Ficou um tempo com ele e veio me ver, estava com o semblante bem preocupado:

— Vou fazer tudo que posso para que seu pai melhore, mas ele ainda não está bem. Vou reforçar minhas preocupações. Qualquer problema com a equipe médica me avise ou peça para me avisar. Você está bem?

— Obrigado por cuidar de meu pai. Eu estou com um pouco de dor de cabeça, no corpo e um pouco confuso, mas vou ficar bem. Eu só não sei como vou pagar o que te devo, a senhora deve estar gastando muito com a gente.

— Eu tenho uma fortuna para gastar sem me preocupar com isto. Portanto você também não deve pensar no assunto. Infelizmente, desconfio que posso ter um pouco de responsabilidade com o ocorrido, mas isso terei que investigar. Trate de melhorar para que fique livre deste pesadelo! Vou deixar você com Simone um pouco.

Melissa saiu e deixou os dois namorados juntos.

— Queria pôr a mão em seu rosto, em seus cabelos, mas não dá. – Disse a ela, em relação as minhas mãos algemadas.

— Não tem problema, eu prefiro sua boca neste momento!

Ela me beijou e acarinhou seu rosto com o meu. Sua mão segurou a minha e, verificou as marcas que as algemas já faziam em meus pulsos. Aos poucos deitou a cabeça em meu peito e disse-me:

— Minha avó está se sentindo culpada pelo ataque. Ela disse que deveria ter percebido o que aconteceria depois que saímos. Ela acredita que você abriu a porta pensando que era a gente que tinha voltado.

Foi realmente o que aconteceu, mas eu nunca pensei em culpá-las. Minha preocupação era em relação ao meu pai, se ele estava bem e se sairia dessa. Porém não posso negar que as acusações e a audiência foram uma infeliz surpresa e, mesmo após a visita da Dra. Cila, o medo de ser condenado não passou. Dois Classes C punidos pela morte de três A, isto era o mínimo que nossa sociedade poderia querer. Apesar de tudo as chances estão contra nós.

Enquanto pensava, a Simone acariciava meu peito e tentava demonstrar otimismo, mas de vez em quando eu sentia que uma de suas lágrimas escorria até meu peito. Ela também estava preocupada comigo, meu pai e nosso futuro. Apesar de tudo, de sermos inocentes, não sei o porquê de ela estar comigo. Por que sua família confiava tanto em mim, uma família Classe A tendo tanto apreço por um C? Nada disto me pareceria real!

— Está na hora. Chega de visita! -Disse novamente o grosseiro miliciano – Agora apenas familiares podem acompanhar o velho.

Ao sinal de que a visita tinha acabado, Simone me beijou e saiu. Na mesma hora Rosa entrou:

— E aí? Como você está?

— Bem... – respondi sem querer parecer grosseiro, mas estava um pouco cansado de responder sempre a mesma coisa.

— Consegui substituir Elza pelo menos por hoje! -Ela me disse preocupada – Desde que chegaram aqui ela não dorme e não se alimenta bem.

Nessa hora percebi que não sabia há quantos dias estava internado, pois parecia que tudo tinha acontecido a algumas horas atrás. Ao perguntar sobre isso, Rosa me disse que o acontecido tinha sido havia dois dias, na madrugada, então eu tinha apagado por volta de trinta horas.

— Os médicos disseram que a concussão que teve poderia se agravar pelos outros traumas, então resolveram te sedar. Enquanto dormia, o pai teve duas paradas cardíacas e teve que fazer uma cirurgia de correção de isquemia cardíaca de emergência. A avó da Simone autorizou tudo.

— E Epimeteu? Onde ele está? – Perguntei.

— Não os vemos desde o incidente. A Sra. Thrud conversou com a gente sobre o ocorrido e garantiu sua inocência. Soel, nunca vi ela daquele jeito, estava com uma raiva que dava a impressão de que faíscas saiam de seus olhos. – Enquanto conversava, Rosa lembrou:

— Ah! A emoção quase me fez esquecer, o pessoal que não pode entrar mandou para você.

Rosa me mostrou um cartão assinado pelo nosso grupo; nele estava escrito: "Todos somos um..." e cada um completou da forma que quis:

Gama colocou "força" e assinou; Dandara escreveu: "te amo muito meu amigo, saia desta por favor"; Tuk: "Guerreiro caído simplesmente se levanta, nos vemos"; Mark: "desculpe-me..."; e "Abdias: quero ver você aqui fora para te matar por nos dar este susto. Fique bem!".

Foi muito bom receber recados de meus amigos, mas o de Mark me intrigou... por que me pediu desculpas? Será que era pelo problema que tem em ser Classe A?

Deixei de pensar nisso por avaliar que não valia a pena, assim como ver o que Dandara escreveu certamente fez emergir antigas emoções que nunca se resolveram dentro de mim. Foram apenas abafadas, soterradas, mas nunca sumiram. Não quero pensar novamente nisso, pois amo a Simone e prometi não a magoar.

Ainda bem que o jantar chegou, eu estava faminto! A cuidadora colocou sobre o suporte e disse que estava bem sem gosto, por causa da lesão na cabeça e do tempo que fiquei sem comer, mas que a gelatina estava boa. Tudo bem se não fosse a recusa de tirarem minhas algemas, os milicianos me achavam perigoso demais para ser solto. Rosa então pegou a comida e me deu de forma bem carinhosa:

— Estou aqui para cuidar de você, vamos sair dessa. -Ela me disse sem muita confiança. Nessa hora também vi que meu pai estava sendo alimentado por sonda, isto não podia ser bom.

Não sei se foi por causa de ter dormido demais, ou foi pelas algemas que cada vez mais feriam meus pulsos, porém não consegui dormir. No próximo dia de manhã, o médico pediu que as algemas fossem retiradas da cama para que eu pudesse andar. O miliciano soltou uma algema da cama e, antes que eu pudesse movimentar o braço para aliviar o desconforto, ele prendeu diretamente no outro pulso e, só assim soltou a outra algema, deixando-a pronta para me prender de novo. No meio do procedimento ele disse sussurrando:

— Tente escapar mestiço, estou louco para estourar sua cabeça e ser tratado como herói.

— Não vai fazer isto, vou acompanhar o passeio! Não darei a oportunidade que quer meu caro, já sei que a animosidade está tão bem instalada pelos milicianos! – Disse a Dra. Cila, que por sorte acabara de chegar.

Ela dispensou a Rosa para o descanso e disse que iria cuidar de mim até que Elza chegasse. Enquanto andávamos, tive a real noção do tipo de clínica em que estávamos. Era bem elitizada e com quartos de apenas um ou dois pacientes, cuidadores atentos e médicos plantonistas o tempo todo. Nem sabia que havia um hospital assim.

Andei em um corredor acompanhado dela e dos milicianos, o médico que me atendia ficou verificando meu equilíbrio ao caminhar, estava aparentemente tudo em ordem. Diante deste pequeno teste, o que percebi foi um afastamento um pouco exagerado dos pacientes e alguns funcionários ao me ver, as manifestações eram geradas possivelmente por um certo medo reconhecível.

Cila tratou com o hospital que a minha alta iria coincidir com a saída para o fórum. Ela viria me buscar para evitar atrasos ou problemas decorrente de burocracia ou animosidades. Um miliciano que escutava a conversa deu uma risada um pouco indiscreta, então fomos levados novamente para o quarto. Realizaram os procedimentos de me prender à cama, que foi feito sob os protestos da advogada. As algemas já produziam feridas que, realmente, pouco me importavam. A visão de meu pai naquelas condições tirava todas as preocupações que considerava menores, ele era meu verdadeiro foco.

Quem veio passar a noite comigo, por incrível que pudesse parecer, foi a Sra. Caliope. Não entendi como ela poderia estar nesse local e comigo. Ela revelou que, como diretora interina da escola, conseguiu inspirar o conselho tutelar a nomeá-la para verificar o tratamento dado a seu aluno. Assim, conseguiu uma liminar para estar ali e, em seu primeiro ato, solicitou a retirada das algemas. Fato que permitiu ver o tamanho do estrago feito em meus punhos. Na mesma hora ela solicitou registro e curativos para as minhas feridas.

Durante a noite a Sra. Caliope me observava e segurava uma mão de meu pai e passava a outra na sua cabeça de forma muito carinhosa.

Já estava alguns dias no mesmo quarto que ele e este era o primeiro momento que pude tocá-lo. Infelizmente ele não parecia nada bem:

— Sabe qual meu medo? – Disse para a diretora – Que ele morra e eu nunca mais possa conversar com ele, agradecer de ter me defendido. Tudo isso é muito injusto!

Ao dizer isto, a Sra. Caliope veio ao meu lado e tocou com as duas mãos em meus ombros. Neste momento o quarto se iluminou com uma luz muito intensa...

*****

Estava caminhando por um gramado muito verde e, na beira do rio, havia um senhor pescando, com um chapéu de palha, camisa aberta, bermuda e os dois pés descalços no chão:

— Eu nunca te disse que seu avô gostava de me trazer para pescar. Quando era pequeno, o riacho perto da cidade era ainda muito vivo e os peixes que ele nos dava, muitas vezes, ajudava a passarmos o mês pois economizava a mistura. Naquele tempo às vezes contávamos até os niqueis! Ele achava que quando eu estava por perto as Náiades, as ninfas da água doce, não iriam se importar com a pesca pois era para me alimentar. Muitas vezes até acreditava que elas próprias punham os peixes em seu anzol.

— Você nunca me contou nada de meu avô! – Respondi.

— Eu tive muito medo do que aconteceu com a gente ter sido uma maldição dos deuses e que se estenderia para minha família. No início, eu queria manter vocês seguros, e aos poucos isto se tornou um recalque, uma obsessão e finalmente a maldição que tanto temia. Mas era diferente do que eu achava no começo, em vez de sermos punidos com doenças, acidentes, mal agouros, essa maldição foi a tristeza da separação. Eu queria tanto que vocês crescessem sob minhas normas, que nunca parei para conhecer cada um de meus filhos, saber o que eles queriam, amavam e o que passava em suas cabeças, o que conheciam e o que viviam. Todo o tempo era definir regras e como fazê-los seguirem, eu perdi tanto tempo...

Eu consegui naquele momento ver o esforço que meu pai teve para se libertar de seus traumas, e como eles corroeram a sua existência e a nossa família, a única coisa que pude fazer naquele momento foi abraçá-lo e chorar junto.

— Me desculpe de não ter contado histórias, de me ausentar em momentos felizes ou tristes, me desculpe por conhecer você tão pouco!

— Papai, eu não tenho o que perdoar, teve tempo para você abrir o coração. Nós te amamos, a Elza, o Otelo e eu...

— A mais nova também me perdoou?

— A Rosa? Sim, ela tem muito orgulho de ser sua filha adotiva, você restitui uma família na sua vida!

— Que bom! Fico tranquilo agora. Mas me prometa filho...

— Pode pedir pai.

— Proteja todos eles, você sabe que é o mais forte e por isso não pode se perder... Por favor prometa!

— Eu prometo pai, não vou me perder!

*****

Uma mão carinhosa tocava minha testa e meu rosto, aos poucos fui acordando de um sono tranquilizante. O anjo que me acordou finalmente me deu um beijo na testa e disse que estava na hora. Era a Dra. Cila, sua beleza realmente era digna de se confundir com um ser celestial. Ela me trouxe roupas novas para a audiência. Fui me trocar e antes de sair me despedi de meu pai. Ele estava pela primeira vez na cama com uma expressão de paz, chegando até a mostrar um discreto sorriso. Essa foi nossa despedida!

Quando saímos do hospital, estava algemado com dois milicianos me conduzindo, e a Dra. Cila me acompanhava. Nessa hora vi a dimensão do problema em que estava envolvido. Havia várias pessoas à espera de minha saída, portando cartazes e gritando palavras de ordem. Um dos cartazes que consegui ler dizia para pararem de gastar dinheiro com impostos, bastaria me soltar no meio da multidão que acabaria o problema. Um dos meus acompanhantes riu para o outro dizendo que seria a melhor coisa a ser feita. Na hora a advogada disse:

— Ótimo, assim a sociedade não precisaria perder seus impostos para pagar seu salário. Deixava que todos resolvessem suas disputas da forma que bem entendessem, sem justiça, sem milícia... seria um lugar muito bom para se viver!

Durante o trajeto até a viatura a população começou a ficar mais eufórica, algumas pessoas começaram a jogar coisas em mim, uma garrafa d'água me acerou em cheio, os milicianos não apontaram qualquer reação além de segurar o riso, e a Dra. Cila olhou para a população, que imagino tenha se intimidado devido a ter dado um tempo nas manifestações. Aproveitamos e entramos na viatura.

No fórum a aglomeração de manifestações era ainda maior, e centenas de pessoas entoavam cantos e maldiziam minha família. Nessa hora fiquei preocupado não apenas comigo e meu pai, mas também com minha mãe e irmãs.

— Elas estão na casa de Abdias e seus amigos estão com elas, fique tranquilo! – Disse Cila.

— Por que Epimeteu e a Sra. Thrud me abandonaram? – Nem sei por que a pergunta saiu de minha boca, mas era um sentimento que há muito estava segurando.

— Ora meu garoto, eles estão acertando algumas questões do caso, confie neles! – Respondeu Cila.

— Estão preparando a melhor forma da gente se livrar de você! – Novamente abordou o miliciano rindo.

Desta vez Cila pegou-o pela cabeça virou bruscamente para ela e disse-lhe:

— Mais uma piadinha, e verá o mostro que reside em mim. Faça seu trabalho, decentemente e agora!

A ameaça surtiu efeito, ele se calou e deu para sentir que um grande calafrio percorreu seu corpo na hora. Após isto, chegamos...

No caminho até a entrada havia manifestantes e repórteres das redes de comunicações. Todos se colocavam no nosso caminho com perguntas do tipo: se eu tinha me arrependido, ou se representava algum grupo de ódio classista, se senti prazer em matar entre outros absurdos. Mas ao longe, um pequeno grupo apresentava faixas em meu favor, consegui ler duas que diziam: "Julgamento justo para todos e 2 contra 12? Quem são as vítimas?"

Entre os manifestantes vi de relance o líder que me deu a impressão de ser o Padre Julius e, várias pessoas que vi em Francisco. Não sei se era apego a esperança, mas lembrei que justiça era um dos pilares dos Insulares, seriam eles que estavam liderando estas manifestações? Correndo tanto perigo assim? Sei que o resultado do apoio foi ter dado um pouco mais de esperança, serviu como um acalento neste tempo difícil.

Na porta de entrada, uma elegante Sra. Thrud me esperava, me acolheu sem dar importância aos milicianos que protestaram. Ela ficou do meu lado para ver um manifestante quebrar o cerco e dar uma cusparada em meu rosto. A reação dela foi contida por Cila: "agora não!" – ela disse. A advogada pegou um lenço e carinhosamente limpou meu rosto enquanto os milicianos continham o agressor. Conseguimos então adentrar ao fórum. O mais triste desta movimentação toda foi perceber que a maioria dos meus agressores eram da minha Classe, poucos eram da Classe A, eles se importaram em sujar suas mãos.

Um dos que sujava as mãos, noticiava que um dos "Monstros de Palmares" acabava de chegar ao julgamento e que, o outro não viria. Ele dizia ainda que as autoridades informaram que deveria ser por causa de questões de saúde, o que era um absurdo, segundo ele, pois para matar e mutilar pessoas de bem não precisava de cuidados.

Entrei numa sala para a audiência, não me permitiram conversar ou interagir com quem estava lá dentro, me levaram até a cadeira e, sentei-me ao lado da Dra. Cila que ainda demostrava confiança. Na sala percebi a presença de Elza sentada ao lado da mãe da Simone e a Sra. Melissa neste grupo. A Sra. Caliope também estava presente e outros rostos conhecidos. Epimeteu não se encontrava no local.

*****

O grupo que ainda insistia em ficar protestando em frente ao hospital, ao receberem a confirmação de que apenas um acusado tinha sido levado a justiça, ouviram o posicionamento de um comentarista policial famoso por sua agressividade, e pela sua própria avaliação, de não ter medo de dizer a verdade. Ele insistiu que gostaria de ver com seus próprios olhos se realmente o assassino estava impossibilitado de enfrentar o tribunal, pois força para matar se precisasse ele tinha! Continuou apresentando uma tese que reforçava a ideia de que "grupos defensores de bandidos", os chamados de Direitos Universais da Humanidade, tinham plantado esta informação para não levar o miserável a justiça.

Desta feita, agora um grupo de pessoas inflamados pelas constantes palavras de ódio proferidas por este tipo de notícia, resolveu tomar para si o direito de fazer justiça com as próprias mãos. Tomados por ódio e certeza de que suas ações eram nobres, adentraram ao hospital dispostos a agredirem funcionários, cuidadores e até pacientes e assim, começaram um quebra-quebra para conseguir chegar ao quarto aonde o pai do Soel estava hospedado.

A audiência se iniciou com a entrada de um promotor com um ar prepotente de quem já teria ganho a disputa, e um Juiz com cara de poucos amigos. Durante quase uma hora vi teses da crueldade que tivemos, eu e meu pai, com as vítimas, da raiva que nutríamos dos pilares de nossa sociedade e outros absurdos atribuídos a nós. A história era assustadoramente mentirosa e sustentada por informações especulativas de como, por exemplo, atraímos as vítimas para nosso covil. A tese de que supríamos uma rede de canibalismo também foi adotada, e segundo a promotoria, explicava o porquê dos braços amputados. Trechos de dois depoimentos das supostas vítimas foram lidos:

"*...cheguei ao local depois de dar um beijo em minha esposa e filhos, disse que não demoraria, mal sabia o que iria me acontecer. Quando vi os corpos caídos fiquei congelado, não sabia se devia ajudar aqueles pobres homens ou fugir. Nem sei de onde veio aquele louco e ensanguentado garoto, mas quando vi, um de meus braços tinha sido arrancado e estava caído no chão...*"

"*... conheço muito bem lutas, pensei que poderia dominar aquele homem que atacava aleatoriamente as pessoas que ali estavam, mas não consegui, tive sorte de ter apenas algumas costelas quebradas, mas pelos deuses, tenho pesadelos, choro pelo sangue que vi e os homens decepados, caídos ao chão.... me perdoem, eu não consegui fazer nada... estar vivo virou uma maldição...*"

Após a leitura veio a primeira intervenção da Dra. Cila:

— Tenho dois apontamentos, na realidade uma pergunta e uma observação. A pergunta, onde estão os que fizeram os depoimentos e as testemunhas citadas?

O promotor respondeu que foi concedido testemunho por escrito pelo poder judiciário para evitar novos traumas das vítimas e possíveis retaliações da "Rede de Canibalismo" que seus clientes operam. Cila somente disse que era o esperado, mas gostaria de que a informação fosse registrada.

— O interessante, meritíssimo, é que o tipo de corte apresentado pelas supostas vítimas...

Um protesto foi solicitado pelo advogado em relação aos supostos, eram vítimas, que foi prontamente acatado pelo Juiz, assim Cila descobriu o grau de dificuldade que teria, e continuou:

— As vítimas que fizeram o depoimento, parecem que não estiveram no local – novo protesto foi anotado – ou mentiam, porque os cortes relatados pelos próprios legistas do fórum, eram limpos, cuja arma não foi encontrada pela prescrição e falta de irregularidades deixados nos corpos. A estranheza desta informação somente é menor pois os ferimentos foram imediatamente cauterizados, levando a crer que a mesma arma de corte era responsável pela cauterização. Portanto meritíssimo, não havia tanto sangue como descrito. A não ser se ele veio dos dois réus, em que se pese, demonstraria o quanto foram agredidos.

— Isto é um absurdo – disse o promotor – somente a visão de cadáveres pode ter dado a impressão de que também haveria sangue, é um recurso de memória ou figura de linguagem.

— Concordo! – afirmou o Juiz – Mais alguma fantasia, advogada?

— A tenho sim, mas ainda não está na hora!

Os milicianos que atenderam o caso e que colheram as provas de acusação deram seu depoimento. Dois deles confirmaram que os corpos estavam na frente da casa e, principalmente os mortos não tinham sinais de luta e, por isto, deveriam ter conseguido lutar ou proteger os cidadãos que estavam sendo atacados. Nesta hora, a Dra Cila perguntou:

— Havia algum sinal de coisas estranhas? Tipo roupas? Cordas para enforcamento? Ou um X pegando fogo no local?

— Isto é ultrajante, usar lendas urbanas para proteger assassinos! Meritíssimo, tome alguma providência.

— Não mais ultrajante que inventar uma sociedade canibal de transporte de carne humana, faça-me o favor promotor. Sua tese é bem fraca e sabe disso. – Respondeu a advogada de forma séria.

O Juiz ainda tentou uma estratégia para proteger a promotoria dizendo que ambos deveriam ter cuidados com teorias da conspiração, mas que o concreto eram os corpos e a agressão. Cila estava começando a dominar o campo, obrigando a promotoria e o judiciário a se exporem em relação a estarem acobertando os verdadeiros fatos, assim como a milícia. Mas ela sabia onde iria levá-los.

*****

No meio da invasão do hospital, alguns cuidadores foram agredidos de forma mais contundente na tentativa de obrigarem a revelarem onde o mostro estava escondido. Os que se recusaram foram derrubados ao chão e chutados, não importava se eram homens ou mulheres, jovens ou idosos, as agressões continuaram até encontrarem uma pessoa que deu o que eles queriam, a localização exata. O bolo alucinado de justiceiros agora sabia o caminho para a sua "vingança"!

*****

Quando os depoimentos da acusação acabaram, no ar ficava a certeza de que a esperança havia terminado... mesmo sem olhar para trás, podia ver Elza segurando o choro, deixando discretas lágrimas caírem. Imaginei seu sofrimento calado. Nessa hora começou minha defesa, iniciada pela oratória da Dra. Cila:

— Meritíssimo, vou iniciar minha abordagem lembrando a filósofa Dra. Chauí, em sua brilhante defesa da Democracia, onde lembra que os deuses decidiram que "Cabe aos mortais julgar os próprios mortais, criando suas leis e seus tribunais". Ainda cita que: "Atena recomenda que assumam a responsabilidade pública pela justiça", e finaliza com a seguinte imposição: "Não mancheis a pureza das leis com a impureza dos estratagemas!"[2]

Deu uma pequena pausa para que as palavras surtissem o devido impacto, e continuou:

— Não é desejo dos deuses, ainda sob o peso das palavras da filosofa, que os crimes sangrentos devam ser vingados por outros crimes sangrentos, perpetuando a sede de vingança e violência. Devido a isto estamos aqui, mas o que vimos está próximo de uma anomia, não de

[2] Marilena Chauí, palestra: "*Breve história da democracia*". Disponível em: https://youtu.be/k1MIsK5D0LQ

uma democracia. E é por isto que chamarei minha principal testemunha e, se preciso for, as outras que arrolei.

Nessa hora, entrou um Epimeteu magnânimo, vestido de uma forma que nunca vi antes. Sua postura estava totalmente ereta, o que o deixava com uma altura quase impossível de um ser humano alcançar. Ele fez o juramento aos deuses, se sentou à vontade na cadeira que, de alguma forma se adaptou a ele e preparou-se para ser ouvido.

Na mesma hora ele foi interpelado pelo promotor que se indignou:

— Hora, ele é o jardineiro, um andarilho que não tem contrato com o poder público e se sujeita a cuidar de uma praça. Deve ser mais um Classe D sem valor.

Sem perder a calma, a Dra Cila tirou de sua pasta um documento e entregou ao Juiz. Na mesma hora perguntou para testemunha sobre a afirmação anterior.

— Bem, eu gosto de ter contato com Gaya, por isto não preciso ser pago. Acumulei ouro demais durante minha longa vida. E pelo que suas leis proclamam, acredito que pela declaração parcial de meus bens e capitais, meu depoimento vale mais do que os que não chegam ao meu patamar financeiro, é isto Cila?

— Correto, pela lei de definição de classes, no artigo 45°, Inciso 17, parágrafo único cita que "Todo classe A, agraciado com a benevolência divina, comprovada por seus bens, deve ser ouvido de forma diferenciada em todos os órgão públicos e privados. A de se considerar sempre a veracidade das versões desta elite financeira".

— O documento a mim dirigido, coloca o Sr. Epimeteu nesta condição! – Confirmou o Juiz.

— Sr Epimeteu, por que o senhor foi chamado a depor? – Perguntou a advogada.

— Obviamente porque eu presenciei parte da agressão à família Soelloh, principalmente o pai e o filho, da organização conhecida como Círculo A.

— Ora meritíssimo, de novo esta insensatez! – Protestou o promotor.

— Esta é uma acusação grave que o senhor fez! Tem como sustentá-la? – Reagiu o Juiz – Quero lembrar que sua condição diferenciada não o libera de processos por faltar com a verdade.

— A verdade é tão relativa quanto a justiça, não é mesmo meritíssimo? Não é fácil condenar dois membros da Classe C, mesmo que vítimas? O noticiário e os irracionais já o condenaram, assim como esta audição.

— Protesto, meritíssimo, ele está ofendendo a corte! – Abordou um irritado promotor.

— Protesto aceito, comporte-se ou será destituído como testemunha! – Disse o Juiz.

— Ora, meritíssimo, abriria mesmo este precedente contra esta audiência de instrução? – Observou a advogada. – O Sr. Epimeteu não fez acusações, fez um preâmbulo do que há por vir. Ele se ausentou durante estes dias para periciar as provas que vamos apresentar. Exatamente porque saberíamos que tudo estava contra os réus. Por favor narre os fatos senhor.

— Fomos avisados por um amigo anônimo sobre as agressões contra os Soellohs, e imediatamente nos dirigimos ao local. Fomos eu, a Sra. Melissa e o Sr. Ganímedes, sabendo da gravidade da situação. Quando chegamos, vimos os dois desmaiados, ensanguentados, amarrados e prestes a serem enforcados na frente de um X que ardia em chamas.

— Ora, não é isto que os autos dizem! – Reclamou o promotor.

— Não dizem por que mentem! – Disse Cila.

— Como assim, se o que este senhor diz é verdade, como que os agressores morreram ou foram mutilados. – Continuou o promotor.

— Mortos ou mutilados não sei ao certo, mas desconfio de intervenção divina! – continuou Epimeteu – Mas os nocauteados fui eu, usando a premissa de defesa da vida humana!

Antes que houvesse a réplica da acusação e do judiciário. A Dra. Cila apresentou uma série de fotos que comprovavam a versão de Epimeteu. Nela tinha todos os elementos da narrativa, os corpos desacordados e amarrados do pai e filho, as vestes, o X, as forcas e Epimeteu, forte como um urso atacando os agressores que carregavam os corpos para forca.

— Mas... isto com certeza é forjado! Por que não registraram antes da audiência?

— Responda à pergunta advogada! – Solicitou o Juiz.

— Com todo prazer meritíssimo. A audiência aconteceu bem rápido e, para dar veracidade a todo registro fotográfico, e de filmagem que o Sr. Ganímedes fez do evento, levamos todo material para ser periciado na América Alta, pelas mãos dos especialistas do Liceu, cujas provas validadas por eles são consideradas, por toda justiça da América, como legítimas.

— Também é bom lembrar, – complementou Epimeteu – que o Sr. Aristides Lloyd Garrison, editor e dono do The Liberator, pediu as cópias das fotos e dos certificados de veracidade para publicá-los depois da Audiência.

— E as mortes? -Perguntou o promotor.

— Sabe que isto é o mais estranho. – disse Cila – Primeiro aqui está o documento pericial que cita: "por mais estranho que possa aparecer o conteúdo não foi adulterado".

Ao mostrar o que Ganímedes filmou, nada se viu além de corpos caindo e faíscas de raios em alguns momentos. Nada além disto.

— Não temos como concluir o que aconteceu. – Continuou a advogada – Mas está claro que não foi obra dos dois acusados.

— Isto tudo está muito estranho meritíssimo, e as provas recolhidas pela milícia, como ficam? Os agentes legais, da lei e ordem, não presenciaram nada disto. Exijo que declare todas estas provas inválidas! – Contestou novamente o promotor.

*****

No andar onde o Pai de Soel se encontrava, estava repleto de equipamentos para pessoas convalescentes, a multidão pouco se importou com a vida dos que sofriam. O importante era fazer aquilo que os homens sérios e honestos do noticiário, que jamais se preocupam com as consequências de seus atos; mandaram em nome da audiência. Que eles promovam a violência e assim, a massa obedeceriam cegamente!

Avançaram sem pensar nas consequências dos seus atos e finalmente conseguiram chegar ao quarto desejado.

*****

— Obviamente as provas apresentadas pela defesa já deveriam ser suficientes para a retirada das acusações. – Continuou a Dra. Cila -Entretanto, como o objetivo desta audiência não é a absolvição, Sr Epimeteu, poderia continuar o seu depoimento enquanto coloco o segundo vídeo.

Desta vez o promotor ficou calado e, em seus pensamentos, sabia que qualquer coisa dita não iria alterar o veredito e o júri popular seria marcado. Desta feita, daria tempo de anular as provas da defesa e, com os costumeiros membros do júri serem da Classe A, obrigaria a esta vagabunda fazer um acordo com ele. Dependendo do que ela oferecer, poderia até descartar a pena de morte.

— Bem, -bradou Epimeteu – ficou evidente pelo outro vídeo a falta de culpa dos réus. Devido a isso ficamos pensando por que então, a milícia e a promotoria fizeram esta acusação tão absurda. Então temos a resposta.

Neste momento, a advogada soltou o novo vídeo, concomitantemente, Epimeteu começou a narrá-lo:

— O veículo trazido pela minha amiga Melissa, chegou e colocamos os dois Soellohs para encaminhá-los ao hospital. Notem que neste momento as viaturas começaram a chegar. Melissa partiu, eu fui verificar se a Sra. Soelloh estava bem. Com os milicianos presentes acreditei e que deveriam se encarregar dos outros feridos, mas veja o que aconteceu:

O vídeo mostrava que a preocupação dos milicianos era alterar o ambiente do crime, retiraram as provas da participação do Círculo A, apagaram e recolheram o X, as cordas e o uniforme. Deixaram os feridos agonizando e os mortos foram tratados com desdém.

— Somente depois de limparem o local das agressões, esperaram a chegada de algum líder. E quem melhor que o promotor? – Ao falar isto, o vídeo mostrou claramente o veículo chegando, com o acusador da mesa ao lado. Ele conferiu o local, mudou alguns corpos de lugar e permitiu que o socorro médico chegasse. Neste momento, antes de qualquer reação, Epimeteu finalizou:

— Sabe o que é interessante nisso tudo? É que um furo jornalístico deste, deveria valer muito ouro para os jornais, mas fui eu que tive que comprar o horário para passarem... – deu uma pausa olhou para o relógio e continuou – agora. Exatamente nessa hora vários noticiários estão passando o filme da farsa. Interessante, não é? Todos sabem a verdade agora!

Assim, com o promotor acuado, o Juiz proferiu a seguinte ordem:

— Vamos arquivar o caso, ele fugiu do controle!

Na mesma hora, eu pude ver um gigantesco Epimeteu, com um brilho dourado e com os olhos transbordando de uma energia de mesma cor berrar:

— Declare-os inocentes!

Olhei rapidamente para os lados, e vi a Dra. Cila com um tamanho equivalente ao do meu amigo, com o corpo brilhando em um azul da cor do mar, que também transbordava em seus olhos. A Sra. Melissa da mesma forma emitia um brilho amarelado como o mel em seu corpo e olhos. Ganímedes com um brilho avermelhado como o bronze e finalmente a Sra. Thrud que se tornara enorme, soltando faíscas para todos os lados, seus olhos brilhavam poder, todos gritavam ao mesmo tempo a mesma frase de Epimeteu:

— DECLARE-OS INOCENTES!

Quando pisquei os olhos, todos estavam sentados, nenhuma manifestação do que vi a pouco parecia real. Apenas o Juiz, com os olhos esbugalhados, evidenciando que vivenciou algo como eu, começou novamente a dar o veredito:

— Eu... considero... bem... Que o réu e advogada se aproximem. Declaro os Senhores Rodrigo Soelloh aqui presente e João Soelloh, ausente por problemas de saúde, inocentes de todas as acusações. E que se inicie uma investigação administrativa dos agentes da justiça envolvidos no caso de alteração da cena do crime.

*****

Após a comemoração, as assinaturas dos alvarás de soltura e pegar todos os documentos necessários, consegui pela primeira vez em dias, abraçar Epimeteu. Meu querido amigo e mestre havia limpado meu nome e do meu pai, os outros também foram muito legais comigo. Elza me abraçou fortemente e beijou minha testa com muito carinho, suas lágrimas agora escorriam intensamente, o alívio que sentia era tremendo. Pelo menos era o que achávamos.

*****

Ao entrarem-no quarto desejado, uma única cuidadora estava presente. Sua calma enquanto ocorria a invasão quebrou a movimentação, ou constrangeu quem estava na frente, era difícil de diferenciar as causas. Mas ao virar e enfrentar o aglomerado de pessoas que estava dentro, na porta e no corredor, Mnemosine disse calmamente:

— Entrem! O homem que procuram acabou de falecer... olhem para ele e vejam o semblante da inocência!

Em seguida gritou:

— OLHEM!

Os que tinham invadido, agora viam um senhor por volta de 70 anos, envelhecido pelo sofrimento, com marcas de agressões por todo corpo! Seu rosto, com sondas para alimentação e o marcador de processos vitais indicando a morte. No semblante uma testa franzida demonstrava a dor de seu último ataque cardíaco, mas de resto, seu rosto demostrava a tranquilidade de ter feito as pazes com o passado. Agora Mnemosine fechava os olhos daquele senhor, beijava sua testa como sinal de respeito, e virava para um grupo que passava agora de agressores para arrependidos, envergonhados. Ela desta vez, sem o mínimo de piedade, gritou em alto tom:

— Vocês viram o rosto de um inocente e a monstruosidade de seus corações, levem esta memória para o restante de suas vidas miseráveis. EU FAREI QUE ESTAS IMAGENS SEJAM FIXADAS EM VOCÊS PARA SEMPRE!

E assim, todos se retiraram com o desespero de terem sido amaldiçoados pelas memórias da visão do mostro interno que reside dentro do peito de cada humano. Mostro este que, se não for dia após dia neutralizado, domado, amarrado e diluído por bons sentimentos, quando vem à tona traz consigo a insensatez do absurdo.

Nesse dia, para se vingar de um inocente, a população enfurecida, regada por informações motivadas pela audiência, conseguiu como resultado levar o caos e a destruição para um lugar de cura! Tiraram a vida de um funcionário que teve o pulmão perfurado por um chute e de dois pacientes ligados a aparelhos desativados em virtude dos danos causados pelo quebra-quebra. Finalmente, um idoso foi acometido de um infarte fulminante pelo medo provocado pela invasão.

Ninguém foi preso! As vozes dos noticiários não foram caladas, tudo foi esquecido. Menos a punição dada a eles por Mnemosine, que aos poucos foi levando alguns agressores ao isolamento, à loucura e outros ao suicídio.

*****

A saída do fórum se iniciou por Cila, que entreteve os repórteres retratando os acontecimentos e dando informes sobre os vídeos, que agora eram cobiçados pelo jornalismo. Os manifestantes pró-família Soelloh estavam em maior número neste momento. Agora, era possível identificar que realmente os Insulares liderados pelo Padre Julius, com a proteção de Hogni, se misturavam a essas manifestações. No ombro do elfo, um saci sorridente, camuflado por seus poderes mágicos comemorava a nossa saída.

Amparado por Epimeteu, Melissa, Thrud, Elza e eu chegamos ao veículo que nos levaria ao hospital para encontrar meu pai. Por hora acreditávamos que o pesadelo havia acabado...

*****

Ao aproximarmos do hospital, as ruas denunciavam que algo estava errado. Muitas coisas quebradas, placas e cartazes jogados ao chão, e manifestantes que outrora bradavam ódio, agora encontravam-se cabisbaixos, sentados à calçada, alguns desolados e outros chorando. O quadro de arrependimento dava a nítida noção de que algo muito errado havia acontecido. Elza e eu descemos do veículo correndo e fomos para o prédio, nossos amigos vinham atrás.

O que encontramos era um local devastado, dando a impressão de que uma guerra havia passado por lá! Os funcionários estavam tão preocupados em resolver esta situação caótica, que pouco se preocuparam com nossa entrada, fato que aproveitamos para chegar aos aposentos em que eu estava com meu pai.

Ao perseguir o rastro de destruição, chegamos o mais rápido possível à porta do quarto. Por um momento, o sentimento que tive foi de não entrar, oriundo de um medo terrível que percorria toda minha coluna vertebral. Mesmo assim, passo a passo, reuni forças e de mãos dadas com a minha irmã, conseguimos vencer a barreira e adentrar ao recinto.

O que presenciamos foi Rosa chorando copiosamente, com a cabeça próxima ao peito do nosso pai, que já estava sem vida! Tanto eu como Elza corremos em direção aos dois corpos de forma desesperada, o choro agora era de todos...

*****

Ao chegar em casa, o promotor encontrou a porta entreaberta, sacou a sua arma e percorreu os cômodos até chegar ao seu quarto, nele havia uma linda e sensual mulher, seminua que o aguardava.

— Que emocionante entrar com esta arma em punho. – Disse Disnomia com sua costumeira sensualidade.

— Senhora, aqui, a que devo... – tentou responder o promotor.

— Acho que sabe! – ela se levantou da cama, os seios tentando fugir do seu decote e usando o dedo indicador, acariciava os espaços entre os botões de sua blusa; a boca bem vermelha se aproximou do rosto do promotor, e uma sensual lambida partiu em direção a sua bochecha esquerda. – Você falhou miseravelmente conosco e ainda expos a organização!

— Me desculpe senhora... eu irei recorrer... vou concertar o erro....

— E nos expor ainda mais? -Ao responder ela pegou a mão do promotor e a colocou sobre seu seio e disse gemendo. – Eu queria te perdoar, mas expor a organização mais ainda? E como os outros iriam aprender a não serem incompetentes como você?

Ela deu um empurrão que o atirou na cama e, dando-lhe as costas disse, agora com uma voz impositiva:

— Faça o certo pelo menos desta vez!

E foi caminhando para a saída. Ao passar pela sala, escutou um único tiro e o barulho da queda de um corpo. Disnomia sabia agora que pelo menos, teria algo para comemorar...

*****

Otelo e Harriet conseguiram chegar ao enterro de nosso pai. Como membro das forças militares possuía regalias de transporte em casos como este. Agora todos estavam presentes. Meus amigos e seus pais, as pessoas especiais que conhecemos em nossos últimos anos, familiares, e um certo Sr. Aristides, dono do primeiro editorial que protegeu meu pai. Ele veio construir uma narrativa de casos para abordar de forma correta nossa História. O Padre Julius foi o único insular presente nas manifestações a não partir, ele fez questão de participar da vigília funerária. De forma discreta, devido as conhecidas legislações de restrições, deu muito apoio espiritual a todos nós nesse delicado momento.

Rosa não desgrudava do caixão de meu pai, era a que mais esboçava sofrimento. Penso que depois de tudo que passou, diferente do seu pai biológico, o nosso a aceitou. Na realidade ele escolheu acolhê-la e desta forma, a sua perda foi novamente uma destruição de seu frágil alicerce. Várias vezes o Padre Julius a acolheu, e a sua presença foi o fio de esperança que precisávamos. Minha mãe ficou de mão dada com Elza até a chegada de Otelo, quando ele e a noiva trocaram de lugar com ela. A partir daí, minha irmã se sentou do lado da mãe de Simone.

Eu não gostava de ficar naquele lugar onde a morte reinava, não sei por que isto me incomodava. Ficava ao redor da pequena sala, na porta recepcionando atrasados, conversava com amigos ou ia buscar alguma coisa para alguém. Qualquer coisa que evitasse aquele lugar. Simone ficava comigo o tempo todo, as vezes bem próxima e outras me dando espaço, de qualquer forma não deixava de cuidar de mim.

Um triste Epimeteu veio me pedir desculpas pelos últimos dias e por não ter dado tudo certo. Lamentava a morte de meu pai. Respondi que ele foi quem nos salvou e que manteve a honra de meu pai intacta, desta forma, eu era muito grato. Nos abraçamos e foi a primeira vez que chorei neste dia!

A segunda vez que chorei foi nos braços da Sra. Thurd, que prometeu cuidar de meu pai, ele tinha a alma de um guerreiro e merecia ir para um lugar especial. Quando os quatro filhos e minha mãe colocaram as lembranças no caixão para que queimassem junto ao processo de cremação, foi a última vez que chorei. Minha mãe colocou no caixão um anel de criança, brinquedo que acompanhava um doce e que foi o primeiro presente que ele a deu; Elza colocou cartas que ela escrevera que continha inúmeras magoas entre eles, ela queria que isso desaparecesse para sempre em seu coração; Otelo colocou uma das fotos que eles tiraram em sua formatura, que retratava a felicidade dele naquele momento; eu coloquei ao seu lado o tacape que ele usou para me defender, em pensamento eu queria que ele não fosse indefeso para o outro lado, queria estar com ele se precisasse; e Rosa colocou as roupas que usava quando chegou da Normandia. Ela disse que nada mais a ligava a sua vida anterior, apenas os laços que a uniam a minha família eram os únicos que realmente existiram, ela tinha perdido seu único pai. Terminada esta cerimônia fui dar uma volta, precisava ainda agradecer a um amigo.

Hogini estava como segurança do Padre, embora ficasse a distância não tirava os olhos dele. Em seu ombro, porém visível apenas para alguns, meu amigo saci acompanhava tudo que acontecia, era a hora de abordá-lo:

— Hogni, como vai? Obrigado pelo apoio.

Ele colocou a mão no meu ombro e mostrou respeito e o sofrimento compartilhado, eu então coloquei a mão na cabeça do Saci que estava com ele, acariciei de forma discreta seu gorro que, e de forma confiante ele permitiu que fizesse. Então disse:

— Acho que a curiosidade por mim passou! Decidiu que somos amigos. Obrigado, te devo uma!

— Estamos empatados – respondeu o Saci – ainda não gosto de você, mas como é desajeitado, imaturo e corre perigo, vou cuidar de ti, meu amigo!

Respondi: que bom. E pela primeira vez no dia esbocei um sorriso. Interrompido pelo fechamento do caixão para cremação.

Os responsáveis, como em câmara lenta, pegaram a tampa do caixão e a colocaram. Nesta hora Rosa e minha mãe iniciaram nova crise de choro, acalentados pelo Padre Julius e Otelo respectivamente. Elza se abraçava a mãe de Simone e, minha mão apertava a de minha namorada que, apesar de sentir a pressão, não reclamava. Meus amigos que ali estavam se reuniram em nossa volta. Quando terminaram de lacrar o caixão algo estranho aconteceu.

O tempo aparentemente parou, tudo se aquietou inclusive o vento. As poucas pessoas que se moviam olhavam espantados e protegiam os que estavam perto delas, foi assim que o Padre Julius se colocou a fazer um escudo como o corpo para Rosa, Ojé e Escolástica se moveram para frente das pessoas entoando cantigas e rezas que faziam coro com as orações do Padre. Hogni e Skuld se colocaram em posição defensiva. Epimeteu corria para minha direção. Enquanto os outros especiais se levantavam protegendo os humanos que permaneciam congelados.

De repente dois olhos gigantescos de uma mesma entidade se abriram sobre o caixão. Um era azul sedutor e de uma beleza extrema que contrastava com o outro olho, que se fixava em uma carne apodrecida. Ele era esbranquiçado, opaco e moribundo, de aspecto repugnante e horrível. Os poucos que como eu, tinham a condição de percebê-lo, ao entrar em contato visual com esta criatura, acabavam recuando por um misto de repulsa, medo, terror e sofrimento.

Nessa hora entendi o que estava acontecendo e gritei pelo meu pai. Os olhos se arregalaram ao me ver, e nesse momento de tensão, apenas uma pessoa se atreveu a intervir:

— Tire ele daqui Epimeteu, proteja-o! – Gritava Thrud, vestida com uma armadura prateada e dourada, com os olhos brancos, como raios extravasando energia. – Maldita seja Hell! Você não tem domínio aqui!

Em resposta à intervenção de Thrud, uma voz veio do nada, e logo imaginei ter referência àqueles olhos. A voz era feminina e congelante, que fez até meus amigos elfos e o Saci se curvarem de medo. Suas palavras diziam:

— Eu sou a Morte, tenho autoridade em qualquer lugar em que a vida foi levada ao fim!

— Eu sou Thrud, filha de Thor, escolhida por Odin para comandar as Valkirias. Eu escolhi este mortal para o Salão Eterno em Valhalla! É meu dever e meu direito!

Nesse momento, o céu que até então estava límpido começou a escurecer, e as nuvens começaram a bradar. A voz agora emitia um riso de desprezo e ironizava:

— Manter uma deusa virgem só podia levar à loucura! Odin está morto, Valhalla não existe mais, e você é tão louca como meu pai!

Aquelas palavras fizeram aumentar a raiva de Thrud, que por fim respondeu:

— E sua manifestação não está em Helheim!

Sua voz ecoou como um raio, que desceu dos céus e encontrou com sua espada, agora desembainhada. Em um gesto rápido, ela o direcionou para os olhos, que como resultado desapareceram! Mas tudo ainda permanecia imóvel.

Epimeteu, que havia me retirado sob meus vãos protestos, agora me soltava e juntos caminhamos em direção a Thrud, que me falou:

— Tenho que levar seu pai para um bom lugar, assim Hell não poderá se apossar de sua alma! Você confia em mim, não?

Acenei com a cabeça confirmando, então ela disse:

— Prometo que ele ficará bem!

Ela pegou meu pai, ou algo que estava naquele caixão, em seus braços. No mesmo momento um cavalo alado pousou para que ela o montasse. Ao se despedir ela disse:

— Cuidado meu amigo, eles já sabem!

Assim que sumiram, o caixão foi levado para a fornalha de cremação. Poucos perceberam o que aconteceu e, sacerdotes que eram, mantiveram o silêncio.

*****

Em Helheim, Hell sentia-se contrariada pela forma como foi expulsa, mas havia reconhecido o garoto que gritou! Ele foi tirado de seu reino ainda bebê, recém-nascido. Ela se encaminhou para o local de encarceramento de uma fera, que a encarou e finalmente disse:

— Irmão, acho que em breve terei que soltá-lo, tenho uma missão para você!

*****

No dia seguinte, ela chegou na sede da organização um pouco diferente das outras vezes. Não que a noite anterior tivesse satisfeito seus desejos – isto seria impossível com humanos nojentos -, mas o fato de Disnomia ter permissão de usar seus poderes para matar, coisa que não era permitida há muito tempo, deve ter dado novamente a sensação de sua superioridade perante aqueles mortais que odiava, além do gozo de manipulá-los até tirar a sua vontade de viver, na sua opinião, o único dom que deveriam preservar.

Entretanto, seu bom humor não durou muito tempo, pois ao chegar em seu escritório, a secretária prontamente lhe disse que uma pessoa a esperava em sua sala. Obviamente ela perguntou como deixaram que sua sala fosse invadida sem sua presença e a resposta foi um sincero: Não sei!

Intrigada Disnomia resolveu não punir a secretária imediatamente, e resolveu verificar por si mesma o que estava acontecendo, quem era que havia invadido. Pensando que os prazeres de ontem pudessem se prolongar, ela entrou e encontrou alguém sentada em sua cadeira, voltada de costas para ela, e constatou que observava a janela. Dar as costas para um demônio era um erro que jamais deveria se cometer:

— Espero que esteja divertido usar minha mesa!

Lentamente a cadeira se virou, e enquanto girava, uma dura voz feminina dizia:

— Eu nunca esperei nada que me divertisse aqui, filha!

O prazer que sentia pela expectativa de torturar mais um humano, a indignação pela invasão, e todos os sentimentos que trazia até o momento sumiram! Foram derrotados pelo medo. Único sentimento possível de sobreviver ao se encarar Éris.

— Mãe, eu não a esperava!

— Eu não queria vir a este depósito de lixo que chamam esta parte do continente, mas tive que vir por causa da incompetência de minha filha. Me diga o porquê deu ter vindo aqui?

Disnomia contou todos os detalhes que ocorreram desde a permissão do ataque até o julgamento e a punição do promotor. Éris escutou tudo atentamente e apresentou seu veredito no final:

— Epimeteu e os outros não são grande coisa, mas Thrud me intriga. Ela é perigosa, mas um novo confronto com os Asgardianos no momento pode atrapalhar nossos planos. Você conseguiu me convencer a te manter aqui e ficar de olho nos acontecimentos que os envolvem.

— Obrigada mãe! -Respondeu aliviada.

Quando se levantou para sair. Éris se conteve por um instante, e lembrou-se de que dar as costas para um demônio era um erro, como deveria ter pensado sua filha, mas falhar com uma deusa era inconcebível!

— Sabe querida, sua história quase me fez esquecer que seus atos merecem uma punição. Imagine que tipo de mãe eu seria se fizesse diferenças entre meus filhos. Na-na-não, mamãe ama todos igualmente.

Aos prantos, Disnomia pedia: Por favor, não!...

Capítulo XII

O erro de Loki

Os acontecimentos referentes ao funeral de meu pai me trouxeram uma nova realidade. Se até a pouco a minha relação com eles era de aprendizado, agora tinha um formato mais perigoso, que levou a vida de meu pai, que por pouco, quase perdeu a sua alma também. Por duas vezes minha vida esteve em risco, pois quase morri no ataque e cheguei perto da pena de morte. Minha absolvição ainda não convenceu muita gente da cidade e do próprio bloco. Assim, apesar de Epimeteu e os outros me protegerem todas as vezes, o mesmo não aconteceu com a Caipora e com o meu pai. E ainda, se a profecia do Velho José continuar correta, mais uma noite virá... e quem morrera desta vez? E o pior, serão estas mortes por minha culpa?

Quando Thrud expulsou o reflexo da morte e sumiu, Epimeteu finalmente me soltou. Pela primeira vez ele me olhou com um olhar que expressava confusão e vergonha. Acredito que ele tenha sentido que, apesar de todos os seus dons, não pode me proteger totalmente e muito menos a minha família. Era impossível impedir meu sofrimento atual. Ele estava paralisado e eu frustrado, com raiva e a minha única saída foi correr, fugir daquele lugar, respirar e chorar em uma solidão possível...

Corri o mais que pude, e quando finalmente me cansei caí no chão exausto, não no aspecto físico, mas emocionalmente. Tudo que passei, o ataque, o julgamento, a morte e o funeral do meu pai reverberavam incessantemente em minha mente, então eu gritei descontroladamente, caindo em desespero!

Pela primeira vez me perguntei por que tudo caiu de uma vez só em minha cabeça? Tudo que eu queria era sumir! Esquecer o que vi e vivi, me tornar novamente um garoto normal, um classe C fadado a lavar a sujeira das outras Classes... "sonhar com grandeza somente traz sofrimento aos nascidos de casamentos interclasses". Essa frase dita exaustivamente pelos conservadores, nunca fez tanto sentido para mim neste momento!

— Levante-se do Chão, moleque!

Com o peso de uma criança, ele subiu e colocou com o pé no meu peito, eu olhei o Saci fumando, que retribuiu o olhar para meu rosto. Perguntei o que ele queria e que me deixasse em paz.

— Se eu pedisse que não me soltasse da garrafa, você faria? É a mesma coisa agora! -Ele disse de forma séria e continuou:

— Eu quero travessura e divertimento, zoar com tudo e todos, mas me colocaram aqui, não importa minha vontade, eu estou aqui. Olhando para um babaca que pede para ser zoado, mas eu não perguntei por que acabei te vendo como amigo, e o protejo dos outros e de você mesmo.

— Você já chorou, se desesperou e agora tem que levantar e se recompor. Não importa o que aconteceu, pois já passou. Mas importa o que vai acontecer agora, porque tudo já começou e não acabou, e por isso precisamos nos preparar. Você recebeu proteção dos grandões, mas ainda não consegue proteger ninguém. Precisa entrar no jogo *"cumpadre"*!

Não sei se foi um feitiço ou somente palavras, mas fiz o que ele disse. Me levantei e mesmo sem nenhuma vontade voltei para onde meus familiares deveriam estar. Simone me encontrou antes de todos e, chorando, disse que estava preocupada comigo e fez juras de amor. Fomos em direção a casa de Abdias, onde minha família foi acolhida.

Chegamos e Elza veio me abraçar, por ela fiquei sabendo que meu irmão e namorada teriam ido para nossa casa, iriam dormir lá e arrumar um pouco a casa para volta de minha mãe. Elza e Rosa iriam voltar para casa e eu ficaria com minha mãe e passaria a noite na casa de meu amigo.

Como todos estávamos cansados, e nos retiramos para dormir. Simone pensou em ficar comigo, mas achou melhor me deixar sozinho com meus pensamentos, amanhã ela voltaria.

Dormi no mesmo quarto que minha mãe, em um colchão no chão. Foi bom não dormir em casa, pelo menos hoje. Durante a noite não pensava em nada pois foi muito difícil dormir. O abalo emocional dos últimos dias foi terrível, e eu precisava respirar e andar...

Comecei caminhando pelo quintal da casa de Abdias, e aos poucos um caminho dourado surgiu na minha frente! Não era mais noite e o sol refletia em todos os lugares devido aos reflexos que o ambiente produzia. No final do caminho havia um banco com um homem vestindo uma armadura antiga e reluzente com o mesmo brilho dourado me observando. Ele me chamou pelo meu apelido e pediu para que me sentasse ao seu lado. Sua voz e seus gestos eram incompreensivelmente belos, assim como seu aspecto físico.

— Infelizmente o sofrimento também é parte do crescimento! – Ele disse. – Depois que tudo passar, você será mais forte!

— Mas meu pai precisava morrer? – Falei com o pesar do tamanho do mundo.

— Às vezes sim, meu Afilhado, as vezes é necessário a perda. Lembra de como ele contou que era quando criança? Suas perdas o transformaram em uma pessoa amarga, cheio de rancores e preconceitos e isto fez os seus sofrerem muito! Como seria se ele morresse nesta fase? Como seria sua dor agora?

Em minha cabeça vieram as imagens de meu pai agredindo a gente sem motivo, maldizendo o emprego de Elza e qualquer coisa relacionada a mim, muitas vezes o motivo de sua infelicidade, como ele mesmo dizia. Rosa então, só o fato de estar viva era uma afronta a ele, mas tudo tinha mudado nos últimos tempos.

— Quando seu pai mudou na juventude, algo dele morreu pela perda de seu avô e sua avó. Foram anos de tristeza e ódio acumulado, até que você reacendeu seu coração! O seu desejo de que ele fosse bom para Rosa, de certa forma ressuscitou o amor que aquele garoto tinha pelos seus pais, os seus avós! Você tem no seu coração a bondade e o amor de seus padrinhos ainda adormecidos, mas que as vezes transbordam para fora de você. Foi você que contaminou seu pai com estes valores, ressuscitou o amável garoto na figura de um pai amoroso!

— Mas, se eu desejei este pai, por que tiraram ele de mim?

— Porque um pai amoroso demonstra seu apreço ao proteger seu filho, inclusive morre por eles. Seu pai fez o maior sacrifício possível, o de amar você acima de sua própria existência. Você conseguiu que ele renascesse e, ao morrer, ele apagou todos os seus erros passados. Ele teve a paz de um homem justo! Minha sobrinha inclusive o levou para o salão dos heróis, e isto não foi por você, mas pelos feitos dele apenas. Torne-se feliz por ele, sua alma não está perdida...

Espere, onde estou? Por que tudo está se modificando? De onde vem esta escuridão? Quem está aí?...

Finalmente acordei com a mão de Elza em minha testa, ela estava com ar de preocupada:

— Você está bem? Estava agitado demais.

— Não sei Elza, acho que foi um sonho. Mas que bom que está aqui! Posso te fazer uma pergunta sobre o pai?

Ela respondeu afirmativamente e perguntei sobre o que meu sonho indicou:

— Papai mudou muito nos últimos tempos, mas sabemos o que sofremos em suas mãos. Se ele não mudasse e continuasse vivo, valeria a pena?

— Que pergunta estranha Soel? Mas acho que não, eu não suportaria ter um pai rancoroso e cheio de ódio. Sua mudança, ao assumir seu trauma, resgatou sua alma. Deu a ele a chance se ser amado e lembrado com carinho por nós. Sei que não apagou tudo em mim, ou em você também, mas nós sentimos um pouco o que é ser filhos. Veja Rosa por exemplo, ele foi a imagem de pai que ela precisava, sempre o terá como referência.

— Realmente, ela viveu a melhor fase dele. Você tirou um peso de mim, obrigada irmã!

Abracei fortemente minha irmã. O alívio momentâneo sobre os fatos da morte de meu pai foi suavizado. Estava mais leve em relação a me sentir culpado, mas o luto e as saudades ainda eram fortes, tenho muito ainda a superar.

Quando saí do quarto, vi Abdias e Rosa conversando com Mark e Tuk. Ao me ver, Rosa perguntou:

— O que aconteceu ontem? O que houve com meu pai!

— Não sei ao certo Rosa, por que pergunta? – Respondi.

— Eu senti! Sabia que algo acontecia, mas não conseguia me mexer e não via nada! Apenas aqueles olhos!... – Disse Rosa horrorizada.

— Eu disse a ela que não aconteceu nada, mas ela insiste que viu algo! – Disse Abdias.

— Eu não sei o que aconteceu, mas também senti alguma coisa ruim e uma coisa boa! – Disse um confuso Tuk.

— Está tudo bem pessoal. – Respondi – Tem coisas estranhas em volta de nós. Tenho visto algo estranho e que beira a loucura, mas acho que aos poucos vocês estarão na mesma sintonia. Tuk, a floresta tem seus segredos, e por isto, sua sensibilidade deve ter percebido as presenças e Rosa, você tem razão, aconteceu muita coisa, mas terminou da melhor forma. Eu não sei como explicar o que aconteceu, mas meu pai venceu...

— Eu... eu... preciso dizer algo! – Disse Mark.

Todos olhamos para ele que insistentemente mexia as mãos e demostrava grande nervosismo:

— Eu não sei... não tenho como provar, mas escutei meu pai e meu irmão... meu pai o mandou imediatamente para América Alta. – Mark agora mostrava desespero. – Me desculpe Soel e Rosa, mas acho que meu irmão participou do ataque!

Não! Gritou Rosa, quando Soel acertou um direto no rosto de um indefeso Mark que caiu no chão sentado, seu nariz sangrava! No mesmo momento, Rosa caia no chão para abraçar, proteger e cuidar de Mark. Concomitantemente, Abdias pegou o amigo pelo colarinho e energicamente acuou-o na parede, esbravejando:

— Se você quer bater em alguém, estou aqui! Dê vazão à sua raiva, mas não direcione para Mark! Ele foi sempre honesto com a gente e sofre diariamente com sua origem e família, a ponto de nos confessar o temor de seu coração. Ele não merece agressão, você está sofrendo, mas ele... nós todos estamos sofrendo...

De cabeça baixa, uma voz triste, um Tuk nunca visto antes começou a lamentar:

— Meu povo morreu aos poucos e desta forma: os estrangeiros dominadores, vieram do mar e com um sorriso no rosto. Aos poucos colocaram irmão contra irmão, povo nativo contra outro; nos dividiu, deu armas e permitiu que os mais fortes matassem os mais fracos, e de uma hora para outra... todos éramos fracos! Divididos, perdemos nossa terra, nossos direitos e sobrevivemos apenas para ver nossos irmãos mortos. Nós perdemos um de nossos anciões, um pai de nosso grupo. E agora irmão ataca irmão!

Terminou balançando a cabeça e a abaixou para deixar as lágrimas escorrerem de seus olhos. Soel soltou-se de Abdias, virou as costas e começou a caminhar no corredor em direção à rua. Em determinado momento, virou a cabeça, olhou para o chão e disse:

— Desculpem-me!

E saiu correndo saltando o portão da casa. Abdias preparou-se para segui-lo, mas foi impedido por Tuk:

— Um guerreiro caiu este dia, ele precisa encontrar a forma de se levantar! Vamos confiar em nosso irmão!

Estava correndo sem saber para onde iria, apenas corria e queria estar o mais longe possível para que a dor não me alcançasse. Quando acreditei que estava bem, o soco em Mark mostrou apenas que reprimia algo dentro de mim que não deixava sair há tempos, e agora agredi um amigo. O pior é que nem sei se sinto remorso ou satisfação!...

— Tem alguém aí?

Quando Soel olhou para o lado, viu uma senhora que aparentava ser muito idosa e com problemas para enxergar, possivelmente cega, parada na beira da calçada. Mas não havia nada lá!

O garoto não sabia mais se era seu desespero que não possibilitou que a notasse, ou se foi sua mente que a criou. Sabia apenas que precisava ir em seu auxílio.

— A Senhora precisa de algo? – Perguntou.

— Estava dando uma caminhada e perdi minha guia, pode me levar para casa? – Respondeu a senhora extraordinariamente velha!

Soel respondeu afirmativamente, e ofereceu o braço para guiá-la. A sua mão era enrugada e fria, mas não lhe causou repulsa ou estranheza; já estava acostumado com figuras estranhas. Ela indicou que sua casa era por ali, e sem querer contrariar a anciã ele começou a andar guiando-a em direção ao nada, pelo menos era o que ele achava. Andaram por algum tempo, sem nada que pudesse lembrar remotamente um lar tenha aparecido. O local onde estavam era aparentemente um depósito de fábricas ou empresas falidas, portanto não havia nenhuma casa a vista.

— Você realmente é um bom menino! Minhas irmãs, se estivessem vivas, iriam gostar muito de você! Acho que estamos chegando.

— Mas aqui não tem nada... – Disse ele. peculiar

— Olhe em volta, menino!

Quando virei a cabeça para olhar em volta não vi nada, mas quando me virei para ela, uma porta apareceu! Abri, e um pequeno caminho em um jardim um pouco estranho me levou a uma casa muito velha, que realmente combinava com minha acompanhante.

Ela me levou para dentro e insistiu que me sentasse, perguntou se eu queria um chá. Pela minha recusa ela sorriu dizendo:

— Uma boa história merece um bom chá! – Quando colocou a mão na mesa ela pegou uma prótese de um olho – Ah! Você está aí!

Colocou a prótese na órbita vazia, olhou para mim e disse:

— Além de um menino educado e prestativo é muito bonito! Vou trazer o chá.

Depois de fazer um chá com cheiro muito peculiar, a Senhora pegou uma xícara para cada um de nós e começou a falar:

— Acho que você precisa de algumas respostas, meu querido. Eu sou uma das três Moiras, as senhoras do destino, e a única irmã que sobrou: Láquesis... aquela que decidia a sorte ou azar!

Eu olhei para ela com ar de espanto. Em muitas histórias as Senhoras do destino eram terríveis, teciam a teia da vida sem se importar com o sofrimento e a destruição que pudessem causar. Mas não era o que se via agora, e ela era apenas uma.

— Sei o que pensa... os humanos sempre tiveram medo do seu destino, obviamente por não o controlar. Mas também por serem medíocres, tomarem decisões das quais se arrependem, e acima de tudo, esperam premiações sem buscar conquistá-las! Não constroem um caminho, mas se acham merecedores. Humanos tolos! O destino tem que ser trilhado por passos fortes, sem medo, mas com respeito. Ser audacioso, mas com a astúcia aguçada. Dominar o destino é ser prudente na sua imprudência!

Ela parou um tempo e continuou:

— Por isto meu querido Soel, somente uma pessoa equilibrada pode dominar seu próprio destino. Por essa razão e por pura ignorância, foi mais fácil chamar as minhas irmãs e a mim de terríveis!

Ela me olhou com sua prótese e verificou se já tinha tomado o chá. Assim, continuou o que preparou para me contar, afirmando que naquele encontro as minhas dúvidas seriam resolvidas:

— Você tem muitas dúvidas e esta é a hora que algumas delas serão resolvidas, mas são apenas as do passado: seu futuro é tão incerto como os de todos nós! No auge do poder das três Moiras ainda podíamos adivinhar o seu destino, mas eu apenas posso apostar em você, meu querido. A tristeza que o trouxe até aqui é a mesma que vai te levar a momentos de escolhas difíceis, mas serão essas escolhas que decidirão quem você será no mundo. Que bom que tomou o chá, ele irá ajudar a nossa viagem, pelo que vou te contar.

Ela foi falando, e as imagens agora iam surgindo na sua sala ou em minha mente, era difícil definir!

Epimeteu já te contou que o Cosmos e a Eternidade são os dois Deuses que se envolvem para formar o Deus Único Universal. Eles definem a ordem e o caos, e tudo que existe faz parte dele. Nada não é ele, nada existe sem ele. Mas o todo é imenso, então Ele ou Eles criaram, ou melhor, permitiram que outros deuses dominassem seu pequeno mundo. Deuses que existem para uma constelação, um planeta ou qualquer agrupamento de consciência forte o suficiente para gerar movimentação na Eternidade/Cosmos em que resulte em divindades mundanas, que não dominem o todo. Porém que seja tudo para esse mundo. Assim surgiu Gaya, nossa mãe e deusa maior de todos os que nela nasceram.

Deuses Nórdicos, Gregos, Indus, Orientais, do Candomblé e do Vodu são nascidos de Gaya. Até mesmo os Anjos, os homens Santos, os profetas e os iluminados se manifestam em Gaya. Ela é a mãe, avó ou antecessora de todos. Mas, também lembrando Epimeteu, seus filhos são ingratos, e tem feito de tudo para que ela se cale. Se esforçam para encarcerá-la ou até mesmo mortificar nossa linda mãe e suas manifestações mais caras, a natureza e a vida! Mas isso, Soel, é o que vamos tentar entender... quais são os motivos disso, e assim saber a sua posição nesse tabuleiro!

*****

Nossa história começa com Loki, o tio-avô de Thrud! Loki, diferentemente dos demais deuses nórdicos, era mais astuto que guerreiro. Era orgulhoso e sempre enganava seus adversários, levando-os a derrotas terríveis, apenas usando armadilhas ou artimanhas. Loki sempre dava um jeito de ganhar, enganava a todos e se divertia muito com isto. Suas apostas sempre contavam com os riscos, as derrotas seriam terríveis se acontecessem, mas nunca aconteciam. Sua inteligência sempre o levava a conquistar o troféu, a vitória para si, para que nos banquetes se vangloriasse e gargalhasse de seus feitos. Mas uma vez a aposta de Loki falhou!

Ele sempre buscou desafios maiores para que sua glória fosse a maior de todos os deuses. Ele então resolveu desafiar o Ragnarok, o fim do mundo, o crepúsculo dos deuses. A ideia era simples, criar um desentendimento com os deuses gregos e, mediar uma reconciliação. Assim se divertiria com a provocação e a guerra que, findada por um acordo de paz e união, teria como resultado a conquista de aliados importantes para lutar no fim dos dias. Divertido, ousado e fácil de engendrar, foi exatamente o que pensava.

Porém, dois problemas estavam no caminho de Loki, que infelizmente não os previu, ou pior, menosprezou. O primeiro foi a traição de Ares, o deus grego da guerra, seu aliado neste plano. O astuto deus da trapaça achou que envolver e seduzir o deus da guerra seria o caminho mais fácil para seus feitos. Talvez esse tenha sido seu erro, já que Ares é a divindade da guerra sangrenta, da carnificina, não era uma entidade que iria tolerar um confronto que se direcionaria para uma trégua, ou pior, a uma aliança como era o plano original.

A interferência dos dois deuses levou os panteões principais a se encontrarem entre o Olimpo e Asgard, na fronteira desses reinos. O equilíbrio entre os imortais era evidente, e por isso o confronto era improvável. Se não fosse por Ares, que quebrou a barreira entre os mundos, e pelas costas atacou ninguém menos que o próprio Loki. A reação de Thor foi imediata. E assim, pelos olhares dos dois líderes, Odin teve seu irmão e filho atacados, e Zeus o seu irmão. A reação de ambos foi terrível!

Essa foi a segunda falha de Loki, pois Zeus e Odin ao mesmo tempo lançaram as suas armas, as mais mortais que existiam no nosso mundo. Não havia outras de tamanho potencial destrutivo! O raio de Zeus, o melhor que Hefesto já fizera, cruzou o Olimpo em direção a Asgard e concomitantemente, em sentido contrário, a lança Gungnir de Odin, a que nunca erra o alvo. As duas armas se encontraram exatamente na linha que divide os dois reinos.

A explosão oriunda do encontro das duas armas foi devastadora, tanto que produziu um efeito com o qual Loki não contava: que a energia liberada apagasse até mesmo os deuses imortais da existência! E foi exatamente isso que aconteceu; a maioria dos que se encontraram neste confronto, incluindo os dois maiores de todos simplesmente desapareceram imediatamente. A onda de choque então foi avançando aos outros deuses que tentavam, em vão, conter a tragédia. Alguns, como Loki e Ares, se acovardaram e fugiram, mas a maioria caiu! Apolo, Artêmis, Atena, Hermes e muitos outros simplesmente desapareceram do Olimpo, ao mesmo tempo que em Asgard, Frigg, Thor, Siff, Frey entre outros tiveram o mesmo fim!

A anulação da vida desses deuses e a destruição da fronteira entre os grupos divinos, teve além das consequências óbvias, outras três que se tornaram perigosas demais. A primeira consequência, devido à destruição da fronteira os deuses nórdicos e gregos começaram a interagir e disputar território de forma mais agressiva, e desta feita, a humanidade passou a ser o tabuleiro e os humanos os peões.

A segunda consequência foi que, Hell e Hades que não participaram do conflito, acreditam que os deuses não poderiam ter simplesmente desaparecido, e sim que estão no domínio oposto de seu correspondente mitológico. Hell reivindica os Asgardianos para Hades, e este reivindica os Gregos para Hell, cada um acreditando que o outro está mentindo. Isso levou a uma nova guerra entre os deuses das duas dinastias, mas agora pela supremacia do mundo inferior.

A terceira consequência, e não menos preocupante, foi que os sobreviventes deste evento, – não os deuses menores, mas os dominantes – os realmente grandiosos que restaram foram Ares, que foi vitorioso; um enlouquecido Dionísio que se entregou aos vícios; um Loki consumido pela culpa; e Hell e Hades em disputa. O mundo agora era e é influenciado pelos afetos da Guerra, da Loucura e da Morte!

Este quadro, meu querido, não interferiu somente em Gaya, mas em toda ordenação cósmica, motivado pelo desaparecimento de entidades que não poderiam morrer. Esse fato obrigou que a Eternidade-Cósmica decidisse que, daquele momento em diante, um deus imortal poderia morrer! Entretanto, ele somente morreria pelos atos de outra divindade, ou seja, somente um deus poderia dar cabo da existência de outro deus.

Está cansado meu garoto? Estamos chegando no final desta tragédia, tenha um pouco mais de paciência.

Eu estava atônito com toda a informação que havia recebido! Acredito que tudo que vivi até o momento foi apenas uma preparação para este dia. Se não tivesse um convívio quase que diário com divindades e outros seres fantásticos, e passado pelo que passei, com certeza teria enlouquecido com o que ouvi e vivenciei nesse instante. Mas a Moira continuou seu relato:

Os eventos ainda não estavam no fim: existia uma deusa de nome Harmonia, que cuida da paz, do equilíbrio e da concórdia. Ela teria o poder de trazer de volta a sua essência para o mundo, e isso seu pai Ades não podia permitir. Ele então cometeu filicídio; assassinou a própria filha para evitar a recuperação de Gaya. E dessa forma ele incubou a primeira ruptura com a realidade do nosso universo.

A ruptura com a realidade, ou o que os humanos chamam de Singularidade, aconteceu! Não é somente uma teoria. As realidades semelhantes, mas diferentes, foram criadas baseadas nesta ação. Mas o que os humanos não sabem é que o início, o estopim de uma singularidade é a energia liberada pela morte de um deus. A morte de Harmonia desencadeou todos os eventos que iriam gestar a nossa realidade atual.

— Agora meu caro Soel, entende por que nosso mundo está entregue à violência e à barbárie?

— Eu entendo, senhora, mas o que eu tenho a ver com tudo isto? – Finalmente consegui perguntar o que estava me sufocando.

— Com tanta história para contar e já ia me esquecendo de você! Vamos lá... Bem, quando as armas se encontraram e a onda de choque começou, dois deuses – um de cada lado – trocaram olhares e entenderam que a humanidade não poderia perder seus dons. Foi incrível perceber que uma troca de olhar possibilitaria tanta informação e cumplicidade! Assim, Afrodite lançou uma benção amorosa em direção a Gaya, ao mesmo tempo em que Baldur, que enviou sua bondade da mesma forma. Estas duas bençãos encontraram um bebê que havia nascido morto... este era você, meu querido! Você contém a esperança de que o amor e a bondade renasçam para se contraporem à guerra, à loucura e à morte, resultado dos deuses superiores que restaram.

Como eu sei que foi você mesmo quem recebeu as bençãos? Sei que é isto que está me perguntando em pensamento... Você reuniu várias divindades em sua volta: titãs, deuses menores, ninfas, musas, elfos e Thrud, poderosa como os grandes. Somente o Afilhado de Afrodite e Baldur poderia reuni-los. Asgardianos e Olimpianos agem separadamente, sendo assim, como você possui as duas bençãos os deuses das duas linhagens se uniram por você. Isso é indiscutível! Alguns deles, como as ninfas e musas que são ligadas a Afrodite, chegam até mesmo a serem suas servas em virtude do legado de sua madrinha.

Por fim, meu querido Soel, sua saga começou nos domínios da morte, e ela fará de tudo para te corromper. Caberá a você decidir o caminho que irá percorrer. Todo os poderes das bençãos de seus padrinhos estão contidos em você, e se manifestam aleatoriamente, quando uma fera te pede carinho, quando um potencial inimigo se torna aliado, e de outras formas discretas. Mas eles serão liberados quando você conquistar um feito que agrade os gregos e nórdicos, um feito heroico. Por isso está treinando para conquistar os Jogos Unificadores, e se tornar um herói. Este é seu desafio Soel, você precisa ser a harmonia para este mundo e não pode ser, de forma nenhuma, tocado novamente pela morte!

— Há mais alguma coisa que devo saber? Perguntou Soel, ainda atordoado.

— Isso é tudo! Apenas é importante dizer, que além dos deuses Olimpianos estarem atrás da guerra e da morte, os deuses Asgardianos em contrapartida estão confusos, pois os fatos que aconteceram tiraram deles o Ragnarök, e assim estão sem a direção que tinham de se prepararem para batalha final. Isso também pode ser desastroso: deuses sem função ou propósito.

— Você já está bem, meu querido? Agora está na hora de ajeitar as coisas que abandonou!

Ao dizer isso eu apareci novamente no lugar onde o portão estava, mas não havia mais nada, apenas um caminho longo e vario para ser seguido. Precisava voltar para fazer o que a anciã me disse.

*****

A noite já havia caído. Não tinha noção sobre as horas, mas não poderia deixar para depois as minhas obrigações, precisava fazer o que era certo antes que desistisse. Cheguei ao lugar que deveria, hesitei por um momento, mas toquei a campainha. A mãe de Simone atendeu:

— Soel, querido, você está bem? Todos estão preocupados com você!

— Precisamos conversar, por favor, pode chamar a Simone e a Sra. Melissa? – Respondi de forma séria, mas sem perder o carinho. Infelizmente o peso que carregava nessa hora não estava ajudando.

— Chamarei a Simone, mas minha mãe não está em casa. – No mesmo momento que ela respondeu, Melissa apareceu atrás da filha e pediu que chamasse a neta.

— Moira te colocou a par da realidade, foi isto? – Perguntou Melissa.

— Sim, então sabe por que vim?

— Sim! Será sofrido, mas está na hora!

Simone me viu e saiu correndo me abraçar, demonstrou muita preocupação e quando foi me beijar e interrompi para disser que precisávamos conversar. Ela demostrou uma certa decepção e seu coração ficou apertado, estava confusa pois nunca brigamos e seu amor por mim era incondicional. Por que a frieza que demostrei neste momento? Por que todos estavam estranhos?

— Mãe, ela ainda não está na idade certa, tem certeza de que é o momento? – Perguntou a mãe de Simone.

— O Afilhado conhece a verdade filha, se não for revelado agora, o sofrimento de Simone será maior! Vamos nos sentar à mesa, por favor Soel.

— O que está acontecendo? Por que eu irei sofrer? – Perguntou a garota com os olhos lacrimejados.

— Eu tenho pouca informação sobre sua família para começar a conversa, acho que a Sra. Melissa deve iniciar! – Disse tentando conter a emoção e tristeza que já começava a me remoer.

Melissa começou então a sua história:

— Você é muito cara para mim Simone, você é a que nasceu na geração e tem a idade do Afilhado. Para nossa família isto é uma honra, podermos novamente servir a Afrodite!

— Como assim vó? Eu não entendo? – Disse Simone.

— Você não é minha neta direta, filha. Eu sou a primeira Melissa que surgiu no mundo, filha e serva de Afrodite, uma das que alimentou e escondeu o pequeno Zeus em Gaya, a deusa do mel e das abelhas. Você não é minha neta, mas é minha descendente.

— Antes que pergunte, sua avó verdadeira está bem! – Comentou a Mãe – Ela reside na América Alta, converso regularmente com ela. Essa história, filha, por mais incrível que pareça é a nossa vida! Melissa nos conta sempre ao atingirmos os 20 anos, mas as circunstâncias levaram a você saber mais cedo. Por favor Melissa, continue.

Simone ficou por um instante incrédula com o que acontecia, mas não perdeu a concentração por nenhum momento:

— Eu tenho milhares de anos e, depois dos acontecimentos do expurgo dos deuses, que você saberá um dia, eu resolvi viver em Gaya. Meu primeiro e único amor mortal me deu uma filha que, na realidade era somente minha. Todas as minhas descendentes são mulheres e tem apenas uma gravidez. Os nossos companheiros apenas nos induzem a esta gestação, mas somos partenogenéticas, ou seja, os genes do pai não participam no processo. Por isto somos tão parecidas. Eu e minhas descendentes escolhemos um parceiro, por amor ou quando sentimos a necessidade de procriar. Algumas de nós, como eu, tivemos a sorte de temos bons homens, a quem chamamos de companheiros. Mas nem sempre é assim. Como no caso de sua mãe, muitos homens agem como zangões, são mimados, egoístas e possessivos, nos tratam mal e aproveitam da boa vida que posso dar a vocês e a eles. Você percebeu que o afastamento de seu pai não te causou problemas e nem saudades? Nem sempre é assim, depende do comportamento do homem, se for merecedor sentiremos sua falta. Eu sinto do meu escolhido, assim como minha filha direta sentiu.

Nessa hora, tanto eu como Simone pensamos o quanto o seu pai foi descartável, depois do evento que quase me expulsou da escola, nunca mais ele esteve presente, nunca minha namorada demostrou saudades ou tristeza pela sua falta. Após a pequena pausa Melissa continuou:

— Vocês, minhas descendentes, não são imortais e nem tem meus poderes, mas possuem algumas características particulares além da aparência. As abelhas te protegem, como fizeram quando seu pai a agrediu, se souberem como elas te obedecem e se comunicam com vocês. O mel tem poder curativo para meus descendentes e, devido a isto, você nunca adoeceu, foi o mel de sua alimentação que te fortaleceu. Finalmente todas somos devotas e servas de minha mãe Afrodite!

— Por isto que estou aqui! – Disse eu olhando nos seus olhos, demostrando meu pesar.

Trocamos olhares e ela percebeu que tudo mudaria a partir daquele momento! Assim que começasse a falar nossos sonhos mudariam permanentemente, e por isso, precisamos tomar fôlego, respirar fundo para que a mais triste de nossas conversas enquanto casal começasse. Melissa e a mãe de Simone perceberam que a sua participação na conversa chegara ao final. Levantaram para se retirar e nos deixaram a sós.

— Acho que podemos começar! Disse ela pegando em minhas mãos, elas estavam geladas, demostrando o seu estado naquele momento.

— Você escutou a conversa, eu precisava também confirmar o que percebi quando disseram sobre minha participação nesta trama. Eu devo ter recebido uma espécie de benção de Afrodite, e por isto me chamam de Afilhado. Isso explica, em parte, o porquê de sua mãe sempre ter gostado de mim, e acredito que o mesmo se refere a você.

— Como assim Soel? Quer dizer que o que sinto por você tem a ver com Afrodite?

— Acho que sim. Quando você me olhava nas aulas, lembra? Um dia eu desejei que me beijasse, e o beijo aconteceu! Várias vezes que ficamos juntos, a primeira vez que você dormiu em casa, eu queria que você viesse até mim, e você veio! Queria ver seu corpo e você me mostrou...

— Mas somos namorados, temos nossa intimidade e desejo, eu também quero você, isto não é natural? – Protestou Simone que, no momento, já estava entendendo a nossa realidade.

— Pode ser natural, pode apenas ser um problema criado em minha cabeça, não tenho como saber. O que sei, é que todos os que sabem de nossa realidade, incluindo a sua antecessora, me pediram cuidado com você, para que eu te respeitasse, e é por isso que às vezes eu me segurava com você. De certa forma, se eu pedisse para que a gente transasse, você me obedeceria sem pensar!

Ao dizer isso, o semblante de Simone em seu pré-desespero, demostrou que eu revelei a verdade: ela faria qualquer coisa para me agradar, mesmo coisas que pudessem, de alguma forma feri-la... ela jamais deixaria de me servir ou obedecer.

— Eu amo você Simone, de uma forma que não pensava que seria possível, eu desejo seu corpo de uma forma que queimo por dentro, quero muito te possuir de uma forma egoísta. E é por isto que não posso mais namorar você, meu amor! Eu não posso viver, e acho que você também não, sem ter certeza de que o que nós, ou você, está fazendo comigo é fruto do nosso amor ou é uma condição de servidão. Entende? Não dá para saber se você me agrada porque me ama ou porque tem que me obedecer!

— O que para você é uma benção, para mim é uma maldição! – Disse Simone chorando.

— Infelizmente foi nisso que pensei! Por isso, somente pelo amor que sinto por você, eu te liberto de minha influência! Não tenho como desfazer a sua herança familiar em relação a Afrodite. Mas preciso terminar nosso namoro e pedir que se liberte de meus desejos e que, por favor, seja livre para tomar suas decisões. Principalmente sem a minha interferência.

— Eu queria poder te odiar pelo que está me fazendo passar. – Disse uma amargurada Simone – Odiar você, meu legado familiar, Afrodite, Gaya e tudo mais.

Agora chorando copiosamente, ela continuou:

— Mas eu não tenho o direito de fazer isto... sei que você realmente me ama para decidir terminar. É o melhor namorado que eu poderia ter, e sei... que precisamos desistir de estarmos juntos... como isto dói!... mais nem a dor eu sei se é minha ou foi um "presente" de Afrodite!

Naquela hora eu já estava me arrependendo de tudo, perder a minha namorada e vê-la sofrer desta forma era uma dor muito maior do que eu imaginava! Minha cabeça e meu coração estavam explodindo pela enxurrada de emoções que estava sentindo e, nesse momento decidi abraçá-la.

Quando iniciei o movimento ela colocou a mão no meu peito de forma agressiva e disse:

— Por favor, preciso ficar sozinha, está na hora de ir embora!

— Eu entendo...

Fui me direcionando para porta, Melissa veio para me acompanhar, enquanto Simone subiu para o quarto sem se despedir, já não chorava mais...

— Obrigado pelo que fez pela minha descendente, você é digno da benção que recebeu!

Ela colocou a mão no meu ombro, me deu um beijo no rosto e disse:

— Cuidarei da Simone e reitero meu compromisso com o nosso grupo e você, pode sempre contar comigo!

— Mas não como uma serva, Melissa. – Respondi – Como uma amiga e conselheira!

— Que assim seja! – Respondeu aliviada. Ela sabia que eu poderia usá-la e suas descendentes da forma que eu quisesse, pois o contrato divino ao qual elas eram presas me permitia fazer atrocidades se assim desejasse. Mas se fizesse isto, não honraria o amor e a bondade que meus padrinhos me ofereceram. Estava muito triste, mas leve em meu coração. A leveza de ter feito a escolha certa, por mais que doa, por mais que as consequências sejam difíceis.

Saí cabisbaixo, triste e meus olhos estavam lacrimejando sem parar, mas não soltei o choro que estava retesado, pois tinha medo de chegar ao desespero. Precisava dar um jeito de sair deste estado, antes de explodir. Sai correndo sem saber onde iria parar...

*****

Devido as consequências dos últimos dias o sofrimento estava estampado no rosto de Melissa. Ela sentia uma mistura de peso por não ter como intervir na tristeza das pessoas que amava e, ao mesmo tempo, por não ter tomado a decisão que agora atormentava sua mente. Como uma nuvem de abelhas, ela foi atrás de finalizar este capítulo.

*****

Não sei o motivo por que cheguei a este lugar, se foi por desespero, carência ou solidão, mas estava ali. Toquei na porta que se abriu, mostrando-a linda e com um roupão, que aparentemente, revelava que estava sem nada por baixo! Nos olhamos e sem falar nada, comecei a beijá-la, que respondeu de forma receptiva. Cila deixou o roupão cair, se mostrou nua e fechou a porta...

*****

No hospital os corredores estavam vazios, ela olhava fixamente enquanto andava em direção a um quarto específico. Abriu a porta sem se preocupar com o paciente que estava adormecido. Um zumbido no ouvido o acordou, ele estava irritado e a fitou:

— O que você quer, bruxa?

— Saber como você pôde ser tão burro, o que você não entendeu? Que aviso faltou para evitar que você traísse sua família? – Falou Melissa controlando sua raiva.

— Minha família, olhe aqui bruxa! – Ele vociferou ao mostrar o toco de braço de uma recente amputação. – Foi seu protegido que fez, aquele mestiço maldito que receberá a maldição dos deuses.

— Você sabe muito pouco de deuses! Mas eu que não vou te ensinar, pois sei que a única coisa que os deuses sentirão por você é nojo! – Disse Melissa, agora mostrando a sua intenção – Eu te avisei na primeira vez que minha neta beijou o garoto, disse que você não deveria intervir no assunto. Quando falei que deveria se retirar da visita dele, você ignorou meu segundo aviso! Finalmente, quando agrediu minha família, negou meu terceiro aviso, mesmo quase morrendo como punição. Apesar de tudo isso, organizou um ataque ao meu protegido!

— Ora, você não tem prova de nada disso! – Ele respondeu demonstrando um certo desconforto.

— Sabe, genro. Minhas descendentes atraem dois tipos de homens: existem as que conquistaram um companheiro para toda a vida, se amaram e tomam-se afortunados, com prosperidade e vida longa. Este não é seu caso, você é apenas um zangão! E um zangão burro demais para fazer o ataque sozinho... por isso eu quero um NOME!...

Ao dizer isto, abelhas começaram a aparecer do nada e a rodeavam dando um formato ameaçador ao conjunto. Ela começou a falar:

— Os humanos são interessantes, cruzam espécies na busca de maior produtividade de mel, e conseguem maior agressividade e periculosidade das minhas gracinhas. Deveria ter medo delas e não se esbarrar com nenhuma, pois basta um toque para liberar feromônios, e aí meu ex-genro, não tem mais como impedi-las!

— Tire elas daqui, por favor, eu digo... – como as abelhas permaneceram e ela não se moveu, ele gritou – Disnomia!

— Ótimo, meu querido! Sabe quando te chamei de zangão? – Ela disse calmamente – O zangão é criado como uma rainha, alimentado com o melhor mel e tem as melhores servas, mas depois que reproduzem, as abelhas tratam de expulsá-lo da colmeia ou até mesmo matá-los. Por isto é um perigo ser um marido zangão, não acha?!

Ela deu as costas e começou a sair, mas resolveu dizer umas últimas palavras:

— Sabia que sua covardia ia revelar quem estava realmente por trás do ataque, obrigada. E quando eu disse que não poderia impedir o ataque, era mentira! Minhas meninas sabem me obedecer, sou eu que não desejo interrompê-las!

Capítulo XIII

O retorno e as metas

Olhei para o lado e a cama estava vazia. Pela porta do quarto vi Cila preparando alguma coisa para a gente comer. Ela viu que acordei e veio até o quarto, sentou-se no canto da cama, me beijou e disse:

— Acordou querido! Que bom que dormiu bem, você estava precisando!

Não encontrei muita coisa para falar naquele momento, pois desde que cheguei não trocamos palavras, apenas agimos instintivamente. Assim, essa é a primeira conversa verbal que teremos. Minha cabeça ainda estava repleta de pensamentos da noite anterior, sobre obrigações e rupturas... a única palavra que veio à minha boca foi:

— Desculpe!

Ela sorriu, novamente me beijou e disse:

— Eu sou uma ninfa, uma deusa de milhares de anos! Você realmente acha que precisa se desculpar? Que não compartilhei o desejo com você? Você não me obrigou a transar Soel. Eu não sou filha de Afrodite, inclusive tinha até muitos problemas com ela. Por isso, foi bom, divertido e fiquei feliz de ter me procurado, e se não me engano, de eu ser a sua primeira parceira!

Obviamente as últimas palavras me deixaram constrangido. Acredito que meu rosto tenha ficado vermelho, mas precisava perguntar:

— Se você tem problemas com Afrodite então?...

— Calma garoto, estou totalmente com nosso grupo! Em relação à sua madrinha, é que tive muitos problemas de fundo amoroso, somente isso. Mas vamos, você precisa recuperar as forças para retornar para casa e seus amigos, todos devem estar preocupados. Tem algumas roupas masculinas naquela gaveta, de alguns namorados, casos ou encontros que tive e que acabaram por deixar as peças por aqui.

Levantei-me para pegar as roupas para vestir. Cila ficou me olhando atentamente e murmurou:

— Acho que você vai atrasar um pouco mais...

*****

Ele estava na sala de espera da organização, ansioso por ter sido chamado depois de tudo ter dado errado. Os experientes comandantes do Círculo A foram decapitados, os mais velhos perderam um dos braços e apenas os recrutas jovens, como ele, acabaram com ferimentos menos graves. Esperou pouco tempo, e foi permitida a sua entrada.

Na sala, a Sra. Disnomia permanecia sexy e sedutora como da última vez. O que estava diferente era seu corte de cabelo: ela estava com ele solto cobrindo parte da face esquerda. Quando viu que Chacal a esperava na porta ela o recebeu:

— Olá garoto, que bom que veio! – Da mesma forma que na visita anterior, ela se aproximou a ponto de confundir as suas respirações. – Tenho um pedido para você!

Chacal ficou hipnotizado por ela que, colocando a mão dentro da sua camisa, puxou-o para sentar-se na cadeira de frente de sua mesa, onde escorou, cruzou as pernas deixando o pé depositado na coxa do rapaz. Ela abaixou fitando seus olhos, deixando o decote revelar uma bela visão.

— Quero que você observe o tal garoto que vocês me convenceram a liberar o ataque. Quero saber por que a ação não deu certo!

– Nesta hora ela escorregou pela mesa para sentar-se no colo do Chacal – Mas eu não quero uma nova falha, entendeu garoto? Não deixe que saibam, apenas quero relatórios semanais sobre ele e seus aliados.

Ela começou a se roçar no corpo do Chacal e, quando movimentou o pescoço para unir os seus rostos. Ele visualizou uma cicatriz que agora se apresentava sob a camuflagem do cabelo. Ao perceber o que havia acontecido, seu comportamento mudou, ela se levantou e disse:

— Não aceitarei falhas, não comprometa novamente nossa organização! Sua casa não merece ter um X em seu jardim. Suma da minha sala!

*****

Depois do sumiço, estava na hora de voltar. O ciclo do dia anterior foi importante para que Soel tomasse consciência a respeito do que passava e de quem realmente era! Surpreendente, doloroso e agora cruel, assim foi o caminho traçado para ele. Obviamente nada seria fácil, mas agora as questões da sua vida estavam clareando. Os dias de dor, de tormento e a perda de seu pai foram irreparáveis, porém necessitava seguir em frente, continuar no caminho. Pensou em talvez desistir, mas não saberia como, simplesmente não daria para retirar de si o que recebeu. Do fundo de seu coração, ele esperava que realmente tivesse sido abençoado e não amaldiçoado como sugeriu sua, agora, ex-namorada.

Foi caminhando em direção ao gmnásio, confiante e com um ar sério que denotava mudanças! No decorrer do percurso um bom amigo se uniu a ele, sentado em seu ombro. O pequeno Saci estava satisfeito com o retorno e confiança demostrado pelo seu andar.

Quando entraram o Saci, até aquele momento, estava visível apenas para Rosa e os treinadores, mas tudo ia mudar. Rosa correu e abraçou Soel enquanto os outros olhavam:

— Estávamos preocupados com você, sua mãe não parou de chorar e Elza está desesperada! – Ela me disse ao ouvido.

— Precisamos conversar, e isso pode esperar um pouco mais. Mas antes... – Respondi e me direcionei na frente de Mark.

Coloquei a mão no seu ombro e disse-lhe:

— Desculpe-me por perder a cabeça. Precisava descontar minha raiva em alguém e cometi o maior erro de minha vida. Mark, você e todos aqui são os amigos que confiaria minha vida, por favor, me desculpe!

Mark não respondeu verbalmente, apenas o abraçou e deixou que a emoção tomasse conta do momento. Dandara e Rosa demonstraram sua felicidade na forma de lágrimas. Tuk emitiu um ruído que, depois descobrimos que era uma cantiga que indicava o retorno de guerreiros. Gama e Abdias demonstraram alívio.

Temos que conversar, todos precisam saber o que eu sei! -Ao dizer isto, olhei para Epimeteu e Thrud para buscar apoio. Epimeteu com um sorriso aliviado disse que sim. Thrud sentou-se para escutar a versão grega dos acontecimentos. Tomei fôlego e comecei a contar desde o meu nascimento e tudo que ouvi e vi na casa da Moira, todos prestaram atenção e ao final da história eu enfatizei:

— Eu estou envolvido nessa trama até o pescoço e não tenho mais como sair, mas vocês podem ficar de fora. Viram o que aconteceu com meu pai, e pode acontecer com todos nós! Não quero chorar a morte de um amigo.

Nesta hora Abdias levantou-se:

— E você quer se divertir sozinho, tirar da gente a possibilidade de uma vida excitante, diferente de tudo que um humano qualquer poderia ter? Não meu amigo, sem egoísmo, eu estou dentro e sobre minha vida quem decide sou eu!

— Meu pai também morreu, eu não vou sair! – Disse Rosa se levantando.

— Eu já estou envolvido, minha família me colocou nessa, estamos juntos! – Disse Mark.

— Meus pais me disseram que os deuses de Bantu os direcionaram para que me trouxessem até aqui, agora entendo o porquê. É minha sina, também não posso fugir! – Disse Dandara levantando-se de forma confiante.

— Eu não vou abandonar Dandara e vocês! – Gama se levantou

— Se eu puder ficar sentado, fico com vocês! – Disse um risonho e satisfeito Tuk.

— Quando todos foram para a guerra, – começou Thrud – eu estava pronta para acompanhar meus pais, mas o Pai Odin não me deixou ir. Ele disse, apoiado em toda sua sabedoria, que se todos morressem na batalha a linhagem dele continuaria viva em mim. Eu protestei, gritei e implorei, mas ele não mudou a sua posição. Acho que ele sabia o desfecho da história!

Pela primeira vez vimos Thrud derramar uma lágrima; este momento se tornou especial para ela que continuou.

— Odin me consagrou como a líder das Valquírias, e era lei que não nos relacionássemos com homens ou mulheres, pois ele acreditava que precisaríamos da castidade para que a escolha dos que comporiam o Salão dos Mortos fosse de forma honesta. Eu sempre honrei as Leis de Odin, mas quando minha família desapareceu na guerra, a solidão me preencheu: não tinha pais, companheiro, filhos e meu tio-avô é um louco que deu início a isto tudo!

Ela parou um pouco, respirou e continuou:

— Até vocês entrarem em minha vida! Vejo cada vez mais sentindo em que vocês, aos poucos, substituíram a minha família e me dando um sentido de responsabilidade e cuidado. Isto é o mais próximo de sentimento maternal que me é possível. Vocês permanecerem unidos é a prova disso. Formamos um Clã!

A emoção tomou conta de todos. Fizemos um círculo com Epimeteu e Thrud no centro e nos abraçamos conjuntamente por um tempo que não se acabava! Passado o momento resolvi ir para casa para deixar o pessoal de lá menos preocupado. Mas antes de sair, precisava dar mais um aviso:

— Eu e Simone terminamos. A avô dela é uma das Ninfas de Afrodite, e eu tinha o poder de comandá-la. Não seria correto de minha parte abusar dela com este poder. E não adianta argumentar Abdias!

— Eu? Estou quieto..., mas quer saber? Você fez o certo meu amigo! E é por isso que confiamos em você!

— Ah! Lembrei da última novidade! Tenho um amigo Saci! Me virei para sair e ele apareceu para todos em meu ombro esquerdo.

*****

Cheguei em casa e Elza veio correndo me receber. Otelo foi chamar minha mãe. Depois das duas se certificarem que estava tudo bem comigo, nos direcionamos para a cozinha. Não sabia o que dizer para eles, mas nem foi preciso, já que minha irmã começou a falar:

— Soel, eu e Otelo estávamos conversando com mamãe e achamos melhor que ela vá com ele e Harriet. O que você acha disto?

— Acho que ela ficará mais segura com Otelo, estou de acordo. – Respondi aliviado de não ter que dizer a verdade para todos, poderia ganhar um tempo com eles.

— Que bom, – continuou Elza – eu disse que entregarei o apartamento e virei morar com você. Eu assumi que vou cuidar de você e Rosa. A sugestão foi de Otelo, ele está de acordo que a gente fique com a casa até vocês terminarem a escola preparatória.

Novamente concordei com tudo e, de repente, a conversa mudou para mim. Otelo me perguntou onde eu estive e confidenciou que me procurou a noite toda a pedido de nossa mãe:

— Desculpe-me Otelo, eu não queria deixar vocês preocupados, mas precisava acertar algumas pendências. Estava precisando entender o que acontecia em minha vida!

— Mas você deixou todos nós preocupados, mamãe passou a noite chorando!

— Calma Otelo, – disse Elza -eu sei que todos sofremos, mas foi Soel que quase morreu duas vezes, no atentado e no julgamento! Por sorte ele continua conosco, ao contrário de papai, então precisamos comemorar e nos unir.

— Tudo bem Elza! – Respondeu Otelo – Mas espero que papai não tenha morrido por causa dele!

— Ele morreu sim, Otelo! – Respondi agora perdendo a calma – Eu fui atacado na porta de casa e meu pai tentou me proteger, ele morreu por causa de mim, me protegeu enquanto estava sendo surrado. E eu fui atacado pelo mesmo motivo que você é segundo sargento e não oficial.

Otelo se levantou agressivamente, mas foi impedido por Harriet que acabava de entrar. Ela pediu para que ele se acalmasse enquanto Elza o repreendeu:

— Papai nos últimos tempos entendeu o que era ser pai, ele tornou-se um bom amigo e um protetor de sua família. Não apague isto dele Otelo, por favor!

— Neste momento, Rosa entrou sorridente na casa e deu de cara com um Otelo mal-humorado. Fitando-a, disse:

— Talvez este tenha sido o erro dele, Elza! Se continuasse o meu pai, talvez estivesse vivo!

Ele se levantou e foi para meu quarto, que tinha tomado posse em minha ausência. Eu quis interromper a sua saída, mas Elza me impediu. Harriet olhou para nós e tentou desculpar o noivo:

— Desculpem Otelo, por favor. Desde que entrou para as forças armadas ele não tem exercido sua profissão. Colocaram ele como sargento de tropa e consideraram a sua formação em fobologia excelente para aterrorizar os soldados. Ele não faz o que queria, e somado à morte do pai que o abalou, deixou-o nesta pilha de nervos. Vou tentar conversar com ele.

Ela saiu e Elza, olhou para Rosa e disse:

— Estamos acostumadas, não é mocinha? Vamos jantar para ir para casa.

— Posso dormir com vocês? Se eu ficar aqui vou acabar brigando com Otelo.

— Soel, poque não dorme na casa da Simone? Ela estava tão preocupada com você...

— Eles terminaram! – disse Rosa – Este foi um dos assuntos que o tirou de casa ontem.

— Mas por quê? Ela gostava tanto de você? – Perguntou uma indignada Elza.

— Elza, mãe, ele teve seus motivos, mas deve estar sofrendo. Conversamos sobre isto quando for a hora.

*****

As festas de final de ano foram o mais triste possível! Resolvemos ficar de luto e não saímos para comemorar. Depois de tudo que aconteceu, e com Otelo insistentemente criando problemas comigo, Elza e Rosa, o clima estava muito ruim.

Pessoalmente eu estava pouco me importando com o que acontecia, meu foco era treinar. O próximo ano era o último e precisava me classificar para os Jogos, tudo contava com meu êxito. Rosa e os outros demonstravam o mesmo entusiasmo, Epimeteu e Thrud sempre estavam otimistas.

Tuk já estava adaptado às muletas de Epimeteu, mas Rosa e o pai de Abdias testavam protótipos novos para sua melhor velocidade e rapidez de movimento incansavelmente. Em relação aos arremessos ele estava quase perfeito.

Dandara era a mais dedicada de todos nos treinamentos, até mesmo que eu, pois sabia que lutaria com homens bem treinados a partir da próxima fase, então ela tentava compensar isso avaliando tudo que era possível, chegando próxima do seu limite.

O mais interessante de tudo era que Abdias e o Saci começaram a improvável competição de quem sacaneava mais o outro e se divertiam com isto, era bom pois tirou o pequeno do tédio e de aprontar conosco e os vizinhos.

Simone havia desaparecido, e periodicamente eu via Melissa sozinha e tinha receio de perguntar sobre ela. Por isso, alguns dias em que a saudades e o desejo apertavam, eu ia ao encontro de Cila. Ela se tornou minha amiga, confidente e amante. Descobri que carregava uma maldição dada por outra divindade que enlouqueceu de amor por ela, e por isso não era tão simpática com Afrodite, e dizia que ainda bem que eu era diferente de minha madrinha.

*****

O ano virou para 3.986. Minha família jantou junta, mas não unida! Novamente Otelo se estranhou comigo e descontou na Rosa. Também parou de respeitar Elza como irmã mais velha, e minha mãe como sempre desviava do problema ao se preocupar com afazeres domésticos, na vigília de avaliar se a casa estava suficientemente limpa.

Quando os estranhamentos quase transformaram-se em brigas reais, contamos com uma aliada surpresa, Harriet. Ela tentou dominar a raiva de Otelo e quando viu que seria impossível, se retirou para o quarto aos prantos, obrigando-o a deixar a mesa. No dia seguinte eles e minha mãe foram embora para América do Centro.

*****

Elza e Rosa mudaram-se para casa, eu mantive meu quarto e elas dividiam o dos meus pais. Otelo levou algumas coisas além dos pertences e roupas de minha mãe. Como ele voava em um avião militar, não tinha muito problema de bagagem. O veículo militar que deu carona para ele até o aeroporto era grande o suficiente para transportar alguns móveis e utensílios de cozinha que mamãe insistiu em levar. Despedimos de minha mãe e de Harriet. Otelo não quis se despedir e nem nos convidou para irmos até o aeroporto, apesar de terem lugares vagos no veículo. Elza insistiu em saber se realmente seria bom para nossa mãe ele levá-la, e sua resposta foi apenas: "se ela quiser ficar, que fique". E foi embora levando-a.

Após esse incidente, nos entreolhamos e perguntamos mentalmente por que aceitamos que ele a levasse? Otelo agora se transformou naquele pai que gostaríamos que nunca tivesse existido. O que ainda nos confortava era que Harriet tinha prometido que cuidaria dela, e dele também.

Os treinamentos se somavam, o calendário passava rapidamente em relação aos dias que viravam semanas num piscar de olhos. Nas férias estávamos tendo três períodos de treino, eu e Rosa treinávamos uma sessão a mais, pois ela me passava alguns macetes de torneio.

*****

— Ela já pode te receber. – disse a atendente a Melissa, que entrou no escritório sem cara de boa amiga:

— Então você está mesmo aqui Disnomia! O que anda fazendo da vida? Tentando fazer uma limpeza étnica?

— Ora se não é uma ninfa serva de Afrodite! Me diga o que faz agora que sua mamãe morreu? – rebateu Disnomia, em tom de deboche.

— Eu demorei um tempo para que minhas meninas achassem o seu rastro e me trouxessem até você, demônio! Eu não vim te matar pois, sei que iria atrair outros de sua laia. Mas se insultar Afrodite de novo, mudarei de opinião!

Disnomia deu um pequeno rosnado de contrariedade, e falou de forma direta:

— O que você quer aqui?

— Eu quero que saiba que já sei que foi você a responsável pelo ataque. Meu genro traidor me contou, então eu sei que tramará algo novo. Mas desta vez, eu e Cila sabemos de onde se originam os atentados, portanto estaremos de olhos abertos. Mantenha a linha!

— Você está me ameaçando rainha melada? – Zombou Disnomia.

— Estou, não é mesmo!? Nós sabemos de onde veio e virão os próximos ataques, por isto, recomendo juízo, para que este rasgo em seu rosto não seja feito também em seu pescoço. Recado dado, e está na hora de ir, pois tenho alergia a fedor de demônio.

E assim foi Melissa, que ao sair escutou algo quebrando, e sua inimiga grunhindo alto e raivosamente. Na saída, ela encontrou-se com Cila, que lhe esperava e dava cobertura:

— Avisamos os outros? – Cila perguntou ao recebê-la.

— Ainda não Cila, avisaremos apenas Caliope. Os outros precisam se concentrar no treinamento do Afilhado. Nós três daremos conta deste demônio. Além disso, matar Disnomia atrairia Éris para cá. Não seria bom se opor a uma deusa neste momento. Precisamos ficar de olho nela, minhas abelhas irão rondar a região.

— Assim espero. – Murmurou Cila enquanto saíam.

*****

O período de recesso passou e o foco objetivando os jogos nos deu pouco tempo para pensar. No dia seguinte se iniciaria o segundo semestre do meu segundo ano, e por isto, eu estava preocupado em reencontrar Simone. O que iria acontecer em decorrência disso era minha preocupação. Apesar de ter gostado muito de Dandara, Simone aos poucos tomou conta e tornou-se a paixão e o meu desejo! Não será fácil conviver com ela sem ser tentado a uma recaída.

No primeiro dia de aula, ocorreram duas surpresas muito desagradáveis, ambas relacionadas a mim. A primeira é que percebi, naquele momento que os processos e as propagandas que fizeram sobre mim e meu pai, não havia sido totalmente neutralizada. Como passei as férias inteiras apenas entre treinos e pensamentos sobre a minha participação nos eventos, não percebia que muitos ainda me achavam o "Monstro de Palmares". Havia vários boatos, olhares e pessoas que tinham medo de mim ou que comentavam pelas costas que eu deveria ter sido punido. Isto se tornou mais claro quando me lembrei da atitude de Otelo, ao olhar por este prisma. Se ele estava me culpando pelo que ocorreu, imagine então os outros moradores da cidade!?

Na escola a manifestação deste fato foi o conselho de pais solicitarem minha expulsão e a retirada imediata da Sra. Caliope da direção. Tudo isto justificado pelo direito da defesa da integridade física e mental das crianças e jovens. Epimeteu e Melissa tiveram que intervir para minha manutenção e, decorrente a isso, os acionistas se afastaram, professores se demitiram e alunos foram transferidos para escolas de outros locais ou regiões. O primeiro e o terceiro ciclos conseguiram a duras penas formarem duas turmas e o segundo ciclo apenas uma turma. A diretora, tentou me preservar da culpa, disse que a diminuição dos alunos foi devido a política educacional vigente, que tirou direitos e empobreceu a Classe B. Mas a maior redução de alunos que observamos foi da Classe A.

Esta diminuição teve a ver com a segunda surpresa: Simone não estava mais na escola, ela havia se transferido! Depois eu soube por Melissa que ela havia ido morar em América Alta com sua verdadeira avó, fato que deixou sua mãe desolada. Ela estava com muita raiva de mim, chegou a me dizer a ninfa das abelhas!

Não posso dizer que fiquei decepcionado com Simone, principalmente depois que usaram nossa separação para criarem mais boatos sobre mim, que iam desde que ela foi separada pela família e estava escondida, até piores, os quais citavam morte e canibalismo por minha parte e da minha família! Uns ainda diziam que carne de jovens brancas era mais cara, denotando que até nestes casos graves de difamação, o classicismo estava presente!

O único lado bom é que meus amigos, tirando Gama e Mark que estavam no ciclo acima, estavam juntos na mesma classe. Também tinha a dupla Abdias-Saci, que começaram a passar o tempo bolando e azucrinando as pessoas que me agrediam, e espalhavam mentiras ou fofocas. Por incrível que poderia acontecer, aos poucos falar mal de mim se tornou um tabu pela ação dos dois malucos, e de certa forma, me deixou mais à vontade no período escolar.

Outra coisa, curiosa ou estranha, foi que Chacal e seus amigos deram um tempo em relação a nos perseguir. Mark e Gama disseram que eles estavam muito quietos e pensativos durante a aula, o que não sei se é motivo para comemoração ou preocupação!

Com a redução do número de turmas e de professores, houve medidas interessantes. A mais estranha foi que Melissa e Ganímedes entraram como docentes, ela de biologia e ele de matemática. Eram bons professores, acredito que seja pela experiência acumulada. Com isto tudo acertado, o tempo foi dando sua forma de ajeitar as coisas e acontecimentos.

*****

Estávamos às vésperas do próximo torneio que definiria uma das vagas internas para o Nacional. Elas eram divididas em oito regiões do nosso Bloco, quatro eram as litorâneas, sendo duas na América Alta, a leste e oeste, somado a América Baixa com o mesmo padrão. Também havia uma região interna para cada. A América do centro, menor que as outras, tinha uma região litorânea que compunha os dois litorais e uma central. Cada região classificavam as quatro equipes mais bem classificadas.

Nós contávamos agora com Rosa, Mark e Gama com 18 anos, Dandara e Abdias com 17 e eu com 16, mas há dois meses para meu aniversário. Segundo nossos treinadores, serão dezesseis equipes nessa fase e iremos utilizar a preleção da primeira competição, com desempenho invertido. Estávamos muito melhores que o ano passado, mas a dificuldade também era maior.

Desta vez iriamos sair de manhã para pegar um avião até uma cidade chamada Manaus, onde seria o torneio, e chegaremos na véspera para poder descansar. Por sorte o evento de Tuk não foi coincidente com o nosso, então não teremos problemas de logística, ele virá com a gente e depois iremos assisti-lo.

Quando nos preparávamos para ir dormir, bateram na porta. Isto me lembrou da última vez que atendi a porta nessas condições, e fui ressabiado. Antes de abrir escutei os protestos de Elza, que queria se adiantar na recepção. Na hora que olhei quem era, dei de cara com a mãe de Simone! Ela estava parada na frente da porta. Imediatamente Elza entrou na minha frente e disse:

— Que bom que veio, Vita! Entre por favor.

Elza nos explicou que Vita, a mãe de Simone, a tinha dado muito apoio nos momentos em que fomos atacados, no julgamento e no funeral de meu pai. Por isso, com a filha fora de casa e aparentemente rancorosa, ela estava um pouco deprimida, então era a vez de Elza retribuir.

Minha irmã a convidou-a para assistir as lutas no final de semana. Eu achei que estava faltando algo nessa história, mas dei as boas-vindas e demostrei felicidade com a sua torcida. Tive cuidado para não causar constrangimentos, mas perguntei sobre sua filha, e o resultado foi que não tinha notícias, e sofrimento. Resolvi não perguntar mais nada.

A viagem foi tranquila, chegamos no hotel, nos dividimos em quartos triplos e duplos. Eu fiquei com Epimeteu e Tuk, Gama com Mark e Abdias. Os quartos femininos ficaram com Rosa, Dandara e Thrud, e Elza dormiu com a Sra. Vita, a quem eu chamava até então de mãe da minha namorada, mas acredito que tudo mudou.

No dia seguinte, tomamos um bom café da manhã. Todos acordaram bem, mas Gama reclamou que da próxima vez o Saci ficará no meu quarto, pois ele e o Abdias juntos são insuportáveis! A técnica e as representantes femininas chegaram transbordando boa disposição. Minha irmã e Vita desceram por último, pareciam felizes. Café tomado, fomos para o torneio.

Não demoramos a chegar e conferimos a tabela, onde havia 16 equipes inscritas. As cabeças de chave fizeram a final do ano passado e continuavam as mais fortes, quatro equipes eram consideradas medianas e as outras fracas, seguindo a observação das qualificações do ano passado. Não teríamos muito problema para a classificação, pois a Glima era mais forte nas outras regiões, Central e Alta, a nossa ainda estava em desenvolvimento. Thrud dizia que isto era bom, dava tempo para a gente crescer ainda mais.

As dezesseis equipes inscritas se enfrentaram na primeira rodada, três equipes não perderam nenhuma luta: as cabeças de chave e a nossa. Quatro equipes ganharam quatro lutas e duas emparam com três lutadores, quatro equipes ficaram com apenas dois lutadores e três equipes foram desclassificadas, e assim finalizou-se a etapa inicial.

Na segunda rodada, pela distribuição, pegamos uma equipe de dois lutadores. Eu e Mark lutamos e vencemos, desclassificando mais uma equipe. O mesmo aconteceu com a campeã do ano passado. Duas por enquanto passaram sem perder lutadores, a vice do ano passado perdeu uma luta. Sobraram onze equipes ainda, duas com seis lutadores, uma com cinco, uma com quatro, duas com três, duas com dois e três com um apenas. Estávamos tranquilos ainda, mas o campeão ainda estava empatado e apenas os melhores lutadores iam sobrando.

Na terceira rodada, Rosa despachou mais uma equipe, e os campeões também venceram. A rodada foi estável e terminou com duas equipes mantendo os seis jogadores, uma com cinco, uma com três, duas com dois e três com um lutador, no total nove equipes sobraram. Nestes torneios com maior número de equipes é bem interessante a importância de o time ser coeso e a montagem das prioridades de cada jogador, quanto mais peças temos, menos lutamos, pois as esquipes de maior número jogam sempre com a de menor. Portanto, pelas regras, não adianta ter um ou dois bons lutadores, pois se apenas eles passam farão muitas lutas e irão se exaurir.

Na quarta rodada, Gama ganhou para nós e o representante da campeã passada também. Seis equipes ainda continuavam no páreo, duas com seis, uma com cinco, duas com dois e uma com um. Por ser cabeça de chave, o campeão do ano passado teve apenas uma luta e ganhou, e nós teríamos duas lutas, que seria de Dandara e Abdias, mas eu pedi para Rosa solicitar que fossemos nós dois. Eu argumentei que seria a última luta com equipe fragmentada, e por isso seria melhor que Dandara e Abdias descansassem para a equipe mais completa. Thrud concordou, mas poupou Rosa, mandou eu e Mark. Não foi difícil vencer, os dois atletas estavam cansados. Sobraram apenas três equipes, duas com seis, e uma com cinco. Pelo mando de jogo ser da campeã do ano passado, ela aguardaria a luta entre a gente e a vice. Thrud decidiu que eu ficaria de fora nesta rodada, eu protestei em vão.

Na sexta rodada, Dandara pegou um adversário com condições físicas semelhantes à dela, pois o desgaste dele equilibrou ambos em relação a força. Não foi fácil para ela, mas vê-la se superar é uma constante, e ela ganhou. Abdias também foi bem e marcamos dois classificados. Mark foi nosso primeiro lutador a cair no evento, ele lutou bem, mas a luta anterior o cansou, perdeu de 1X2. Gama também perdeu pelo mesmo placar, o número dois deles era muito bom e veloz, acabou neutralizando a sua força. Rosa nos deu a terceira vitória sem dificuldades. Estávamos com quatro lutadores classificados. Aguardaremos a disputa entre a atual equipe campeã que estava completa, com a que acabamos de lutar, com dois classificados.

A rodada terminou com uma vitória para cada, ainda teríamos três equipes para próxima fase. A equipe campeã poupou seu número um, nós entramos com os que sobraram. Rosa ganhou ainda com uma certa tranquilidade. O número três deles era meu, e novamente perdi um pouco da concentração no início e levei um ponto. Um enlouquecido Abdias agora comandava minha estratégia e movimentação, sua instrução me fez virar a luta. Não sei se foi porque ele se desgastou em minha torcida ou falta de concentração, mas ele acabou derrotado. Dandara novamente deu um show de velocidade e concentração e ganhou, e três de nós ainda estavam classificados. As três equipes agora tinham duas de três lutadores e uma com apenas um.

Nós teríamos que lutar com um enquanto nosso principal adversário aguardava. Rosa iria para luta, eu interferi:

— Você é a rainha do nosso jogo, não pode ser sacrificada, eu vou ganhar. Ele é rápido para o Gama, mas não para mim. Descanse.

Abdias a postos eu comecei impondo uma luta com predomínio de força; ele tentou compensar com velocidade, mas eu também era rápido! Não como ele, mas somado a minha força, foi fácil contra golpear, fiz um a zero. Administrei o ponto pois sabia que ele iria ter vantagem na segunda glima e foi o que aconteceu, empatamos. Na terceira glima, com predomínio de força, fiz o contrário do erro de Gama, decidi no começo, sem muito estudo e usando muita força bruta. Abracei e joguei por cima de minha cabeça. Éramos duas equipes com três lutas cada.

Rosa foi a primeira a lutar e ia pegar o número um deles, que estava bem descansado. Por isto, tomei o lugar dela na luta anterior, pois sabia que ela poderia decidir para nosso time e eu não deixaria que se desgastasse. Com os dois lutadores em iguais condições, Rosa ganhou com um pouco mais de dificuldades que as outras lutas, mas não havia levado nenhum ponto até aquele momento. A segunda era a minha, com o número dois deles, que também estava descansado.

Pela primeira vez eu entrei na área de luta pensando em meu pai, em mim e em tudo que passei nos últimos anos. Estava claro que iria perder pelo meu desgaste em relação ao dele, pela sua experiência e pela minha idade. Mas eu vi em algum lugar que um viking participava das guerras a partir dos 15 anos e era temido. Assim, estava na hora que isso tudo se refletisse na luta, quem eu era e quem eu honrava ao lutar. Pela primeira vez, eu fui tão bem quanto Rosa era! Eu estava soltando o guerreiro que havia em mim.

A última luta que sobrou era de Dandara, e nossa equipe estava com grande vantagem. Se ela perdesse, teriam que ganhar de mim e Rosa seguidamente para tirar nosso título. Mas Dandara não lutou sozinha, pois seu adversário tinha ganho de Abdias e que, apesar de vacilar nas lutas, era nosso melhor estrategista de glima. Então na luta entrou a dupla Dandara-Abdias. Ela executou todo o plano de movimentação por ele passado e conseguiu novamente a vitória.

Dandara foi a campeã do torneio, elevando sua lenda no Bloco, ela ia para a última etapa como campeã. Nossa equipe recebia o brasão da Lira de Apolo para nosso uniforme. O raio de Zeus está próximo!

*****

No retorno a Palmares a novidade foi uma reportagem sobre a competição com enfoque na vitória de Dandara e o bom trabalho de nossa equipe, mas com o cuidado de não tocar nos nomes dos lutadores que formavam o time. Na avaliação dos treinadores, Soel foi quem teve mais lutas no torneio e venceu todas, foi o mais decisivo nesta etapa. Rosa, entretanto, ainda era a lutadora de confiança e Dandara otimizava o planejamento tático. Abdias tem que domar sua ansiedade, mas era quem fazia as melhores leituras táticas, sendo o melhor no apoio estratégico para nós. Mark foi bem, perdeu por questões da decisão técnica de risco calculado. Gama teve dificuldade com lutador rápido, precisava de correção:

— Esta fase ainda é considerada tranquila, a última e decisiva não será tão fácil, as delegações do Centro e do Norte serão dificílimas, precisaremos de força máxima para chegar à final. O time campeão é classificado para os jogos e os outros seis que compõe a seleção consiste nos melhores, os destaques individuais. Temos que garantir a vitória. Rosa terá que ser poupada para os momentos finais, Soel não pode ser sobrecarregado, e por isto Gama tem que estar muito bem para diminuir a pressão sobre ele. E Dandara, Mark e Abdias precisam ser os pivôs de apoio para a equipe. Vocês entraram para a superação de seus limites, luta a luta.

As falas da técnica indicavam que teremos seis messes de grandes emoções no treino.

*****

Fomos para a Competição de Arremesso de Machados com nosso amigo Tuk o único competidor da equipe e, apenas Elza não fez parte da torcida tradicional. A mesma situação de competição de glima anterior se manteve, os treinadores decidiram o padrão de ir de aeroplano no dia anterior para que Tuk descansasse e no próximo dia competisse. No evento, Tuk dominou facilmente seus adversários com ótimos arremessos, teve um desempenho magnífico, ganhou o evento e se classificou para a fase final e, foi mais uma a possuir o direito de portar a lira de Apolo. O ponto negativo do seu desempenho ainda é o tempo, das seis rodadas que ganhou, se o primeiro fator de desempate fosse requerido, ele teria perdido todos os combates a sua velocidade ainda era baixa. Para a próxima etapa este fato pode ser preocupante.

*****

Quando o ano letivo terminou, com ele se formaram Mark e Gama que finalizaram a etapa escolar. Apesar de poderem partir para a formação profissional, ambos aceitaram a proposta da equipe de terem um contrato até os jogos. Receberiam um bom valor em forma de salário e aumentariam a carga de treino.

O luto pela morte de meu pai ainda era presente em minha família, e resolvemos não comemorar meu aniversário este ano. Devido a isto, meus 17 anos passaram praticamente desapercebidos, somente alguns parabéns e Rosa que fez um bolo para nós quatro, os três irmãos e a Vita que também esteve presente. Ela ainda não tinha notícias de

Simone, mas se lembrou da data e me trouxe um presente, uma cesta de pão de mel que sabia que eu adorava. O Saci que se esbaldou, comeu quase todo bolo e os pães de mel que sobraram.

Nesse dia ele foi descoberto por Elza que deu uma vassourada nele! Sobrou para Rosa e eu explicarmos quem ele era e porque estava em casa. Ela ficou muito brava da gente ter demorado para contar sobre o folclórico morador, e como resultado, passou uma semana sem falar com a gente. Depois ela desistiu e ficou tudo bem, menos para o Saci, que ficou com medo dela.

*****

O tempo novamente correu muito rápido entre as obrigações dos treinos e escolares. As notícias da América Alta não eram das melhores, a violência contra a Classe B passou a ser banalizada, a recessão imposta para a B e C aumentava proporcionalmente ao enriquecimento da A. O Fluxo de imigração tornou-se do Norte para o Sul predominantemente de Bs empobrecidos, e iniciou um fluxo contrário de C em busca de empregos na América Alta.

Com este desenho social, o Bloco se tornou um barril de pólvora pronto para explodir, principalmente relacionado à tensão entre Bs e Cs causada pela classe A. O Círculo A não chegou a ser investigado e mantiveram-se mais discretos. Particularmente eu ainda era apontado e ofendido, e mudavam de trajeto quando se deparavam comigo na rua, mas houve uma perceptível diminuição dessas incidências nos últimos dias.

As palestras de nossos treinadores ainda enfocavam os Jogos e questões técnico-táticas. De vez em quando eles se dedicavam a alguma conversa sobre divindades, Olimpo e Asgard. Falar sobre este assunto não era o predileto deles, porém não podiam evitar a curiosidade de jovens. Neste quesito, Abdias era o campeão de perguntas indiscretas que versavam geralmente sobre necessidades fisiológicas, orgias e tamanhos das coisas.

Outra questão que me preocupava era sobre o saci, ele estava muito tempo longe de casa, e isto o deixava a cada dia um pouco mais triste. Acabei tendo que comentar sobre o assunto com Epimeteu e, nesta conversa, acabei entendendo em parte o que foi que aconteceu com Francisco:

— A cidade ainda está no mesmo lugar, tudo está igual, apenas os Pajés, os elfos, as ninfas e deuses de nosso lado, usaram os nossos poderes para otimizar a magia e os elementos da natureza par produzir uma camuflagem total, deixando Francisco praticamente invisível.

— Mas Epimeteu, e se caminharem floresta adentro vão acabar achando a cidade, e se sobrevoarem?

— Tudo foi pensado, até mesmo armadilhas utilizando insetos, animais e névoas que alteram percepções de tempo e memória foram inseridas. Nuvens guardiãs podem ser convocadas pelos Pajés para esconder a cidade e até mesmo criar raios. Moira disse que, em relação ao destino da cidade, por enquanto não há problemas. Mas o futuro é incerto.

— Por isso que o Saci não conseguiu voltar. – Conclui com as informações que Epimeteu me deu.

— Acredito que sim! Tente mantê-lo por perto por enquanto, não sei se quebraria o efeito que criamos se algo de fora entrar na cidade.

— Vou conversar com Abdias para tentar distraí-lo. – Após a conversa voltei para o treino.

Por fim, Epimeteu comentou que todo o esforço foi devido ao Padre Julius que jamais abandonaria seu ofício de deixar de cuidar de quem procura Francisco para o alívio de seu sofrimento. Por este motivo que ele esteve aqui juntamente com moradores da cidade para te apoiar em nome da justiça. Hogni teve muito trabalho para manter o segredo da cidade com esta decisão, mas não tem como tirar do Padre e dos cidadãos suas convicções, ainda mais em relação a alguém de que gostam. Quando tudo deu certo para você, eles voltaram. Por enquanto está tudo dando certo na região.

*****

A América Alta seria a sede da nossa última competição para os jogos. Desta vez chegamos uma semana antes do evento para ter um pouco de aclimatação. Eu e Abdias éramos os únicos que não conhecíamos essa parte do Bloco, e ficamos bem impressionados com a riqueza e desenvolvimento explicito do local! Obviamente com a exportação da pobreza para o sul, lá somente havia prosperidade. Todos os classe A eram bem-vestidos e sorridentes, enquanto as outras classes usavam sempre uniformes de serviçais e carregavam uma fisionomia cansada.

Desta vez não ficamos em hotel, mas sim em uma mansão administrada por Ganímedes e que, aparentemente, era uma espécie de clube criado por nossos amigos imortais. Estavam presentes além da equipe, Tuk, Elza e Vita, que veio na esperança de ver a filha.

O anfitrião nos registrou e apresentou os quartos. A mansão tinha dezenas de quatros e, quando a chave foi entregue, ele disse que agora nós também éramos donos do local. Os quartos, a partir do registro, eram apenas nossos e que sempre seriam reservados e estariam a nossa espera. O que deixássemos nele, mesmo se passassem anos, estaria guardado. O local tinha espaços para se fazer quase tudo, desde jogos de quadra, piscina, aparelhos gmnicos, e muito mais.

A alimentação era impecável, considerado realmente digna dos deuses, obviamente com alusões aos fatos. Em um determinado dia, Epimeteu me levou a um banco de origem grega e que era responsável por cuidar de parte de suas finanças. Na instituição, ele me apresentou ao gerente e disse que, se eu precisasse de qualquer coisa, ele tinha a autorização para me atender para suprir as minhas necessidades. Eu achei estranho, mas não quis contrariar meu amigo. Obviamente eu não iria nunca pedir nada, pelo menos foi o que pensei no momento.

*****

No dia da competição, soubemos que o evento seria televisionado e que todas as equipes estavam presentes, no total de 32 distribuídas conforme nos foi apresentado na fase anterior. O formato desta competição era diferente, eram quatro chaves cada uma com oito equipes cada, sendo que duas campeãs, duas vices, dois terceiros e dois quartos das fases anteriores. Decidido pelo sorteio, durante o dia os combates era para decidir as equipes que ganhariam cada chave e a noite eram as decisões finais.

Em nosso sorteio, caiu a equipe campeã do litoral leste da América Alta, as Vices do litoral oeste da América Alta e o interior da América

Central, eram os nossos grandes adversários, os outros foram equipes que ficaram em terceiro e quarto lugar, consideravelmente mais fracos. Nos dividíamos a cabeça de chave com a outra equipe campeã e lutaremos com os dois quartos lugares de fase anterior. Nossa equipe foi formada por Thrud:

— Bem lutadores, esta fase é a mais importante e difícil que vamos passar, por isso contamos que todos vocês entendam a necessidade de superação. Dessa vez, temos que esconder nossa principal arma: Rosa será a número um, e os outros devem reduzir seu risco de derrota. O número dois será Gama, pois treinou muito e será nossa segunda aposta no caso de algo aconteça com a número um. Dandara será a três, uma posição segura para quem sempre se supera. Abdias o quatro e os dois que vão segurar as pontas, Soel no cinco e Mark o seis, pois ele e Gama treinaram muito e deram conta de defender a equipe.

A primeira equipe que pegamos foi bem fácil, a quarta colocada da América Baixa, Litoral Oeste, todos nós nos classificamos. Duas equipes foram desclassificadas e sobraram duas equipes com seis lutadores, duas com cinco e duas com um, as quatro equipes com mais lutadores eram fortes.

Na segunda rodada, tivemos apenas uma luta, Mark foi selecionado para ir e foi novamente bem. Realmente, treinar dois períodos até a competição deixou ele muito afiado! Final da segunda rodada, duas equipes com seis, uma com três e uma com dois. Na rodada subsequente, pegamos três lutadores, e Abdias, Dandara e eu fomos escalados. Dandara novamente conseguiu se superar e ganhou de um adversário muito duro, Abdias quase perdeu, mas conseguiu conter seus problemas emocionais e recuperou sua capacidade de leitura da luta, ganhando por dois a um. Eu ia lutar contra o melhor da equipe que ficou vice em uma divisão da América Alta, seria uma luta muito difícil, mas estava mais descansado neste momento. Consegui fazer uma luta muito estudada e calma, explorei a diferença de condição física que tínhamos e o deixei cansar mais ainda, aproveitando as aberturas, ganhei de dois a zero.

A equipe campeã do litoral oeste e a nossa estavam sem derrotas e agora era para valer. Estávamos com nossas principais apostas descansadas, e a equipe deles também. Seria uma disputa muito igual.

Rosa entrou, como sempre, segura e precisa em seus movimentos, e não demorou a ganhar. Gama abusou muito da força e levou seu adversário a desistir do combate depois de perder a primeira fase, ele alegou não ter condições de continuar, e dois de nós passamos. Dandara pegou um lutador que não descansou na última rodada, assim como ela, teve dois movimentos de sorte e técnica apuradíssimas para ganhar a luta. A primeira, enganchou o pé esquerdo no calcanhar do adversário ao mesmo tempo que ele tentava levantá-la para projeção usando os braços. A segunda, o mesmo gancho apareceu para neutralizar um avanço para a rasteira de seu adversário, éramos três. Abdias lutou muito bem, mas o adversário era muito superior a ele, física e tecnicamente, acabou perdendo. Eu continuei com o efeito de responsabilidade em meus ombros e a determinação de cumpri-lo, mesmo sendo improvável pela qualidade do adversário, ganhei novamente. Mark foi o nosso segundo a perder, infelizmente.

A decisão da treinadora era muito difícil neste momento, pois Dandara e eu estávamos muito cansados e a chance da derrota era imensa, e por outro lado, apostar as duas melhores cartas poderia ser muito arriscado. Vendo o dilema, Rosa tomou a frente:

— Eu e Gama vamos ganhar, é a escolha certa, confie em nós.

E lá foram os dois, Gama pegou o mesmo que ganhou de Mark, era muito bom lutador e, se não fosse Abdias de novo, controlando a força dele para ser mais bem utilizada, ele teria perdido. Abdias dançou com Gama que o deixou conduzir o combate, final dois a um para nós.

Nunca vi uma Rosa tão agressiva e determinada em mostrar superioridade como nesta luta, foi uma aula de glima, sinceramente não vejo como alguém pode superá-la. Estávamos classificados para as finais com quatro lutadores. As equipes que se alinharam conosco foram América Alta Interna (AAI) com 5 lutadores, nós e América Alta Litoral Leste (AALL) com 4 lutadores cada e América Central interna (ACI) com três lutadores. A noite seria bem pesada.

Enquanto descansávamos para as finais, Abdias apresentou que as quatro equipes eram fortes e, constatando que a equipe do campeão se classifica automaticamente, a próxima fase praticamente define quem se classifica individualmente para os Jogos. Também alertou que o campeão será o Capitão da Equipe nacional, portanto teremos que dar dois passos, o primeiro era garantir o maior número de participantes classificados e depois garantir a equipe toda vencendo a competição. A comissão técnica será formada pelos técnicos dos atletas classificados, com a liderança da equipe classificada. Por fim, considerou difícil, mas se seguirem suas dicas não será difícil.

Nós quatro nos alimentamos adequadamente e descansamos bem. Thrud, Elza, Vita e Abdias fizeram massagem em nós com a supervisão de Epimeteu:

— O objetivo é aumentar a circulação para otimizar o descanso, não o relaxamento, cuidado com essa diferença. Queremos nossos lutadores descansados, e não sonolentos. – Orientava Epimeteu.

Thrud, que cuidava de mim, disse-me que eu estava muito bem, que seria possível sair sem perder, mas precisaria sempre focar no espírito guerreiro que meu legado carregava. Fomos então para as finais.

Nas finais, as redes de informação e filmagem eram mais intensas! Houve discursos ufanistas de autoridades e as equipes foram chamadas uma a uma para se apresentar. Depois disso, as primeiras equipes ficaram para a disputa. A AAI sacou seus dois melhores lutadores e entrou com os números 3,4 e 5. A ACI com os três lutadores que sobraram foram bem competitivos e mostraram que os militares estavam vivos na disputa, perderam uma luta e venceram duas.

Nós iriamos lutar com a AALL, e Rosa iniciou pelo nosso grupo. Lutou como na última luta, chamando a atenção do público, que neste momento, já era possível identificar uma torcida voltada a ela. Gritavam Rose, seu nome de inscrição durante suas lutas e, um grupo de jovens aparentemente estavam apaixonadas por ela, sendo o efeito colateral de se apresentar como lutador. A vitória foi novamente rápida e precisa, e tínhamos a primeira lutadora na próxima fase.

Ao entrar para lutar, Gama tinha como adversário um lutador rápido, o que se tornava sempre uma desvantagem no seu caso. O fato se realizou quando Gama levou o primeiro ponto, apesar de iniciar a ação de queda, caíram juntos e o número três da outra equipe se levantou primeiro. Na parte técnica, pensamos que a derrota era eminente, se não fosse um incansável e ardiloso Abdias controlar novamente as ações do amigo.

— Me escuta, não caia no movimento rápido! Diminua a velocidade! Ele quer fazer você girar para seu lado dominante, gire ao contrário.... isso, agora use a passada... derrube!

Gama conseguiu ganhar e levou a luta para a decisão de força em que, naturalmente, conseguiu ser melhor. Temos dois na próxima fase por enquanto. Dandara foi bem no começo, mas não conseguiu passar pelo segundo lutador da equipe adversária. Fez o ponto na glima técnica e não resistiu as outras, era a primeira derrota de nossa guerreira.

A última luta era a minha, e iria combater o número um deles, um lutador forte e de cara fechada. Mais forte, mais rápido e experiente que eu; a meu favor somente tinha duas coisas, ser treinado por deuses e ter um espírito de luta intensificado pela minha história desde o nascimento. Eu não iria perder!

Durante o primeiro minuto da glima de velocidade, o estudo foi o vencedor, pois os dois lados apenas tentavam ver falhas. A partir dos próximos trinta segundos, percebi que meu adversário era um tanto quanto impaciente, e comecei a me aproveitar disso. Ele não conseguiu me derrubar, e levei a disputa ao fim do segundo minuto, aumentando a sua ansiedade. O fato o levou ao ponto de vir para cima de mim de forma desenfreada, nos tirando para fora da área. Ele começou a perder a cabeça depois disso, e quando não conseguiu me derrubar em um movimento, no qual eu o empurrei para me livrar do golpe, ele partiu para agressão. Tomei um soco e antes do revide, os árbitros interviram:

— O evento é de glima amistosa, a agressão não é permitida, portanto o atleta de número um da equipe AALL está desclassificado e expulso da modalidade para sempre. – Ecoou a fala do diretor de arbitragem da Confederação Americana de Glima.

Eu fui decretado vencedor, apesar da dor no queixo, e passamos três lutadores para a próxima fase. Na distribuição das equipes que sobraram, a AAI com 3, nós com 3, AALL com 1 e AC com 2. Na próxima rodada, lutaremos com a AC, e devido ao soco, fiquei de fora da rodada.

Na disputa entre AAI e AALL, a única luta foi vencida pelos primeiros, obviamente nós que os enfraquecemos a equipe em nossa rodada. Principalmente pela agressão que desclassificou seu principal atleta e o único lutador que sobrou não era páreo para o número dois da equipe adversária.

Nós tivemos uma luta interessante; Gama e o representante militar eram de tamanho semelhante. A luta foi marcada pela tentativa de superar a força entre os dois, em que nosso amigo conseguiu o primeiro ponto. A essa altura a vitória foi tranquila, pois na luta técnica caracterizou-se a utilização de força do adversário que acabou excluído, e Gama fez 2 a 0. A final era com três lutadores em cada equipe, pois Rosa venceu sem dificuldades.

Pela composição da Seleção Nacional já estava com os derrotados desta rodada fazendo parte, o representante da AAll seria o número 12, e os dois AC eram 11 e 10. As duas equipes que faria a final, independente da vitória estariam classificados, seria decidido o capitão e a equipe completa que iria aos Jogos.

Iniciamos a final com a minha luta com o número um da AAI, ele era muito competente e sabia que não seria interessante ficar atrás no placar, então resolvi ir para cima neste round. Caímos umas quatro vezes sem ser considerado supremacia de alguém ao nos levantarmos, ficávamos de pés juntos. Mas eu consegui uma vantagem, e fiz um ataque às suas pernas e ele me abraçou pela cintura e foi reverter meu golpe. Ao me tirar do chão eu pude virar no ar e cair sobre o corpo dele, conseguindo me levantar e pontuar.

Na segunda modalidade, a técnica, decidi deixá-lo correr atrás e se cansar enquanto eu me recuperava para decidir na próxima fase, ao invés de tentar pontuar. Fazendo isso, levei a luta por mais de três minutos, e ao final estava bem tranquilo, enquanto meu adversário apresentava exaustão. Na terceira modalidade, abri a luta aproveitando seu cansaço e ganhei com um golpe de quadril. Fui o primeiro da equipe a estar na próxima fase, se ela existir.

Gama entrou bem, teve a primeira chance de vitória do glima de velocidade e aproveitou, fazendo o primeiro ponto. Na segunda forma de glima o número dois da equipe adversária conseguiu empatar a partida. Na terceira e decisiva forma, aconteceu algo diferente de todas as lutas anteriores: houve um encaixe de golpe do adversário que levaria Gama à queda, porém antes de cair, Gama conseguiu girar o corpo para que seu braço esquerdo ficasse livre para buscar a perna do oponente, caindo de costas ao mesmo tempo em que o outro lutador caiu sentado. Pela decisão dos árbitros, a luta foi considerada empate e assim, ambos não classificariam para próxima fase, se houver.

Rosa entrou com boa parte da torcida com ela! O nome Rose era ouvido de forma quase ensurdecedora. Ela entrou sabendo o que iria fazer, os dois da equipe prepararam sua vitória de forma tranquila, e foi assim que ela preparou a narrativa da luta. Na primeira modalidade, Rosa se esquivou mais do que atacou, e manteve a luta por quase cinco minutos, sendo surpreendida no final por um golpe que seu adversário aplicou como contragolpe. Na sequência, na glima técnica resolveu em menos que 15 segundos, e a luta estava empatada. Na glima de força, ela voltou a aumentar o número de esquivas e aumentou o tempo de luta, que já era o mais demorado de toda a competição, passava dos 12 minutos e 6 no atual modo. O sofrimento da torcida era claro, eu não conseguia entender o que estava acontecendo, mas percebi exatamente quando Rosa caiu no mesmo golpe da primeira fase... Não acreditei que ela perdeu!

Foi dada a vitória e eu me dirigi para fazer a luta decisiva para nossa equipe, no caminho, encontrei com Rosa e perguntei:

— Por que você fez isto?

— Concentre-se, a equipe precisa de você! -ela respondeu.

Estava contrariado, mas sabia que tudo dependia de mim. Precisava classificar todos os meus amigos, e iria fazer isto. Quando a luta começou, eu vi o quanto Rosa tinha facilitado meu caminho, pois o adversário estava exausto. Eu fiz o primeiro ponto praticamente sem golpe, apenas empurrando-o, ele assim, caiu. Na próxima fase, foi a mesma coisa, ele não se sustentava em pé, ganhei de dois a zero e classifiquei toda a equipe.

Antes de receber o título de campeão de todo Bloco e capitão da equipe nacional, fui conversar com Rosa:

— Por que você fez isto? Por que perdeu de propósito?

— Mas...

Ela titubeou e eu insisti:

— Eu te conheço, você é a melhor lutadora daqui, por que o deixou ganhar?

— Soel, meu querido, você precisa ser o capitão da equipe, Epimeteu foi claro que precisa se tornar um herói nos jogos, para isto tem que ser o capitão! – Ela começou a explicar.

— Mas eu não entendo! – Ainda insisti.

— Soel, quando pisarmos na Normandia, eu não vou perder para ninguém, e espero que você também não! Eu não darei o gosto de me verem derrotada naquele lugar, então o certo a fazer era garantir que você fosse o número um. Fiz isto por mim, ninguém de lá vai me ver derrotada de novo!

Balancei a cabeça, sinalizando ter finalmente entendido o que ela fez: ela garantiu que se eu entrasse em condições para ganhar, e estivesse em outra posição que não fosse a de capitão, ela impediria que eu ganhasse. Ela não iria perder e por isso, sendo a número 2, permitiria que eu ganhasse. Novamente ela sairia da frente por mim.

— Te entendo Rosa, obrigado irmã!

— Vai buscar seu prêmio, vai lá. – Ela me alertou que estava na hora de voltar.

Recebi o prêmio de Campeão do Bloco e Capitão da Seleção Nacional para os Jogos Unificadores do próprio Secretário de Assuntos Esportivos da Assembleia Geral, tudo passado nas redes de comunicação! Em seu discurso ele ressaltou a importância das lutas e dos jogos, enfatizando que um garoto da minha classe deveria estar vadiando ou usando drogas devido a genética de nascimento, mas como as lutas me readaptaram para um bom caminho.

Também ressaltou as oportunidades que todos tem no atual governo, pois mesmo sendo um simples Classe CIII, tive a oportunidade de lutar. Por fim, ressaltou que esportes de lutas, abrutalhados como são, possibilitam espaço para a Classe C, por questões inerentes. Disse ainda que a genética já havia provado que jogos mais nobres, que requerem destrezas e sutilezas, devem ser deixados para a Classe A. A natação seria um exemplo, pois as fibras musculares e ossos mais pesados dos mestiços, diminuiriam a eficiência competitiva.

Eu olhava constrangido para os meus amigos. Elza estava com olhar de indignação; Abdias fazia sinal que iria vomitar; Epimeteu continha Thrud, que estava prestes a lançar um raio nele, e realmente o tempo estava fechando! Mas antes que o discurso acabasse, um curto-circuito fez o microfone dar um choque no palestrante e apagou a luz do estádio. Após isto acontecer um pequeno rodamoinho passou por mim, denunciando o sabotador.

Depois do socorro ao secretário e de todo o constrangimento, fomos liberados e foi apontado que haveria uma reunião de técnicos em breve, além de informativos preparatórios. Minha equipe saiu de lá ostentando o Brasão do Raio de Zeus!

Durante a noite, houve um documentário cujo conteúdo mostrava a tragédia pelo qual passei no ano passado, dando ênfase da injustiça que fomos, meu pai e eu, acusados. Tudo sem apontar que foram os próprios noticiários que propagaram esta versão, que nos julgaram antes da pauta judicial, e que foi o próprio meio de comunicação que passou o programa que nos apelidou de Monstros de Palmares.

Quando chegamos à mansão, eu ainda estava chateado com o resultado, me sentindo um intruso no lugar de Rosa, que era a campeã de direito. Entretanto, era ela quem mais comemorava meu relativo êxito, e os outros estavam tão felizes que a equipe toda se classificou, que eu precisava ficar com uma cara melhor. Se bem que não demorou muito, pois vi a Elza carregando e beijando o Saci pelo que fez com o secretário, e todos riram muito e o aplaudiram. Ele foi um dos campeões da noite, e estava concretizado que fazia parte da equipe. Foi o seu batismo!

Ganímedes nos avisou que haveria um jantar especial para festejar nossa conquista, seria servido assim que todos se aprontassem. Indicou que em nossos quartos estavam as vestes para o evento.

Cheguei no meu quarto, tomei um bom banho e fui ver a roupa que deveria usar. Era uma vestimenta que de alguma forma reconheci como pertencente a um nobre viking. A calça era folgada e sem bolsos, de coloração verde musgo e feita de linho. A camisa seguia o mesmo tom da calça, mas com detalhes avermelhados e dourados na frente. Estes seguiam a gola e a pequena abertura a frente do pescoço que descia uns quatro dedos em direção ao peito. Nenhuma peça apresentava botões. A blusa ainda descia até a metade da coxa e havia uma espécie de cinto, em forma de tira que era amarrado por cima da blusa. Os calçados de lã com perneiras. Para completar um medalhão prateado com um desenho dourado que, não sei como, percebi que era a Runa de Baldur.

Fiquei pronto e desci para o salão onde seria o jantar. Encontrei meus amigos no caminho e percebemos que os homens da equipe se vestiam de vikings e as garotas com túnicas e joias gregas. Nossos amigos divinos, usavam roupas que, acredito ser de sua dinastia. O vestido de Thrud estava combinando comigo, seu penteado com tranças saindo de suas orelhas formavam um coque preso por uma presilha prateada, que contrastava com o dourado de seu cabelo. Como ela sempre representava autoridade e o poder, acabávamos esquecendo de como ela era bela, uma beleza que deixava qualquer humano constrangido.

Por falar em beleza, Dandara estava maravilhosa e conversava com as recém-chegadas, Cila e Melissa. Elas formavam um quadro que, congelada a visão das três juntas em suas vestes gregas, retrataria a perfeição das formas femininas... Seria um clássico!

Ao ficar olhando aquelas formas femininas, duas mãos tamparam meus olhos e ao se revelar era Rosa, que estava em vestes gregas e maquiada, com o cabelo preso. Fazia tempo que não a via tão bem-produzida, ela era uma mulher muito bonita quando não era Rose:

— Perdido com a beleza das fêmeas? – Perguntou.

— Em meus pensamentos estava sim, e a beleza delas realmente é divina! Mas você não está passando vergonha não. A Rosa mais bela de todas! – Respondi abraçando-a.

Elza chegou e se juntou à nós, e Vita foi ao encontro de Melissa. O trio Abdias, Tuk e o Saci chegaram fazendo muito barulho, eles comemoravam o choque no secretário mais que a nossa classificação. Gama e Mark foram os últimos a descer dos quartos.

Cila estava muito sensual e desejável em sua veste branca com tonalidade azulada, que parecia as águas do mar aberto. Ela me recebeu com um sorriso e um beijo carinhoso, mas discreto, afinal éramos amigos. Mas ao me abraçar, revelou que iria ao meu quarto comemorar a conquista.

Ao chegarmos à mesa, Caliope e a dona Moira conversavam, a diretora em pé, e a senhora sentada à cabeceira. Completavam o grupo Mnemosine e Skuld, o que me fez sentir a falta de duas pessoas: Simone e Hogni. Simone não foi encontrada por Vita, e Melissa comunicou que sua verdadeira avó a informou que estava viajando, dando a entender que ainda estava nos evitando. Hogni por sua vez, continuava mantendo a guarda do Padre Julius na escondida Francisco.

Sentamo-nos à mesa e nos serviram uma bebida de cunho cítrico e gaseificado, identificado com um teor alcoólico baixo para os acompanhantes, mas sem nenhum álcool para os competidores. Na cabeceira oposta da Sra. Moira, Epimeteu se levantou e propôs o brinde:

— Os jovens que aqui se encontram, começaram sua saga como meninos. Aceitaram a tarefa de treinar e participar de um devaneio alucinado de velhos, entidades ultrapassadas que viviam nas profundezas de suas falhas. Grandiosos demais para serem humanos, pequenos demais para disputarem com os Grandes. Hoje essa saga terá um novo capítulo, pois aquelea que eram apenas garotos e garotas, hoje são campeões! Que esse brinde sele o encerramento desse capítulo, e o início do rito do heroísmo. Que venham os Jogos!

— Que venham os Jogos! – Todos gritaram e brindaram a nossa conquista, e novamente fiquei feliz com a sabedoria de meu técnico, mestre e amigo. Ao não personificar a vitória, ele evitou constrangimentos, principalmente para mim, e ao fazer isto, ele mais uma vez adubou a nossa união.

— Olá meus familiares, aliados e jovens. Quem não me conhece, sou a mais velha desta mesa, meu nome é Moira. O destino sempre me traz aos lugares festivos e de luto. Neste caso a festa é a razão de minha vinda. Um capítulo, se me permite a analogia Epimeteu, acabou de se findar, e outro se abrirá. Sempre que ele se abre, novos desafios serão lançados e, meus queridos, serão piores do que os anteriores, pois na caminhada das conquistas, os degraus tornam-se mais altos, e mais perigosos. Quanto melhor vocês se tornarem, mais formidáveis serão seus desafios e mais implacáveis seus inimigos. Eu não quero soar como agouro, pois não é! E sim apenas um alerta. O destino reserva para vocês três palavras: Conexão, Compromisso e Provação.

Ao final do discurso Ganímedes apresentou o jantar, típicos pratos do mediterrâneo e escandinavos, tudo combinando com as vestes. Durante o jantar, um novo conjunto se fez, e o anfitrião sentou-se para tocar uma grande harpa dourada, que aparentava ser muito antiga; a diretora começou a tocar uma flauta transversal que achei moderna demais para a ocasião, mas acabei pensando que a inspiração não pode curvar-se ao tempo. E Skuld começou a cantar, o que compreendi ser um cântico élfico. De certa forma eu conseguia entender que se tratava de grandes proezas e grandes perdas, direcionado aos justos e heróis.

Uma mão tocou minhas costas, e ao olhar vi que era Thrud. Ela me trouxe para fora da mesa e me convidou para dançar. Eu não tinha a menor ideia do que iria fazer, mas sabia que não era saudável contrariar a técnica. Quando toquei sua mão para começar, de alguma forma, eu sabia o que fazer!

Não era somente a nossas vestes que combinavam neste dia, mas a sintonia com o mundo Nórdico. Epimeteu havia me ensinado o que precisava saber sobre a minha herança grega, da forma que eles agem, pela filosofia, diálogos e reflexões e o radicalismo da busca pelo conhecimento. Thrud não era grega, era nórdica, e desde a volta de Francisco, tem me ensinado, não pela forma grega, mas pela sensibilidade das emoções, ela tem se esforçado para produzir elementos que são peculiares, particulares da sua cultura, e tentando produzir em mim uma identificação. Queria Localizar a parte de Baldur que carrego comigo, é realmente fantástico o que tem feito. Eu sei dançar, me vestir, entender rumas e letras de música élfica porque tudo isso faz parte de mim!

Ao final da dança, ela me deu um longo beijo em minha bochecha e sorriu, eu nunca a achei tão linda e mulher como naquela hora. Quase me esqueci quem ela era e o respeito que nutro pela minha treinadora. Ainda bem que Cila me tirou do transe, e fui cobrado para uma dança também. Tenho que parar com estes devaneios... deuses são famosos por serem um tanto quanto ciumentos!

À minha volta, Gama dançava com Dandara, Abdias com Elza, Tuk com Vita, Epimeteu com Thrud, Rosa e Mark. O Saci por sua vez, estava sentado no colo da Sra. Moira, ele estava imóvel e ela estava acariciando seu cabelo por baixo do gorro. A noite foi bem longa, terminou na piscina e, apesar das palavras sobre cautela proferida por Moira, hoje éramos os Campeões.

*****

Quando acordei ela já não estava mais ao meu lado. Me preparei para ir para mesa do café. Ela estava cheia, acredito ter sido o último a chegar. Enquanto comíamos, Epimeteu revelou que iríamos nos dividir: Mark, Gama e Tuk continuariam com ele por aqui. A competição de Tuk seria na próxima semana e, seria mais interessante que ele ficasse direto, e como os dois não teriam aula, poderiam ficar com ele. Obviamente ficamos preocupados, chateados e decepcionados pela decisão que foi tomada, mas era um pouco óbvio que havia razão nela. Tuk era o melhor aluno da escola, poderia dar ao luxo de ficar uma semana sem comparecer e teria a torcida dos dois formados. Com eles ficariam Epimeteu, Cila e Skuld, os demais voltariam. Também foi revelado que os pais de Tuk viajariam para o torneio.

Exatamente às dez horas da manhã, a campainha tocou e era o Sr. Garrison, o jornalista que apoiou meu pai e a mim no julgamento. Ele veio fazer pessoalmente uma reportagem sobre mim. O título seria "De mostro a herói: a história do Capitão da Seleção Nacional de Glima". Como sempre, foi provocativo e contrário a sociedade de classes. Infelizmente suas críticas já estavam surtindo efeitos indesejáveis, ele era diariamente seguido, perdeu patrocinadores e alguns colunistas cederam à pressão e demitiram-se. Tudo estava estampado em seu corpo curvado, e com o envelhecimento precoce, que era evidente. Foi o preço que pagou por ser contra um sistema desigual, e por que não dizer, cruel e desonesto. O Sr. Garrison era um dos últimos heróis da informação que não se vendeu.

— Aristides, meu amigo, como vai? – Perguntou um feliz Epimeteu ao ver o amigo.

— Muito bem meu querido, que bom te ver! – Respondeu animadamente.

— Antes de entrevistar meu lutador, eu vou te fazer uma proposta. Deixe-me aumentar a propaganda que tenho no seu periódico, você está precisando de apoio!

— Obrigado amigo, mas o certo é o certo, não importa o quanto seja duro. Você me ajuda bastante com a sua propaganda, não seria justo cobrar mais. E se eu aumentasse a cota de um apoiador, seria entendido pelos censores como favorecimento. Eles querem me pegar por qualquer coisa, Epimeteu!

— Mas e se você cobrisse a preparação da nossa equipe? Poderia sair como verba de divulgação esportiva, e não propaganda? – Disse eu de forma a tentar resolver o impasse.

— Ótimo Soel! Sr. Garrison, quero contratar seus serviços para divulgação de notícias de cunho esportivo da minha equipe rumo aos Jogos. A começar pelas entrevistas de hoje, que além da reportagem sobre política de classes com o Rodrigo Soelloh, a equipe será tema de uma série do periódico.

— Eu...– tentou responder o Sr. Garrison, mas Epimeteu foi mais rápido.

— Fechado então, vou pedir para Ganímedes providenciar os valores e investimento. Estamos juntos nesta, meu amigo!

Ele fez sinal de sim com a cabeça e, percebi apenas por um momento que conteve a emoção, estava realmente precisando e aliviado. Me atrevi a interferir, mas fiquei feliz com o resultado. A entrevista foi uma das mais emotivas que pude dar. Ao relembrar o sofrimento que vivi naquele momento, foi que percebi o quanto me fortaleci!

Naqueles dias, morrer e renascer foram as canções de uma saga. Muito de mim morreu com meu pai: a ilusão de que tudo termina sempre bem, que tornar-se adulto é uma questão de escolha, de que a infância dura o tempo que for necessário pois as proteções paternas são eternas... tudo isto foi embora com meu pai. Mas nasceu uma única coisa naqueles dias, a certeza que apesar de tudo desabar, sempre há possibilidade de se reerguer, bastava não desistir.

Naqueles dias eu sabia que iria cumprir a meta que me foi dada, de estar nos jogos. Isso foi parte de mim, minha força pessoal. Mas ser Capitão não, isto foi presente de minha equipe. Eu aprendi depois de tudo, que muito depende apenas da gente, mas o todo vem da equipe!

*****

Voltamos para a América Baixa e retomamos à vida normal, mas a vontade de ver Tuk se classificar e ir com a gente para os Jogos era unânime. Na cidade, houve manifestações sobre a equipe se classificar e a nossa participação como base da seleção nacional. A divulgação foi suficiente para minimizar os estragos na imagem de minha família e, consequentemente da escola, mas insuficiente para sermos celebridades do esporte local. Esta posição ainda era do Chacal.

Três notícias que saíram sobre nós, fizeram referência ao que havia sido divulgado na América Alta. Duas em especial – uma em relação à minha entrevista e outra sobre a equipe –, não tiveram muito destaque. Já a terceira edição foi especial sobre a Dandara, com várias fotos para criar uma polêmica sobre o papel da mulher nas lutas. Infelizmente, não era possível identificar se era uma homenagem ou uma crítica, pois as opiniões geradas eram mistas e confusas. Novamente exploraram – se questões genéticas que justificavam algo como o lugar da mulher, e opiniões de que as mulheres se tornavam masculinizadas. Essa era uma entre tantas outras bobagens. Poucas referências defendiam a sua conquista, ou parabenizavam seu feito. Particularmente, eu sempre achei Dandara possuidora de uma beleza comparável às deusas, e o fato de ser uma lutadora a torna mais interessante ainda. Sinceramente, não dá para entender tais críticos!

*****

— Eles se classificaram para os jogos. – Disse um submisso Chacal para Disnomia – A opinião da cidade se acalmou em relação a eles!

— Fiel como sempre, meu sabujo! Mas aconteceu na América Alta, e tive informações diretas, antes de você... – ao dizer isto, Disnomia que estava com a mão no rosto dele, apertou suas bochechas até sangrarem.

— Me desculpe!! – implorou Chacal com seu medo peculiar.

— Esqueço como você é frágil, mas sua incompetência hoje foi premiada! Querem você nos jogos com eles, mas eu sei que só é valente com quem intimida, não é cachorrinho? – e aproximando o rosto do rosto de Chacal, ela lambeu o sangue que escorria no canto da boca do jovem.

— Sabe cachorrinho, me instruíram a te deixar mais forte. – Disnomia levantou-se na frente de Chacal, ao mesmo tempo em que deixou seu vestido cair no chão, e nua sentou-se em sua mesa – Não me faça esperar!

Instintivamente, ele avançou sobre aquele lindo corpo feminino que agora se oferecia, e quando seus corpos se encaixaram, ele começou a sentir algo subindo através de sua coluna e dominando o seu ser. Imediatamente ele congelou, mas ela continuava o seu rito sensual. O que havia sobrado do espírito de Até, foi enviado por Éris para Disnomia, e agora residia nele! Parte de seu poder o fortalecia, tornando-o um ser híbrido de humano e a personificação da Ruína. Disnomia percebeu que a fusão dera certo quando o receio e medo de outrora de Chacal transformou-se em violência e desejo. Ela havia completado sua missão.

*****

Os pais de Tuk chegaram na mansão poucos dias depois que a equipe se separou, e ele passava boa parte do tempo na piscina. Sempre era um local onde sentia que suas pernas não faziam tanta falta, a diminuição do peso pela hidrodinâmica permitia que ficasse de pé e se movimentasse sem muito esforço, dando para se concentrar na coordenação dos movimentos. Era um exercício que gostava de fazer. O equipamento que fizeram seria testado nessa prova, e a equipe de inventores formada por Abdias e seu pai, Epimeteu e Rosa se esforçaram para criar o protótipo mecânico. Mas ainda estavam um pouco inseguros, pois a competição seria a forma de calibrar o projeto para o Jogos, mas ele tinha que se classificar para valer o esforço.

Quando seus pais chegaram foi um alento para seu coração. Apesar de Gama e Mark ainda permanecerem com ele, os outros eram mais próximos por estudarem no mesmo ano e agora na mesma sala, e o amalucado do Abdias sempre sabia como animá-lo.

*****

Imerso em seu novo poder, e com seu desejo satisfeito, Chacal levantou-se e vestiu-se. Depois tomou a direção da porta, mas foi interrompido por sua amante:

— Aproveite seu novo poder, mas seja discreto. Seus inimigos não podem perceber e, se for descuidado eles saberão. Não chegue perto de ninguém até os Jogos!

Chacal sorriu e saiu, em sua cabeça ecoava as ordens que recebeu e divertia-se com a dúvida se iria ou não obedecer a fêmea...

*****

Nossos treinos iniciais deste período em que estávamos classificados, foi de características regenerativas. A preparação que culminou em nossa vitória foi um sucesso. Apesar disto, foram levantados nossos principais acertos e erros nos encontros iniciais. Dandara e Abdias foram os que mais sentiam a pressão pelas derrotas, Thrud rebateu as autocríticas e lembrou da importância dos dois na equipe. Quanto a Abdias, sua capacidade de leitura estratégica sempre foi fundamental, apesar das derrotas, ele permite que a equipe mantenha a superioridade numérica nas primeiras rodadas. Dandara tem a difícil missão de não errar, ser perfeita estrategicamente e disciplinada para não errar durante os caminhos imprevisíveis do combate. Ela sempre foi improvável, porém seus resultados são reais, e nesse momento, ainda sofre a pressão do constrangimento da polémica machista que se iniciava nos noticiários.

Thrud também lembrou a postura de Rosa em nome dos objetivos da equipe. Em sua leitura, o resultado foi bom, mas o risco foi alto e deveria ser tomado coletivamente. Por vários pontos de vista foram discutidos a sua tomada de decisão, e no final a técnica considerou que foi um erro, mas compreendeu a atitude e agradeceu a confiança em nossa parceria.

Depois do treino, como sempre acontecia desde que voltamos, Thrud caminhava com a gente até a nossa casa. No trajeto Dandara se reaproximou, a gente conversava pouco desde que começamos a namorar, e realmente, sem Gama presente eu me sentia constrangido. Fato que era estranho pois nos conhecemos desde a infância, e estou tendo que reaprender a conversar com ela.

Nesse momento percebi o quanto nós estávamos amadurecendo para além de nossa idade, pois nossas preocupações já não eram, há muito tempo, as de jovens normais. A conversa que tivemos rodeou pela insegurança gerada pelas notícias que a criticavam, ela sabia que era besteira e que não deveria dar atenção, mas ela é uma jovem mulher, e queria ter direito à vaidade que estavam tentando tirar dela.

A única coisa que pude responder é que não havia como não notar sua beleza! Se qualquer coisa que foi dita sobre ela fosse verdade, não precisaria ser dita pois todos iriam ver... por isto que escreveram, para criar uma realidade que não existe. Dizer qualquer coisa que não se refira a Dandara enquanto a garota mais bela que existe, é a mesma coisa de escrever que eu e meu pai éramos monstros. Ela sorriu e me abraçou, e ao se aproximar me disse que fazia tempo que estávamos distantes, que sentia falta do meu contato, e nesse momento chegamos em sua casa.

Rosa e eu estávamos com Thrud para o caminho final até nossa casa, quando ela começou a falar:

— Simone não quis ser encontrada, e Vita e Melissa não quiseram te incomodar. Você sabe por que elas estão preocupadas e não querem te aborrecer? Não quero ser eu que te deixe chateado, mas é fato que precisemos pensar no assunto.

— Tudo bem, eu não gostaria que ela se afastasse, mas não quero usar o poder que tenho sobre a sua família para influenciar suas decisões, é difícil administrar isto.

— Eu sei Soel, assim como é difícil para mim não influenciar o tempo que se relaciona com o meu humor. Mas se isto acontecesse as tempestades seriam comuns. – Disse a deusa – Você administra bem a sua relação com Vita e Melissa, e elas são tão suscetíveis a você quanto a Simone. Você não sente receio de tê-las a seu lado, não é mesmo? Tem que tratar a Simone da mesma forma, ou trará muito sofrimento a família delas, pense se a garota não está afastada por medo ou mesmo por acreditar que é seu desejo que ela fique longe. Reflita sobre isto e traga ela de volta! Você nunca vai se aproveitar dela, pois você é honrado.

— Vou tentar, obrigado por me alertar. Confesso que foi muito difícil tomar ciência de tudo e ainda é, mas realmente não posso me afastar de meus problemas e das pessoas que me são caras.

— O herói vai dar um jeito. – Brincou Rosa – Ele tem muito tato com as mulheres: Simone, Dandara..., Afrodite é mesmo sua madrinha!

— E Cila também! – Disse Thrud.

Rosa arregalou tanto os olhos que quase caíram no chão, eu fiquei um pimentão de vermelho e a treinadora continuou:

— Ora, você não é o primeiro mortal que caiu nos braços de uma deusa, principalmente ela sendo uma ninfa. Por favor, falei que vocês eram adultos, no parâmetro dos humanos, é claro.

Fiquei ainda mais constrangido, quando percebi algo! Havia alguma coisa que nos seguia... não sentia algo assim desde Francisco. Rosa e Thrud olharam para mim e começaram a se preocupar. Um estrondo aconteceu do lado da casa do vizinho e, apareceu um garoto de uma só perna aprontando novamente. Rimos um pouco, disse que contaria para Elza que ele aprontou novamente e resolvemos entrar. Rosa e eu fomos para dentro e a treinadora, sumiu na noite. Mas a sensação em meu coração não havia se dissolvido.

*****

Tuk entrou para a primeira rodada do Campeonato Nacional de Arremesso de Machado com sua cadeira de rodas, acompanhado por Epimeteu. Ficou de pé e acionou seu equipamento novo, que consistia em um exoesqueleto que envolvia as pernas e a coluna. Dois cintos um na altura da cintura e outro abaixo do peito estabilizavam o corpo. A perna esquerda possuía um equipamento estabilizador que objetivava aumentar a base através de um sapato com solado que possuía uma armação de metal e borracha com 35 centímetros de diâmetro com possibilidade de girar sobre o próprio eixo. Duas hastes saiam das laterais dos joelhos e chegavam à base, e possuíam um mecanismo acionável que colocava uma trava no chão que evitava o giro. A função desse mecanismo era fixar Tuk no centro dos alvos e permitir que girasse rapidamente, a desvantagem era que ele perdia distância para o arremesso, mas sua precisão compensava a perda e, a velocidade era o objetivo.

Na segunda perna, o exoesqueleto apenas travava o joelho quando acionado e destravava quando precisava girar. Toda aparelhagem buscava estabilizá-lo em pé e reduzir o estresse muscular nos membros inferiores. Na primeira rodada deu bem certo, assim como na competição toda.

*****

Passamos o dia todo pensando como estaria a disputa de Tuk. Prestamos pouca atenção na aula, e no treino da tarde a conversa não saía do mesmo assunto. Realmente queríamos ter ficado para o evento.

Voltamos do treino da mesma forma que os dias anteriores, conversávamos sobre algumas sensações estranhas que vivenciamos nos últimos dias, perecia que estávamos sendo sempre vigiados quando de repente ele apareceu de surpresa em nossa frente.

O susto foi grande, mas valeu a pena. Era o Saci, que trazia uma carta de Epimeteu sobre os acontecimentos do campeonato. Corremos para casa para abrir juntamente com Elza. Abdias e Dandara chamaram seus pais, todos sentados, Thrud leu a carta:

Olá, meus queridos amigos:

Pela presença e excitação de nosso amigo bagunceiro, imagino que haja muita expectativa sobre a participação de nosso Tuk. A chave dele constava de 32 classificados e não foi fácil. Ele travou muitos desafios que quase nos mataram de nervoso.

— Assim como ele está fazendo agora, como ele foi? – Comentou um ansioso Abdias.

— Continuando... – Repreendeu a treinadora.

O equipamento funcionou bem, mas precisará de ajustes, apesar de ser muito leve, machucou alguns pontos das pernas de Tuk e a haste de apoio do tronco não deve ser lateral, pois compromete o balançar dos braços, ele acabou raspando o cotovelo em um arremesso. Penso que um metal mais maleável deva ser colocado nas costas e não na lateral, mas temos que estudar um que não fixe muito a coluna, que permita um pouco de molejo para o tronco e permita uma mecânica de movimento melhor.

— Caramba! Como ele foi?! – Implorou Abdias.

Elza olhou feio para ele e pediu silêncio e a leitura continuou:

Bem, mas isto é uma conversa para quando chegarmos, acredito que estejam ansiosos para saber como ele foi no evento:

— Nossa, mas que gênio! – Insistiu Abdias, nitidamente nervoso.

A repressão agora foi coletiva e, a leitura foi reiniciada:

Como Tuk se classificou em terceiro, pegou de cara o cabeça de chave da categoria, ele ganhou por apenas um ponto, sobraram 16 adversários. Na segunda rodada ele ganhou de forma mais tranquila, colocou 4 pontos de vantagem, agora estava nas oitavas de final. Foi um pouco mais disputado, mas ele chegou à semifinal com dois pontos de vantagem. Se classificam quatro para os Jogos, mas pelo sistema de repescagem, ele ainda poderia perder a vaga.

— Não precisava escrever isto! E como foi a semi? – Perguntou Abdias, novamente.

— Pare de ser comentarista de carta! – Esbravejou Rosa.

Os quatro da semifinal eram muito hábeis, não dava para pensar que errariam, então nosso amigo arriscou tudo...

Antes que Abdias falasse, todos olharam para ele com cara de reprova:

— Agora eu não disse nada:

— Quieto! – todos responderam em coro e a leitura continuou.

...ele arremessou com os dois braços simultaneamente no início, quando o tempo começou a correr e assim ganhou segundos importantes, ele ganhou por 3 segundos com ambos com pontuação máxima.

— Ele classificou! – Gritou Abdias, aliviado.

Desta vez ninguém o repreendeu, pois o alívio foi geral. Porém queriam saber o resultado da final.

Na final a dificuldade foi a mesma, ambos eram muito bons, mas o Tuk fez três arremessos duplos e consegui repetir os três segundos de vantagem. Ele ganhou, e é campeão nacional!

A gritaria foi geral, agora todos iriamos aos jogos, Tuk também se classificou. Abdias, agora com ar de superioridade dizia que já sabia que o resultado seria este, mas seus olhos estavam marejados. De última hora fizemos um jatar coletivo para comemorar a vitória, era um momento muito feliz para todos.

*****

Encontramos Tuk na porta da escola. Ele tinha voltado em um vôo com seus pais separado dos outros, que chegariam mais tarde para o treino. A decisão de separar o grupo foi devido à escola, pois acharam de bom senso não perder mais este dia de aula. Tuk mostrou a cobertura nos noticiários e a entrevista que deu ao *Liberator*, com um tom político bem pesado. Estávamos conversando quando o sinal para o início das aulas soou, e estávamos próximos das provas de fim de semestre e do final do ano.

Ainda bem que estávamos em um período de transição nos treinos, pois agora seria necessário focar mais nos estudos para compensar que priorizamos antes as competições. No próximo ano serão os Jogos, e apesar de sermos bons alunos, não podemos bobear nas notas.

As questões da escola estavam se resolvendo, apesar da política ainda ser restritiva. A má fama adquirida por minha causa estava se dissipando, devido à nossa classificação para seleção. Os noticiários locais ainda eram discretos, mas não podiam mais ignorar a equipe e a minha posição de capitão nacional, mas foi no treino que tomamos ciência de que algo estranho iria acontecer.

Mark e Gama chegaram para o treino da tarde, e enquanto o grandalhão matava as saudades da Dandara, o loiro apresentava o noticiário da cidade. Nele aparecia Tuk, novamente de forma discreta, e o destaque recaía sobre o Chacal. A notícia mostrava que ele havia ganho a liderança da equipe nacional praticamente sozinho. Toda a equipe perdeu nas primeiras rodadas e ele chegou à final quebrando seus adversários, literalmente! Destaque para dois braços de adversários quebrados e na final, ele fraturou a perna do opositor. O interessante é que eu me lembrei na mesma hora de quando eu me defendi dele.

Ao ver a sua foto como destaque no noticiário, senti a mesma sensação estranha dos últimos dias! Era perceptível que algo nele havia mudado, seu olhar e seu rosto transmitiam algo estranho demais, uma mistura de raiva, crueldade e a tranquilidade da psicopatia! Estava escrito nas notícias que as lesões não eram culpa dele, mas sim de adversários mal preparados que estavam no evento. Quando Epimeteu chegou, fomos conversar com ele e deixamos o assunto de lado.

*****

— Você chamou muito a atenção! – Disse Disnomia colocando as roupas. – Eu te ordenei ser discreto!

Chacal chegou por trás dela e passou o braço em seu pescoço e disse:

— Eu não recebo ordens, principalmente as suas!

E começou a apertar, deixando-a em uma posição de sufocamento. Ela então puxou o polegar da mão do braço que estava sobre seu pescoço, e torceu o dedo obrigando-o liberar a chave, e finalizou fraturando-o:

— Você tem apenas uma fração de meu poder. Eu não seria idiota de transformar um merda de um mortal em um igual, por isto aprenda a me obedecer ou o próximo osso que terá quebrado será o crânio! – Ela se abaixou e, esmagando parte do rosto dele, levantou-o do chão e continuou falando. – Ainda considero você importante neste momento, e ainda me diverte, mas nunca mais abuse, ou eu terei muito prazer em te cortar, pedacinho por pedacinho... e pare de chorar seu covarde! Na sua atual condição, seu dedinho irá se recuperar rapidamente.

*****

Quando estamos em Palmares, o tempo parece passar mais rapidamente, pois em um piscar de olhos já estávamos nas provas finais de semestre e nos preparando para as festividades do final de ano. O aniversário da Rosa não foi comemorado e, desta forma, fechamos o ciclo da morte de nosso pai. Otelo não se comunicou para avisar se passaria as festas aqui ou se nossa mãe viria nos ver.

Pouco mudou da forma como foi embora, e ele continua introspectivo, e mantendo distância de nós. Elza então decidiu que deveríamos preparar as festividades e torcer para que eles viessem, pois não daria para mantermos mais um ano de luto. Rosa concordou e eu não opinei. Ainda estava muito vivo em mim a imagem de nossa agressão e de meu pai sendo levado à forca. Tirando os mortos e o irmão de Mark que fugiu, os outros agressores não foram punidos ou sequer investigados. Isto ainda me provoca pesadelos.

No treino da tarde, Melissa estava presente e conversava com Epimeteu e Thrud. Eles nos chamaram a sala de reuniões e Epimeteu disse que precisava nos alertar de algo estranho que estava acontecendo e poderia significar um sinal de alerta. Nessa hora descobrimos, pela explanação da Ninfa, sobre uma nova fração da realidade que nos metemos:

— O ataque ao Soel e família foi arquitetado pelo Círculo A, que vocês já conhecem ou ouviram falar. O que não sabem é que quem está comandando na América Baixa é Disnomia. Ela é um daemon ou demônio da desordem e ilegalidade. Eu cheguei a ela pelo pai da Simone, e foi ele que solicitou e comandou o ataque.

— Onde ele está? -Urrei de forma a não conter a minha ira.

— Calma garoto! – Interveio Epimeteu. – Ele está no reino de Hades se arrependendo de seus erros, continue Melissa.

— Eu tenho monitorado ela desde que Soel e Simone se separaram e tenho visto que um dos ex-alunos da escola tem aparecido regularmente, o que se denomina Chacal. Foi quando vi no noticiário que ele ganhou o campeonato nacional de luta persa, lesionando todos os seus adversários! Eu fui olhar as lutas, e coloquei uma de minhas espiãs para investigar dentro da sala da Disnomia, e descobrimos que ele não é mais um humano, então precisam ter cuidado!

— Como assim, não é mais humano? – Perguntou Dandara.

— Quando estávamos em Francisco, um demônio foi enviado para matar os líderes.Seu nome era Até, e ele significava a ruína. – Continuou Epimeteu – Kara o matou na floresta depois do ataque que ele fez aos seres da mata. O problema é que os dois são filhos da deusa Éris, do Caos e da Discórdia, e com ela estando viva, a essência mesmo reduzida de Até pode não desaparecer. Pensamos que Disnomia uniu Até ao Chacal, porém ele ainda é uma fração do que o original era, e precisará de tempo para se adaptar com a imortalidade e o poder da ruína. Mas ele é muito mais poderoso que um humano, e pelo que vimos, descuidado e cruel.

— Mas, vocês não vão fazer nada? – Perguntou agora um nervoso Tuk.

— Existem duas repostas para esta pergunta! – Interveio agora Thrud – A primeira é que estamos fazendo, treinando vocês e principalmente o Soel, ele é uma das promessas de aliados que precisamos.

— A segunda resposta é a mais complicada. – Assumiu novamente Epimeteu – Éris tem mais filhos e parentes, Fonos é um daemon e seu filho, personifica os assassinatos e matanças, Oizus uma daemon da angústia, miséria e a tristeza e sua irmã. Vocês os conhecem com Bob Fonos e Cris Oizus, os líderes do Bloco, o casal é assessorado por Adikia, a injustiça. Ela tem redigido todas as leis que estão sendo aprovadas recentemente e que levarão vocês ao genocídio. Tanto entre os conflitos de classe que estão ocorrendo internamente, como as propostas de guerra com os insulares e Banto, que está sendo tramada a passos largos. A última peça que ainda não se revelou foi Hibris, que é a violência.

— Se não me engando, o General Hibris é o comandante do meu irmão Otelo! – Comentei com muita preocupação.

Epimeteu respirou profundamente e continuou:

— Vou pedir para Cila verificar, por enquanto devemos manter nossa programação, senão perdemos tudo. – Deu uma pequena pausa e continuou – Percebem o tamanho de nosso problema? Eles se infiltraram no poder da humanidade e Éris está à espreita.

De novo ele deu uma pausa para pensar e continuou:

— Ela é filha de Zeus e Hera, e seu poder é semelhante ao de Kara ou até mesmo maior! Não temos condição do combate aberto com eles no momento, e da forma que ela está agindo, temos a impressão de que está sendo comandada pelo seu tio, Ares. Infelizmente é muito poder para nós e nossos aliados. Desculpem-me a pressão, mas Moira pensa que de alguma forma, é em vocês que reside a esperança, não apenas em Soel. Mas ele capitaneou aliados, assim como eu e Thrud. Peço que tenham paciência por enquanto e acreditem que Gaya sempre irá ajudar vocês quando precisarem.

As informações foram terríveis, difíceis de digerir, e precisávamos ter paciência, confiar em nós e avisar aos familiares, pais e irmãs do perigo que estamos passando. O ano terminará e começará de forma dramática! Que os Jogos venham rapidamente.

*****

— Será que o tal general tem relação com o mal humor do Otelo? – Perguntou Elza durante nossa conversa.

— Não sei, a morte do papai também alterou minha forma de ver o mundo, se tornou mais triste. Por isto, não dá para ter certeza de que há relação, mas ele pode estar sendo vigiado ou pior, correndo riscos. – Respondi seriamente.

— Epimeteu garantiu que iria mandar Cila verificar como ele e sua mãe estão. – Completou Rosa – Acho que agora é necessário ter paciência.

— Não sei o que estes jogos tem de tão importante ou o que acontecerá depois dele, mas estou começando a odiar tudo isto! -Finalizou Elza indo se preparar para dormir.

Eu e Rosa ficamos ainda um tempo juntos, estávamos preocupados demais para ir dormir e, aquele assunto interrompido nas noites anteriores retornou:

— Você realmente está tendo um romance com a Dra. Cila? – Perguntou Rosa.

— Não sei Rosa, eu acho que iria enlouquecer se não fosse ela. Quando o pai faleceu e terminei com Simone, fui meio que instintivamente atrás dela que me aceitou. – Respondi um pouco constrangido.

— E você também a comanda, como a família da Simone?

— Não, Cila não tem relação com Afrodite, e ela é bem mais independente e, é uma deusa, uma deusa advogada!

— Cuidado com o divórcio! – Riu Rosa – Dizem que os deuses são vingativos, imagine no seu caso então.

— Não se preocupe, Cila é uma boa amiga, e nossos encontros são muito esporádicos, ela sempre está viajando, geralmente resolvendo alguma coisa.

— Você percebeu que Thrud ficou com um pouco de ciúmes?

— Está louca Rosa? A treinadora com ciúmes de mim?

— Bem, as suas roupas na festa estavam combinando e as histórias estão repletas de deuses que se apaixonam por mortais. Além disso você é afilhado da deusa do amor, quem sabe se seu poder não é fazer as pessoas se apaixonarem por você? Eu por exemplo só não tiro uma casquinha pelo grau de parentesco.

Soel ficou olhando por um minuto e começaram a rir juntos...

— Se não fosse tanta pressão em mim... só faltava essa! – Falei balançando a cabeça. – Vamos dormir, está tarde!

*****

Nossa primeira festa de fim de ano entre irmãos não foi aquelas de arromba, mas foi um renascimento. No dia do nascimento do Sol passamos nós três e Vita, convidada de Elza. Desde que Simone se mudou ela tem estado um tanto deprimida e, estamos tentando dar-lhe um pouco de acalento. Se bem que, nesta mesma data, há dois anos eu tinha percebido a solidão de minha irmã. Ela era tão bonita e cuidadosa com todos que espero que elas estejam se dando realmente bem, apesar de não saber muito o sentido que dou a este desejo.

No dia seguinte passamos com a família de Abdias e todos os amigos e, no último dia do ciclo, passamos na praça que, novamente

Epimeteu deixou lindíssima. Cantigas foram entoadas e as festas duraram até assistirmos o pôr do sol do novo ciclo. O ano que promete o meio, o fim e o reinício de nossas sagas.

*****

A preparação final para os Jogos foi coincidente com o último semestre da escola preparatória. As duas atividades concorriam com o tempo, mas precisavam ser bem-feitas pois eram nossas obrigações.

Depois dos 19 anos de Mark, sua família retornou para a América Alta onde seu irmão residia. Nosso amigo ficou, porém, colocaram sua casa a venda e novamente os pais de Abdias cederam a edícula do fundo para um amigo necessitado. Gama que aniversariou em seguida também não estava estável financeiramente, pois sua mãe sofreu os cortes dos auxílios que recebiam, a bolsa de lutador e as reservas da família eram os seus sustentos.

Os pais de Dandara fecharam a loja e tinham ainda uma produção interna vendida no comércio dos Pais de Abdias. Como Banto estava fora de moda pela política do Bloco, as vendas eram lentas e resumiam-se principalmente nas flores. O comércio ia bem, mas o empobrecimento local derivado da política de distribuição das rendas dos mais pobres para Classe A estava chegando nos limites, muitos clientes do comércio já não tinham como pagar, outros não conseguiam sequer ter o que comer. Nossos amigos acabavam por perdoar dívidas e faziam distribuições solidárias de alimentos, mas não eram tão ricos assim, estavam fazendo o máximo para que, pelo menos não ficassem com grande prejuízo.

Nós estávamos com a minha bolsa e de Rosa que dava para viver bem pela nossa idade, porém os cuidadores agora estavam sendo acusados pelo governo de desequilibrar as contas públicas, eram chamados de vagabundos e que prevaricavam com o ouro público.

Todo dia novas políticas de cortes de gastos com saúde e educação eram promulgados e, aumentavam a verba para formar milícias, tudo sobre o aplauso de uma população empobrecida, a que mais necessitava destas políticas.

As taxas de morte do Bloco eram proporcionais a classe, enquanto despencavam as taxas da Classe A, aumentava a da B, C e D.

As mortes violentas também eram direcionadas as três classes menos favorecidas.

A grande novidade agora era que, para evitar tráficos e criminalidades no Bloco, era a necessidade de um passaporte para as classes B e C e permissão para ir a América Alta, conhecida como Lei de Restrição. Que na prática tornou-se um local de acesso negado a quem não tivesse empregado pelos A, o direito de ir e vir foi totalmente comprometido.

Juntamente com a Lei de Restrição, veio a Lei de Preservação da Família Tradicional, a PFT. Que proibia terminantemente que um classe D profane a América Alta, na prática esta lei deu abertura para o extermínio e genocídio dos grupos homoafetivos e afins, os desafetos políticos e os que simplesmente não compactuavam com esta política. Qualquer destes casos, quando identificados, eram imediatamente difamados, tratados como bandidos, ladrões e degenerados e, justiçados pelo Estado ou de outra forma não oficial. Tudo sob os olhos do povo que cada vez era mais miserável e inculto, mas via-se vingado nesta seleção que os governantes da Classe A produzia. Aos proclamados inimigos da nação, a morte!

O pior era saber que quanto mais a desigualdade financeira e de direitos aumentavam, a violência civil e a repressão também acompanhavam. O pior é que com o controle dos noticiários e das propagandas, ninguém enxergava esta realidade e assim, de uma hora para outra, os templos e oráculos começaram a se encher, com pregações de que os Olimpianos estavam insatisfeitos com os outros deuses trazidos pelos membros da Classe B.

Nos discursos os nativos que se recusavam ver a verdade que Zeus era supremo e criou a Ordem e, os Bantus que trouxeram outras crenças eram culpados pelos nossos males por zombar, irritar e blasfemar contra os verdadeiros senhores de Gaya. Estas oratórias se por um lado criavam e legitimavam, pelo viés religioso, a violência entre as classes, por outro lado tirava das costas da Classe A a culpa pelos acontecimentos. Afinal eles eram reflexos dos deuses e por isto, apenas seguiam a suas vontades.

Neste contexto, a única via que nos impulsionava era a da preparação para o conflito que viria através dos estudos e dos treinamentos. Com a mesma dedicação que eu treinava, eu estudava e lia os livros que Epimeteu me passou, conhecia todos os agentes divinos que poderíamos esbarrar, pelo menos tudo que os humanos sabiam deles. Por minha inciativa, comecei a compartilhar as leituras com meus familiares e amigos, comecei por Rosa e Elza e depois com os outros. Como eram apenas três livros colocamos prazos para que cada um pudesse ler e passar, sempre contando que até as vésperas dos jogos todos eles seriam lidos pela equipe.

No mês do aniversário de Abdias, Dandara e Tuk, Herano o quarto mês, fizemos nossa última avaliação completa. Os resultados físicos foram interessantes:

Rosa continuava a mais rápida e ágil de equipe.

Gama o mais forte.

Eu era a melhor média somada entre todas as avaliações e Mark o segundo.

Dandara era a que mais evoluiu tomando em conta a melhor média somada entre todas as avaliações se comparado com a primeira e Abdias era o segundo.

Comparado as avaliações internacionais a equipe era considerada competitiva, Gama e Rosa eram resultados que auxiliavam no ajuste de nosso escores. Não éramos favoritos pelo resultado, mas estávamos no páreo.

O mais interessante foi que nesta avaliação, eu e Rosa conseguimos chegar a nossa luta sem derrotas para os outros amigos e, pela primeira vez, empatamos. Eu consegui superar ela na glima de velocidade, apesar da sua rapidez. Ela empatou na técnica, e na decisão de força, eu quase a venci pois, quando Rosa se sentiu ameaçada por um golpe que não teria com escapar, ela provocou uma queda conjunta para evitar a derrota.

Após a luta Rosa pediu permissão para Sra. Thrud e nos chamou para uma reunião técnica:

— Lutadores, nesta disputa com Soel, aconteceu uma situação que é muito importante para Glima de alto rendimento, em especial nos Jogos. Vocês sabem que alguns lutadores jogam pela equipe, se tornando escadas para os principais, geralmente são os de três a seis, com variações em algumas equipes. Nos jogos que a equipe dobra, aparecem de forma proporcional, do seis ao doze. Estes lutadores têm a finalidade de tentar ganhar do adversário, como todos, mas se ele vai combater um número um ou dois, se é improvável que ele vença, irá batalhar para o empate. Desta forma, como aconteceu agora os dois seriam desclassificados, entenderam? Por isto procurem compreender esta estratégia para não cair nela e, se necessário, utilizá-la em nome da equipe.

Neste momento, um grande barulho foi ouvido na frente do Gmnásio, como resultado saímos para ver o que foi. O causador foi o Saci, mas antes que pudéssemos reagir, um vulto passou por nós e pulou sobre um muro de mais de dois metros. Antes de sumir, ele olhou para meu rosto e sorriu, era o Chacal, ele estava nos espreitando.

— As medidas de segurança precisam ser ainda mais rigorosas. – Observou Thrud. – Não podemos deixar o poder de Até solto por aí, ele pode ameaçar tudo e todos.

— Cila está de volta, ela irá até a casa do Soel para conversar sobre o caso do seu irmão, ela dormirá por lá. – Disse Epimeteu, Rosa percebeu que o olhar da treinadora não demonstrava aprovação, mas ela disfarçou. – Depois vou pedir para que vocês mudem para casa de Melissa, já que Vita tem destinado muito tempo para Elza, acho que não irão se importar.

Desta vez Thrud aparentou concordar e ele continuou:

— Os pais de Dandara, Gama e Tuk protegem as suas casas com os rituais de suas divindades, o verdadeiro Até não seria afetado, mas neste caso eles serão suficientes. Finalmente, vamos ter que vigiar a casa de Abdias, função do nosso querido Saci.

— Minha casa é protegida? – Perguntou um confuso Gama.

— Confie em mim, sua proteção é forte! – Finalizou Epimeteu.

*****

Quando chegamos em casa, Cila estava com Melissa e Vita, elas estavam conversando com Elza quando chegamos. Cila confidenciou que conversou muito com Harriet e nossa mãe. Eles estão bem, Otelo foi promovido a 1° sargento e se casou com a noiva, sua mãe mora na mesma casa. Segundo elas, ele tem sido assediado para passar informações sobre nossa família para os seus superiores, imaginamos que seja a mando do general Hibris.

— Por isto que eles não vieram para as festas. – Comentou Cila – Otelo tem medo de que o contato conosco poderá causar. Ele sabe que Hibris é cruel e tenta dominá-lo, mas graças a ajuda de Henrietta, ele tem se afastado de sua influência.

— Henrietta? – Perguntou Elza.

— É a chefe do centro de pesquisa que Harriet trabalha, acho que ela disse que já havia mencionado para vocês.

— Falou mesmo, Cila. – Lembrou Rosa.

— Ela é como vocês? – Perguntei.

— Sim e não Soel, ela é nascida mortal neste Bloco, mas se tornou imortal de alguma forma que não sabemos. Mas é uma boa e confiável aliada. Está protegendo a mente de seu irmão da influência do Hibris. Depois do final de ano desastroso de vocês, Harriet conversou com sua chefe sobre o estranho comportamento de Otelo. Ela descobriu que o general estava mexendo com a cabeça dele e começou a diminuir os ataques e ensiná-lo a se proteger. A partir desta informação, está evitando contato, inclusive comigo para que o general não perceba nada. Sua mãe e cunhada que fazem toda a rede de comunicação conosco.

— Dá para tirar eles de lá? – Perguntei angustiado.

— Se tivesse, sem colocar a vida deles em maiores riscos, eu os traria Soel. Hibris é o chefe maior das Forças de Guerra do Bloco, ele sabe de tudo que ocorre por lá e, com o apoio de Éris, torna a fuga um feito praticamente impossível.

E finalizou:

— Nunca pensei assim pela minha característica ser mais desconfiada do que os demais, mas cada vez que o cerco vai se fechando em torno de nós, eu acredito que a Moira tem toda a razão. A chave que abrirá o desfecho deste enigma que passamos será os Jogos e o desempenho de vocês.

A conversa acabou no mesmo lugar de sempre, nos Jogos, cada vez que incorporo esta responsabilidade, fico mais motivado e preocupado. Tenho medo de que a pressão me paralise com o simples pensamento em falhar. Tudo depende das minhas atitudes, decisões e superações. As vezes não queria ter sobrevivido ao nascimento, mas se penso nisso, meu coração parece se inflamar de energia positiva, eu não tenho o direito de pensar assim.

Nos alimentamos com peixes e guloseimas a base de mel, trazidos pelas nossas visitas. Terminada a refeição, Vita e Melissa foram para casa preparar para nos receber e Elza foi acertar os lugares para que a gente dormisse, ela iria colocar Rosa para dormir comigo, mas ela interveio:

— Acho melhor Soel ficar com Cila no quarto, ele é mais ameaçado, nós ficaremos bem.

Elza achou estranho, mas o argumento tinha sua lógica. Fomos para cama e, passar a noite com Cila foi um refresco para os dias quentes que estamos passando, se bem que, em alguns momentos a conversa que tive com Rosa sobre Thrud devanearam por minha cabeça. Será que Afrodite realmente aprontou isto comigo?

*****

— Depois de quebrar todos os equipamentos, quebrem também os pés do editor e botem fogo no local, a cobertura do noticiário será sobre um acidente por negligência do tal de Garrison.

Na esquina que era famosa por sediar o Liberator, a conversa entre os três homens que se preparavam para uma ação de codinome "Limpeza". Eles estavam sendo comandados pelo Círculo A, que agora foi transformado em assessoria de segurança institucional do governo. A ação visava neutralizar os críticos e opositores do sistema que, conforme as novas legislações, tornaram-se detratores do Bloco, considerados criminosos declarados por mostrar outra versão dos fatos que não era a oficial. O interessante era que as perseguições abertas a estes grupos ainda não eram bem-vistas, mas quando algo de ruim aconteciam a eles, era fácil culpar as fatalidades da vida cotidiana, afinal acidentes acontecem o tempo todo, principalmente no regime atual!

Os três se encaminharam para os fundos da redação e prepararam-se para a invasão, o comandante perguntou para o mais afastado se tinha trazido o equipamento incendiário, ele demorou um pouco e disse:

— Incendiário? Vocês são criminosos?

— Deixe de brincadeira, me dê o material! – Disse o comandante.

O que se viu depois foi o confuso invasor sacar a arma, e nas trocas de tiros os três morreram! Nos jornais sairia que um heroico homem da lei teria morrido ao evitar um assalto a um periódico. Mnemosine por outro lado, sabia que ao alterar a memória de um dos atacantes permitiu que o Liberator continuasse aberto e seguro por mais um tempo. Afinal, a deusa da memória sabia que um assalto poderia passar como verdade, mas um novo ataque ativaria uma indesejável lembrança coletiva, afinal acidentes acontecem o tempo todo, mas depois de um assalto malsucedido, tornaria tudo suspeito demais! Epimeteu novamente estava correto em mandá-la ficar de vigia por um tempo.

*****

Por muito tempo Chacal tentou invadir a casa de Dandara, mas quando se propunha a entrar, algo estranho acontecia. Tudo o que recebeu de presente desaparecia ao menor toque ou se avançasse no perímetro da residência. Quando isto ocorria ele voltava a ser medíocre e mortal. O mesmo acontecia na casa de Tuk, onde queria se divertir por primeiro. Seu ódio por ele era até maior do que daquele que chamavam de Soel, ele não podia ser uma pessoa viva que desafiava o poder que muitos almejavam. Como ele naquela cadeira ridícula pensava em continuar vivo, ser o melhor aluno da escola, ter amigos que não o temam? Na cabeça minúscula de Chacal, ele era uma afronta direta os deuses.

Porém em seus pensamentos a falta de poder, quando se aproximava, o deixava assustado, da mesma forma que o tornou confiante demais, ele ficou dependente e, o fato de perdê-lo o acovardava. Desta forma, por medo, tomou a decisão de desistir do ataque direto às duas casas.

Mas foi quando resolveu atacar o Gama, que vivia com sua indefesa mãe, que percebeu ter cometido seu maior erro. Quando tentou a invasão, do nada apareceu um vulto de um homem, nada mais que uma impressão, porém com uma força descomunal. Esta criatura empurro Chacal para trás e, desta feita, o erro se consolidou. Chacal não recuou e partiu para atacar a presença que, sem muito esforço, arremessou o garoto com tal força que o seu corpo se arrastou pelo chão, de forma desgovernada por quarteirões afora, parou apenas ao se chocar violentamente contra uma guia de proteção de metal de uma esquina. Qualquer ser humano normal teria se destroçado e morrido na hora, mas o poder de Até salvou sua vida. Entretanto não o deixou isento de vários ferimentos e ossos quebrados. Apesar de poderoso, a falta de treinamento e de inteligência fizeram dele um grande perigo, inclusive para si mesmo.

*****

Ao final do semestre, terminamos a escola preparatória, e a formatura foi um tanto quanto discreta devido à recessão imposta pelos tempos difíceis oriundos da política que esmagava financeiramente a América Baixa. Durante a colação de grau, Tuk recebeu a honraria de ter tido o melhor desempenho enquanto aluno e vários discursos, dente eles, a Diretora comentou:

"... que todos vocês procurem em sua futura profissão, uma forma de inspirarem as pessoas e que o desejo de enriquecimento não ofusque esta procura. Lembrem-se que o acúmulo de ouro não leva ninguém a ser lembrado pela história. O único personagem que é lembrado reconhecidamente apenas por acumular ouro é Midas, não pelo acúmulo em si, mas pela tolice..."

Outro discurso que foi muito forte foi a da oradora, Dandara:

"... as decisões políticas de nosso Bloco têm acarretado perdas, perdas estas que são mais evidentes em minha classe, pois elas foram claras, às vistas de todos. Mas insisto que, todos nós perdemos, pois os classe C se tornaram rancorosos e viram nossa queda como vingança e, mesmo os Classes A que recebem os benefícios momentâneos dos nossos governantes, também acabam perdendo, se não o ouro, parte da sua humanidade. Pois a natureza do ser humano não é predar sua própria espécie, e sim compartilhar a experiência de viver em comunidade..."

O teor político destas duas falas foi encarado de forma diferente: alguns pais acharam impróprios, mas todos os alunos apoiaram independente de sua classe, acreditamos que as novas gerações sempre podem melhorar as mais antigas, pelo menos na esperança. Depois de colarmos grau, o seguimento do protocolo foi um jantar conjunto com o baile de formatura.

A parte cômica foi que Rosa, detestando ainda estar como Rose, havia despertado o interesse de várias garotas desde o campeonato nacional e no baile não foi diferente. Principalmente quando a viram dançando com Elza, sua mãe durante a valsa dos formandos. Por sinal e estranhamente, eu dancei novamente com Thrud que representou meus padrinhos.

Tuk com sua "cadeira maluca", especialmente projetada por Abdias e construída pela dupla composta por seu pai e Rosa, foi a sensação da pista. Com amortecedores e rodinhas de contenção, permitiam que ele desse pequenos saltos e empinasse sem cair, com isto, dividiu o interesse das garotas com Rose.

Foi uma noite sem muita pompa, mas muito boa. Próximo ao fim nos reunimos, enquanto formandos, Tuk, Dandara, Abdias, Rosa e eu, e lamentamos a ausência da Simone.

— Os jogos são a meta que nos foi traçada, precisamos cumpri-la, mas a Simone será a próxima, não dá mais para ignorar sua ausência, sem saber sobre a sua mágoa comigo ou conosco. Precisamos, ao menos, saber como ela está! – Disse aos meus amigos.

— Que assim seja! – Disseram todos e erguemos um brinde a Simone.

*****

Finalizada a formatura, a única preocupação era com o treinamento final, pois estávamos a menos de dois meses dos Jogos, e a pressão e o nervosismo começavam a impactar. As três equipes têm particularidades diferentes, mas são melhores do que tudo que já passamos:

— Os lutadores de Bantu formam a equipe mais forte fisicamente, mas tem problemas técnicos que podem ser explorados, Abdias terá chance de estudá-los e ajustar a equipe. Os insulares são mais completos que os anteriores, mas adaptam seu conhecimento da luta persa, que são tradicionalmente mais fortes, para Glima. Desta forma, são perigosos, mas tem desvantagens com um lutador clássico da modalidade. Já os Normandos são demolidores, ainda são invictos nesta prova e, possuem uma equipe mista, principalmente com os antigos europeus do norte, que trazem as características mais tradicionais, somado aos antigos asiáticos das montanhas, que mesclam a tradição, movimentos novos e perigosos. Eles são praticamente imbatíveis, mas não para uma equipe como a nossa. – Comentou a treinadora em uma de nossas instruções.

O roteiro e cronograma de nossas atividades até os Jogos se iniciaria no final do sétimo mês, setembro, ficaremos quinze dias na América Alta com o resto da equipe, e viajaremos no dia 15 do oitavo mês, outubro, para a sede dos jogos na Normandia, que seria na Germânia, mesmo local que Rosa ganhou seu título. Se eu estivesse em seu lugar, somente esse fato já me deixaria congelado. Mas não ela, Rosa era feita de aço!

Naquele mesmo dia, quando chegamos em casa, encontramos Elza chorando no colo de Vita. Soubemos que, com o discurso de que os cuidadores são pagos pelo Estado para proteger quem ofende os deuses, o governo destituiu o investimento na atividade, desempregando milhares de cuidadores que fazem assistência aos necessitados, principalmente os das Classes C e D, e com suas políticas também os da classe B. Desta forma o cargo dela foi extinto na cidade:

— Eu não estou preocupada comigo, eu me viro... mas e eles? Os milhares de necessitados como um dia foi a minha filha Rosa? O que será deles sem proteção? – Disse Elza caindo no choro.

Rosa a abraçou e depois eu...

*****

Demorou um tempo para que Elza se recuperasse, mas ao estar na casa de Vita, uma acabava cuidando da outra, fato que acabou de confirmar a grande cumplicidade que se construiu. Às vezes eu achava que elas estavam namorando, mas eram muito discretas, pois nos dias de hoje, a cautela era extremamente prudente.

Rosa também estava sofrendo muito, a personagem da escola Rose era uma espécie de segunda pele dela no momento, o perigo era notório, assassinatos pelo Estado ou pela população dos membros da Classes D aumentaram assustadoramente, assim como as disputas entre Bs e Cs.

Os conflitos entre as duas classes eram comuns entre os mais jovens, que agora formavam gangues para disputas em céu aberto. As milícias das cidades foram deslocadas para proteger a Classe A. Devido a este fato, quando finalmente chegavam aos locais dos confrontos, a carnificina já havia acontecido. Estávamos em constante estado de guerra. Ainda não me ative ao fato, pela minha imaturidade, mas havia um deus que se deleitava com o sangue derramado, para ele o fato surtia o efeito de uma oração.

*****

— Irmão, posso falar com o senhor? – Suplicava Éris ajoelhada em sinal de respeito.

— Você tem feito um bom trabalho. Eu sei porque está vindo a mim, pode deixar que encaminharei o idiota do nosso irmão à Normandia, e vamos ver se os acontecimentos nos favorecem. Agora deixe-me deliciar-me com a carnificina que honra meu nome.

Éris satisfeita pelo elogio, se retirou conforme as instruções e ouviu um poderoso rizo de regozijo e prazer de seu tio, ao sentir os efeitos dos conflitos da América Baixa:

— Que venham o morticínio, a chacina e o massacre! – Gritava o deus como se acometido pelo prazer do gozo.

*****

As nossas vidas e o que sabíamos da sociedade, confirmavam de forma mais clara a relação da interferência dos deuses que sobraram sobre a humanidade. Zeus, Odin e Harmonia faziam muita falta, quando comparávamos nosso Bloco com os Insulares e Bantu, era evidente a distorção que estávamos carregando e as alianças que ocorrerão em breve. Eu não sei qual será meu papel neste caso, mas...

— Que tal treinar direito?

— Hã? O que? -respondi.

— Treinar direito Soel, hoje parece que você está longe... estamos muito perto dos Jogos para você se distrair. – Disse Rosa me trazendo novamente para Gaya.

— Desculpe-me, realmente eu me distraí, estava pensando no confronto por trabalho que aconteceu ontem entre os Cs e Bs, dezessete mortos e quarenta e cinco feridos em um único dia de confronto. Mas reconheço que preciso focar melhor nas minhas obrigações, vamos ao treino.

Ao passar novamente as estratégias de combate que os Normandos mais utilizam, Rosa me segurou até mais tarde no treino, os outros já tinham ido com Epimeteu como segurança. Thrud permanecia no comando e aguardava para nos levar para casa de Vita.

— Chega por hoje Rosa, mantenha esta vontade para amanhã! – Com isto Thrud finalizou o treino.

O caminhar para casa foi em uma noite especial, a lua estava bem cheia e deixou a iluminação noturna desnecessária. As duas caminhavam em meu lado e, pela primeira vez vi uma certa semelhança entre elas. Rosa, infelizmente ainda tem traços masculinos, mas seu cabelo loiro, um pouco mais curto que o de Thrud, tem a mesma tonalidade sob o luar. Assim como seus olhos e formato do nariz, maior em minha irmã, mas o formato é bem semelhante.

— Divagando de novo?

— Não!... quer dizer, sim Rosa, acho que hoje minha mente está disposta a viajar.

— São os deuses tentando conversar com você! – Disse Thrud em um tom que não consegui identificar se era verdade ou brincadeira.

Antes que pudesse perguntar, chegamos na casa, e estranhamente dessa vez a treinadora entrou. Nós nos encaminhamos pela casa vazia, e uma espécie de cantiga nos chamava aos jardins, e identifiquei que o canto era dedicado a Afrodite. Quando finalmente chegamos:

— S-U-R-P-R-E-S-A!

Novamente, assim como foi nos meus quinze anos, eu esqueci que era meu aniversário, e dessa vez a festa era de 18 anos, considerado a maioridade formal em nosso bloco.

A festa tinha a presença de quase todos os meus amigos, além de alguns da equipe divina, incluindo Cila. Dentre os presentes que ganhei, o que mais me agradou foi o anúncio que Elza seria incorporada à nossa antiga escola, para a função de coordenadora de projetos inclusivos. Vita assumiria a direção e Caliope iria se dedicar mais aos interesses da nossa, digamos, conspiração. As mudanças foram decorrentes do fato de que, com a nossa formatura, a missão da Musa foi finalizada, mas a escola não deveria ser abandonada.

Na festa, que comemorava a última maioridade de nossa equipe, Epimeteu trouxe para o brinde uma garrafa de hidromel. Segundo ele, Ganímedes selecionou do próprio Olimpo! Logicamente havia duas formas de bebê-la: a normal, e para nós humanos, algumas gotas diluídas em uma grande quantidade de suco de frutas. Diluição prudente para preservar a vida dos mortais, e que foi descoberta por Melissa durante o período em que cortejava os homens, em busca de seu parceiro.

O brinde foi levantado por Epimeteu, e foi dedicado a mim e à batalha que em alguns dias teria início. Todos brindaram e eu tomei tudo de um único gole. O gosto era fantástico, e não era à toa que chamavam de "o néctar dos deuses"! E imediatamente, as luzes, o vento e os sons começaram a fazer parte de mim, e sem muito tempo para perceber o que ocorria, a alegria estava instaurada na festa.

As cantigas gregas estavam sendo entoadas por Caliope, Melissa e Epimeteu enquanto eu estava dançando com Cila e Thrud, uma em cada braço. A coreografia era muito contagiante e trazia uma certa felicidade intrínseca. A melodia e os passos e, as duas belas deusas, flutuavam ao meu lado até o tempo parar... Ele parou tão rápido que comecei a cair, o que demorou vários segundos, que foram suficientes para perceber que Cila me amparou. Mas não era Cila, era Afrodite!

Olhei rapidamente para sua estátua, e ela não estava mais lá! O centro do jardim estava vazio, e por uma reação que entendi como instintiva, olhei para onde estava Thrud e vi uma pessoa em seu lugar. Era Baldur, e os dois se entreolharam e se viraram para mim:

— Olá Soel, feliz aniversário! – Disse a madrinha seguida pelo padrinho.

— Conversamos muito pouco mas quero agradecer por ter sido honrado, principalmente com minhas descendentes. – Disse Afrodite – Você é tudo o que eu poderia desejar, e precisa agora cumprir a primeira parte de sua saga.

— Você precisa ativar o presente que recebeu através de um ato heróico. – Disse-me Baldur – O início da imortalidade tem o heroísmo como símbolo, e por isso o Jogos foram selecionados para que humanos sintam o gosto de se aproximar aos deuses. Por isso você foi preparado para os Jogos, no mês seguinte de sua maioridade.

— Tudo isso para que eu ganhe os Jogos? – Perguntei.

— Nem sempre quem vence é o herói! Aquiles venceu Heitor, mas a honra do derrotado foi reconhecida pelo vencedor, que gerou grande arrependimento e tristeza do próprio Aquiles por tirar a vida de seu adversário. – Enfim disse Afrodite – Por que lutar, com quem lutar, ao lado de quem você luta e como você luta são questões que irão definir um verdadeiro herói.

Ela deu um beijo amoroso e demorado em minha testa, e se afastou deixando o espaço para um abraço de Baudur, que me disse:

— Daqui para frente as decisões serão suas, nós nos despedimos. A partir dos Jogos continuaremos a fazer parte de você, mas de forma diferente. Adeus meu afilhado. Obrigado por nos dar a chance desse encontro!

Ao dizer isto, Baldur abraçou Afrodite e os dois se beijaram longamente até desaparecerem totalmente. Nesse momento eu consegui entender que o encontro deles na disputa entre olimpianos e asgardianos foi mais profundo para os dois. A deusa do amor e o deus da bondade se apaixonaram ao se virem, e as suas bençãos foram fruto deste despertar, e através delas em mim é que finalmente puderam se tocar!

— Não vão! – Gritei.

*****

Cila e Thrud que estavam de mão dadas comigo, na hora disseram que não iriam a nenhum lugar e riram. Na hora eu abracei as duas e deixei um pouco de minhas lágrimas correrem.

— Eles vieram se despedir? – Disse-me Thrud, que me abraçou de forma mais aconchegante.

Cila saiu de mansinho e nós dois ficamos abraçados por um bom tempo. Na estátua de Afrodite, uma lágrima de despedida agora aparecia no lado esquerdo de sua face. Epimeteu aconchegava Melissa que também chorava assim como Vita, consolada por Elza. O final de meu aniversário surpresa foi revelador, mas novamente terminava de forma imprevisível.

*****

Em América Alta nos encontramos com os seis lutadores que completariam nossa equipe, um ou outro eram meio estranhos, ou talvez o termo "metidos" seria melhor empregado, mas na maioria eram simpáticos. Três técnicos se somaram aos nossos, Thrud era muito respeitada por eles, acredito que seja em razão de sua fama depois da primeira reunião que participou na modalidade ter virado uma lenda na glima nacional.

Os treinos mistos foram bons para todos, e se a fama da treinadora era lendária, a partir deste encontro Rosa e Dandara conquistaram sua parte nesta mística. Rosa era praticamente imbatível, e todos souberam disso da forma mais dura possível. Ela estava com uma gana de voltar à Germânia, que chegava a ser assustador! Eu era o único que conseguia endurecer com ela, mas mesmo mantendo a motivação elevada, e estar muito bem em relação aos outros parceiros de treino, conseguir empatar com ela era uma tarefa muito difícil, e ganhar era impossível!

Já Dandara conseguiu o respeito não por ser como Rosa, mas por ser extremamente objetiva e dedicada técnica e taticamente, era uma lutadora improvável. Os lutadores de elite de nosso grupo chegaram a acreditar que conseguiriam uma redistribuição na ordem dos lutadores tomando o lugar dela, mas essa crença durou pouco tempo.

Epimeteu se dividia entre nós e Tuk, que estava com a equipe de machados e foi decidido que eles poderiam viajar com a nossa equipe. Parte devido ao seu desempenho no campeonato nacional e porque iríamos em um voo fretado pelo técnico, que representaria menos gastos. Os dois fatos somados explicavam a regalia que tiveram.

Na noite anterior à nossa viagem, enquanto me preparava para dormir, Rosa entrou inesperadamente no meu quarto. Estava chorando! Não perguntei o que aconteceu pois já sabia, toda emoção retesada nos últimos anos de sua vida estava vindo à tona nesse momento. Era a cara dela: agora seria possível extravasar, mas amanhã não poderia demonstrar fraqueza. Eu peguei em sua mão e a trouxe para minha cama, deixei ela chorar baixinho enquanto a abraçava e fazia carinho em seus cachos dourados...

*****

Preparados para embarcar para Normandia, a equipe e treinadores estava pronta, juntamente com a equipe de apoio composta por Elza, os pais de Tuk, Caliope, Dra. Skuld e obviamente o Saci, pois é impossível impedi-lo de fazer o que quer!

Por fim, embarcamos para Normandia, especificamente para a Germâmia.

Capítulo XIV

Os 17º Jogos Unificadores da Germânia de 3987

Apesar de demorada a viagem foi tranquila, e as 16 horas de vôo foram amenizadas pelo conforto que Epimeteu sempre nos proporcionou, e principalmente por estar entre amigos. Os novos membros da equipe, apesar do recente contato, pareceram ser confiáveis. Três deles eram da Classe A, dois da Classe B e um militar da Classe C. Nossa equipe foi então reforçada em relação às questões multiclasses.

Chegamos ao aeroporto, e nos direcionamos para os alojamentos da Vila Unificada, onde todos os jogadores se acomodavam durante a semana que durava os Jogos. Nela tinham os quartos duplos e individuais para treinadores, e diversos locais de alimentação com vários tipos de refeições. As disputas eram feitas em enormes Stadia e os locais de festividades.

Foram destacadas as construções para o evento, e o local onde competiremos é denominado de Glima Stadium, onde aconteceriam as provas de lutas iniciada pela Glíma que abria os jogos e aconteciam no mesmo dia do Banqueta Viking. seguido pelas provas de Combate Persa, Pugilato, Pancrácio, Laamb e N'Golo, cada modalidade em um dia.

No Sport Stadium ocorriam as provas de Pentatlo e corrida com armas. O Arremesso do Machado, Gutera Urizinga e Levantamento de Peso Livre eram disputados no Technik Stadium. Já o Brettspiele Stadium abrigará as provas de Montu, Shisima e Chatrangue. Os Recitais de Poesia e Canto Épico serão apresentadas no Bayreuth Festspielhaus. Basebol, Basquetebol, Vôlei terão jogos no Sportstätte Stadium e finalmente o Surf será realizado em Fehmarn.

A equipe do Bloco das Américas era um prédio único, com vários apartamentos dispostos de forma que cada setor fosse dividido pelas diversas modalidades em disputa. A equipe de Glima, devido à tradição Germânica possuía quartos mais bem localizados e mais luxuosos. Como capitão da equipe eu tinha um quarto individual com muitos agrados e regalias, incluindo mais espaço, cama mais ampla, frigobar lotado e banheira com hidromassagem. Sobre a cama foi colocado um agrado de boas-vindas com flores e uma cesta com frutas e guloseimas típicas, uma diferença de tratamento que não havia percebido antes e que a minha posição permitia.

Quando reencontrei com os meus amigos, soube que Tuk estava em um setor próximo ao nosso, pois a modalidade de Arremesso de Machado também era uma modalidade da Normandia. Tuk recebeu um quarto individual devido a ser o melhor desempenho do campeonato nacional, e por isso, era o capitão natural.

Enquanto estávamos reconhecendo o local avistamos, com imensa tristeza, Chacal ameaçando um funcionário local. Ele sentiu nossa presença e veio de forma ameaçador para cima de nós. Eu, Mark e Gama nos adiantamos:

— Vocês são insetos! – Ele disse de forma enlouquecida – Antes disso acabar, vocês vão sofrer por minhas mãos!

E assim virou as costas e se retirou rapidamente. Comentários sobre ele foram apresentados outras vezes sempre relacionado por abusos e atos de violência, algumas reclamações formais foram feitas, mas não foram adiante pois ele era um dos melhores jogadores inscrito para os Jogos, e por isso tinha regalias e era protegido. Se Chacal fosse expulso dos Jogos, seria um escândalo tanto para os noticiários como para o público, e não sei se ele se aproveitava disso, ou se era fruto de sua personalidade perturbada e enlouquecida com o poder.

Na véspera do início do evento, veio o nosso primeiro confronto. Enquanto estava almoçando, os nossos técnicos me chamaram para uma reunião emergencial com os magistrados da modalidade, conhecidos como Hellanódices, que eram os guardiões da lei encarregados de supervisionar todas as provas e modalidades, tradição que vinha das antigas Olimpíadas Gregas.

A reunião possuía como pauta uma representação contra nossa equipe baseada em duas acusações: A primeira era contra a honra do lutador Rose, que trazia a possibilidade se ser um antigo lutador de Glima que foi expulso da modalidade por questões do passado desonesto. A segunda era direcionada a mim, com acusações oriundas de todos os processos e levantamentos oriundos das acusações dos ditos "Monstros de Palmares".

Por fim, o requerimento era assinado por um dos mais nobres membros do Comitê dos Jogos Unificadores, e que reconhece a glima não amigável como forma de resolver a disputa.

— Mas isto é desnecessário, esperar até este momento para representação? – Começou a argumentar Epimeteu – E ainda induzindo a uma disputa sangrenta? O que realmente está em Jogo?

— Mas se precisar, estamos prontos para decidir na forma antiga. – Completou Thrud.

— Ótimo, será uma disputa bem interessante, quem será seu campeão? Eu estou pronto!

A figura que se apresentou era extremamente imponente! Apesar de um aspecto que revelava alguns abusos, principalmente pelos olhos um pouco baixos, quando se comparava com alguém tão antigo e tão nobre, o fato era que o olhar demonstrava culpa. Ele era gigantesco como Epimeteu, e sua presença o encheu de medo. Aquela presença chegou até a intimidar Thurd, que quando iria começar a falar, acabou interrompida por risadas:

— Ora, ora... um grego sob meus domínios, e ainda quer desafiar minha sobrinha? Que deselegante! Mas é uma típica atitude de bêbado, ou agora você está drogado?

O novo personagem era mais magro que o primeiro, denotando uma menor compleição física, e tinha os cabelos bem escuros contrastando com o rosto pálido de olhos esbugalhados, e até certo ponto paranoicos. Era, aparentemente, um pouco mais alto que as dimensões de Epimeteu. Mas era um pouco difícil de compará-los pois tinham bem mais de dois metros de altura. A sua interrupção conseguiu a reação esperada:

— O que faz aqui Loki? Isso não é da sua conta! – Respondeu Dionísio.

— Como assim? A Germânia não é grega, bebeu demais para se esquecer disso? Tudo que aqui ocorre é da minha conta! Principalmente quando quer interromper o que estou achando divertido demais, quero ver como tudo isto vai acabar.

— Você não vai se intrometer, se fizer isto realmente terá que lutar comigo! – Esbravejou Dionísio.

— AHAHAH! Já pensou o resultado disso, Dionísio? Como será a disputa entre o mais louco dos deuses, contra o mais bêbado? O seu alcoolismo permite avaliar o estrago que iremos fazer? Qual seria a extensão da região que será destruída e quantos humanos irão perecer durante aquele período de trégua que seu lado, estupidamente, decretou durante os Jogos? Pense se isto irá agradar a Ares, seu dono.

As palavras de Loki foram fortes e atingiram Dionísio de forma certeira. Ele sabia que o impacto dessa luta teria proporções impossíveis de serem contidas, mesmo por ele. Depois da morte de Odin e Thor, Loki comandava Asgard. Assim como Ares o Olimpo, ambos tinham um poder que, agora era desconhecido. Desta forma o desafio para um confronto físico entre os dois era desaconselhável:

— Retiro a petição! – Disse Dionísio assim que os humanos começaram a perceber novamente o que ocorria em sua volta. – Desta vez você venceu Loki!

Ao dizer isto ele deu as costas e se retirou:

— Por que fez isto? – Thrud perguntou severamente ao seu tio.

— Porque sua insurreição me diverte, e quero ver até onde ela vai. Continue me divertindo, e quem sabe, às vezes posso ajudar de novo? – Ao terminar a frase, Loki também desapareceu.

— Não confiem nele, da mesma forma que nos ajudou hoje, amanhã poderá tentar nos matar! – Comentou a treinadora ao se direcionar para nós.

O dia de início das disputas começou de manhã com a Cerimônia de Abertura, com danças e músicas Kumina de Bantu abrindo os 17° Jogos Unificadores. Depois houve a apresentação dos jogadores dos quatro blocos participantes. A exceção foi dos lutadores de glima que no momento da festividade estavam na tradição dos banhos purificadores, protocolo para participarem das disputas no período da tarde, que abririam as competições.

Os banhos eram repletos de rituais e rezas dos insulares, a maioria buscava inspirar a pureza presente nos competidores. Revitalizava o corpo por inserirem aromas e óleos que vibravam na sintonia do universo, pelo menos para eles. Os insulares acreditavam que através deste ritual, as questões éticas e o compromisso moral com os Jogos, com a vida e com as forças supremas de cada participantes se manifestariam durante as disputas, partidas e duelos.

Os jogadores e lutadores, colocavam um calção bem solto e ficavam em um ambiente comum onde eram preparados em um primeiro ritual. Em seu corpo era derramado óleos e ervas aromáticas, cujo cheiro e maciez ao contato com a pele produzia uma espécie de relaxamento que atingia até os pensamentos. Posterior a isto, éramos direcionados a banheiras individuais com águas de locais considerados santificados na tradição deles. Devemos ficar com o corpo imerso por meia hora, apesar de estarmos sozinho nesta hora, alguém tocou minha costa e começou a falar:

— Hoje é seu renascimento. Não se orgulhe disso pois muitos morreram e ainda morrerão para que sua metamorfose fosse possível! Cumpra as suas missões da melhor forma para garantir quem você será, meu filho!

Eu olhei para ver quem estava falando comigo, mas ela havia sumido! O eco da sua voz ainda estava na minha mente quando tivemos que nos levantar e fomos para a terceira e última fase dos banhos. Entramos em um local aonde jatos de água fria ativavam nosso corpo, impedindo que o relaxamento anterior pudesse comprometer nosso desempenho. Eu estava pronto para iniciar os Jogos.

*****

Ao chegarmos no Glima Stadium, entramos pelos portões reservados aos lutadores e corpo técnico. Nas arquibancadas, havia mais de 70 mil expectadores e ao iniciar das disputas, pude reparar que, nas tribunas de honra, Dionísio e Loki sentavam juntos e trocavam farpas durante todas as lutas. Eles intercalavam comportamentos amistosos e de confronto.

Na delicadeza desta complicada relação revelava a insanidade deles e dos dias em que estamos sujeitos a viver, representado por deuses inimigos que se sentam lado a lado para apreciar mortais disputando premiações em homenagem a deuses que eles sabem, já se foram.

Também havia um local reservado a atletas de outras modalidades e familiares, e pudemos ver Tuk e família e Elza na espera da nossa entrada, felizes e na torcida. Enquanto observava a monumental construção, olhei para Rosa que apresentava certa ansiedade, que não era típica nestas ocasiões, ela tentava olhar todo o público e principalmente os locais de honra e, finalmente, deu com os ombros.

— Eles não vieram, não é mesmo? – Perguntei a ela.

— Mas vocês estão aqui, vamos à luta! – Ela respondeu aparentemente renovada.

Dentro do prédio, havia quatro espaços reservados para cada equipe, neles tinha um pequeno tatame para aquecimento, uma sala médica, um vestiário, banheiros e uma sala de espera que poderia ser usada como de instrução. Nos vestimos e colocamos os pertences nos armários, nesta hora uma inspetora veio conferir nossa equipe e avisar que as apresentações e lutas iniciarão em pouco menos de dez minutos e, em cinco minutos, deveríamos nos direcionar ao corredor. Nesta hora os treinadores fizeram os últimos ajustes de seus lutadores. Thrud chamou todos e nos disse:

— Vocês doze são os melhores que nosso bloco produziu, agora é hora da batalha, não temam a derrota pois venceram para estar aqui.

Abracem a luta como quem abraça a vida, ela nos levará adiante, por honra e conquistas... Lutem...

— LUTAREMOS! – Gritaram todos.

Fomos ao corredor e de lá dava para ver a arena. Eram duas áreas grandes, com muitas câmeras e telas de visualização colocadas para plateia. Os árbitros se posicionavam com vestes formais e a multidão se manifestava com nossa presença. A Seleção Nórdica era adorada, orgulhosa em manter o Brasão de Odin em seu uniforme. A primeira seleção a entrar foi a nossa, considerada a mais fraca pelos resultados anteriores, seguido pela de Bantu e os insulares, a local desfilou por último pois, nos dezessete anos da disputa, deixou de ganhar apenas duas vezes e vinham de cinco conquistas consecutivas.

Fomos anunciados por locutores nas quatro línguas oficiais de cada bloco e, depois foi anunciada a ordem das disputas. Na área 1, disputaria a Normandia contra Bantu e na área dois, nós contra os Insulares. Nós retornamos para o espaço destinados a cada equipe na área de combate dois. Os treinadores imediatamente começaram as instruções individuais.

As lutas aconteciam simultaneamente entre as duas equipes, na primeira rodada, começamos com o nosso número 12 e eles com o número 1, assim nossas derrotas começaram e se sucederam até o número 7.

Neste momento, um risonho Dionísio zombava de Loki. Porém o sexto que entrou para lutar era Abdias que se levantou dizendo:

— Está na hora de virar o jogo!

E este era seu talento, estava lutando com um oponente muito mais qualificado que ele, mas não se intimidou, e memorizou os movimentos que os outros fizeram e, por várias vezes se colocou em perigo para ver se a reação era a mesma. Assim, ele levou o primeiro ponto e se levantou rindo. Mesmo sendo estranho, na segunda glima foi possível entender, Abdias marcou toda movimentação tática dos lutadores e, a partir disso, começou a se antecipar aos movimentos e, dessa forma empatou e venceu por 1X2. Começamos a entrar na disputa.

Na transição Abdias abraçou Dandara e deu rápidas instruções a ela que, ao subir recitava como um mantra para si mesma as indicações recebidas. No início de sua movimentação ela avançou para o ataque, deixando que seu oponente preparasse um contragolpe que consistiria na utilização de uma perna para fazer uma alavanca com arremesso sobre ela. Dandara fez uma estrela quando o adversário se desequilibrava para o contragolpe e inverteu o sentido de seu ataque, pesando sobre o tronco do oponente e levando-o ao chão em posição invertida. No placar 6X1 para a equipe deles e 1X0 para Dandara. Na segunda rodada, Dandara fez sua especialidade, obrigou seu adversário a recorrer para força durante a movimentação e perder o ponto, no placar dois a zero.

Neste momento o placar começou a piscar e os torcedores aplaudiram, era a primeira vez na história dos Jogos que uma mulher venceu uma luta de glima. Dandara fez história e, desta vez, não foi desapercebido, locutores berravam de emoção e o Stadium parou para reverenciá-la.

Depois de uns cinco minutos, as lutas recomeçaram. Mark e Gama venceram em lutas bem disputadas, mas ambos estavam bem preparados. O placar agora era 4X6 e Rosa seria a próxima.

Na entrada da luta, o lutador denominado Rose chamou a atenção pela determinação no olhar e segurança ao caminhar. Seu nome começou a ser respeitado nos primeiros movimentos, que em menos de 10 segundos levaram a uma perfeita queda de quadril com o adversário no chão e ela em pé. Na segunda rodada, um giro rápido como finta, colocou o oponente na posição de ser levantado por uma rasteira frontal, ao todo a luta não chegou a 15 segundos de ação.

Se Rosa foi rápida demais, a minha luta foi lenta. Estudei um pouco o adversário e o local, para que em segurança derrubasse nas duas primeiras modalidades com o mesmo golpe, um gancho de perna por fora, iniciado por uma finta de quadril. Fizemos 6X6, a equipe de Palmares passou para segunda fase. Agora era Loki que devolvia as provocações.

Os nossos adversários fizeram 10X2 para Normandia em relação aos lutadores de Bantu. Todas as equipes ainda contavam com lutadores, a nossa próxima rodada seria contra os favoritos.

Nós iriamos lutar contra os anfitriões, que entraram de maneira conservadora, com os atletas de 10 a 5, sendo os mandatários da disputa. Nós iriamos lutar com todos os que sobraram, que alimentavam as chances deles no torneio devido aos quatro melhores descansarem. Os insulares iriam disputar contra os de Banto, que somente possuía dois jogadores classificados, portanto também descansaram os lutadores de um a quatro.

Antes do início da segunda rodada, eram permitido um tempo técnico de 10 minutos onde os classificados conversavam entre si e com os técnicos e os desclassificados eram conduzidos para o lugar reservado para eles na plateia.

Acabado o tempo, voltamos para o combate iniciado por Abdias. Se a estratégia e estudo era sua principal característica, lutar direto contra um adversário desconhecido e infinitamente mais experiente e preparado não ajudou. Ele não resistiu e perdeu sem pontuar. Na saída Dandara o abraçou e partiu para o combate.

Na primeira Glima o adversário conseguiu abraçá-la e provocou a queda de forma fácil, fez o primeiro ponto e escutou um pesar da torcida. Apesar de estar torcendo para a equipe local, o público não queria ver a desclassificação feminina. Na fase da glima técnica, o oponente abusou da força e derrubou Dandara em um gesto típico de punição que não foi apontada pelos árbitros. Nessa hora, um dos presentes da comissão técnica que veio com outros atletas, lançou um desafio. Thrud e Epimeteu eram os melhores técnicos, mas pouco sabiam sobre tecnologia. O agregado da comissão técnica salvou nossa lutadora, pois no replay para o público e os árbitros, ficou nítida a força exagerada, Dandara empatou.

Neste momento seu oponente ficou um tanto irritado e quis resolver a luta rapidamente, ao tentar abraçá-la com os braços abertos Dandara derreteu, em vez de disputar força ela permitiu o primeiro contato e tirou toda força do corpo de uma vez, se abaixando e com isto desequilibrando o oponente, golpe que ela era especialista. Com o desequilíbrio ela entrou nas suas pernas jogando-o para trás de seus ombros. A história se repetia e o público novamente foi ao delírio. Desta vez, Loki deu um soco no braço de Dionizio as gargalhadas.

Gama e Mark voltaram a ganhar em lutas dificílimas, ambos somaram o mesmo placar de 2X1, e mostraram grande competência. Mark acabou evidentemente bem, estava fisicamente preparado. Já Gama abusou da força para ganhar e acabou exausto.

Rosa entrou para segunda luta, três passos e um giro de quadril com bloqueio de perna, foi o resumo da luta, nas duas disputas, uma com a perna direta e a outra com a esquerda, no mesmo tempo, parecia um espelho quando colocados os dois rounds lado a lado. No momento da finalização, o imenso placar piscou, 9.58 novo Record de tempo para vitória na Glima. Novamente nossa equipe brilhava, agora com Rosa. De cabeça levantada ela via o aplauso e reconhecimento da torcida e sentia o triste e incomodo sentimento de ver no placar o tempo piscando com o nome ROSE estampado.

Na descida para troca de lutadores, eu vi seu semblante e fiquei aborrecido, sabia o que ela estava passando, mas era hora de lutar. O décimo lutador da Normandia era meu adversário. Eu novamente entrei com um golpe de quadril, mas com objetivo de finta e ganhei a perna do meu oponente levantando-o para a queda limpa novamente. Na parte técnica, a combinação de rasteiras surtiu efeito, três delas derrubaram meu oponente, dois a zero. Ganhamos 5 das seis lutas e trouxemos a Normandia para o mesmo número de lutadores que nós.

Os dois lutadores de Bantu continuavam na disputa depois de ganhar suas lutas dos insulares. Na próxima rodada nos e a Normandia estávamos com cinco classificados, os insulares com quatro e Bantu, nosso próximo desafio com dois.

O casal Dandara e Gama foram para o embate sob protestos, mas os argumentos deles pesaram, Dandara era a mais fraca da equipe no momento, a número 5, então era melhor descansar os melhores para próxima fase e, Gama disse que as suas primeiras lutas ele tinha feito muita força e, dificilmente se recuperaria como os outros, era melhor ele ir agora.

Dandara lutou primeiro, seu adversário era o número 1 de Bantu, enorme como Gama e mais descansado que ele. No comprimento anterior a luta, ele fez um gesto de reverência a ela que, à primeira vista era apenas respeito, mas depois viemos a saber que era de puro reconhecimento direcionado ao espírito guerreiro dela. A luta foi um bailado, Dandara perdeu seu primeiro ponto por um belo golpe de seu oponente, limpo e sem utilização de força desnecessária da parte dele. Novamente ela empatou em sua principal prova, conseguiu derrubá-lo na transição de passada durante o giro. No final seu oponente conseguiu levar a luta para o canto da área, diminuiu o espaço para movimentação e a derrubou novamente de forma gentil. Dandara perdeu para tristeza de todos. Ao final da luta, seu oponente, as lágrimas, veio abraçá-la e se desculpou de ter a eliminado. Ele havia reconhecido nela a grandeza de seu espírito e a grande guerreira que trazia dentro de si. Por isto não queria ter que desrespeitá-la e por isto ficou com o coração pesado. Dandara deu um beijo na sua testa e disse em dialeto de Bantu, *boa luta, boa sorte*. Ele sorriu e saíram ovacionados pelo público.

A história dela nesse dia chegou ao fim, mas o registro histórico não, nenhum praticante de glima chegou perto de seus feitos, diziam muitos historiadores a partir desse evento. Nem Loki e Dionísio demostraram reação, que pela avaliação de alguns, poderia representar curiosidade ou respeito. Vindo deles, qualquer uma das duas opções era algo honroso.

Gama por sua vez, fez a luta mais pesada da noite, os dois eram extremamente fortes e a disputa foi mais relacionada a quem iria cair primeiro do que quem derrubaria, e foi o que aconteceu. Gama derrubou seu adversário na força, sem qualquer golpe no primeiro round. Na glima técnica, ele perdeu por tropeção, como os dois estavam exaustos, eles acabaram tropeçando um no outro até que nosso amigo caiu, no melhor estilo de comédia pastelão. No último round a derrota de seu adversário não veio pela queda, mas por ele se ajoelhar e colocar a mão no chão devido ao cansaço, assim que a vitória foi acusada, Gama desabou. Levaram alguns minutos para que os dois conseguissem se levantar e darem a vitória, mas ele continuava vivo na disputa.

Os Normandos fizeram quatro lutas e ganharam três dos insulares, provando sua superioridade e, o capitão da equipe descansou novamente. Passaram para próxima fase todas as equipes. Nós e os anfitriões possuíam quatro lutadores ainda e Bantu e os insulares, apenas um lutador cada.

Na luta contra os insulares, Mark se ofereceu, mas Rosa o barrou com o argumento que ela ainda não havia se aquecido na competição pelas lutas relâmpagos que fez. Desta forma convenceu Mark, mas eu sabia que ela não queria que ele perdesse nesta rodada pois o capitão insular era extremamente técnico e, para vencê-lo precisaria de muito conhecimento de Glima.

E a previsão se confirmou, e na primeira glima pela primeira vez, Rosa ficou assistindo o combate e não foi para o ataque, deixando seu adversário ansioso e, por fim, ela pontuou com um contragolpe limpo. Na glima técnica, pela primeira vez, a vimos cair por superioridade técnica de seu oponente. A luta estava empatada, perder Rosa seria um baque muito grande, mas como capitão precisaria estar preparado para isto e motivar a equipe se necessário. Porém eu lembrei que Rosa disse que não iria perder e sorri, quando Mark demonstrou culpa e preocupação, disse-lhe:

— Relaxa, Rosa não vai perder!

E assim foi, em um dos gestos plásticos do dia Rosa projetou seu oponente depois de um rápido domínio de suas costas e com uma projeção de todo o corpo do adversário por sobre a cabeça, caindo em formato de ponte.

Os aplausos pela beleza do golpe foram grandes, como foram da equipe da casa por ter eliminado em luta dura, Bantu. Eles enviaram o seu segundo lutador para o combate, mantendo o número 1 preservado.

Na próxima rodada, as duas equipes entrariam com quatro lutadores!

O primeiro de nossa equipe a entrar foi Gama, ele lutou com um descansado capitão da equipe local e não conseguiu levar a luta por muito tempo, perdendo de dois a zero em menos de um minuto.

Mas se o cansaço valeu para a derrota de Gama, ele valeu também para Mark ganhar sua luta, vendo que o adversário acabou de ter uma luta difícil, ele foi para cima provocando a fadiga do forte oponente, e ganhando de virada de dois a um. Ainda estávamos vivos no combate.

A terceira luta foi de Rosa contra o lutador número três dele. Rosa apresentou um pouco de cansaço, mas fez uma luta boa como sempre, fez o primeiro ponto com uma reversão de quadril para gancho de perna, derrubando-o de forma limpa. Na técnica ela finalizou a disputa com uma abertura de pernas do adversário com um gancho interno para usar a outra perna para dar uma rasteira. Dois dos nossos passaram.

A minha luta não seria fácil se não fosse toda a motivação que recebi, incluindo o treinamento e os motivos e dramas que me levaram aos Jogos. Assim como Rosa, nada ia me deter, e assim foi a luta. De novo eu explodi em um golpe cinturado que levantou meu adversário e o derrubou de forma limpa. Fiz meu primeiro ponto. O segundo foi mais fácil, pois acho que o impacto do primeiro golpe deixou o meu oponente um pouco zonzo, ou receoso demais, pois quando eu entrei em uma finta, ele caiu de joelhos, perdendo a luta. Faltava apenas uma vitória para equipe.

Rosa e Mark argumentavam em relação a quem seria o primeiro a lutar com o capitão da equipe da casa enquanto eu chegava, na hora encerrei a discussão:

— Eu irei!

— Mas é arriscado, temos três lutadores ainda, você precisa ganhar. – Disse Rosa.

— Bem primeiro eu sou o capitão e decido, junto com os técnicos. Em segundo lugar, o capitão da equipe da Normandia merece o desafio do nosso número 1, seria mais cortês de nossa parte. E finalmente, não acho que seja uma vitória honrosa e que me tornaria um herói, fugir de minha responsabilidade. Portanto eu irei!

Thrud e Epimeteu aceitaram sem pestanejar, eu iria decidir minha vida, como meus padrinhos disseram que iria acontecer.

Ao me verem entrando para o desafio, o Stadium veio abaixo, meu adversário me reverenciou e todos perceberam o gesto de lealdade que acontecia. A competição se resumiria nessa luta, pois tínhamos ainda três lutadores para desgastar o capitão adversário e assim, dificilmente ele ganharia de todos, mas quando me apresentei, coloquei a minha vitória em jogo, e estávamos em condição de igualdade. Todos perceberam que, se Mark ou Rosa lutarem primeiro que eu, se um deles ganhasse, eu seria campeão, se ambos perdessem, pegaria um adversário desgastado em uma terceira luta consecutiva.

Essa luta, pela primeira vez na competição, parecia em câmara lenta. Eu via o meu adversário se movimentar e preparar golpes ao mesmo tempo em que ouvia a torcida gritar, Tuk se esgoelava, Elza roía as unhas, abraçada à Dandara que estava emocionada, e Abdias quase caindo da arquibancada de tanto dar instruções, sequer percebia o ambiente a sua volta.

Outra coisa que percebi foi Loki prestando atenção em mim e Dionísio com demonstrações de apreensão. Enquanto pensava não deixava de prestar atenção na luta e sem perceber claramente como, estava me levantando para conquistar o primeiro ponto. Na tela vi que derrubei meu adversário com um contragolpe de pernas que o levantou em queda limpa, eu fiquei de joelhos e somente neste momento percebi que estava na frente do combate.

Na próxima fase da luta algo estranho começou a acontecer, na minha cabeça apareciam vozes estranhas, mas familiares. Faziam tanto barulho que me distraíram e, nessa hora recebi um golpe que permitiu o empate na partida. Ao me levantar, percebi que apesar dos sons ainda me atrapalharem, estavam dentro de minha mente e eram para serem escutados. Todos foram ditos por pessoas que fazem parte da minha história, da minha saga e nesse momento indicavam um caminho para seguir. Assim balancei a cabeça e comecei escutá-los assim que a luta recomeçou:

— Meu herói de armadura reluzente! Lutar glima é ser honrado! Honesto em relação ao combate! Encontre o seu motivo! Seguir o caminho certo! Preciso que você permaneça nobre! Você precisa ativar o presente que recebeu! Ninguém, a não ser todos ganham! Nem sempre quem vence é um herói! Escute Gaya Soel! Seu compromisso é como você, com os que formaram você! Comece sendo leal e honrado em relação aos que te rodeiam! Esteja fora de você, desde que seja justa! Converse com ela que terá resposta! Um ato heroico! Você novamente foi um cavalheiro em me defender! Você meu filho é o Protetor!

As vozes... as vozes... eu sabia exatamente o que precisava ser feito...

*****

O meu oponente me abraçou e tentou me curvar para que ajoelhasse, eu escorreguei para o lado o e empurrei para me desvencilhar da pressão. Ele investiu contra mim e permitiu que eu o abraçasse pela cintura e, desta forma entrei com o golpe de quadril tirando sua base e, ao mesmo tempo usei a mão livre para provocar a sua queda. Ele recebeu uma queda limpa que obviamente me daria a vitória, a partir daí tudo estava acontecendo, para minha percepção e do público em geral uma nova ação em câmara lenta.

O corpo do Capitão da Normandia viajava em direção ao chão, a possibilidade de defesa era impossível, a derrota era inevitável, enfim seu corpo caiu em um baque sonoro e seco no tablado, a torcida e os árbitros se preparavam para a confirmação da vitória.

Porém, um dos árbitros reparou que eu estava com uma das mãos tocando o chão! Assim, abriram para os árbitros e a torcida o replay da ação, e o mais incrível aconteceu: o toque de minha mão no chão, diagnosticada pelos especialistas por um desequilíbrio causado pela violência do golpe que apliquei, aconteceu no exato momento em que as costas do normando tocou no chão. Desta forma os árbitros determinaram dupla eliminação!

Após esta decisão ser anunciada, rapidamente os holofotes acenderam em Rose, o primeiro Campeão dos 17° Jogos Unificadores. Ao ver isto eu procurei Epimeteu e Thrud que dividiam o sorriso comigo, justiça feita!

Comprimente meu oponente que foi muito amigável, e aprovou meu ato ao comentar que seria uma pena se Rose não ganhasse. Ele nunca tinha visto alguém lutar como ele. Eu apenas respondi, ela é demais. A diferença de gênero que eu usei deve ter soado como falha na nossa comunicação, uma diferença de linguagem, mas Rosa precisava ser celebrada.

Saí do tablado e pude ver Rosa e Thrud sendo assediadas pelos noticiários, e encontrei Epimeteu e Mark, ambos vieram me abraçar. Mark chorava e dizia que eu era demais, e Epimeteu somente passou a mão em minha cabeça e disse, "você fez Loki ganhar de Dionísio várias vezes, isto não é muito bom, mas foi muito divertido".

Entrei no alojamento vazio e comecei a me lavar quando ela entrou:

— Por que fez isto? Não adianta mentir que sei que fez de propósito! Você precisava ser o campeão!

— Calma Rosa, está tudo bem. Eu precisava ser um herói e para isso, reequilibrar a justiça era meu dever! Eu apenas devolvi a delicadeza que me fez no Campeonato Nacional, que para mim foi um bom título e bem adequado ao meu nível. Você que precisa, e merece ser a Campeã, não eu! Minha finalidade não era ganhar, e sim conquistar um ato heroico. Rosa, você representa todos os inferiorizados, difamados, esquecidos, violentados, apagados, ridicularizados e amaldiçoados pelos pecados que a nossa sociedade insiste em discriminar, Você é eles e elas minha irmã. Aceite em nome de todos, o *gran finale* é seu!

Nesse momento, meu coração parece que explodiu, e eu caí de quatro no chão e vomitei. Meu corpo começou a tremer e estava agora tremendo por inteiro. Rosa que me segurava, dizia que iria chamar os médicos, mas eu gritei:

— Epimeteu, chame ele...

Rosa correu e menos de um minuto Epimeteu me segurava e dizia:

— Diga o que está acontecendo, não tenha medo, apenas descreva o que sente. Olhe para dentro de si sem receio, respire e entenda...

Eu comecei a respirar e me olhar de forma introspectiva, e o que se evidenciou foi meu coração, ele estava bombando de forma irregular e emitia uma luz prateada... enquanto respirava e me acalmava pela fala de Epimeteu, um pequeno brilho de luz prateada se formou do seu lado, era a forma condensada da luz que envolvia todo tecido cardíaco, essa luz foi migrando para o ponto. Quando o ponto absorveu toda a luminosidade ele começou a girar, a orbitar meu coração como um elétron em torno de um núcleo ou um planeta em torno de um sol. Como meus padrinhos me avisaram Afrodite deixou de existir dentro de meu coração e parte de sua benção, uma pequena parte de seu poder agora o orbitava. Eu consegui um ato de heroísmo, agora a minha metamorfose teve início.

Me levantei e Epimeteu colocou a mão sobre meu peito, balançou a cabeça e me abraçou. Ao meu ouvido ele disse que o poder de Afrodite tinha despertado!

*****

Fomos para o espaço reservado para os técnicos e lutadores para a cerimônia de premiação. Sentei-me com os amigos e consegui que Elza estivesse junto de nós, afinal a mãe da campeã não poderia ficar de fora. Todos estavam felizes pois sabiam que ela era a melhor de todos e, foi neste momento que Abdias nos deixou apreensivo:

— Quem irá receber o título? Rosa ou Rose?

Era a única coisa que não pensei, o que irá acontecer com esta cerimônia se Rosa vier pegar a premiação? Se por um lado seria o certo, tudo poderia desabar pois ainda há problemas em relação aos que não se identificam com o gênero binário, ainda mais na Normandia que, já a deportaram uma vez. A sociedade de classes aqui é tão severa quanto em nosso bloco e, fora dos jogos, apenas a classe A existe formalmente, as outras são consideradas agregados ou refugiados. Os agregados são os orientais que foram "unificados" a Normandia e os refugiados são o que resta, e assim são tratados, como resto. Como diria Epimeteu, os deuses não fizeram isto, quem divide são os humanos.

Os não-binários são considerados fracos assim como os monoteístas e por isto, são presos em campos de detenções por cinco anos para a reabilitação. Isto era a verdade oficial, mas a verdade real é que em menos de dois anos eles morriam ou eram exterminados. Neste Bloco tudo que é belo é feito à custa de sangue e guerra. Os Jogos apesar da beleza de sua proposta não podem nos iludir e, por tudo isto, Rosa tornou-se a minha preocupação neste momento.

O locutor começou apresentando os recordes da edição, Rosa fez o ponto mais rápido e a luta mais rápida, o destaque individual foi Dandara que teve o registro de seu feito em uma placa de bronze que ficaria no Stádium. Nossa equipe foi o destaque coletivo assim como os treinadores por terem dois atletas sem desclassificação. Depois dos vídeos dos melhores momentos e dos aplausos. Rose Soelloh do Bloco Americano foi chamado para premiação de Campeão.

Ficamos apreensivos e, quando ela entrou, era Rose que estava indo receber o prêmio. Andando com uma cadência lenta, uma mão no bolso e a outra acenava ao público. Algumas garotas, como já estávamos acostumados, demonstravam paixão por ela e jogavam beijos. Tudo estava anormalmente normal, se tratando da situação. Ela subiu ao podium, recebeu flores, a medalha e o troféu, tudo como manda o figurino até que começou a entoar o hino do nosso bloco.

Rosa em sua única atitude de protesto, repetiu o gesto atribuído ao Partido dos Panteras Negras com uma adaptação pessoal. Ao começar o hino ela fechou o rosto e baixou ligeiramente a cabeça, ergueu seu braço e nele havia uma luva de base preta, mas estava salpicado de várias cores, incluindo o amarelo, marrom e rosa e um arco-íris. Ela marcou seu podium com um protesto de respeito para todas as classes inferiorizada pelo classicismo e, em um momento que não poderia ser esquecido nem negado. Rosa novamente fez a história na Germânia.

Quando o protesto se iniciou, todos os atletas e técnicos a apoiaram e grande parte da torcida também, mas a maioria não entendeu, ou se fez de distraído. Loki estava as gargalhadas e Dionísio nem se encontrava mais. Tuk e seus pais se abraçavam comovidos.

O hino acabou e a parte que apoiava Rosa continuava de cabeça baixa e punho erguido, alguns chorando, outros rangendo os dentes, poucos apenas estavam acompanhando por terem achado o gesto interessante. Os que não apoiaram, começaram a se retirar. Passados alguns segundos Rosa foi retirada para o vestiário, neste momento Thrud saltou para dentro da arena e foi acompanhar o que seria feito no intuito de proteger Rosa de algum problema. Eu ia acompanhá-la, mas Epimeteu me impediu dizendo que aqui era o ambiente dos Nórdicos, ela sabia o que estava fazendo.

Nos encontramos fora do Stadium, Rosa e Thrud chegaram pouco tempo depois, e disseram que houve uma repreensão sobre o ato, mas se Rose se comportar até o fim dos Jogos, nada mais seria feito contra ela. Afinal o campeão de glima era muito venerado na Germânia. Rosa não ficou muito feliz, mas Thrud a convenceu que seu recado tinha sido passado e que agora seria sábio recuar; antes que tudo seja apagado por alguma censura. Rosa entendeu a pertinência de suas palavras. Já era noite e teríamos ainda que ir ao Banquete Viking.

O Banquete Viking de abertura reunia os participantes da glima e era aberto aos competidores que não participariam de eventos nos próximos dias. Tuk iria competir no dia seguinte à tarde, e devido a isso, iria apenas uma passar para comemorar com a gente, porém sob um rígido controle de tempo e de consumo.

Em um salão monumental, várias mesas de madeira foram colocadas paralelamente, com uma grande mesa na perpendicular onde ficavam as autoridades. Loki e Dionísio estavam sentados nela. Muitas cantigas eram entoadas e tudo era regado à cerveja e hidromel, provando uma coisa que eu não sabia: que os lutadores de glima eram grandes beberrões! Todos estavam com roupas típicas para a ocasião, e Rose e Dandara foram colocadas em local de destaque, foram reverenciadas por todos como rei e rainha do evento, com direito à coroa e tudo! Rose achou divertido, mas Rosa estava querendo morrer, penso que temos que tirá-la logo daqui, antes que comece a adquirir dupla personalidade.

O edifício onde ficava o salão lembrava um castelo medieval, ou como descobri posteriormente, era um castelo reformado localizado nos fundos da vila, e permitia que os jogadores se encaminhassem sem dificuldades para as festividades, inclusive Tuk chegou sem muitos problemas com sua cadeira de rodas. A festividade foi muito agradável, e fizemos muitos amigos entre nossos adversários. Os de Bantu foram muito receptivos, e continuaram a reverenciar Dandara. Gama sentiu-se em casa com eles, e ficou quase todo o tempo tentando conversar no dialeto de Banto.

Os insulares foram muito amistosos. Contamos algumas de nossas aventuras em Francisco, e eles começaram a nos tratar como compatriotas, pois tinham grande admiração ao Padre Julius que era considerado um santo-homem em sua comunidade. Os doze lutadores se classificavam em relação a sua crença, três por cada uma delas, sempre para mostrar a união e o equilíbrio que existia entre os monoteístas, sem privilégios e sem divisão.

Os Nórdicos por sua vez, que eram considerados mais frios, foram os que mais se aproximaram de nós! Eles nos respeitaram muito pela forma que lutamos, e pelo sentimento de união de equipe que demonstrávamos. O capitão veio conversar comigo e disse que ficou muito contente com a minha decisão de lutar com ele, pois ele considerou que demostrei muita honra pelo feito e que todos de sua equipe me admiravam. Disse também que não entendeu o porquê de eu ter forçado o empate, mas depois da premiação, ele entendeu e passou a me admirar mais ainda! Nem todos os lutadores partilham com os ideais que foram apresentados, mas todos respeitaram, e vindo dos campeões, ninguém iria se opor. Apoiariam publicamente, *"e se houver a necessidade de manifestação em federações ou comitês, todos os lutadores estão com Rose, Dandara e você Capitão"*, finalizou assim a sua explanação.

Obviamente eu fiquei muito feliz e satisfeito com essa manifestação. Agradeci suas colocações, e antes de me despedir, ele disse que meu dialeto era muito antigo, lembrava os livros antigos que seu avô lia para ele, mas a matriz Normanda de minha linguagem era plenamente compreensível, como de um nativo ancestral! Isso me intrigou, pois não sabia que conversávamos na sua linguagem. Eu nem percebi, pois para mim conversávamos no dialeto da América Baixa, que era uma combinação entre o português, castelhano e tupi-guarani.

Levantei-me e fui conversar um pouco com Epimeteu, e toquei no assunto, quando ele sorriu e me disse se eu nunca tinha percebido que conversávamos em grego antigo? Você ainda tem muito a aprender, e saiu sorrindo quando Thrud chegou.

Ela e eu novamente estávamos vestidos com as vestes da comemoração da classificação nacional. Ela se aproximou e novamente me levou para dançar. Aproveitei para contar que me comunicava em normando antigo, e para minha surpresa, ela disse que quando estávamos a sós, sem a presença de outros da equipe, sempre nos comunicávamos desta forma. Por fim me abraçou para falar ao meu ouvido:

— Epimeteu me disse o que passou com você, está tudo bem?

— Sim, parece tão natural que nem tenho percebido a diferença! – Respondi – Mas sei que minhas capacidades e habilidades físicas foram aprimoradas. Só não sei ainda a extensão das mudanças.

— Você está mais alto e um pouco mais largo – Disse Thrud – Eu lembro de nossa última dança, e seu corpo está diferente hoje.

Nós acabamos interrompidos por Tuk que veio se despedir, pois iria se retirar acreditando que se ficasse mais tempo, poderia comprometer seu desempenho no dia seguinte. Perguntei se precisaria de ajuda, ao que ele respondeu que Gama e Dandara iriam dar uma volta e o ajudariam a chegar até a saída. Por fim disse que estávamos muito bonitos com vestes que combinavam, se despediu e partiu.

Realmente Thrud estava muito bela, mas minha atenção por um minuto foi em Dionísio. Ele estava diferente de quando chegou, impôs que não deveríamos ser aceitos nos jogos e inclusive disposto a um confronto. Agora ele parecia mais relaxado, e de certa forma, à vontade com a presença de Loki, que estava relativamente alegre nesse momento. Porém sem cerimônias e sem avisos, não estava mais ali. Fiquei pensando o motivo de sua saída em um momento que parecia aliviar suas dores... seria culpa?

*****

Gama e Dandara estavam no caminho de volta para o salão quando resolveram parar um pouco para namorar, atividade que sempre era rara pelas obrigações que assumiram. Dandara conseguiu o feito histórico de hoje através de grande esforço e dedicação e Gama não fez menores esforços. O abraço dos dois apresentava o alívio de finalizar um trabalho bem-feito e o receio em relação ao futuro. Ficaram três anos em preparo para o dia de hoje e agora novos objetivos precisariam ser considerados, que pudessem abarcá-los como casal sem perder suas individualidades.

Os dois se entreolhavam quando Gama caiu desmaiado com um golpe na cabeça desferido por Chacal. Ele apareceu sorrateiramente e pegou Dandara pelo braço antes que ela pudesse fugir.

— É bom a rainha da glima ter medo de mim! – Disse Chacal prendendo Dandara na parede – A Rainha tem que ter um homem que teme em seus aposentos!

Ao dizer isto ela o atacou com um tapa e uma joelhada nas partes baixas, mas o ataque, infelizmente, foi sem o efeito que teria um corpo normal e apenas irritou mais o agressor. Ele a empurrou na parede, deixando-a zonza e enfiou sua mão por debaixo de sua saia:

— Eu decido as coisas aqui! Você vai fazer o que eu quero! -Ele disse lambendo lentamente o rosto dela.

Nessa hora, cortando o ar, um machado se prendeu à parede, passando perto de onde estava a cabeça do Chacal, que se não tivesse tirado a tempo, teria acertado em cheio:

— Largue ela! Não sei nada em relação a seus poderes, mas o próximo machado irá se alojar no seu olho! – Dizia um inflado Tuk, com um machado em cada mão.

O impasse se iniciou, até surgir um pequeno amigo atrás da cadeira, que olhou para o que estava acontecendo e sumiu.

*****

No salão, Soel ainda dançava com Thrud quando uma ventania passou entre os dois, eles acharam estranho, mas em poucos segundos ele reconheceu que era um redemoinho. Avisou que poderia representar problemas e passaram a segui-lo até a saída do salão, local onde viram Gama caído ao chão, Dandara sentada chorando e Tuk olhando o vulto de Chacal saltar o murro para liberdade. Corremos para acudir nossos amigos.

Dandara olhou para mim e Tuk e não sabia o que falar. Eu a abracei. O dilema do grupo era, o que deveríamos fazer agora? Chacal estava além do poder humano de justiça, com o apoio de deuses como Éris, e com o poder de Até em seu corpo seria difícil, para não dizer improvável sua prisão.

— Com Dionísio e Loki presentes, dificilmente poderemos agir sem consentimentos! – Preocupou-se Thrud.

— Mas se ele lutar amanhã, irá colocar as vidas dos adversários em risco! – Comentou Tuk.

Eu sei o que fazer levantei-me carregando Dandara e a coloquei nos braços de Thrud, no momento, Gama estava se recuperando com o Saci fazendo o vento circular de forma suave. Rosa e Mark chegaram assustados.

— Levem eles para descansarem e não os deixem sós, eu sei o que preciso fazer! – Disse-lhes com um pesar na alma – Ele não irá machucar mais ninguém e será punido!

Tentaram me conter, mas eu já era rápido demais para os mortais, e como Thrud carregava Dandara, nada poderia fazer. Foram até o alojamento da equipe médica, onde estava a Dra Skuld, no caminho Dandara reuniu forças para falar:

— Mark e Rosa, por favor, levem Tuk para descansar. Tuk obrigada, meu amado amigo! Por favor, faça história amanhã também! Não é por nós, mas por quem a gente representa.

Ao dizer isto ela desfaleceu nos braços da treinadora. As palavras que proferiu foram fortes demais para Tuk que entendeu o recado e começou a chorar. Nesse momento Epimeteu Chegou perguntando o que havia acontecido. Thrud pediu para que ele os acompanhasse para os alojamentos e ficasse em vigília, no caminho saberia de tudo.

*****

No salão, fui direto conversar com Loki:

— Tenho uma proposta para você, que possibilitará uma nova aposta com Dionísio!

— Ora, afilhadinho do meu falecido sobrinho, o que eu poderia ganhar com isso para te dar mais um pouco de atenção? – Ele respondeu com tom desdenhoso.

— Diversão! – Respondi sem pestanejar.

*****

A Dra. Skuld começou a avaliar Dandara, ela tinha hematomas muito acentuados entre as coxas oriundo de uma grande pressão e estava sangrando muito. Outras escoriações menores apresentavam em suas costas e braços que eram menos emergenciais. Gama tinha uma concussão, mas não apresentava nenhum traumatismo, por isso a Elfa pediu para que Thrud o observasse e não o deixasse dormir. Então se concentrou para estacar a hemorragia da garota.

Nos delírios de Dandara, ela se viu menina, e sua mãe conversava com ela perto da hora de dormir:

— *Filha, nós viemos de uma região onde a sacerdotisa e o sacerdote compartilhavam o poder e a responsabilidade sobre a religiosidade de nosso povo. Na região que eu nasci, o poder era dado exclusivamente a nós, mulheres. Nós éramos o caminho e o portal de entrada de novas vidas para este mundo, então era mais que natural que as divindades se comunicassem conosco, a ligação entre o mundo imaterial do material.*

Quando conheci seu pai uma nova proposta, que até o momento desconhecia, a do equilíbrio se fez. A possibilidade de que homens pudessem atingir um grau de espiritualidade em que pudesse ser sacerdote me soava estranho, porém a ternura e o cuidado afetuoso que seu pai demonstrava com tudo que era vivo e, principalmente conosco me fez ver um novo caminho. Nós trabalhamos juntos para chegar ao nosso equilíbrio, como amantes, humanos e sacerdotes.

Mas quando viemos aqui, em todo local que olhávamos, os sacerdotes eram exclusivamente homens ou as poucas mulheres sacerdotisas possuíam cargos de subalternas. O pior foi quando tivemos acesso as suas leituras, sempre o feminino era tratado como objeto, presente ou demonstração de poder. A retórica de reis ou agraciados pelos deuses traziam inúmeras mulheres fazendo parte de sua posse, reis possuíam centenas de esposas e concubinas, heróis conquistavam várias amantes e quando nós aparecíamos, éramos referência para demonstrar traição ou desobediência.

Ah filha! Neste mundo você precisa ser muito forte! Pois vemos que a maioria dos homens ao adquirirem poder, quer seja físico, fama ou dinheiro, é sobre nós e a beleza que carregamos que eles depositam sua cobiça. Todo dia mulheres são abusadas nesta sociedade de homens. Por isto filha procure os melhores, os honrados e os aliados à nossa causa para se associar!

No seu delírio, quando finalmente a Dra. Skuld conseguiu estacar seu ferimento ela escutou Dandara balbuciar:

— Mamãe, eu serei forte!

A noite foi cansativa e demorada, Thrud e Skuld não dormiram, cuidavam de Dandara e Gama. Epimeteu ficou aguardando o retorno de Soel e protegia os outros de uma possível revanche do Chacal, e nenhuma delas aconteceu. Mark ficou a seu lado, calado a noite toda.

Rosa entrou com Tuk no seu quarto, ela sabia que ele precisaria de cuidados pelo que passou pois estava emocionalmente abalado. Ela o convenceu a se deitar e disse para se lembrar do pedido de Dandara. Ela fez carinho no seu cabelo até que adormecesse e ficou a seu lado a noite toda.

*****

O Campeonato de Luta Persa começaria de manhã e seguiria por todo o dia, no mesmo Glima Stádium. A primeira luta programada era de Chacal contra um insular de origem nipônica, de nome Toshihiko. Depois de todas as apresentações, em um dos banheiros do espaço reservado à equipe insular, dormia um dos atletas que deveria fazer a luta de estreia. Em seus devaneios participava de uma luta que nunca chegou a acontecer de fato.

Frente a frente no tablado, chacal encarava Soel. A proposta de Loki foi aceita e o deus da trapaça acertou tudo para que ele e Dionísio pudessem se divertir novamente, apostavam em quem iria ganhar a disputa.

Para os humanos nada além de uma luta persa entre os lutadores Chacal e Toshihiko, imagem facilmente projetada por Loki sobre o corpo de Soel. O tablado estava cercado por grades de contenção invisíveis para o público humano geradas por Dionísio. O que os humanos iriam ver era gerado por Loki, uma luta que para eles seria sem graça, diferente do combate de vida e morte que aconteceria.

Chacal correu para cima de Soel, e ele era mais agressivo e mais forte que ele esperava, mas conseguiu surpreender seu adversário também. Chacal não esperava que seu opositor tivesse dons como os dele.

*****

Epimeteu com os outros, bateram levemente na porta da Dra. Skuld para saber como os dois feridos estavam. Thrud abriu a porta e disse que estavam bem e dormiam, mas contou da noite difícil que passaram. A doutora veio à porta e reforçou que ambos estavam bem e que foram tratados pela medicina humana somado a umas ervas e poções élficas que iriam acelerar a recuperação. No meio da conversa ouviram Dandara chamando.

Eles correram até ela que apontava o aparelho de notícias em tempo real dos jogos, Rosa disse:

— O maldito está lutando!

— Não... é o Soel! – Disse Dandara ainda fraca.

Epimeteu e Thrud foram olhar, e depois de um tempo perceberam a ilusão de Loki e visualizaram uma luta entre heróis antigos, um honrado contra um a serviço do caos. A luta era extremamente violenta e sem regras e Chacal levava nítida vantagem.

— Fique aqui e cuide de todos, eles precisam de você! – Gritou Thrud correndo em direção ao Stadium.

*****

Os golpes de Chacal começaram a acertar Soel, primeiro em menor número e depois mais corriqueiramente. Estava difícil para Soel manter o ritmo louco e alucinado de seu adversário:

— Eu vou matar você! Aquela vagabunda, o aleijão e todos os malditos que entrarem no meu caminho! Eu estou acima de todos!

— Você enlouqueceu com o poder Chacal, precisa ser detido!

Ao dizer isso, Soel levou um soco direto e despencou, ficou de quatro no tablado tentando manter-se acordado. Neste momento em sua cabeça vinha apenas a frase:

— Preciso detê-lo, não posso deixá-lo machucar mais ninguém!

Ao recitar esta frase como um mantra, ele avistou Thud e frases de seu passado começaram a ser novamente revisadas:

-Eu somente resido em seu coração! O amor sem ser acompanhado pela bondade pode ser terrível! Muitos dependerão de você! Por que lutar, com quem lutar, do lado de quem você luta e como você luta! Ser o protetor, o guardião de Gaya!

Por fim ele disse olhando para o Chacal:

— Não desejo vingança, mas sim justiça! Preciso detê-lo antes que machuque outras pessoas!

Ele se preparou para chutar a minha cabeça, enquanto Thrud tentava sem sucesso passar pela barreira de Dionísio. Ao mesmo tempo meu coração voltava a doer, só que não era dor, mas eu sabia o que estava acontecendo pois já tinha vivenciado essa sensação havia pouco tempo.

Um novo ponto, agora de luz dourada, era formado. A benção de Baudur tinha despertado! Ela entrou na mesma orbita onde já existia a luz de Afrodite, uma diametralmente oposta a outra, sempre equidistante e circulando na mesma velocidade. Os poderes que meus padrinhos me deram estavam completos.

Quando Chacal chutou, encontrou a mão de Soel aparando a sua perna. Ele se desequilibrou e recuou. Soel levantou-se e encarou seu adversário que, novamente enlouquecido e sem nenhum controle desferiu um soco direto com a mão direita. Soel aparou novamente o golpe dele com a mão direita e, desta vez segurou firmemente o punho do oponente:

— É a segunda vez que nos enfrentamos, e eu espero que se redima de seus atos, pois se nos encontrarmos novamente, eu não te deixarei vivo!

Ao terminar a frase, ele desferiu um soco com a mão esquerda no cotovelo estendido de Chacal, inutilizando seu braço e fazendo-o urrar de dor. Para o público humano, Toshihiko havia desbancado o favorito para o campeonato com uma queda maravilhosa, para Loki mais uma vitória comemorada sobre Dionísio.

Os dois deuses desceram ao mesmo tempo em que Thrud ultrapassou a barreira, Dionísio agora frustrado e enfurecido pela nova derrota pegou o Chacal pelo braço fraturado e desapareceu. Thrud entrou correndo e deu um grande beijo na boca de Soel e gritou:

— Você me assustou! E deu um tapa em seu rosto!

— Eu ainda não retirei a ilusão, você vai continuar beijando o insular? – Falou Loki antes de gargalhar.

Os três foram embora e, tudo continuou normalmente, o mais improvável que os humanos perceberam no dia foi a vitória de um número 12 do time insular, de nome Toshihiko e ter se sagrado campeão derrotando inúmeros favoritos.

*****

Agora eu me sentia pronto para ir ver como Dandara e Gama estavam, e quando cheguei todos os outros tinham saído para assistir o campeonato de Tuk. Entrei com Thrud e vi os dois mais animados! Gama estava bem, mas sentia-se culpado por não ter conseguido defender Dandara, e ela estava melhor; enfrentado sua dor e sendo forte como prometeu para dona Escolástica.

Thrud e a Dra. Skuld acabaram saindo juntas para buscarem remédios e alimentos para os dois acamados, e assim que saíram pudemos conversar um pouco mais à vontade:

— Epimeteu disse que os humanos não poderiam ver a sua luta, mas eu vi! – Disse Dandara. – Você o quebrou!

— Deveria ter matado ele! – Disse Gama.

— Talvez eu devesse mesmo Gama, e acredito que farei isto um dia, mas neste momento... começar tirando vidas, mesmo que ele merecesse... nós mereceríamos?

— Claro que sim! Esbravejou Gama – Dandara merecia mais do que fez!

— Seria fácil demais eu matá-lo, mas o peso que iria carregar por tirar a vida de alguém que estava em condições inferiores da minha, ia macular tudo que recebi. – Respondi entendendo que meu amigo estava frustrado – Além de que, meu amigo, colocaria a vingança na conta de Dandara, direta ou indiretamente ela seria corresponsável pela minha atitude. Eu não perguntei a ela se era o que queria, carregar comigo a culpa de assassinato.

— Assassinato? Aquele porco merecia morrer! – Disse Gama furioso.

— Talvez sim, mas eu optei pela justiça e não vingança! – Respondi com mais firmeza, porém sem ser agressivo. -Como conversamos à noite, ele já está além da justiça dos homens, então apelei para justiça divina. Propus a Loki um tribunal entre ele e Dionísio, as duas maiores divindades presentes. Como nas antigas regras de justas, quem tem razão sairia como vencedor. Loki riu de mim, pensou que seria divertido e aceitou, mas eu sei que não foi este o motivo! Eles queriam me avaliar, saber se eu era perigoso para eles e conseguiram, eu me arrisquei para conseguir justiça para vocês!

— Como? Quebrando o braço dele? – Esbravejou Gama, agora gritando – Olhe o que ele fez a Dandara!

— Possivelmente nem com seus poderes ele irá recuperar o braço! – Respondi mantendo a calma – O braço que tocou Dandara foi inutilizado, e segundo a justa, Dionísio o levou para sua punição. Os deuses decidirão o que fazer com ele, e ele terá a punição divina como planejado.

Antes que Gama fizesse uma nova intervenção, Dandara se pronunciou:

— Chega Gama, você sabe que Soel tem razão! Era a única forma e ele se arriscou para levá-lo à justiça, eu estou satisfeita. E ele está certo, trocar a justiça por uma vingança, se Soel matasse Chacal seria por minha causa, e eu não queria carregar a culpa da responsabilidade de transformar um amigo em assassino. Mesmo que ele mereça, mesmo que seja a punição que os deuses darão a ele neste momento, não fomos nós os responsáveis. Entenda, ele cometeu crimes, não nós e ainda estamos limpos, não perdemos nossa essência com a vingança. Que os deuses façam justiça.

Gama se levantou, e disse algo como: *"pelo jeito estou sobrando aqui"*, e se retirou deixando Dandara implorando para que ficasse. Eu poderia detê-lo, mas não fiz. Ainda não consigo saber se foi por acreditar que as consequências seriam piores, ou se fui egoísta e na realidade estava me sentindo bem de ser protagonista de toda a ação, incluindo me aproximar de novo de Dandara. Por isso eu sei que preciso de ajuda, treinamento, muito conhecimento e sabedoria, pois eu sei que corro o risco de terminar como Chacal!

A Dra Skuld apareceu e me viu sentado no chão com Dandara deitada de lado, com as costas voltadas para mim e chorando. Ela perguntou o que aconteceu, mas quando começamos a responder, ela disse tudo bem e foi dar os remédios e trocar os curativos e por isto me expulsou do quarto.

Fiquei na porta aguardando o final dos curativos e notícias de meus amigos, principalmente sobre Gama e Tuk. Interessante observar que tudo o que aconteceu comigo nas últimas 24 horas não teve o efeito que, por minha perspectiva, era esperado. Eu realmente estava sereno, um pouco preocupado com o que aconteceu com Chacal, sei que Gana tinha alguma razão no que disse, mas realmente eu me preocupei com ele, talvez por empatia relacionado a passarmos por situação semelhante.

Depois de tudo que se apresentou, penso que eu nasci com esta sina, este destino e fui preparado desde o nascimento. Não sei se recebi as bençãos por sorte ou não, mas depois de recebê-las minha história é de renascimento. Assim como do cuidado que divindades tiveram comigo pois, pelo que me consta, Epimeteu esteve do meu lado desde bebê. Aparentemente cuidou de toda minha família, pois era o grande investidor da Escola preparatória onde eu e meus irmãos estudaram, pois foi ele que permitiu as bolsas para as classes C.

Quando tudo começou, entendia que minha família era especial por ser a única Classe C em que dois irmãos fizeram preparação profissional no Liceu, e hoje sei que meus irmãos foram favorecidos e apadrinhados por Epimeteu, e por minha causa. Eu nunca estive desamparado, apesar de ter tido contato real com o que se passava em minha volta apenas aos 15 anos.

Meus amigos aceitaram treinar por mim, eu tive Simone para suprir meus medos e carência da adolescência, quando a perdi, os braços de Cila me receberam e impediram que me perdesse. Thrud sempre foi o meu exemplo, assim como Epimeteu foi meu mentor, ela foi a pessoa, ou divindade, que eu mais admiro. Não pelo seu poder, mas por manter-se serena, focada em permitir nosso crescimento, mesmo depois de tudo e todos que perdeu. Ela não se entregou ao abuso de poder que seu tio e os outros Olimpianos aparentemente estão absorvidos, ela continua pura. Chacal não teve nada disso. Foi sempre mal direcionado enquanto humano, e recebeu um poder que não deveria ter. Eu realmente tenho pena dele!

*****

— Irmão!

— Dionísio, parece que os acontecimentos dos Jogos foram diferentes do que esperávamos, não é mesmo?

— Sim Ares! Loki interveio e o Afilhado de Afrodite se mostrou de grande valor! Porém avalio que seu poder não é preocupante, e apena os demônios de Éris precisam se atentar, pois ele está bem longe do poder de uma ninfa ou de um titã menor.

— Interessante! O antigo Ares iria rir dele. Mas eu não sou mais o mesmo que acreditava que a guerra se vencia por brutalidade e carnificina. Desde que Atenas faleceu, a estratégia militar ficou órfã de uma divindade. Nestes últimos milênios eu dediquei apenas a ela, afinal quem outro senão o deus da guerra para adotá-la. Por isso, meu irmão, vamos por enquanto observar seus passos, pois ele pode ser um inimigo, ou quem sabe, um aliado.

Nesse momento, o novo senhor do Olimpo viu o humano que o irmão trazia, e se interessou:

— Este humano incorpora o poder de Até, filho de Éris, ele foi derrotado em uma justa para nosso julgamento. Deverá ser punido.

— Bem, eu preciso de um novo cão de guerra, acredito que ele sirva. Você sabe aqueles protótipos de humanos que Hefesto produziu de metal para calibrar os raios que fazia para Zeus? Traga-me um braço deles, o direito se não me engano.

Dionísio saiu para cumprir a ordem do irmão, enquanto Ares levantou Chacal pelo braço quebrado, em meio aos gritos do garoto ele deu sua sentença:

— Não te culpo pelo que foi acusado, na guerra tudo é permitido meu cãozinho. Mas sua punição irá acontecer porque você perdeu, e a derrota não pode ser perdoada, entendeu? O culpado da sua punição é quem venceu você, ele deve herdar o ódio gerado pela sua punição! Se eu não me engano te chamam de Chacal, um nome apropriado para meu cão de guerra. Ah, sua sentença é perder o traço de humanidade que ainda te resta!

E assim colocou a outra imensa mão entre o corpo e pescoço, isolando o braço que elevava chacal do chão, ele esperou para ouvir o garoto implorar...

*****

De repente eu acordei com uma comemoração. Enquanto esperava os curativos de Dandara, acabei adormecendo, pois tinha passado a noite em claro devido aos últimos acontecimentos. Mas agora meus amigos chegaram para ir ver os feridos, e aparentemente Tuk cumpriu a promessa que fez e veio animar Dandara. Enquanto ele entrava, eu perguntei se ganhou:

— Sim e não! – Respondeu Abdias.

— Como assim? -Obviamente fiz a pergunta.

— Era o Tuk, não? – Continuou Abdias. – Ele não poderia sair despercebido! Quando chegamos, a arena era enorme, e os locais de arremesso tinham uma distância maior a percorrer em relação aos de nosso bloco. Como ele ficava fixo no meio da área, apenas em giros, ele perdeu em média quase um metro em relação aos limites possíveis de serem usados. Mas o que parecia desvantagem, para ele foi vantagem, pois sabemos que seu problema não era precisão, mas sim deslocamento e tempo. Neste casso os outros gastaram mais tempo para se mover até o limite da zona de tiro que o Tuk.

— Mas e aí? Ele ganhou ou não? – Perguntei ansioso.

— Então, ele foi eliminando oponente por oponente até a semifinal, a maioria ganhou nos pontos e alguns no tempo. – disse agora Mark. – Mas na semi, apareceu uma garota, que também era classe B, representando os insulares, ela chamava Cathy e era aborígene de Nova Jerusalém. Tuk no meio da prova começou a ficar, do jeito dele, interessado em conhecer uma nativa de outro bloco.

— Mas ele perdeu dela? – A ansiedade estava muito grande, precisei até me sentar.

— Então, os dois ganharam a semifinal! -Continuou agora Abdias – E foram para a final. Cara, foi a coisa mais louca que vi, você não pode acreditar!

— Meu, conta logo! – o estresse já estava no limite.

— Então, Tuk e ela foram acertando na mosca, tiro após tiro, arremesso por arremesso! – Quando demonstrei que iria pegar ele pelo pescoço, Abdias acelerou, mas não muito a história. – E aí o impensável aconteceu, foi louco demais... Tuk estava dois machados na frente dela, e esperou para arremessar o último e, foi tão preciso que empataram... ele empatou de forma precisa em relação aos pontos e no tempo! Os dois foram considerados campeões e, ainda, bateram juntos o recorde mundial e dos jogos para a prova!

— O mais interessante de tudo! – Disse Rosa – É que quando perguntaram por que ele fez isto, ele disse que estava cansado de ganhar, de deixar os outros tristes, ele queria alguém comemorando com ele. O Tuk compartilhou a vitória com a Cathy para comemorarem juntos. E ainda disse para o entrevistador que sempre achou o empate mais legal, ninguém fica triste afinal não é a vida, são Jogos! O cara não é lindo demais?!

— No podium os dois ficaram de nãos dadas, ela em pé e ele na cadeira, o público ficou muito emocionado com o carinho entre os dois competidores, foi maravilhoso! – Acrescentou Mark.

Por um momento os problemas haviam acabado, mas não demorou muito para que tudo voltasse ao mesmo lugar. Thrud chegou com más notícias: Gama havia sumido da vila, o dormitório que estava com Mark não tinha mais vestígios dele. Nenhuma notícia ou recado foi deixado. Ela tentou procurá-lo, mas não o encontrou. Neste momento, Tuk veio para fora com as muletas e Dandara veio em sua cadeira de rodas. Todos foram abraçá-la.

Depois da confraternização entre todos e Dandara, e meu abraço de parabéns ao Tuk; cabisbaixo, Mark disse:

— Gama nos abandonou!

— Não pense assim Mark. Ele está confuso, é um homem muito forte e está com vergonha, e sente-se culpado por não conseguir defender Dandara. Acho que sentiria a mesma coisa em seu lugar, mas eu extravasei minha frustação quando entreguei Chacal para Dionísio. Gama não teve esta oportunidade que eu tive, eu juro que estaria como ele se não tivesse conseguido fazer justiça. Ele é um amigo que precisa ser encontrado, mas precisa de tempo para curar as cicatrizes, teremos notícias dele, precisamos acreditar e ter fé nele.

— Sim, você tem razão. – Concordou Dandara – Gama é um bom amigo, um bom namorado, ele vai se levantar, eu vou esperá-lo.

Neste momento Epimeteu se juntou a nós dizendo que devíamos ir ao Banquete Viking de hoje, sabia que ninguém estava no clima, mas como vencedor era obrigação de Tuk ir, e não podíamos deixá-lo sozinho.

*****

Epimeteu, Thrud e os lutadores de glima que sobraram foram no jantar oferecido aos campeões do dia, Tuk e Cathy foram escolhidos o rei e rainha viking do evento, nada mais que merecido. Quando penso no que recebi e olho para Tuk, as vezes me envergonho, pois ele que deteve Chacal sozinho e eu apenas desencadeei o processo de sua punição, mas não impedi que Dandara e Gama se machucassem.

— Todos falam que você se perde em seus pensamentos!

— Olá Sra. Thrud, acho que eles têm razão! – Respondi esboçando um pequeno sorriso.

— Hoje não estamos combinando e realmente não estou com vontade de dançar!

— Treinadora, estive pensando por que Gama foi embora? Ele sempre foi o mais forte e solicito entre todos nós, eu não consigo compreender sua atitude!

— Eu conversei com Epimeteu, ele disse que entraria em contato com Melissa para tentar uma dica para ver se consegue achá-lo. Melissa irá procurar a mãe dele e se preciso até mesmo Disnomia.

— Precisamos achá-lo, é a segunda pessoa de nosso grupo que desapareceu, o mesmo ocorreu com Simone. Tenho receio que estamos abandonando-os, não quero sacrificar meus amigos para seguir adiante.

Ela colocou a mão em meu rosto e olhou nos meus olhos, e disse que dividia comigo a mesma preocupação, como resposta eu só consegui dizer:

— Por que você me beijou depois da luta?

— Eu não sei, o medo de te perder foi muito grande! Mas eu sou uma Valquíria e deveria ter mais cuidado!

— Eu não queria te constranger, me desculpe!

— Soel, eu preciso ir me deitar!

E lá foi ela, me deixando ainda mais confuso! Não devia ter tocado no assunto, mas não resisti a seus encantos... eu devo estar mesmo enlouquecendo com este novo poder: fecho os olhos e lembro de Simone; Cila acende meu desejo, e hoje ao ver Dandara fragilizada me fez reviver o desejo de estar ao seu lado, cuidar e proteger a minha primeira paixão. E agora Thrud invade meus pensamentos..., eu realmente estou ficando maluco!

— Quanto tempo ainda vou ter que usar esta roupa escrota de homens?

Eu abracei Rosa tão forte, que ela teve que me lembrar da minha atual condição de força.

— Obrigado por me tirar de uma reverberação mental perturbadora! – Disse eu.

— Também, agora que despertou uns truques e força extra, está esnobando as mortais. Quer atacar somente divindades! – Rosa disse em tom de deboche, mas depois começou a falar sério. – Brincadeiras à parte, mas o beijo de vocês passou no noticiário, a treinadora beijando o insular, mas Dandara e os outros mais especiais viram que era você. Não sei se pode te causar algum tipo de problema, mas o mundo todo viu!

*****

— Éris minha irmã, que bom que veio! – Comentou ironicamente Ares.

— Você me convocou senhor do Olimpo. O que quer de mim? – Respondeu abaixando-se em sinal de reverência.

— Quero que olhe ali, está vendo aquela criatura? – Indicou com o dedo mostrando um destruído Chacal banhado em seu próprio sangue. – Gostou do braço novo que dei para ele?

— Si... sim irmão, mas foi só por isso que me convocou?

— Só por isso? SÓ POR ISSO! – Esbravejou Ades de forma quase descontrolada, que ateou medo até mesmo no coração de Éris. – Você é responsável pelo espírito que reside dento deste ser repugnante, e que saiu nos Jogos criando o Caos. Eu não tolero descontrole dos atos que planejo, e este idiota não deveria estar com o poder que deram a ele, e muito menos estar solto nos jogos!

— M... mas sua missão, senhor... me desculpe... mas a missão dele era observar o grupo de Epimeteu como o senhor pediu!

— Eu pedi que mantivessem ele sobre vigia, não que soltassem um demente para chamar atenção para nós. Loki sem sombra de dúvidas sabe que estamos agindo. Aquele titã desvairado e incompetente não me preocupa tanto quanto o deus da trapaça sabendo de nossos planos, e por isto corremos o risco dele se compor com Epimeteu. A sobrinha dele já está com aquele grupo, e se Loki manipulá-los, aí sim o perigo será real para nós.

— Eu... eu entendi... meu senhor... me desculpe... por favor!

O medo de Éris cada vez tomava mais conta de seu ser, ela chorava e ajoelhada implorava o perdão do irmão. Ares abaixou e pegou-a pelos braços, com a mão enxugou suas lágrimas e disse:

— Calma irmã! Você sabe que não vou ferir os poucos Olimpianos que sobraram, mas espero que essas falhas não se repitam. Você sabe que meus filhos não gostam da tia, eles querem muito estar na sua missão, então faça-a direito, sem mais falhas. Pode ir!

Assim ele deu as costas e ela acelerou a retirada, mas antes de sair, Ares ainda disse:

— Ah! Quase me esqueci, eu vou confiscar esta criatura para ser meu novo cão de guerra, e por sinal, se outro de seus filhos morrerem, traga sua essência para mim. Você minha irmã, é burra demais para distribui-la entre os humanos!

— Sim meu irmão, farei isto!

*****

O dia amanheceu na América Baixa com duas criaturas de interesses opostos lendo a mesma notícia: Melissa e Disnomia estavam em locais diferentes, mas viam o noticiário que trazia a tragédia acontecida com o garoto chamado Chacal, o que foi aos Jogos como favorito. A matéria, que dava mais destaque do que a vitória de Tuk, relacionava a derrota dele na primeira luta, revelava seu sumiço, e o pior, a tragédia familiar que se sucedeu. O seu irmão matou o padrasto e a mãe do lutador a facadas, e quando a milícia chegou, ele ainda conseguiu cortar a garganta de um agente e ferir o braço de outro! Tudo antes de ser alvejado e morto no local. Segundo o jornal, se o lutador for encontrado, nenhum laço familiar havia restado, uma vez que seu pai biológico havia falecido ano passado. Melissa se levantou e saiu às pressas.

Ela rapidamente chegou e desta vez nem esperou ser anunciada e invadiu o escritório de Disnomia, e antes que ela falasse, Melissa perguntou:

— O que está acontecendo?!

A daemon riu, a chamou de paranoica, tentou desviar a atenção e por fim insistiu para que a Ninfa saísse.

— Disnomia, eu preciso que me ajude a achar Gama, ele sumiu depois que foi atacado por seu amante, e por isto eu vou te ajudar! – Falou Melissa com pressa e com um tom formal – A morte dos seus pais, a forma que foi... foi Ares, eu conheço seus métodos, a carnificina é seu deleite, e ele está com Chacal e agora apagou a humanidade dele, matando todos os humanos que o garoto tinha relação. Isto mostra que o deus da guerra está furioso com ele e com quem o comanda, você!

Ela pensou e disse:

— Eu não pactuo com o inimigo, saia daqui!

— Você quem sabe! – Disse Melissa. – Te avisei!

Antes de sair, Disnomia disse em voz baixa:

— Até é a ruína! Se o garoto sumiu é que o golpe foi mais que físico, foi também emocional. O tal de Gama, nesse momento deve estar se sentindo arruinado em relação a tudo!

Melissa agradeceu e partiu!

Pouco tempo depois, outra pessoa entrou na sala sem ser anunciada:

— Oi mãe! – Cumprimentou Disnomia.

*****

Acordei disposto como fui dormir, apesar de ter que procurar novamente as roupas que eram mais folgadas, percebi que estava difícil me vestir, principalmente os calçados. Por isto passei no almoxarifado para ver se havia roupas mais adequadas. Consegui ao menos um par de tênis, acredito ter que ir às compras.

Encontrei com todos, menos Dandara que ainda se recuperava, e fomos tomar o café da manhã. Foi lá em que Epimeteu e Thrud trouxeram as novidades:

— Gama voltou para Bantu, pegou carona com a equipe de glima. Realmente ele quis desaparecer! – Apresentou Thrud, que desde manhã bem cedo buscou colher informações com outras equipes.

— Mas que m...

— Calma Abdias, temos muito a escutar antes de emitir juízo de valores.

– Muito bem Soel! Tentem evitar julgar nosso amigo neste momento, e aguardem o que Epimeteu tem a dizer. – Apontou Thrud.

— Eu entrei em contato com Melissa e temos algumas novidades. – Disse Epimeteu – Várias coisas aconteceram, mas pelo que ela levantou o golpe que Gama levou foi de Até, o espírito que dominava Chacal, e pelo jeito o golpe que recebeu não foi apenas físico, foi emocional, o intuito era destruir Gama, arruinar seu espírito! Por isto nosso amigo agiu tão estranhamente.

— Mas e agora? O que faremos?

— Rosa, por enquanto nada! – Continuou Epimeteu – Gama entrou em contato com sua mãe e pediu ajuda pela manhã. Melissa a ajudou a embarcar para Bantu, ela vai socorrer o filho e depois, se precisar nós vamos também. O importante é que a ajuda está a caminho e teremos contato com ele através dela.

— Agora tudo está encaminhado, vamos aproveitar este dia para conhecer um pouco da cidade. Elza e os pais de Tuk vão nos encontrar para passarmos a tarde juntos, certo Tuk? – O garoto acenou afirmativamente para Thrud que continuou – Vamos dar um pouco de atenção a eles e a nós, pois merecemos um pouco de descanso, e nosso voo de volta sai hoje no início da madrugada.

Terminamos o café, fomos ver como Dandara estava e contar sobre Gama, o dia prometia ser menos pesado que outros, mas as marcas já foram deixadas!

*****

— Olá Irmão!

— Você de novo Éris? Suas visitas estão me cansando.

— Não me estenderei por muito tempo, eu vim trazer o que me pediu, a essência do que foi Disnomia, da desordem cívica e a ilegalidade. É sua! E vou cuidar de uma calorosa recepção para os campeões de glima!

— Que bom que entendeu meu recado, somente não erre de novo. Deixe o recipiente aí e retire-se!

— Sim meu irmão!

Quando Éris saiu, Ares pegou o recipiente e levou até uma pequena jaula em que Chacal estava aprisionado. Ele a abriu e retirou o garoto de lá, jogando-o ao chão:

— Olá meu cachorrinho chorão, preciso cuidar de você. Olhe o que tenho aqui, conhece o recipiente? Foi parecido com o que deram para você na primeira vez, só que agora este aqui é o que sobrou da pessoa que deu seus poderes.

Chacal arregalou os olhos e tentou em vão se levantar, pois Ares pisou com seu imenso pé em seu corpo:

— Não precisa ficar agitado pois eu vou unir vocês, ou melhor, – enquanto Ares falava, derramava o conteúdo do frasco no braço de metal que colocou no lugar do braço de Chacal – Disnomia vai fazer seu novo braço funcionar. Eu sou muito bom com você meu cachorrinho!

Parte 3

Perdas

Capítulo XV

O Lobo Fenrir

— O que o Senhor de Asgard vem fazer nos reinos sombrios, a que devo sua visita meu pai?

— Você me avisou dos acontecimentos que envolvem sua prima. Vim apenas retribuir o favor. O Afilhado de Baldur ativou sua benção!

— Ahahahahah! Você não quer me avisar, não é mesmo pai? Quer apenas mover uma peça no seu tabuleiro.

Loki deu as costas e se retirou.

Hell desceu as escadas até o subsolo onde residia seu irmão. Seus olhos vermelhos a encararam e ela apenas disse que tinha um serviço para ele. E assim, retirou sua focinheira e as correntes que o prendiam, ele estava pronto para sua missão!

*****

Depois de tudo que passamos nos Jogos, o voo de volta foi mais de cochilos e sonhos do que conversas, principalmente porque Dandara estava bem melhor, mas ainda precisava de descanso.

Foi quando sobrevoávamos o nosso Bloco que Thrud percebeu que a rota estava diferente, tínhamos desviado. Epimeteu perguntou o que havia acontecido aos pilotos e foi informado que iriamos pousar na América do Centro a pedido da controladoria de voo. Ele argumentou se era possível uma resposta negativa para continuar a rota original, mas os pilotos disseram que não, as ordens foram enfáticas. Sem saber qual o motivo, continuamos na nova rota.

Estávamos tranquilos até o pouso em uma pista militar, mas quando as portas se abriram, um oficial militar com vários homens armados invadiu a aeronave.

Eu levantei-me para reagir, mas a mão de Elza me conteve:

— Vamos morrer se você avançar!

Ela indicou a janela e, ao olhar, outros tantos soldados e um tanque militar estavam apontando para a aeronave. Epimeteu, Thrud e Caliope com certeza sairiam intactos da abordagem, eu e Skuld não sei ao certo, mas os outros não iriam sair de lá com vida, então recuamos.

O oficial indiciou, por uma intimação, direcionada para Rose Soelloh a acusação por traição. Na intimação indicava a Lei de Segurança Nacional ter sido afligido por manifestação Internacional subversiva contra a ordem do Bloco Americano. O juiz considerava incitação à violência contra o Estado, entre outras infrações.

— Se ele descer sem reagir, o voo poderá seguir tranquilamente. – Disse o Oficial.

Rosa se levantou e disse:

— Eu vou com ele, não é a primeira vez, vou ficar bem!

— De jeito nenhum vou deixá-lo sozinho, é meu filho!

Gritou Elza se levantando e recebendo como resposta um desengatilhar de arma apontado para sua cabeça.

— Ele precisa de um advogado, e não vai descer sozinho. Eu sou a técnica da equipe, e vou ficar com ele. Os outros se acalmem, não sabemos quem está por traz disto!

Ao dizer isto Thrud deixou claro que havia alguém mais poderoso por detrás dessa história, e aparentemente seria um pretexto para que a gente reagisse. Depois dos acontecimentos do dia anterior, tudo poderia ser passível de se realizar.

— Oficial, eu e a Sra. Thrud somos os técnicos da equipe, nós o acompanhamos e os outros poderão seguir a diante.

— Eu vou ficar, sou o capitão da equipe, também sou responsável pelos lutadores.

O impasse foi resolvido depois de algum tempo, e por fim, Rosa desceu comigo, Epimeteu e Thrud juntos. Caliope ficou encarregada de cuidar dos restantes e enviar Cila o mais rápido possível. Elza protestou, pois, queria ficar também, mas eu a convenci ao dizer que seria mais uma pessoa para se preocupar e precisávamos nos concentrar apenas em Rosa.

De minha parte, principalmente quando algemaram a Rosa, queria partir a cara de todos, mas o avião era refém e em nenhum momento que estivemos na pista o tanque deixou de mirar seu canhão nele, e nem os outros militares relaxaram, era uma ação de guerra!

O oficial nos avisou que ela seria enviada para ser fichada um certo batalhão e concedeu o seu endereço. Quando colocaram Rosa no veículo de transporte, nos impediram de ir junto e ao perguntar o destino, com um sorriso maldoso ele disse: Se vira!

Epimeteu olhou para Thrud e disse para ela esperar o avião partir para assegurar que iriam em segurança, e depois me olhou falou:

— Vamos nos virar então!

Começamos a seguir o comboio a pé e por cima das casas, prédios e tudo que fosse possível para cortarmos caminho. Sabia que estava mais forte, mas foi a primeira vez que testei a velocidade e capacidade de saltar e escalar. Se não fosse a Rosa, estaria gostando muito de tudo isto.

Chegamos no tal local na frente deles, e quando foram tirar a Rosa com brutalidade, Epimeteu apareceu na frente e o impediu. A confusão estaria armada, mas do nada apareceu mais um oficial com dois guardas ao seu lado.

Era o Gal. Hibris que chegou acalmando todos e, ao chegar no soldado que tentou machucá-la ele deu um soco em seu estômago deixando-o estendido no chão. Depois chamou o oficial responsável e disse-lhe aos berros:

— Capitão, eu falei para ser limpo, sem nenhuma brutalidade, eles são heróis dos Jogos, agora eu vou ter que limpar o que fez. Tire este lixo do chão e deixe que eu comando a partir de agora.

Ele se retirou com dois soldados levando o terceiro desmaiado pelos braços. Enfim se direcionou para nós:

— Olá Epimeteu, está mais jovem! O que quer aqui?

— Você sabe Hibris, você está com um dos meus. Quero ele solto!

— Você sabe que eu queria, mas a burocracia dos humanos é de matar! – Ao dizer isto soltou uma gargalhada. – Eles inventam regras idiotas e devemos cumpri-las. Acham mesmo que os deuses se preocupam com a vida deles, com quem estão trepando. São estúpidos e eu tenho que cumprir ordens.

— Você sabe que não vou acreditar em nada. – Começou Epimeteu – Estou com Thrud aqui, se não o soltar, você não irá mais existir.

— Vocês estão dispostos a declarar guerra aberta contra Éris?

— Eu estou! – Respondi.

— Um humano idiota quer entrar no meio de tubarões! – Respondeu o general.

— Cuidado ao confrontá-lo Hibris! O hospedeiro de Até cometeu esse erro, e com você não será diferente! – Ameaçou Epimeteu.

O general recuou e apresentou sua proposta:

— Vamos abrir o inquérito amanhã no período da tarde. Ele dorme no quartel, sob minha responsabilidade, e colhemos os depoimentos, vocês serão testemunhas e libero todo mundo.

— Você não é confiável, mas está arriscando a própria vida se mentir para mim! – Ameaçou Epimeteu.

Ficamos lá até o fichamento de Rosa, prepararem a documentação de testemunhas e encaminharem Rosa para a cela onde iria passar a noite. Sob meus protestos, saímos em direção a um hotel próximo. Thrud chegou extremamente irritada, pois deixaram o voo sair somente há poucos minutos. Todos estavam com fome, e Dandara precisando de cuidados.

Nessa hora eu protestei sobre o porquê de não invadirmos, tirarmos a Rosa de lá, e dizimarmos quem cruzasse nosso caminho, pois temos poder para isto. A resposta de Epimeteu foi a mais dura que ele me deu em toda nossa relação:

— Porque Chacal faria exatamente o que você está propondo! Foi por isto que chegou aonde está? Para matar humanos desenfreadamente quando se apresentam como adversários? Este é o Afilhado de Afrodite e Baldur? Que se rende à ira?

E continuou:

— Hibris é um sádico mentiroso, mas de tudo que disse, é verdade que Éris, e quem sabe outros, estão envolvidos. Sozinho ele nunca iria me enfrentar, muito menos nós três! É uma jogada que fazem para nos expor e sermos aniquilados. Pense em tudo antes de ser o herói pronto para agir.

— Nenhuma divindade age abertamente contra outra, pois todos tem aliados. – Continuou Thrud – Às vezes quem mostra a cara, é com quem menos devemos nos preocupar. Vamos nos preparar para amanhã, pois precisamos de roupas adequadas e comer.

Fomos então para o hotel nos prepararmos para o dia seguinte.

*****

A primeira coisa que fizeram com Rosa foi retirar seus pertences, depois avaliaram em todo lugar ou orifício se havia algum objeto cortante ou drogas escondidas. Depois a lavaram com uma mangueira de alta pressão, e à força rasparam seus longos cabelos loiros, aos berros em relação a sua sexualidade. Essa foi apenas a primeira sequência de humilhações que passou.

*****

No hotel, quando terminamos de jantar e já nos pusemos a deitar, uma visita inesperada chegou. Nos apressamos a ir para o salão de entrada, e vimos Harriet que trazia informações de Otelo.

Nos cumprimentamos e ela disse que meu irmão está sempre sendo vigiado e que seria perigoso vir até nós, mas mandou um recado:

Desculpe – me não ir pessoalmente, e nem conversar com você, mas não é seguro!

Estive acompanhando o caso da Rosa desde que os ruídos começaram, e eles querem executá-la exemplarmente para reprimir o que começou depois de sua premiação. Alguns noticiários, como o do Garrison declararam apoio e foram fechados, ele também está preso no prédio.

O depoimento dela será feito por uma junta militar no período da manhã, o endereço está abaixo, venham cedo!

Mamãe está bem! Desculpe-me novamente por tudo!

— Precisamos tirar ela de lá já. – Disse eu depois de ler a carta.

— Otelo disse que não devem fazer isto, pois qualquer tentativa de resgate eles tem ordem para matar todos os prisioneiros, não dá para chegar nela a tempo! – Respondeu Harriet.

— Kara, busque Cila e entrem com uma petição de *habeas corpus* em uma Vara Civil para ver se tiramos do inquérito militar! – Comandou Epimeteu— Soel e eu estaremos lá de manhã.

Nos despedimos, Harriet foi para casa com mensagem de saudades para meu irmão e mãe. Thrud se encaminhou para buscar Cila. Epimeteu e eu fomos para o quarto nos preparar para a batalha que travaríamos de manhã por Rosa.

*****

Quando Rosa chegou na pequena sala em que passaria a noite, viu um homem caído. Ela o reconheceu, era o Sr. Garrison! Ele mal respirava, e aparentemente tinha acabado de apanhar muito. O ambiente era formado por um buraco fétido para as necessidades, e mais nada! Sem cama, cobertor ou travesseiro. Ele estava gelado, ela então resolveu pedir ajuda. Gritou várias vezes e quando foi atendida, cinco homens entraram na sala.

Eles perguntaram se a putinha estava com tesão, e Rosa tentou explicar que o Sr. Garrison estava muito mal e precisava de ajuda. A resposta foi que, se ele morresse economizariam uma bala. Mas quanto a ela, disseram que se gostava de ser mulherzinha, poderiam satisfazer seu desejo. Nesse momento, Rosa tomou um soco no estômago. Ela ainda conseguiu revidar e partir para o ataque, e dois brutamontes foram nocauteados, mas um deles estava com um cacetete de madeira e a acetou pelas costas, ela caiu e foi espancada. Nesta hora o primeiro que foi nocauteado, o mesmo que começou as agressões, se levantou e disse arriando as calças:

— Segurem a vadia, eu vou dar a ela o que ela quer!

*****

Depois de um tempo interminável para Rosa, eles saíram do quarto, e ela que até aquele momento se mostrava forte, começou a chorar baixinho, mas sem perder o cuidado para não ser escutada pelos guardas, pois não queria dar esse gosto a eles. Ela colocou as calças de presidiário sem ter onde se limpar, e mesmo assim ainda teve a humanidade de preocupar-se com o Sr. Garrison. Ela percebeu que ele ainda estava gelado, então o abraçou para que, usando seu corpo, pudesse aquecê-lo. Quando chegou perto da sua cabeça, ela percebeu que ele murmurava:

— Desculpe... devia te ajudar... não... consegui... desculpe...

Ele também estava com os olhos marejados e demonstrava chocado pelo horror que testemunhou, e comovida Rosa respondeu:

— Sobreviva por favor, se quer me ajudar, fique vivo!

E por fim ela fez um carinho em sua testa e desabaram de cansaço...

*****

Epimeteu e eu chegamos ao local que Otelo indicou assim que o dia nasceu. Tivemos que esperar a chegada dos funcionários para conseguirmos entrar, e receber um tratamento moroso e um tanto quando indelicado.

No local de confinamento, Rosa recebeu uma troca de roupa para ela e o Sr. Garrison e ordens de se aprontar para saírem. Ela primeiro trocou o seu companheiro, que ainda estava prostrado, e depois se trocou. Os carcereiros colocaram algemas neles, e quando ela manifestou que o senhor não precisava de algemas, levou o primeiro soco do dia. Mandaram-nos seguir para o veículo de transporte, e como o Sr. Garrison não se mexia, foi chutado.

Rosa se pronunciou, e foi novamente agredida, mas não se intimidou e dessa vez caiu do lado do corpo do companheiro, para protegê-lo, e depois que cessaram as agressões, começou a carregar o corpo fragilizado do amigo. O Sr. Garrison tornou-se o peso extra que ela levava sozinha até o veículo, sobretudo pelas risadas e deboches dos carcereiros.

Quando chegaram, eles foram levados pelos fundos para a sala de interrogatório, Rosa conduziu o seu parceiro até uma sala de espera e o colocou com dificuldade, devido as algemas, em algumas cadeiras para que sustentassem o corpo moribundo. Antes de sair para a audiência, ela ainda falou ao seu ouvido:

— Eu volto para te buscar, fique vivo!

Rosa foi levada por um longo corredor, com vários quadros e menções sobre coragem e honra. Em determinado momento, entraram em um salão enorme, dividido por uma grande estante bem ao centro. Ela era feita de algum tipo de vidro transparente nos dois lados que, permitia a visualização, independentemente do lado, de uma coleção de centenas de espadas. Rosa parou em determinado momento, pois bem ao centro uma espada em destaque chamou a sua atenção. Ela era tremendamente antiga, e com uma pátina preservada. A única coisa que conseguiu ler, antes de ser empurrada, era que era milenar e de origem de povoados vikings.

Por fim, havia uma sala de processos no final desse corredor, onde ela entrou. Nela havia uma mesa com documentos, as bandeiras militares do Bloco na lateral e no canto. Uma janela enorme se colocava atrás de onde ela se sentaria à mesa, e os carcereiros se dispuseram três atrás da mesa nos cantos e no meio da janela, e os outros dois se puseram nas laterais de onde se localizava a porta. Ocupava a cadeira da presidência da sessão, um oficial de alta patente que se identificou como membro da justiça militar e que era responsável pelo processo:

— Você precisa assinar estes documentos!

— Mas eu estou só, preciso de minha advogada!

— Traidores não tem direito a advogados, assine!

*****

— Isto não está certo! – Disse Soel para a atendente – Estamos esperando à toa, quero ver meu irmão!

— Sente-se nervosinho, senão as coisas ficarão ruins para você!

Epimeteu olhou para os lados, pensou um pouco e disse:

— Nós vamos entrar, entendeu? Vamos entrar!

Dois seguranças se colocaram na frente dele, e na hora foram pegos pelo pescoço por mãos enormes, e foram arremessados contra parede. Por fim ele disse:

— Soel, você não vem?

Fiquei espantado de não ter sido eu quem perdeu a paciência, e rapidamente nos atiramos adentro do edifício. Como ele era muito grande, eu e Epimeteu nos dividimos para ter maior amplitude na busca. No caminho encontrei alguns seguranças que me indicaram, antes de serem nocauteados, para onde deveria ir. Cheguei ao corredor, encontrei o salão com as espadas e escutei berros na sala cuja porta estava fechada, era o fim da busca.

*****

Depois da intimidação que sofreu, e ameaças pessoais, – incluindo que matariam o Sr. Garrison de forma cruel e atribuiriam a culpa para ela –, Rosa não conseguia mais conter o choro, e com a caneta na mão se preparava para assinar o documento em que confessava a traição.

Antes que começasse a assinar, Soel abriu a porta, e nesse exato momento, enquanto ele se recuperava do choque de ver Rosa com a cabeça raspada e as marcas de tortura pelo rosto, a imensa janela blindada se estilhaçou!

Um imenso lobo entrou na sala, e rapidamente comeu a cabeça dos dois carcereiros que estavam mais próximos, e também do oficial. Os outros três sacaram as armas e começaram a atirar no monstro. Eu peguei Rosa pelo braço e comecei a correr com ela. Não conseguimos nem percorrer a sala das espadas e o Lobo já havia matado os outros três militares. De tão grande e forte, teve que romper os batentes da porta e um pedaço da parede para passar. Estávamos próximos à saída para o corredor, quando a criatura se aprontou para dar o bote em nós.

Milagrosamente a estante de espadas caiu sobre ele! Observando melhor vimos que era o pequeno Saci nos ajudando. Em seguida ele criou um redemoinho de espadas que atacavam o monstruoso lobo, que procurava se livrar dos estilhaços da estante. Quando chegamos à porta eu a abri e tranquei Rosa para fora e disse-lhe:

— Corra e ache Epimeteu.

Ao me virar vi que o ataque do Saci era pouco efetivo, pois a pele do lobo era muito espessa e as espadas somente o incomodavam. O monstro produziu um deslocamento de ar com um rosnado, que jogou o meu pequeno aliado pela janela quebrada. Na hora eu gritei e peguei uma das espadas caídas no chão. Agora éramos apenas o lobo e eu, e ele avançou no momento que eu ataquei, mas também sem sucesso.

Imediatamente ele pulou e me derrubou, me manteve preso sob seu corpo, e preparou para atacar meu rosto, ao que utilizei meu braço direito para me proteger. Ele mordeu meu braço, e apesar de todos os poderes que recebi na atualidade, isso não o impediu de destruí-lo. O som dos ossos estilhaçando, e dos tendões rompendo foi mais terrível do que a dor que sentia! Então ele recuou, e meu braço caiu ao lado do meu corpo, escorrendo e espalhando muito sangue pelo chão. O lobo então voltou para arrancar minha cabeça, mas o ataque se interrompeu!

Epimeteu pegou o monstro pela cintura e o retirou de cima de mim. Ele carregou-o e o arremessou por cima do seu corpo num excelente golpe de luta estilo livre. Minha cabeça caiu do lado de meu braço destruído e me permitiu ver a poça de sangue se alastrando. O caminho percorrido pela mancha vermelha entre as espadas foi aumentando até que encontrou uma velha e enferrujada espada, que quando foi atingida pelo sangue, já não estava mais ali.

*****

O corredor que se apresentava em minha frente era familiar. Não sei se lembrava o que vi há anos no centro de Gaya, ou se já estive nele. Eu fazia um caminhar em linha reta, mas diferente das experiências anteriores. O local era pouco iluminado e o cheiro não era agradável, na realidade cheirava putrefação. No final do corredor havia o mesmo pequeno lago, no mesmo local que visitei anteriormente, só que dessa vez a água era escura e suja, e dela também saia uma luz, mas acinzentada que não iluminava o local, mas dava a ele o tom de penumbra. Sobre o lago um pedestal com três espadas, quando eu as avistei, uma voz feminina e fúnebre ecoou:

— Ora, novamente veio me visitar? Da outra vez não quis ficar, e agora como será? Olhe bem as espadas e escolha uma, se acertar será meu presente. Afilhado!

Olhei as espadas, uma delas era nobre, possuía uma lâmina prateada reluzente e com um sulco central bem constituído, a guarda era dourada e possuía algumas escritas em runas que não consegui identificar.

O cabo era bem torneado, mantendo o padrão prateado, e o pomo era dourado com uma runa prateada que significa algo como "justo".

A segunda espada estava ao meio, e era maior que as outras duas. Ela era toda mista de metais dourados e prateados desde a lâmina, e em seu sulco havia letras e símbolos gregos e rúnicos misturados. A guarda possuía um símbolo central em forma de runa, que significava "fogo ou dragão", e olhando por outro ângulo havia o símbolo do raio, semelhante a do meu uniforme de glima. O cabo era recoberto por um couro cinza-prateado, aparentemente originário de pele de um lobo. O pomo não tinha nenhum símbolo.

A terceira espada era a mais sombria das três, e sua lâmina emitia um brilho em um tom azulado, e ao mesmo tempo cinza. No sulco havia letras semelhante às runas que tive dificuldade de entender, e apenas percebi algo semelhante a "dor, desespero e abismo". A guarda era em formato de um único osso longo de metal, que como se fosse quebrado ao meio, era fixado ao cabo por um tipo de corrente soldada à estrutura. O cabo era escuro e seguia uma simetria de sulcos e pequenas elevações, de forma a parecer uma teia de aranha. O seu pomo era em um padrão de prata bem envelhecida e escura, com o formato de um rosto, que possuía uma divisão central, onde metade era uma bela figura feminina e a outa apresentava a mesma mulher só que totalmente putrefata.

Apesar de ser a única que em situações normais eu não escolheria, naquele momento e local era a espada que melhor combinava com a situação, e foi a que escolhi e empunhei. Ao decidir, a voz voltou:

— Bela escolha!

Seguiu-se por uma desagradável e ensurdecedora risada. A espada que empunhava avia sumido e eu, novamente havia mudado de lugar.

*****

Abandonado no chão, abri os olhos e vi o sangue que tocava a velha espada viking ser absorvido por ela, que ao mesmo tempo ia cada vez mais se aproximando ao meu corpo. Ela veio nesse processo, e quanto mais se nutria de meu sangue, mais parecia com a espada de meu devaneio há poucos segundos. Quando ela tocou meu braço destruído, se enrolou nele como uma serpente e o reestabeleceu totalmente, e ao mesmo tempo fez minhas forças voltarem. Nessa hora eu me levantei e vi o que havia acontecido ao meu redor.

Na sala estavam o corpo de Epimeteu deitado, e com a garganta e o peito dilacerados, e Thrud de armadura, encurralada pelo lobo. Ela tentava mantê-lo à distância com sua espada e gritava:

— Afaste-se Fenrir!

Sem nenhum vacilo eu corri em direção aos dois, olhei para meu braço direito e a espada aparentemente entendia, ou estava ligada à minha vontade. Ela deixou por volta de trinta centímetros de sua lâmina para fora de meu punho, ficando pronta para o ataque.

Saltei por cima da garupa de Fenrir e golpeei três vezes o seu abdome. Ele acusou os golpes e gritou, ao que Thrud enfiou sua espada no olho esquerdo do monstro. Ele emitiu novo som de dor, sacudiu a traseira se livrando de mim e fugiu pela mesma janela que entrou. Olhei para Thrud e corremos ver Epimeteu:

-Ele estava se afogando com o próprio sangue, e com a imensa mão conseguiu me pegar pelo rosto e balbuciou:

— Não... seja... servo... da morte!

A partir daí ele caiu para sempre, e pela primeira vez vi Thrud chorando ao meu lado, e presenciei a morte de uma divindade! Uma pequena esfera brilhante, como um pequeno sol, se formou acima do seu ser, e enquanto o corpo e sangue de Epimeteu iam desaparecendo, ela aumentava seu diâmetro até não sobrar nenhum vestígio da existência dele em Gaya. A esfera parou em minha frente, como se me encarasse, mirou meu rosto e as lágrimas que saiam incessantemente de meus olhos, e começou a partir em direção ao cosmos. Porém, em determinado momento ela parou e uma pequena e única partícula se desprendeu e avançou em direção a meu peito. Essa era de mesmo tamanho das que rodeavam meu coração, oriundas das bençãos de meus padrinhos, e da mesma forma ela penetrou em meu peito e começava a orbitar meu coração perpendicularmente às anteriores. Feito isto a esfera se foi definitivamente.

Thrud, agora sem a armadura e com roupas normais, me abraçou e por um minúsculo momento choramos juntos a dor da perda de Epimeteu. Ele que me iniciou nessa aventura, me treinou, cuidou de mim e morreu para me salvar. Era meu segundo pai, era o pai que me restava, e não era possível que ele tivesse ido para sempre! Como vou suportar tudo que vem passando em minha volta sem suas instruções e conselhos? Meu choro era doído e desesperado, mas tive que segurá-lo quando Rosa entrou na sala.

Eu e Thrud nos separamos e Rosa trazia o Sr. Garrison. Como havia prometido, ela voltou para buscá-lo. Thrud pegou o homem no colo, eu cortei suas algemas com a espada em meu braço. Ela cortava metal como papel! As algemas caíram no chão e imediatamente começaram a enferrujar e se consumir. Apesar de impressionante, aparentemente quando estava totalmente enrolada em meu braço, a espada não demonstrava perigo.

— Estão invadindo o local! Todos estão fortemente armados! – Disse Rosa.

— Leve os dois para segurança, Thrud! – Falei encaminhando para a saída pela janela quebrada.

— E você? – Perguntou Rosa.

— Eu sei me virar, vão embora!

Thrud segurou o Sr. Garrison com uma mão, e com a outra abraçou Rosa e saltou pela janela. Em segundos, um enorme garanhão alado de pelagem negra que brilhava com a luminosidade se elevava em direção ao sol. Antes da partida definitiva, Thrud gritou:

— Procure Cila!

Epílogo

Nessa sala destruída, eu compreendi muito do meu passado e da minha vida futura! As três noites que o Velho José me alertou já aconteceram: a perda da Caipora, de meu pai e agora de Epimeteu. Todos se foram por estarem próximos de mim e me protegerem.

Agora eu sei o que meus amigos divinos não sabiam ou previram, e devido a isso não me alertaram ou me prepararam para o fato de que eu tinha uma terceira madrinha. Foi quando passei pelo seu reino, em virtude de meu nascimento, que ela ao invés de me abençoar, ficou aguardando meu retorno para me presentear com sua espada. E agora, nesse momento, em meu coração reside a parte de três divindades que estão se contrapondo a esta maldição! Essa espada que tem sede de sangue!

Só sei que o meu único desejo nessa hora, meu único objetivo é de encontrar e matar Fenrir, o lobo que ceifou a existência de meu querido amigo e mestre Epimeteu. Por isto, eu vou me tornar um caçador, como a Caipora me reconheceu na mata. Serei o Caçador que empunha a espada da morte, um caçador a serviço da morte.

Eu sou o Caçador da Morte!

Se leu e gostou desta obra, poderá agradar o autor contribuindo para:

A Paroquia de São Miguel Arcanjo

Padre Julio Lancellotti.

Banco Bradesco

Ag: 0299

C.C.: 034857-0 I

CNPJ/ Chave Pix: 63.089.825/0097-96

www.oarcanjo.net

pólen bold 90 gr/m2
tipologia garamond
impresso no verão de 2023